人民共和國文化與文學叢書

六　編

李　怡　主編

第 2 冊

城市視覺文化與當代中國文學

曾　軍　著

花木蘭文化事業有限公司

國家圖書館出版品預行編目資料

城市視覺文化與當代中國文學／曾軍 著 — 初版 — 新北市：花木
蘭文化事業有限公司，2018〔民 107〕
目 2+206 面；19×26 公分
（人民共和國文化與文學叢書 六編：第 2 冊）
ISBN 978-986-485-461-5（精裝）
1. 中國當代文學 2. 文學評論
820.8　　　　　　　　　　　　　　　　　107011331

特邀編委（以姓氏筆畫為序）：

ISBN- 978-986-485-461-5

吳義勤　孟繁華　張　檸
張志忠　張清華　陳思和
陳曉明　程光煒　劉福春
（臺灣）宋如珊
（日本）岩佐昌暲
（新西蘭）王一燕
（澳大利亞）鄭　怡

人民共和國文化與文學叢書
六 編 第 二 冊　　　　ISBN：978-986-485-461-5

城市視覺文化與當代中國文學

作　者	曾　軍
主　編	李　怡
企　劃	四川大學中國詩歌研究院
總 編 輯	杜潔祥
副總編輯	楊嘉樂
編　輯	許郁翎、王　筑　美術編輯　陳逸婷
印　刷	普羅文化出版廣告事業
出　版	花木蘭文化事業有限公司
社　長	高小娟
聯絡地址	235 新北市中和區中安街七二號十三樓
	電話：02-2923-1455／傳眞：02-2923-1452
網　址	http://www.huamulan.tw 信箱 hml810518@gmail.com
初　版	2018 年 9 月
全書字數	198972 字
定　價	六編7冊（精裝）台幣13,000 元

責　任　編　者

論出版道德文化影響下之當代中國文學

作者簡介

曾軍，上海大學文學院教授，博士生導師。入選首屆長江學者青年學者（2015）、文化名家暨「四個一批」人才（2017）、國家「萬人計劃」哲學社會科學領軍人才（2018）、上海市曙光人才計劃（2009）、2010年度上海社科新人（2011）。主要研究領域為文藝學和文化理論與批評，先後承擔國家社科基金重大項目「20世紀西方文論中的中國問題研究」（2016）、國家社科基金重點項目「歐美左翼文論中的中國問題研究」（2015）、國家社科基金青年項目「巴赫金對西方文學理論的影響研究」（2007，結項等級為「優秀」）、上海市教委科研創新重點項目「當代中國社會轉型中的視覺問題研究」（2013）等。已出版著作或譯著《接受的複調——中國巴赫金接受史研究》（2004）、《觀看的文化分析》（2007）、《城視時代》（2016），主編《文化批評教程》（2009）、《新世紀文藝心理學》（2014）等13部，發表論文130餘篇，並獲首屆「人大複印報刊資料重要轉載來源作者（2016年版）」（2017）。作為《上海大學學報（社會科學版）》副主編，本人還獲得教育部全國高等學校文科學報研究會「名校建設優秀主編」（2017）稱號。

提　　要

　　當代文化生產中，城市文化與視覺文化兩者之間有著極為密切的關聯。一方面，城市向你呈現為一種景觀的堆積，其視覺經驗是城市人確立自己與城市關係的重要基礎；另一方面，城市景觀又可以文本化，成為視覺文化捕捉和分析的符碼。一方面，全新的視覺媒介技術誕生於城市，並在城市中形成特殊的觀看機制，進而彌散到世界的各個角落；另一方面，城市不斷撕裂可視的景觀，生產出包含各種權力滲透出來的空間，從而使得城市中的視覺變得前所未有的複雜。本書在結構上按四章展開，第一章重點關注深刻影響當代文化形成和發展的幾個重要問題，並對之展開理論思考。隨後幾章分別從視覺文化、都市文化和審美文化的角度，結合具體的文學和文化的個案展開深入分析。其中，不僅涉及到王安憶的《長恨歌》、金宇澄的《繁花》、方方的《烏泥湖年譜》、熊召正的《張居正》、郝景芳的《北京折疊》，還面對了深刻影響當代文學變遷的新媒體文學與文化、大眾影評、地鐵空間等，並在此基礎上探討了城市、市民、受眾以及新世紀中國的精神狀況等諸多問題。

本書爲國家社科基金重大項目「20 世紀西方文論中的中國問題」（項目編號：16ZDA194）的階段性成果

人民共和國時代的文學史料與文學研究
——《人民共和國文化與文學》第六輯引言

李　怡

　　人民共和國文學的研究同樣以文學史料工作爲基礎，這些史料既包括共和國時代本身的文學史料，也包括在共和國時代發現、整理的民國時代的史料，後者在事實上也影響著當前的學術研究。

　　討論共和國文學的問題，離不開對這些史料工作的檢討。

　　中國新文學創生與民國時期，其文獻史料保存、整理與研究、出版工作也肇始於民國時期。不過，這些重要的工作主要還在民間和學者個人的層面上展開，缺乏來國家制度的頂層擘劃，也未能進入當時學科建設的正軌。

　　作爲國家層面的新文學文獻史料的搜集整理工作始於新中國成立以後。

　　十七年間，作爲新文學總結的各類作家文集、選集開始有計劃地編輯出版。如在周揚主持下，由柯仲平、陳湧等編輯了《中國人民文藝叢書》。該工作始於 1948 年，1949 年 5 月起由新華書店陸續出版。叢書收入收作家創作（包括集體創作）的作品 170 餘篇，工農兵群眾創作的作品 50 多篇，展現了解放區文學，特別是自《在延安文藝座談會上的講話》以來的文學成果，從此開啓了國家政府層面肯定和總結新文學成績的新方式。此外，開明書店、人民文學出版社等也先後編選了一些現代作家的選集、文集，通過對新文學「進步」力量的梳理昭示了新中國所認可的新文學遺產。

　　除了文學作品的選編，文學研究史料也開始被分類整理出版，如上海文藝出版社影印了二、三十年代的革命文學期刊四十餘種，編輯了《魯迅研究資料編目》、《中國現代文學期刊目錄》等專題資料，還創辦了《中國現代文藝資料從刊》；作爲「內部讀物」，上海圖書館在 1961 年編輯出版了《辛亥革

命時期期刊總目錄》。這樣的基礎性的史料工作在新文學的歷史上，都還是第一次。第二年 5 月，在《中國現代文藝資料叢刊》的創刊號上，周天提出了對現代文學資料整理出版的具體設想，包括現代文學資料的分類法：「一、調查、訪問、回憶；二、專題文字資料的整理、選輯；三、編目；四、影印；五、考證。」〔註 1〕標誌著中國新文學史料文獻研究之理論探討的起步。

作家個人的專題資料搜集、整理開始受到了重視，在十七年間，當然主要還是作為「新文學旗手」的魯迅的相關資料。1936 年魯迅逝世後即有不少回憶問世，新中國成立後，又陸續出版了許廣平、馮雪峰、周作人、周建人、唐弢等親友所寫的系列回憶，魯迅作為個體作家的史料完善工作，繼續成為新文學史料建設的主要引擎。

隨著新中國學科規劃的制定，中國新文學（現代文學）學科被納入到國家教育文化事業的主要組成部分，對作為學科基礎的文獻工作的重視也就自然成了新中國教育和學術發展的必然。大約從 1960 年代開始，部分的高等院校和國家研究機構也組織學者隊伍，投入到新文學史料的編輯整理之中。1960 年，山東師範學院中文系薛綏之等先生主持編輯了「中國現代作家研究資料叢書」，名為內部發行，實則在高校學界傳播較廣，影響很大。叢書分作家作品研究十一種，包括《郭沫若研究資料彙編》、《茅盾研究資料彙編》、《巴金研究資料彙編》、《老舍研究資料彙編》、《曹禺研究資料彙編》、《夏衍研究資料彙編》、《趙樹理研究資料彙編》、《周立波研究資料彙編》、《李季研究資料彙編》、《杜鵬程研究資料彙編》、《毛主席詩詞研究資料彙編》等；目錄索引兩種，包括《中國現代作家著作目錄》、《中國現代作家研究資料索引》；傳記一種，為《中國現代作家小傳》；社團期刊資料兩種，有《中國現代文學社團及期刊介紹》和《1937〜1949 主要文學期刊目錄索引》。全套叢書共計 300 餘萬字。以後，教研室還編輯了《魯迅主編及參與或指導編輯的雜誌》，收錄了十七種期刊的簡介、目錄、發刊詞、終刊詞、復刊詞等內容。這樣的工作在當時可謂聲勢浩大，在整個新文學學術史上也是開創性的。另據樊駿先生所述，中國社會科學院文學研究所現代文學研究室在五十年代末也做過類似工作。〔註 2〕

〔註 1〕周天：《關於現代文學資料整理、出版工作的一些看法》，載《中國現代文藝資料叢刊》第 1 輯，上海文藝出版社 1962 年版。

〔註 2〕《這是一項宏大的系統工程——關於中國現代文學史料工作的總體考察》上，《新文學史料》1989 年 1 期。

當然，這些文獻史料工作在奠定我們新文學學術基礎的同時也構製了一種史料的「限制性機制」，因為，按照當時的理解，只有「革命」的、「進步」的文獻才擁有整理、開放的必要，在特定政治意識形態下，某些歷史記敘和回憶可能出現有意無意的「修正」、「改編」，例如許廣平 1959 年「奉命」寫作的《魯迅回憶錄》，1961 年 5 月由作家出版社，周海嬰先生後來告訴我們：「這本《魯迅回憶錄》母親許廣平寫於五十年前的 1959 年 8 月，11 月底完成，雖然不足十萬字，但對於當時已六十高齡且又時時被高血壓困擾的母親來說，確是一件為了「獻禮」而「遵命」的苦差事。看到她忍受高血壓而泛紅的面龐，寫作中不時地拭擦額頭的汗珠，我們家人雖心有不忍，卻也不能攔阻。」「確切地說許廣平只是初稿執筆者，『何者應刪，何者應加，使書的內容更加充實健康』是要經過集體討論、上級拍板的。因此書中有些內容也是有悖作者原意的。」〔註3〕

而所謂「反動」的、「落後」的、「消極」的文獻現象則可能失去了及時整理出版的機會，以致到了時過境遷、心態開放的時代，再試圖廣泛保存和利用歷史文獻之時，可能已經造成了某些不可挽回的物理損失。

1950 年代中期特別是「大躍進」以後，以研究者個人署名的文學史著作開始為集體署名的成果所取代，除了如復旦大學中文系、吉林大學、中國人民大學、北京大學師生先後集體編著出版的《中國現代文學史》外，以「參考資料」命名的著作還包括東北師範大學中文系中國現代文學教研室《中國現代文學參考資料》（1954）、北京師範大學中文系編《中國現代文學史參考資料》（高等教育出版社 1959）、吉林師範大學中文系現代文學教研室《中國現代文學參考資料》（1961）等，所謂「資料」其實是在明確的意識形態框架中對文藝思想鬥爭言論的選擇和截取，東北師範大學中文系中國現代文學教研室《中國現代文學參考資料》在文學史的標題上彙編理論批評的片段，讀者無法看到完整的論述，而其他保留了完整文章的「資料」也對原本豐富的歷史作了大刀闊斧的刪削，甚至還出現了樊駿先生所指出現象：

　　「大躍進」期間，採用群眾運動方式編輯出版的一些「中國現代文學參考資料」書籍，有的不知是因為粗心大意，還是出於政治需要，所收史料中文字缺漏、刪節、改動等，到了遍體鱗傷的地步，

〔註 3〕 周海嬰、馬新云：《媽媽的心血》，見許廣平《魯迅回憶錄：手稿本》1～2 頁，
　　　長江文藝出版社 2010 年。

叫人慘不忍睹，更不敢輕易引用。理論上把堅持階級性、黨性原則
和爲無產階級政治服務的要求簡單化、絕對化了，又一再斥責史料
工作中的客觀主義、「非政治傾向」，也導致了人們忽略這個工作必
不可少的客觀性和科學性。〔註4〕

不過，較之於後來的「文革」，新中國十七年間得文獻工作還是值得充分肯定
的，新文學的史料整理和出版在此期間的確在總體上獲得了相當的發展，——
——雖然「大躍進」期間也出現過修正歷史的史料書籍，不過，比起隨之而來
的十年文革則畢竟多有收穫，在文革那浩劫的歲月了，不僅大量的文學文獻
被人爲地破壞，再難修復和尋覓，就是繼續出版的種種「史料」竟也被理直
氣壯地加以增刪修改，給後來的學術工作造成了根本性的干擾，正如樊駿痛
心疾首的描述：

　　「文化大革命」後期，有的高校所編的現代文學參考資料，竟
然把胡適的《文學改良當議》和陳獨秀的《文學革命論》，與林紓等
守舊文人反對新文學的文章一起作爲附錄。這就是說，他們不但不
是「五四」文學革命最早的倡導者，而且從一開始就是這場變革的
反對者、破壞者。顛倒事實，以至於此！不尊重史料，就是不尊重
歷史；改動史料，就是歪曲歷史眞相的第一步。這樣的史料，除了
將人們對於歷史的認識引入歧途，還能有什麼參考價值呢？

　　「文化大革命」期間，朝不保夕的「黑幫」和準「黑幫」、他們的
膽戰心驚的親屬友好、還有「義憤塡膺」的「革命小將」，從各不相同
的動機出發。爭先恐後地展開了一場毀滅與現代歷史有關的事物的無
比殘酷的競賽。很少有人能夠完全逃脫這場劫難。不要說不計其數的
史料在尚未公諸世人之前，或者尚未爲人們認識和使用之前，就都化
爲塵土，連一些死去多年的革命作家的墳墓之類的歷史文物都被搗毀
了。江青、張春橋等人爲了掩蓋自己三十年代混跡文藝界時不可告人
的行徑，更利用至高無上的權力查禁、封鎖、消滅有關史料，連多少
知道一些當年剛青的人也因此成了「反革命」，甚至遭到「殺人滅口」
的厄運。眞可以說是到了「上窮碧落下黃泉」的乾淨徹底的地步。

　　這類出於政治原因、來自政治暴力的非正常破壞所造成的損

〔註4〕樊駿：《這是一項宏大的系統工程——關於中國現代文學史料工作的總體考察》上，《新文學史料》1989年1期。

失，更是不知多少倍於因爲歲月消逝所帶來的自然損耗。試問有誰
能夠大致估計由此造成的史料損失？更有誰能夠補救這些損失於萬
一呢？」〔註5〕

至此，我們可以說，中國新文學的文獻史料工作出現了中斷。

中國新文學文獻史料工作的再度復蘇始於新時期。隨著新時期改革開放
的步伐，一些中斷已久的文化事業工作陸續恢復和發展起來，中國新文學研
究包括作爲這一研究的基礎性文獻工作也重新得到了學界的重視。1980 年，
在中國現當代文學研究剛剛恢復之際，作爲學科創始人的王瑤先生就提醒我
們，「必須對史料進行嚴格的鑒別」，「在古典文學的研究中，我們有一套大家
所熟知的整理和鑒別文獻材料的學問，版本、目錄、辨僞、輯佚，都是研究
者必須掌握或進行的工作，其實這些工作在現代文學的研究中同樣存在，不
過還沒有引起人們應有的重視罷了。」〔註6〕

新時期的文獻史料工作首先體現在一系列扎扎實實的編輯出版活動中。
其中，值得一提的著作如下：

作爲文獻史料的最基礎的部分——作家選集、文集、全集及社團流派爲
單位的作品集逐漸由各地出版社推出，人民文學出版社與各省級出版社在重
編作家文集方面作了大量的工作，中國社會科學院文學研究所現代文學研究
室主編的《中國現代文學創作選集》叢書，人民文學出版社編輯出版的《中
國現代文學流派創作選》叢書，錢穀融主編的《中國新文學社團、流派叢書》
等都成爲學術研究的重要文獻，大型叢書編撰更連續不斷，如《延安文藝叢
書》、《上海抗戰時期文學叢書》、《抗戰文藝叢書》、《中國抗日戰爭時期大後
方文學書系》、《中國解放區文學研究叢書》、《中國淪陷區文學大系》等，《中
國新文學大系》的續編工作也有序展開。

北京魯迅博物館於 1976 年 10 月率先編輯出版不定期刊物《魯迅研究資
料》，人民文學出版社於 1978 年秋季也創辦了《新文學史料》季刊。稍後，
各地紛紛推出各種專題的文學史料叢刊，包括《東北現代文學史料》〔註7〕、

〔註 5〕 樊駿：《這是一項宏大的系統工程——關於中國現代文學史料工作的總體考
　　　　察》上，《新文學史料》1989 年 1 期。
〔註 6〕 王瑤：《關於中國現代文學研究工作的隨想》，載《中國現代文學研究叢刊》
　　　　1980 年第 4 期。
〔註 7〕 黑龍江、遼寧社會科學院文學研究所共同編印，不定期刊物，1980 年 3 月出
　　　　版第一輯。

《抗戰文藝研究》、〔註 8〕《延安文藝研究》、〔註 9〕《晉察冀文藝研究》〔註 10〕
等，創刊於六十年代初期的《中國現代文藝資料叢刊》於七十年代末期復刊〔註
11〕，創刊較早的《文教資料簡報》也繼續發行，並影響擴大。〔註 12〕

　　1979 年中國社會科學院文學研究所現代文學研究室發起編纂大型史料叢
書《中國現代文學史資料彙編》，該叢書包括甲乙丙三大序列，甲種為「中國
現代文學運動、論爭、社團資料彙編」30 卷，乙種為「中國現代作家研究資
料叢書」，先後囊括了 170 多位作家的研究專集或合集近 150 種，丙種為「中
國現代文學期刊目錄彙編」、「中國現代文學總書目」等大型工具書多種。甲
乙丙三大序列總計劃五六千萬字，由 70 多所高校和科研機構的數百位研究人
員參加編選，十幾家出版社分擔出版事務。這是自中國新文學誕生以來規模
最大的一項文獻整理出版工程。2010 年，知識產權出版社將已經面世的各種
著作盡數搜集，在《中國文學史資料全編‧現代卷》之名下再次隆重推出，
全套凡 60 種 81 冊逾 3000 萬字，蔚為大觀。

　　一些較大規模的專題性文學研究彙編本也陸續出版，有 1981～1986 年天
津人民出版社出版的由薛綏之先生主編的《魯迅生平史料彙編》，全書分五輯
六冊計三百餘萬字，是對於現存的魯迅回憶錄的一種摘錄式的彙編。除外，
先後上海社會科學院文學研究聽主編的《上海「孤島」時期文學資料叢書》、
廣西社會科學院主編的《抗戰時期桂林文化運動史料叢書》、中國社會科學院
文學研究所魯迅研究室主編的《1923～1983 年魯迅研究學術論著資料彙編》
以及《中國人民解放軍文藝史料叢書》、《新文學史料叢書》、《江蘇革命根據
地文藝資料彙編》等。

〔註 8〕　四川省社科院文學所與重慶中國抗戰文藝研究會聯合編輯，1981 年底開始「內
　　　　部發行」，至 1983 年 1 期起公開發行，到 1987 年底共出版 27 期，1988 年 3
　　　　月起改由四川省社科院出版社出版，重新編號出版了 3 期，1990 年由成都出
　　　　版社出版 1 期。

〔註 9〕　陝西省社會科學院文學研究所和陝西延安文藝學會合辦的《延安文藝研究》
　　　　雜誌，於 1984 年 11 月創刊。

〔註 10〕天津社科院文學所創辦，最初作為「津門文藝論叢」增刊，1983 年 10 月出版
　　　　第一輯。

〔註 11〕上海文藝出版社 1962 年 5 月創刊，出版 3 輯後停刊，第 4 輯於 1979 年復刊。

〔註 12〕最初是南京師範學院內部編印的資料性月刊，創辦於 1972 年 12 月，1～15
　　　　期名為《文教動態簡報》，從第 16 期（1974 年 3 月）起更名為《文教資料簡
　　　　報》，並沿用至 1985 年底。1986 年 1 月該刊改名《文教資料》，1987 年 1 月
　　　　改為公開發行。

上述「文學史資料彙編」中涉及的著作、期刊目錄可謂是文獻史料工作的「基礎之基礎」，在這方面，也出現了大量的成果，除了唐沅等編輯的《中國現代文學期刊目錄彙編》〔註13〕外，引人注目的還有董健主編的《中國現代戲劇總目提要》，〔註14〕賈植芳等主編的《中國現代文學總書》，〔註15〕《中國現代作家著譯書目》，〔註16〕郭志剛等編《中國現代文學書目匯要》〔註17〕，應國靖《現代文學期刊漫話》，〔註18〕吳俊、李今、劉曉麗等編《中國現代文學期刊目錄新編》等。〔註19〕此外，來自圖書館系統的目錄成果也為釐清文學的「家底」提供了幫助，如國家圖書館、上海圖書館編《1833～1949 全國中文期刊聯合目錄》（補充本）、〔註20〕《民國時期總書目》〔註21〕等。

隨著史料文獻的陸續出版，文獻工作的理論探索與學科建設工作也被提上了議事日程。

20 世紀 80 年代以來，學術界即不斷有人發出建立「中國現代文學文獻學」的呼籲。《中國現代文學研究叢刊》1985 年第 1 期刊登了馬良春《關於建立中國現代文學「史料學」的建議》，他提出了文獻史料的七分法：專題性研究史料、工具性史料、敘事性史料、作品史料、傳記性史料、文獻史料和考辨性史料。《新文學史料》1989 年第 1、2、4 期連續刊登了著名學者樊駿的八萬字長文《這是一項宏大的系統工程——關於中國現代文學史料工作的總體考察》。樊駿先生富有戰略性地指出：「如果我們不把史料工作僅僅理解為拾遺補缺、剪刀漿糊之類的簡單勞動，而承認它有自己的領域和職責、嚴密的方法和要求、特殊的品格和價值——不只在整個文學研究事業中佔有不容忽視、無法替代的位置，而且它本身就是一項宏大的系統工程，一門獨立的複雜的學問；那麼就不難發現迄今所做的，無論就史料工作理應包羅的眾多方

〔註13〕上下冊，天津人民出版社，1988 年。
〔註14〕南京大學出版社，2003 年。
〔註15〕福建教育出版社，1993 年。
〔註16〕兩冊（含續編），書目文獻出版社分別於 1982、1985 年出版。
〔註17〕小說卷、詩歌卷各一冊，書目文獻出版社，1994 年。
〔註18〕花城出版社，1986 年。
〔註19〕上海人民出版社出版，2010 年。
〔註20〕中央民族大學出版社，2000 年。
〔註21〕北京圖書館編，書目文獻出版社 1986 年～1997 年陸續出版。它以北京圖書館、上海圖書館、重慶圖書館的館藏為基礎，收錄了 1911 年至 1949 年 9 月間出版的中文圖書 124000 餘種，基本反映了民國時期出版的圖書全貌。

而和廣泛內容，還是史料工作必須達到的嚴謹程度和科學水平而言，都還存在許多不足。」

1986 年北京語言學院出版社出版了朱金順先生的《新文學資料引論》，這是關於中國現代文學史料學的第一部專著。

1989 年，中華文學史料學學會成立，著名學者馬良春任會長，徐迺翔任副會長，並編輯出版了會刊《中華文學史料》，〔註22〕2007 年，中華文學史料學會在聊城大學集會成立了中國近現代文學史料學分會，標誌著新文學（現代文學）文獻學學科的建設又上了一個臺階。

進入 1990 年代，從學術大環境來說，新文學研究的「學術性」被格外強調，「學術規範」問題獲得了鄭重的強調和肯定，應當說，文獻史料工作的自覺推進獲得了更加有利的條件。近 20 年來，我們的確看到有越來越多的學者自覺投入了文獻收藏、整理與研究的領域，河南大學、清華大學、中國現代文學館、重慶師範大學、長沙理工大學等都先後舉辦了現代文學文獻史料研討的專題會議。2004 年至 2007 年，《學術與探索》、《中國現代文學研究叢刊》、《河南大學學報》、《汕頭大學學報》《現代中文學刊》等刊物闢專欄相繼刊發了專題「筆談」，《中國現代文學研究叢刊》還在 2005 年第 6 期策劃了「文獻史料專號」，《現代中國文化與文學》設立「文學檔案」欄目，每期發表新文學史料或史料辨析論文。新文學文獻史料的一系列新的課題得以深入展開，例如版本問題、手稿問題、副文本問題、目錄、校勘、輯佚、辨偽等等，對文獻史料作爲獨立學科的價值、意義及研究方法等多個方面都展開了前所未有的研討。

陳子善先生及其主編的《現代中文學刊》特別值得一提。陳子善先生長期致力於中國現代文學史料研究，尤其對張愛玲佚文的搜集研究貢獻良多。2009 年 8 月，原《中文自學指導》改刊成爲《現代中文學刊》，由陳子善先生主持。這份刊物除了對中國現代文學研究突出「問題意識」之外，最引人矚目之處便是它爲現代文學的史料文獻研究提供了大量的篇幅，不僅有文獻的考辨、佚文的再現，甚至還有新出版的文獻書刊信息及作家家故居圖片，《現代中文學刊》的彩色封底、封二、封三幾乎成爲學人愛不釋手的歷史文獻的櫥窗。

劉增人等出版了 100 多萬宇的《中國現代文學期刊史論》，既有「中國現代文學期刊敘錄」，又有「中國現代文學期刊研究資料目錄」的史料彙編，從

〔註22〕《中華文學史料（一）》由上海百家出版社 1990 年 6 月推出。

「史」的梳理和資料的呈現等方面作了扎實的積累。〔註23〕2015 年 12 月，劉增人，劉泉，王今暉編著的《1872～1949 文學期刊信息總匯》由青島出版社推出，全書分四巨冊，500 萬字，包括了 2000 幅圖片， 正文近 4000 頁，涵蓋了 1872～1949 年間中國文學期刊的基本信息。

一些著名學者都在新文學的文獻學理論建設上貢獻了的重要意見。楊義提出「文獻還原與學理原創」的「八事」：1、版本的鑒定和對這些鑒定的思考；2、作家思想表述和當時其他材料印證；3、文本真偽和對其風格的鑒賞；4、文本的搜集閱讀和文本之外的調查；5、印刷文本和作者手稿，圖書館藏書和作家自留書版本之間的互補互勘；6、文學材料和史學材料的互證；7、現代材料和古代材料的借用、引申和旁出；8、圖和文互相闡釋。〔註24〕

徐鵬緒、逄錦波試圖綜合運用文獻學、傳播學、闡釋學、接受美學等理論方法，對中國現代文學文獻學的基本概念進行界定，嘗試建構中國現代文學文獻學理論體系的基本模式。〔註25〕

2008 年，謝泳發表論文《建立中國現代文學史料學的構想》，〔註26〕先後出版《中國現代文學史料概述》（廈門大學出版社 2009 年版）和《中國現代文學史料的搜集與應用》（臺北秀威信息科技股份有限公司 2010 年版）、《中國現代文學史研究法》（廣西師範大學出版社 2010 年版），就「中國現代文學史料學」問題闡述了自己的詳盡設想。

劉增傑集多年現代文學史料研究和研究生教學成果而成《中國現代文學史料學》，〔註27〕此書被學者視為 2012 年現代文學史料考釋與研究方而的「重大突破」。

最近十多年來，在新文學文獻理論或實際整理方面做出了貢獻的學者還有孫玉石、朱正、王得后、錢理群、楊義、劉福春、吳福輝、林賢次、方錫德、李今、解志熙、張桂興、高恆文、王風、金宏宇、廖久明、李楠、魏建等。

隨著中國文學傳播與研究的國際化，境外出版機構也開始介入到文獻史料的整理與出版活動，如香港牛津大學出版社出版蕭軍《延安日記》、《東北

〔註23〕新華出版社，2005 年。
〔註24〕楊義：《文獻還原與學理原創的互動》，《河南大學學報》2005 年 2 期。
〔註25〕徐鵬緒、逄錦波：《中國現代文學文獻學之建立》，《東方論壇》2007 年 1～3 期。
〔註26〕《文藝爭鳴》2008 年 7 期。
〔註27〕中西書局 2012 年。

日記》，臺灣秀威信息科技出版的謝泳整理現代文學史稀見資料，臺灣花木蘭文化事業有限公司自 2016 年起推出劉福春、李怡主編《民國文學珍稀文獻集成》大型系列叢書。

在中國現代文學的史料文獻意識日益強化的同時，當代文學的史料文獻問題也被有志之士提上了議事日程，洪子誠、吳秀明、程光煒等都對此貢獻良多，〔註 28〕這無疑將大大的推動新文學學科的文獻研究，更為新文學研究走向深入，為現代新文學傳統的經典化進程加大力度，甚至有人據此斷言中國新文學研究已經出現了現代文學研究的「文獻學轉向」〔註 29〕

但是，與之同時，一個嚴峻的現實卻也毫不留情地日益顯現在了我們面前，這就是，作為新文學出版的物質基礎——民國出版卻已經逼近了它的生存界限，再沒有系統、強大的編輯出版或刻不容緩的數字化工程，一切關於文獻史料的議論都會最終流於紙上談兵，對此，一直憂心忡忡的劉福春先生形象地說：「歷史正在消失」：「第一，我們賴以生存的紙質書報刊已經臨近閱讀的極限；第二，歷史的參與者和見證者現在很多都已經再沒有發言的機會了。2005 年，《人民日報》海外版的消息，國家圖書館民國文獻，中度以上破壞已達 90%。民國初期的文獻已 100% 損壞。有相當數量的文獻，一觸即破，瀕臨毀滅。國家圖書館一位副館長講：若干年後，我們的後人也許能看到甲骨文，敦煌遺書，卻看不到民國的書刊。而更嚴重的是，隨著一批批老作家的故去，那些鮮活的歷史就永遠無法打撈了。」〔註 30〕

由此說來，中國新文學的文獻史料工作不僅僅是任重道遠的沉重感，而且另有它的刻不容緩的緊迫性。

2018 年 6 月 28 日成都

〔註 28〕 參見洪子誠《當代文學的史料問題》（《長沙理工大學學報》2016 年第 6 期）、吳秀明、章濤《當代文學文獻史料研究的歷史與現狀——基於現有成果的一種考察》（《文藝理論研究》2012 年 6 月）、吳秀明、章濤《當代文學文獻史料研究的歷史困境與主要問題》（《浙江大學學報》2013 年 3 期）等。

〔註 29〕 王賀：《現代文學研究的「文獻學轉向」》，《長沙理工大學學報》2016 年第 6 期。

〔註 30〕 劉福春：《尋求中國現代文學文獻學學科的獨立學術價值》，《長沙理工大學學報》2016 年第 6 期。

導論：城視時代的文學與文化

　　如何認識當代中國的文化矛盾，必須認眞思考當代中國所處的社會文化轉型的根本特點。在我看來，影響當代文化形成的因素有很多，其中有兩個特別值得關注：一個是以照相術爲代表的視覺技術內在地影響了文學藝術的構成，不僅創造出全新的藝術樣式，而且徹底改變了傳統藝術的存在方式；另一個則是作爲現代化進程重要表徵的城市化、都市化進程，它從外在深刻影響了文學藝術賴以形成和發展的主體、對象、體制和機制，並通過城鄉關係的倒轉構成了對傳統文化的巨大壓力。因此，當我這些年在思考當代文化何以生成、如何演化以及面臨哪些亟待解決的問題的時候，城市文化和視覺文化成爲我切入這一問題思考的重要角度。從視覺文化角度來看，當代文化被稱爲視覺文化的時代，其實質是特指以現代視覺技術（如照相術、攝相機、放映機、電視臺、影院、電腦網絡等）爲媒介、以運動影像爲呈現形態的文化現象。現代工業革命的浪潮所帶來的正是視覺媒介及其觀看方式——「視角」——的革命。照相機的攝相頭成爲人類肉眼的延伸，不僅可以替代肉眼從特定的角度進行觀看，更重要的是通過相片的形式將人類行爲的瞬間固定化，並獲得保存，進而改變了人們的記憶方式。從城市文化角度來看，城市化及其問題也成爲當代文化想像和創造的重要來源。文化研究從哪裏來？從理論上講，我們可以由伯明翰學派追溯到法蘭克福學派，進而與十九世紀末以來的人文思潮廣泛地聯繫起來。但是這些人文學術思潮又從哪裏來？其實正來自於西方現代工業文明的興起，以及與之相聯繫的工業化、城市化、現代化進程。從某種意義上說，城市性構成了文化研究對象的空間屬性。

　　在本書中，將城市文化（其相對晚近的「高速城市化」或「高度城市化」

階段往往被稱爲「都市文化」)與視覺文化並置在一起,並命名爲「城視時代」,意在表明城市化和視覺化不僅僅是構成當代文化的兩個極爲重要的因素,更重要的是,當代文化生產中,城市文化與視覺文化兩者之間還有著極爲密切的關聯,甚至作爲研究方法而言,已經密不可分了。如本雅明在《發達資本主義時代的抒情詩人》中對游蕩於巴黎街頭的「浪蕩者」的研究,就是典型的「作爲城市研究的視覺文化研究」〔註1〕。一方面,城市向你呈現爲一種景觀的堆積,其視覺經驗是城市人確立自己與城市關係的重要基礎;另一方面,城市景觀又可以文本化,成爲視覺文化捕捉和分析的符碼。一方面,全新的視覺媒介技術誕生於城市,並在城市中形成特殊的觀看機制,進而彌散到世界的各個角落;另一方面,城市不斷撕裂可視的景觀,生產出包含各種權力滲透出來的空間,從而使得城市中的視覺變得前所未有的複雜。

本書在結構上按四章展開,第一章重點關注深刻影響當代文化形成和發展的幾個重要問題,並對之展開理論思考。隨後幾章分別從視覺文化、都市文化和審美文化的角度,結合具體的文學和文化的個案展開深入分析。

第一章討論了支配性文化的形成、視覺文化和都市文化等相關的幾個理論問題。首先,從意識形態的角度來看,支配性文化的形成是一個重要的特點,其中包含著主流意識形態的支配性地位以及精英、大眾、民間等多重文化力量的角逐,文化產業已經成爲一種具有支配性的文化生產方式,並構成當代中國文化矛盾的重要場域。其次,視覺文化的來臨內在地改變了文化的載體、內容、形式以及傳播方式,但「讀圖時代」本身其實只是一個出於傳統出版領域中科普類圖書的營銷策略,因此,它的學術化歷程顯示出媒介文化對學術研究的影響,並片面誇大了視覺文化來臨對傳統文化的負面影響。而在對視覺文化的理解中,我們不能將思維限定在「何爲視覺」這一層面上,而應該轉向「視覺化」,思考視覺技術對當代文化的彌散性影響。再次,都市化進程正在改變「鄉土中國」的格局,都市文化研究也形成了人文主義範式和科學主義範式,分別對當代中國都市文化的形成產生不同的作用。

第二章從視覺文化影響下的文學新變的角度,重點討論新的視覺媒介技術所形成的不同的觀看方式對文學寫作帶來的影響。以《長恨歌》爲例,王安憶在小說中選擇了「鴿子」視點作爲審視上海城市變遷的視角,形成既不

〔註1〕 〔英〕阿雷恩・鮑爾德溫、布萊恩・朗赫斯特等著:《文化研究導論》(修訂版),陶東風等譯,高等教育出版社 2004 年版,第 404 頁。

同於本雅明的「漫遊者」，又不同於「外鄉人」的與市民文化若即若離的審視距離，試圖以同情式理解的方式對上海城市變遷進行全景呈現；新世紀以來，以網絡文學為代表的新媒體文學的興起成為一個重要的文學事件，並形成所謂「三分天下」、「六分天下」之類的文學格局的重新調整。綜觀文學批評界對「新世紀文學」的討論、爭議及研究，「新世紀文學」對「新媒體文學」的接受還只是「有限包容」，局部接納。這一有趣的現象折射出「新世紀文學」倡導以來所形成的文學觀念。在當代影視文化中，大眾影評的興起成為另一具有標誌性意義的事件，它意味著大眾不再僅僅滿足於成為文化消費者，而且試圖成為新的文化生產者。羅丹的雕塑「思想者」憑藉有限複製的原則而走向世界，為我們提供了破解文化傳統如何成為一種資源的個案。從文化政治的角度來看，主體的「屈從性」（具體化為「看與被看」的問題）是我們從事視覺文化論域中觀看的意識形態研究，展開觀看的政治學視界的一把鑰匙。觀者與表徵的關係一方面表現為一種權力支配關係，另一方面也表現為一種文化認同關係。如果說權力支配關係主要體現為觀者觀看位置的「主動／被動」的話，那麼，文化認同關係則意味著觀者在進行表徵觀看中的文化身份的「認同／拒斥」。情境本身就意味著一種限制，意味著一種不自由的狀態。對於觀看情境限制的反抗從來沒有中斷過。對於自由觀看的追求成為觀者所努力的目標，對於情境的超越和克服，一直伴隨著觀者的觀看行為。因此，「自由觀看」本身就是一種對情境限制進行抵抗的政治。

第三章著重探討都市化進程帶來的文化衝突。這裡既有全球化陷阱與地方性衝突，也有市民化進程對城市文化傳承的雙重作用。在 21 世紀初的當代中國文化語境中，「海派」和「韓流」出現的頻率相當高，但是它們所指涉的意義及其相關的話語資源卻有相當大的差異。「海派」與「韓流」均經過了由文化他者的指認到自我文化身份的認同並自覺地進行文化主體形象的建構這樣一個過程，但是「海派」因從一開始就帶有的貶義而給自己的主體性重建帶來了麻煩，而「韓流」作為一個晚近的產物也很容易令人產生「來也匆匆，去也匆匆」的猶疑。作為一種符號政治，「海派」意欲借上個世紀二三十年代的老上海風情來恢覆文化優越感的歷史記憶，但在現實生活中，卻遭受到官方意識形態的壓抑；而「韓流」卻借助官方意識形態的支撐成為韓國的全民族意識，其充分的市場化運作及在技術層面與世界全方位的接軌也有力地保障了它的巨大成功。在全球化的文化交往中，「海派」的「崇洋」與「排外」

使得它在與其他地方性文化間的糾葛中損害了自己的文化形象，並阻礙了自身文化影響力的擴展；而「韓流」雖被塑造成在全球化時代、現代化進程中獲得獨立價值與尊嚴的地方性知識，但無論是其民族性還是其現代性的呈現都無法擺脫摹仿和抄襲的懷疑，「韓流」與「漢風」間的關係也絕非表面上的溫情脈脈與相安無事，也許「韓流」正在陷入文化上的全球化陷阱之中而不能自拔。金宇澄的《繁花》是近年來影響巨大的上海文學。《繁花》的文學生產刻上了「上海」鮮明的地方性。作家是《上海文學》的資深編輯金宇澄，首發之地是上海的「弄堂網」，正式發表是在另一份具有全國影響力的上海文學期刊《收穫》，而專著版則是由上海文藝出版社出版，所有這些「外部因素」均與上海有關，絕非偶然。就小說的「內部因素」來看，小說展開的是從 50 年代末到 90 年代初將近半個世紀的上海敘述，而其中所涉及到的人物，從資本家到商人、從地下黨到工人、從知青到律師，涵蓋了上海半個多世紀以來各社會階層的變遷；自覺接續並擴展從《海上花列傳》到張愛玲以來的「上海文學傳統」以及「上海話」的方言敘述同樣也強化了這部小說的「上海味」。也許正因為這些從內到外的「上海性」，使得《繁花》成為近兩年來最受關注和歡迎的上海文學作品，也使得我們對於《繁花》「上海性」如何形成的研究不能局限於「內容」層面，而必須將「形式」以及「文學生產機制」等諸多層面的因素納入進來一起討論。地鐵空間是當代都市一處全新的景觀，它因大規模陌生人群的聚集和流動而成為都市象徵。同時，因其不斷向地下的延伸以及拱廊建築的全面採用而構成了有別於地面上以摩天大樓為代表的「高度美學」的另一種「深度美學」的重塑。在城市文化傳承問題上，應該確立一個基本的立場，即城市不是文化傳承的敵對力量，而是芒福德所說的「文化的容器」，應將之視為一種積極力量。城市文化傳承也絕非城市文化的傳承問題，而是城市的文化傳承問題。在此，「人的活動」因素至關重要，但是我們對對象性的文化形態和機構性的城市規劃的關注遮蔽了對作為城市文化主體的市民因素重要性的認識。城市文化傳承中最為重要的問題是如何處理市民化進程中的文化衝突，它貫穿於城市化的所有階段；當代中國城市化進程與市民化進程出現了不同步的現象，形成了不同的市民化問題，市民化進程中出現的「農民工」、「先知識化」和「再市民化」等現象也決定了城市文化傳承的複雜性。

　　第四章則從審美現代性的角度試圖重新從總體上把握現時代中國的精神

狀況。文學和文化從一個側面反映了現時代的精神狀況，通過一種虛構想像的方式參與社會意識的建構。方方的小說有意識地在敘述中強調「口是心非」的意義，這類微型對話是否具有類似巴赫金所說的複調小說的意義？熊召政的《張居正》使我們有可能借助於一個虛構性的文本來思考關於改革的話題。對於改革家的張居正而言，何以「成於改革，毀於改革」？對於由張居正所推動的這場改革運動來說，又何以「成於張居正，毀於張居正」？這裡是否包含著千百年來困擾中國改革的死結？《張居正》揭示了張居正改革最終未能完成制度性的設計，使體制有一種自我適應和調整的能力，而僅僅依賴於體制內個人的良知與威權，則難免失敗的命運。在中國當代作家中，劉震雲的創作與民間社會生活的關係十分密切。他的一系列小說都以河南新鄉延津作為背景，並賦予其民間詼諧文化的鮮明特色。從《我叫劉躍進》開始，這種「劉氏幽默」便有一種更新的名稱：「河南式幽默」，而這種幽默與其他幽默不同之處在於「擰巴」。本文從民間社會生活中十分重要的詼諧文化的角度分析了劉震雲幽默風格的演變及其轉型，指出「擰巴」貫穿了劉震雲的整個創作史，並在《一句頂一萬句》等小說中達到頂峰。郝景芳的《北京折疊》從城與人和人與人兩個角度描繪了一幅社會階層區隔明顯且階層固化嚴重的「未來／現實」圖景。折疊北京中的所有居民都兼具著「治理者／被治理者」的雙重特點。從內在性視角來看，折疊北京雖不如意，但還得接受，屬於有缺陷的善治；而從外位性視角來看，折疊北京則屬於雖然運行有效，但根基錯誤，屬於有效的惡治。《北京折疊》的本質是包含著諸多現實社會因素的善治寓言，是以「想像未來」的方式來「展現現實」。郝景芳的烏托邦想像的思想核心仍然是圍繞科技進步來展開的。到了新世紀，中國的文學藝術發生了巨大的變化，如何藉此把握現時代的精神狀況？本文擬用凝滯來描述新世紀以來的文藝狀況，主要想同時包含兩方面的含義：一方面，意指新世紀以來文藝創作和理論批評創造性的總體性匱乏，可以用「美學的凝滯」來概括；另一方面，「凝滯」更是對這一段時期美學主導風格的概括，這可能是更為切題的一種思考，姑且可以用「凝滯性美學」來命名。「凝滯」是相對於「進步」、「變化」、「流動」而言的，如果說，後者曾一度是文藝現代性追求的目標的話，那麼，「凝滯」則是對新世紀以來出現的藝術現代性（包括後現代性）精神耗散趨向的一種概括。本文想藉此表達的是，現代性曾經是多年來文學藝術創造的不懈的衝動，而今可能正在消逝。

第一章　社會文化轉型中的
　　　　當代中國文化矛盾

第一節　面對形成中的支配性文化及其生產方式

　　「理論之後」作爲一種理論背景，並非中國文化批評走向困境的標誌，而是眞正走向「文化自覺」的象徵。「理論之後」，西方文化理論並非毫無建樹，而是正在發生轉型；中國的文化批評實踐需要重新確立本土性的研究對象、問題意識和研究方法，應在這林林總總的文化現象、思潮、衝突與激蕩中形成對當代中國文化發展特徵的某種認識，或者更準確地說，應致力於「形成中的支配性文化」的參與性研究，「主流大衆文化」可以成爲對之的一種命名；在這一以媒介技術、商品消費爲取向的文化生產大潮中，處於支配性地位的便不再只是純文學、高雅藝術和精英文化了，而是由權力、資本、技術以及相應的文化趣味相交織而形成的通俗文化、大衆文化以及相應的文化產業形態。文化批評需要在文化產業領域進行強有力的批判性質疑和建設性參與，從而眞正介入並影響支配性文化的形成。

一、「理論之後」：中國文化批評的理論背景

　　伊格爾頓於 2003 年出版的《理論之後》一書引起了中國文藝學界的強烈震動，直到現在都還是思考新世紀中國文藝學前途與命運的理論背景和重要前提。但是，有三點值得特別注意：

　　其一，伊格爾頓所說的「理論之後」首先並非「文學理論之後」，而是「文

化理論之後」，他說的是「文化理論的黃金時期早已消失」。其實，類似的聲音在 1980 年代以來就一直存在，如米切爾的《反抗理論》、卡維納的《理論的限度》、保羅・德曼的《對理論的抵制》、玻格斯的《挑戰理論》、阿拉克等的《理論的後果》、拉德夫德的《理論狀況》、麥奎倫等的《後理論：批評新方向》等等。早在 1990 年代，詹明信就已說伊格爾頓在《理論之後》中最經常被人引用的開頭那段話了：「但今天在理論上有所發現的英雄時代似乎已經結束了，其標誌是下述的事件：巴特、拉康和雅各布森的死；馬爾庫塞的去世；阿爾都塞的沉默；尼柯、布朗特日和貝歇的自殺為標誌的『第一代』法蘭克福學派的終結；甚至還有更老一代的學者如薩特的謝世等。」（詹明信 303）因此，「理論之後」首先應該是成為反思當代文化理論和文化批評的一個思想背景。其次，伊格爾頓談論「理論之後」的著重點不在於「文化的危機」、「文學的危機」，而是「理論的危機」，這就顯示出了與希利斯・米勒的「文學終結論」很大的區別。正如喬納森・卡勒所說：「我們被告知，『理論』已經使文學研究的本質發生了根本的變化。不過說這話的人指的不是文學理論，不是系統地解釋文學的性質和文學的分析方法的理論。」（卡勒 1）他們指的更多的是一些最初可能與文學一點關係都沒有的各種爭辯性話題。那麼，從理論自身所存在的問題來看，其危機表現在哪些方面呢？伊格爾頓的觀點是：「理論」的普遍性衝動已成強弩之末，「結構主義、馬克思主義、後結構主義以及類似的各種主義已經風光不再。相反，吸引人的是性」。「理論」的批判立場消失，與日常生活的關係變得曖昧不清，「學問不再是象牙塔之一中」，「它們回歸到日常生活——只是有可能失去批評生活的能力」。由於文化理論完成了將性和大眾文化作為研究對象的合法化過程，使「樂趣」（「快感」）也登堂入室，「微觀政治分析」替代了「宏大敘事」主題，革命、階級、民主、自由等人們曾經賴以尋求認同、確認自我的「集體性觀念」變得不再重要（伊格爾頓 1-71）。再次，文化理論的病症是否也傳染到了文學研究，進而帶來文學理論的危機？答案既是不言而喻的，但也是需要認真辨析的。如在伊格爾頓看來，「理論」首先是馬克思主義，即能夠對文學、文化等各種現象展開文化政治批評；而對喬納森・卡勒而言，「理論」則首先是結構主義，即用以「理解語言、社會行為、文學、大眾文化、與書寫有關或無關的社會現象和人類心智結構的鑰匙」（Culler 23）。而這兩種理論範式直到現在仍然是文學理論進行外部研究和內部研究必不可少的基本工具和理論視野。也就是說，儘管「理

論」的普遍性衝動看上去正在消散，但它與文學研究的關聯並沒有同步失效。

其二，「理論之後」算起來應該是從 1980 年代末 1990 年代開始，這是否意味著在「黃金時代」之後西方文化理論不再有所建樹，從此銷聲匿跡？恐怕也不能這樣說。僅以作爲文化研究之標杆的伯明翰當代文化研究中心來說，在繼 1960 年代的霍加特時期、1970 年代的斯圖爾特‧霍爾時期之後，確實到 1980 年代之後呈現出明顯式微的景象，但是深受伯明翰學派影響的學人並沒有停止文化研究的腳步，斯圖爾特‧霍爾繼續在開放大學身體力行地從事文化研究的教學與研究，其他的學人分佈於英國、北美、北歐和澳洲，成爲散落到世界各地的種子，並發生各種變形與變異：如約翰‧費斯克 1980 年代初經受了澳大利亞大眾文化的薰陶，1980 年代末到了美國之後更是成爲「大眾文化迷」，將文化研究的民粹主義傾向推到極致；托尼‧本內特也在 1983 年來到澳洲，卻在 1994 年重返英國開放大學接替斯圖爾特‧霍爾的教鞭（直到 2009 年再度重返澳洲受聘於西悉尼大學），他的選擇是致力於將文化政策引入文化研究，試圖在批判性知識分子與建設性知識分子之間保持某種平衡；而起步於《解讀電視》的約翰‧哈特利直到 2000 年都堅守英國本土，2000 年之後受聘澳大利亞昆士蘭科技大學，遂成爲澳大利亞文化創意產業研究的領軍人物之一。伯明翰文化研究學派對當代文化轉型的認識也在 20 世紀 80 年代發生了重要轉變：如果說在 1960、1970 年代他們還多少保留著新左派傳統，將馬克思主義的「革命運動」視爲理解當代文化的轉型隱喻的話，那麼到了 1980 年代，斯圖爾特‧霍爾已經發現，時代已經變了，這種思維方式已不再爲人們所認可，文化理論必須果斷地與這類戲劇式的簡單化和二元式的翻轉拉開距離，巴赫金的「狂歡」正是替代馬克思的「革命」的最合適的「轉型的隱喻」。巴赫金的「狂歡」正是對二元區分的逾越，「低文化侵入了高文化，模糊了被強制接受的等級秩序；它所創造的，不是簡單地用一種美學戰勝另一種美學，而是那種不純的、混雜的『怪異』形式；它暴露出低文化之於高文化的相關相依，顯現出所有的文化生活不可避免的混雜和矛盾的本質，文化形式、象徵、語言和意義的可逆性；揭露出文化權力的武斷和簡單化行爲，排除作用在每一種限制、傳統和經典形式的建構和每一條文化閉合的等級原則之上的運行機制。」儘管在霍爾的表述中，福柯式的思維方式仍然存在，但是「狂歡」已經不再像福柯逾越癲狂、監獄和性時那樣「驚世駭俗」和「特立獨行」，在「狂歡」成爲替代「革命」而成爲新的時代的「轉型

的隱喻」後，巴赫金式的對話主義開始逐漸成爲霍爾處理文化問題的思維方式。〔註1〕這還只是相對正宗的文化研究學派的學人在「理論之後」時代所發生的複雜變化中極小的一個側面，由此也不難看出，「理論之後」並非文化理論一無用處了，而是文化理論發生了某些重大轉型。

其三，伊格爾頓所針對的是歐美爲主體的西方文化理論的現狀，那麼，這一「理論之後」的語境是否適用於中國的文化批評呢？這裡所包含的問題可能更爲複雜：90 年代之後興起的文化批評是否照搬了西方文化理論的研究範式和問題意識？是否用西方之履丈量了中國之腳？西方文化理論之病是否傳染到了中國文化批評者身上？「理論之後」的理論轉向是否也在中國文化批評領域得到了某種響應？如果將中西比較的視野暫時懸置，那麼，中國的文化批評如何才能確立屬於自己的研究對象、問題意識和批評方法？如果說在伊格爾頓那裡「理論之後」意指理論的這種跨學科的普遍性衝動消退的話，那麼，對於中國的文化研究和文化批評而言，「理論之後」意味著跨民族國家、以全球化抹殺地方性的普遍性的失效，也就是說，「理論之後」的中國文化批評最重要的是強調回歸中國本土文化語境，針對當代中國複雜多變的文化現實。從這個意義上說，「理論之後」並非中國文化批評走向困境的標誌，而是眞正走向「文化自覺」的象徵。

二、主流大眾文化：形成中的支配性文化

當代中國文化批評的對象究竟是什麼？寬泛地回答說是「正在發生的當代中國的新的文化現實」是遠遠不夠的，因爲學界對文化的認識正前所未有的複雜，不同的立場、視角都會形成不同的文化觀念以及相應的文化研究的對象，從官方文化、民間文化和精英文化的三分到精神文化、制度文化、器物文化和習俗文化的四分，從大眾文化、視覺文化、都市文化、網絡文化各文化形態的橫向鋪陳到傳統文化、現代文化、後現代文化的縱向展開，更不用說文化思想領域中保守主義、激進主義、左和右的較量、亞文化與反文化的洶湧，足以讓人們在這「新的文化現實」面前束手無策；而如果狹隘地將文化批評的對象指涉爲「大眾文化」同樣也有問題，當代中國的「大眾文化」

〔註 1〕 Stuart Hall. "For Allon White: Metaphors of Transformation." Ed. David Morley and Kuan-Hsing Chen. *Critical Dialogues in Cultural Studies*. London and New York, 1996.292，299.

是何種意義上的大眾文化？是霍克海默、阿多諾所說的「被工業所生產出來的文化」嗎？還是霍加特所說的「工人階級文化」，是斯圖爾特‧霍爾在 1970 年代關注的「作為抵抗的儀式」的青年亞文化，還是 1980 年代之後被約翰‧費斯克頌揚的由大眾所創造出來的消解商業文化影響的「抵抗的游擊術」？答案如果放之太寬，文化批評往往會變得貌似無所不包而其實卻容易大而無當；對象如果限之太死，文化批評則會變成一種小兒科、裝飾物，失掉其應有的參與文化批判和文化建設的功能。

　　當代中國的文化批評應該在這林林總總的文化現象、思潮、衝突與激蕩中形成對當代中國文化發展特徵的某種認識，或者更準確地說，應該致力於「形成中的支配性文化」的參與性研究。所謂支配性文化（control culture）又稱「主導文化」（dominant culture），這是文化研究、文化批評者必須首先面對的對象。雷蒙‧威廉斯在《馬克思主義與文學》中明確指出，「在我稱之為『劃時代』的那種分析之中，某一文化過程總被看做是某種具有決定性的主導特質的文化體系」，對主導性文化、支配性文化的判斷和把握不只是對這一特定的文化時代進行命名，更重要的方法論意義在於「通過這種方法，從那些通常被抽象為某種體系的事物中找出一種運動的意義來」，因為「在真正可信的歷史分析中，最有必要的是應當在每個階段上都認識到那存在於特定的，有效的主導之內或之外的各種運動、各種傾向之間的複雜關係」。正是在這一個意義上，雷蒙‧威廉斯將文化的形態分為「主導」、「殘餘」、「新興」並以此展開它們之間各種複雜的文化運動。詹明信在其《後現代主義，或晚期資本主義的文化邏輯》中也是在「主導文化」、「文化的主導風格」的意義上定義後現代主義的，他明確指出，「我們必須視『後現代主義』為文化的主導形式，我們的歷史分期觀才能有出路。我認為，只有透過『文化主導』的概念來掌握後現代主義，才能更全面地瞭解這個歷史時期的總體文化特質。有了『文化主導』這個論述觀念，我們才可以把一連串非主導的、從屬的、有異於主流的文化面貌聚合起來，從而在一個更能兼容的架構裏討論問題。」（427）由此所提出的問題是：1990 年代以來中國所興起的文化批評熱潮是否是建立在對支配性文化、主導文化的分析基礎之上的？

　　答案可能是並不盡然。一方面，90 年代中國文化批評的興起與 90 年代社會主義市場經濟轉型密切相關，從這個意義上說，應該是把握了這個時代的「支配性力量」和「主導方向」的。1990 年代中國文化批評的起步是從大眾

文化批評開始的。作爲早期大眾文化批評的旗幟性學者，戴錦華曾如此描述過 1990 年代初的心路歷程：「90 年代以後我始終處於相當迷茫的狀態，這種迷茫到 92、93 年之交達到了極致，這主要是因爲商業大潮不期而至，就個人經驗而言，我經歷了眞正的『失落』。首先是 80 年代自己所從屬的學術群體的崩潰，似乎所有人都在一夜間放棄了學術。」面對似乎是一夜間就降臨到中國的「大眾文化、商業文化、文化市場的全面興起，……我經歷了一場『知識的破產』，自己過去所嫻熟使用的大部分理論和方法都在新的現實面前顯出了蒼白無力。」(5，215) 陶東風一方面承認大眾文化理論當然借鑒於西方，但是另一方面，「90 年代中國的文化現實發生了巨大的變化，尤其是市場化、世俗化以及大眾文化的興起使得人們感覺到了文化研究的理論魅力。」〔註2〕事實也確實如此，1992、1993 年之交，社會主義市場經濟所推動的商品化、市場化的浪潮給已經因思想啓蒙失望而心灰意冷的中國知識界的頭頂再澆上了一盆涼水，知識分子的邊緣化、人文精神的失落加速了知識界的分化，以關注大眾文化起步的文化批評正是在這種混合著政治失望、商業恐慌、文化挫敗以及學術與思想分野等多重複雜情感的狀態中興起的。

但是另一方面，文化批評者們所藉重的理論資源卻並沒有有效地實現其展開對「正在形成中的支配性文化」的分析。當大眾文化成爲文化批評的第一塊試金石時，中國的文化批評者所借鑒的理論資源主要就是法蘭克福學派的文化工業理論，他們認同霍克海默、阿多諾將文化工業視爲「大眾欺騙的啓蒙」的觀點，將大眾視爲文化工業的被動消費者，於是「文本的貧乏」、「與權力同構或合謀」、「商業主義」以及「被動接受」等就成爲眾口一詞的大眾文化批評態度，在這背後正暴露出 90 年代中國的大眾文化批評理論資源的單一和思想立場的片面（金元浦、陶東風 110-14）。進入新世紀之後，伯明翰學派文化研究中的大眾文化理論開始引入中國，陸揚、王毅合著的《大眾文化與傳媒》一書拓展了西方大眾文化理論的面向，費斯克、洪美恩、德賽都等人的理論開始產生影響，〔註3〕大眾文化不再只是文化工業所生產出來的文化，也包括大眾自己生產的文化、各種青年亞文化，還有新的文化形態，諸

〔註2〕 陶東風：「文化批評向何處去」，《天津社會科學》4（2000）。
〔註3〕 還有與之同時推出的羅鋼、劉象愚主編的《文化研究讀本》（北京：中國社會科學出版社，2000 年）、陸揚、王毅選編的《大眾文化研究》以及由陶東風、金元浦、高丙中主編的《文化研究》叢刊等共同實現了大眾文化領域的拓展。

如視覺文化、都市文化、流行文化、網絡文化、新媒體文化等紛紛進入文化
批評者的視野。換言之，文化批評者關注的重心轉向了「新興文化」的方面，
對此雷蒙・威廉斯曾一針見血地指出，「新的意義和價值、新的實踐、新的關
係及關係類型總是在不斷地被創造出來。但麻煩的是，人們很難把那些真正
屬於新階段主導文化的因素同那些實質上只是取代或對立於主導文化的因素
區別開來──嚴格地說，新興絕非新奇之物。」因此，「要最終理解這種既有
別於主導又有別於殘餘的新興文化，關鍵在於要懂得這樣一點：新興文化誠
然決定性地依賴於找到新形式或找到對形式的適應方式，但它絕不僅僅是某
種直接實踐的事物。」（129-35）視覺文化研究的興起來源於 90 年代之後影視
藝術的蓬勃發展，更得益於網絡、新媒體在新世紀以來以前所未有的速度實
現了日常生活的全方位滲透；都市文化研究的興起既與當代中國城市化進程
的提速有關，更與城市作為文化主體的自覺，從城市形象、城市精神的討論
到城市經營、創意城市、城市軟實力的推進，都市（城市）文化研究也獲得
了地方政府這座強大的靠山。但是，文化批評各種面向的展開並沒有最終完
成其參與當代中國支配性文化（主導文化）形構的論證。在文化批評者眼裏，
大眾文化仍然是知識分子所主導的精英文化所不齒的世俗、庸俗、媚俗的產
物，也是官方意識形態千方百計努力收編的對象，視覺文化研究者更多地將
之與新興的視覺媒介、視覺技術聯繫起來考慮；都市（城市）文化也更多地
與特定的區域、地域的歷史與文化聯繫起來。而這一切，正表明，當代中國
的文化批評正有意無意地疏離對支配性文化、主導性文化的關注，或者說在
對各種新興文化、殘餘文化的分析中並沒有將它們與主導文化的關係作為一
個重要的問題納入視野。

　　在當代中國討論支配性文化的困難在於以馬克思主義為指導的社會主義
文化當仁不讓地處於「主流文化」的地位，〔註4〕而「改革開放」無疑應該成
為對三十多年來新社會主義運動的進行文化反思的最為重要的關鍵詞。從三
十多年歷史發展來看，改革開放自身也經歷了從「作為抵抗的策略」到「花
開兩朵各表一枝」，從「社會主義市場經濟」到「和諧社會」的複雜過程。所

〔註4〕　學術界對「主流文化」的看法一般有二：一種是描述性的，即某一社會中佔
　　　　大多數的文化形態，在此義中主流文化可與支配性文化、主導文化相等同；
　　　　另一種是定性的，即特指統治階級的意識形態，或稱官方意識形態所主導的
　　　　文化取向。

謂「作爲抵抗策略」是指改革開放之初面對十年浩劫對中國所產生的災難性影響，一方面表現出「解放思想、實事求是」的清醒認識，但另一方面卻是「摸著石頭過河」的對改革的目標方向、實施步驟並不特別清晰的複雜現實。十一屆三中全會前後，由於極「左」思想的深刻影響，使得思想解放成爲最爲緊迫的時代任務，作爲思想解放最重要的成果，就是用「以經濟建設爲中心」實現了對「以階級鬥爭爲綱」的取代。但是從 80 年代到 90 年代，「以經濟建設爲中心」的改革開放推動力一方面帶來了經濟體制改革的深化，另一方面卻伴隨著政治體制改革的相對滯後。這一現實雖然在一定程度上保證了經濟體制改革的社會主義方向，但在更大程度上卻使得政治體製成爲制約經濟體制進一步改革開放的因素。這種改革開放「花開兩朵各表一技」的現實直到今天都還沒有得到很好解決。90 年代以後，鄧小平南巡講話和社會主義市場經濟口號的提出加速了經濟體制的改革進程，試圖探索一種通過經濟發展推動社會全方面發展的新路，從而呈現出一種有別於八十年代的改革開放進程。在這一進程中，利益主體的多元化、社會結構分層的多樣化日漸重構了當代中國的社會現實，逐步發展出一整套以「改革開放」爲特徵的支配性文化，我們可以將之稱爲「新社會主義文化」，在這種新社會主義運動的推進中，一方面帶來了當代中國文化的巨大發展，但另一方面也在某種程度上激化出了第三次改革之爭。面對「改革開放」，主流意識形態正在調整並形成了一套屬於自己的表述話語（如「發展是硬道理」、「三個代表」、「科學發展觀」、「和諧社會」），學術思想則分化出若干種解釋框架（即不同思想傾向和學術背景的學者分別對當代中國問題發言，對主流意識形態所提供了表述話語進行闡釋），而對於百姓的日常生活而言，改革開放的歡欣與陣痛不僅僅帶來的是思想觀念形態的轉變，更重要的是作爲整體的生活方式的重建。很顯然，改革開放，已經成爲新社會主義文化轉型的標誌。

更爲重要的是，當大眾文化直接成爲文化批評的對象時，我們也不得不面對下面這些事實：其一，當代中國的「大眾」事實上經歷了從「工人階級市民化」的轉變，而「工人階級文化」曾經是絕對的支配性文化的主體，與以馬克思主義毛澤東思想爲指導的主流意識形態形成堅不可摧的整體的文化形態；其二，社會主義市場經濟也是由黨和政府所主導的經濟和社會的全方位改革的產物，我們絕對不能因其商業化、市場化傾向而將之等同於西方發達國家資本主義市場經濟主導下的商業文化、消費文化、大眾文化形態，中

國的市場經濟和商業文化仍然有著強有力的社會主義意識形態的支配性；其三，彌漫於當代中國的各種非主流文化和青年亞文化的形態也不再像60年代的世界性的反文化浪潮那樣具有反抗性、顛覆性和革命性了，至多成為一種彰顯個性或者尋求認同的一種文化表達，更多的則是具有了單純的遊戲娛樂的性質。其四，主流文化經過三十多年的文化實踐，也成功實現了「大眾化轉型」——在此，主流文化對大眾文化的收編當然存在；但同時主流文化主動向大眾文化的取經也是一個不容忽視的現實。從90年代以來的在「弘揚主旋律、提倡多樣化」背景下開始的作為抵抗好萊塢大片的「國產商業大片」到現在「社會主義文化大發展大繁榮」時期成功營銷的「主流大片」，主流文化已找到了成功接合大眾文化的途徑和方式。正是在這個意義上，「主流大眾文化」可以成為對「正在形成中的支配性文化」的一種思考方向。

三、文化產業：當代中國的文化生產

　　在「新意識形態下」解碼「半張臉的神話」的王曉明一直都將「文化生產機制」作為破解中國當代文化現象的一把鑰匙。在其《面對新的文學生產機制》一文中，他將這一文化生產機制分解為國家文化政策和管理措施、發表和傳播體制、文化／文學教育體制、新的消費趣味和消費能力、文化生產者的物質生活狀況和社會地位、文化記憶和想像、跨國資本以及知識分子批判性分析等不同層面。〔註5〕確實，當代文化批評把目光聚焦於制約文化生產傳播消費的意識形態、市場環境、社會因素、文化氛圍等並非過去文藝社會學或者政治倫理批評的簡單回歸，而是在面對新的文化現實面前的理性選擇。「新的文化現實」之所以不同於「舊的文化現實」，歸根結底在於它是現代工業革命，尤其是信息革命以來的產物。正是工業技術、信息技術為文化藝術創造了全新的以高科技媒介為基礎，以商品化為取向的全新藝術媒介和文化形態。因此，從其與現代工業革命和後工業革命的緊密關係著手，將「生產／消費」邏輯引入當代文化的分析是順理成章的。正是在這個思路下，作家藝術家不再是追求獨創、彰顯個性的「天才」，而是受制於文化工作團隊的「符號創作者」，他應按需供應，定製生產；文化產品既不能簡單地對接「傳統」（文化傳承），又不是「個人才能」（想像力）的展現，而是首先來自文化受眾的消費欲望；用於出售／購買的商品屬性及其經濟價值成為創作形態、

〔註5〕　王曉明：「面對新的文學生產機制」，《文藝理論研究》2（2003）。

購買需求及創作方式的內驅力，等等。在這一以媒介技術、商品消費爲取向的文化生產大潮中，處於支配性地位的便不再只是純文學、高雅藝術和精英文化了，而是由權力、資本、技術以及相應的文化趣味相交織而形成的通俗文化、大眾文化以及相應的文化產業形態。

但是在對待文化產業的批判性分析方面，當代中國的文化批評也同樣存在著因理論來源的單一而形成的簡單化現象。從來源於法蘭克福學派的「文化工業」（Cultural Industry）到中性化的「文化產業」（cultural industries），包括對「創意產業」（creative industries）或「文化創意產業」（cultural creative industries）的籲請，中國的學術界對文化產業的研究在近二十年時間裏經歷了從視之爲批判性對象到視之爲建設性目標的演變過程。不過，文化研究和文化批評的學者大多數並沒有與時俱進，甚至採取了相對保守沉默的方式。

伴隨著90年代大眾文化批判而來的是對法蘭克福學派的文化工業理論的同步借鑒，並以此來展開對社會主義市場經濟背景下出版、演藝、MTV、影視劇等文化生產方式的分析。〔註6〕文化工業視角的引入帶來了文化批評上的三個後果：其一，借助文化工業的視角，揭示出90年代之後中國文化生產從過去聽命於政治和行政命令，而現在則必須進入市場，接受消費者的選擇的歷史性變化，〔註7〕這是有積極性意義的；但是其二，在具體運用中去直接套用霍克海默、阿多諾等人的邏輯，直接將物質生產的特點等價爲文化生產的規律，而忽略了精神生產的特殊性，認爲文化工業所生產出來的文化產品完全是按照工業生產方式生產出來的，文化工業的結果就是文化的商品化，文化產品成爲「徹頭徹尾的商品。」〔註8〕在對文化工業的生產機制分析中，他們並沒有像馬克思的《資本論》那樣，深入到文化工業具體的製作環節中進行細緻分析，而更多的是在隱喻的意義上談「工業」話「生產」，更強調的是工業生產標準化、齊一化的要求對文化產品多樣性的抑制。更重要的是其三，忽視了中國的大眾文化與西方大眾文化的差異及兩者間所存在的極大的錯

〔註6〕 如潘知常「MTV——當代人的『視覺快餐』——當代文化工業的美學闡釋」（《南京社會科學》2（1994）、潘知常「邂逅搖滾：當代文化工業的美學闡釋之一」（《益陽師專學報》2（1994））、韓鍾恩「當下人文生態及其文化工業語境」（上下）《交響——西安音樂學院學報》1995年3、4期。楊經建「90年代影視劇作：『文化工業』的典型產品」（《理論與創作》6（1995）。

〔註7〕 金元浦：「試論當代的『文化工業』」，《文藝理論研究》2（1994）。

〔註8〕 阿多諾：「文化工業再思考」，《文化研究》，第1輯。天津：天津社會科學出版社，2000年。198。

位，並最終導致文化工業理論在中國成爲「未結碩果的思想之花」。〔註9〕

　　與法蘭克福學派的文化工業理論引進同時，中國的經濟學界、文化政策研究者開始啓用與「文化事業」相對應的「文化產業」的概念，〔註10〕隨著文化產業逐步從民間的呼喚到上升爲國家政策甚至國家戰略的層面，西方文化產業的相關理論也開始引入。文化產業的概念背後所包含的理論前提是對市場經濟體制的認可，是對文化產品的工業化生產這一現象的中性化分析性立場，〔註11〕同時也是黨和政府所推行的社會主義文化建設的重要方面，使得這個概念一直沒有正式進入文化批評的視野，文化批評者似乎總是小心翼翼地與「文化產業」保持著若即若離的關係。相似的情況也出現在從 21 世紀之初才開始進入中國學術話語的「創意產業」（或「文化創意產業」）一詞，儘管「創意產業」一詞有著克服「文化產業」忽視個人獨創性之不足的特點，〔註12〕但對之的關注仍主要集中在文化政策、文化經濟、文化產業的研究者當中。文化批評並非不關心影視、網絡、新媒體以及相關的文化現象，但是他們的分析往往沿用奠基於純文學、高雅藝術基礎之上的理論範式，更多地關心在讀圖時代對文學閱讀和文學經典的影響，關注影視作品是如何改編經典文學作品並影響作家的寫作風格。即便單純地分析影視作品或者網絡小說，他們也以作家獨創和經典作品的方式分析導演或寫作的寫作風格、影像或網絡文本的表象及其意指實踐或結構及其隱含意義。他們也關心這些新的文化現象的產生原因和社會背景，但往往套用布迪厄的場域理論和福柯的話

〔註9〕　趙勇：「未結碩果的思想之花——文化工業理論在中國的興盛與衰落」，《文藝爭鳴》11（2009）。

〔註10〕　所謂「文化事業與文化產業二分」是指經過文化商品屬性的大討論，在社會主義市場經濟體制建立的背景下，對文化商品屬性的認可，並以贏利和非贏利作爲區分文化產業和文化事業的標準，從而強調，黨和政府應該將工作重心放在「市場失靈」的文化領域（即「文化事業」）。

〔註11〕　據郝斯蒙德夫考證，大寫的單數「Cultural Industry」一詞經法國社會學家（如 Morin，Huetetal，Miege 等人）創造性地運用於聯合國教科文組織的政策制定領域，並將之更改爲小寫的複數的「cultural industries」，用以「指出文化產業的複雜程度，還想辨別不同類型文化生產所遵循的不同邏輯。」（赫斯蒙德夫：《文化產業》，張菲娜譯。北京：中國人民大學出版社，2007 年.19.）

〔註12〕　據約翰‧哈特利的介紹，「『創意產業』（creative industries）這一術語出現於 20 世紀 90 年代。十幾種各不相同但又依賴於個人創造性的產業被聚焦在一起，這些產業包括電影、電視、出版、建築、設計、軟件和電腦遊戲，以及表演藝術。」（約翰‧哈特利編著：《創意產業讀本》「序」，曹書樂、包建女、李慧譯。北京：清華大學出版社，2007 年.13.）

語權力理論，圖解爲各種權力、資本的運作結果。也就是說，文化批評者對當代文化生產方式的隔膜已經嚴重制約了其批評的效力，以至於出現凌空蹈虛的現象。

從文化政策的角度來看，文化產業有一個逐漸浮出水面到面目日漸清晰的過程。1992 年，國務院辦公廳綜合司編著的《重大戰略決策——加快發展第三產業》，明確啓用了「文化產業」的概念。1998 年，文化部增設文化產業司，主要任務是研究擬定文化產業發展規劃和相關政策、法規，扶持和促進文化產業的發展和建設，協調文化產業運行中的重大問題。2000 年，《中共中央關於制定國民經濟和社會發展第十個五年計劃的建議》中明確提出「推動信息產業與有關文化產業結合」，「完善文化產業政策，加強文化市場建設和管理，推動有關文化產業發展」。根據黨的十五大報告，2001 年 10 月，文化部制定了《文化產業發展第十個五年計劃綱要》和《文化事業發展第十個五年計劃綱要》。2002 年 11 月 8 日，中國共產黨在十六大報告中明確提出「積極發展文化事業和文化產業，繼續深化文化體制改革」問題。文化事業與文化產業的區分，直接觸及到了對文化生產的屬性定位和所有制問題，成爲中國文化體制改革向深水區邁進的標誌。2009 年《文化產業振興規劃》的出臺將文化產業上升到國家戰略層面。文化產業振興不僅具有「調整結構、擴大內需、增加就業、推動發展」、「應對國際金融危機」從而增強「硬實力」的重要作用，而且能夠極大地提升城市文化創新力、凝聚力和影響力的「軟實力」競爭力。直到 2011 年十七屆六中全會通過《中共中央關於深化文化體制改革、推動社會主義文化大發展大繁榮若干重大問題的決定》提出「社會主義文化強國」的口號，文化產業日益成爲主導性的文化生產方式。但是，從民間之手到政府之手的推進，文化產業的發展一直存在著「重產業輕文化」、「重硬指標輕軟影響」的問題。所謂「重產業輕文化」是指，過於強調文化產業的經濟貢獻度，如追求文化產業增加值、在金融危機中「逆勢上揚」、「拉動內需」等；過於簡單地從經濟部門角度將文化產業定位在第二或三部門或「2.5 產業」；過於依賴行政、經濟和法律的手段，如強調政府職能的完善；以財政、金融信貸、稅收爲主的經濟政策、以知識產權保護等法律法則等，但是忽視了文化產業之所以爲文化產業的「創意」扶持，包括文化傳統的激活、當代文化的繁榮、自由思想的鼓勵、個人才能的發揮等等。所謂「重硬指標輕軟影響」是指，在文化產業發展評估上，過於依賴政府部門和經濟統

計部門對與文化產業相關的硬指標的量化分析，如上海編製的上海城市創意指數，分為產業規模、科技研發、文化環境、人力資源、社會環境等五大指標體系、33 個分指標，其中絕大多數以硬指標的形式體現（僅「社會安全指數」一項具有柔性成分），北京編製的北京文化創意指數指標體系的 75 個子指標中也僅「居民幸福指數」和「居民安全指數」為柔性指標。文化產業文化性之不足正說明文化人、人文知識分子參與程度不夠。

因而，當代中國的文化批評需要在文化產業領域進行強有力的批判性質疑和建設性參與，從而真正介入並影響支配性文化的形成。

第二節　「讀圖時代」批判：視覺文化的興起及其問題

如果說，當前視覺文化研究中有若干理論關鍵詞的話，可以與「視覺轉向」、「圖像理論」、「看與被看」之類相提並論的，可能非「讀圖時代」莫屬了。自從「讀圖時代」在 1998 年被創造出來之後，近十年來，它一直風行於各大新聞媒體、網絡論壇、學術期刊甚至成為學術專著的書名。以筆者 2007 年 7 月 8 日通過搜索引擎查詢的結果，在百度上，找到相關網頁約 338，000 篇，而在 Google 上則約有 10，900，000 項符合條件的記錄，可見其影響力之廣。那麼，這個詞究竟從何而來？它是否是對現時代的準確命名？它經歷了哪些變化而躋身為人文學術話語？「讀圖時代」的學術化歷程揭示出了當前中國的學術生產中存在何種問題？

一、成功的硬造之詞：作為一種出版營銷策略

若要追溯「讀圖時代」的起源，必須要提及現任花城出版社編輯的鍾潔玲和其丈夫鍾健夫。按鍾健夫的說法，「『讀圖時代』就是我們推廣《紅風車經典漫叢書》時硬造出來的。」〔註13〕

〔註13〕　鍾健夫：BOBI 文化創意論壇，「讀圖時代」，「曾軍致鍾潔玲：『讀圖時代』研究」，http://bbs.vclub.org/read.php?tid=228。關於「讀圖時代」這個詞的命名權問題，曾有一番爭議。按楊小彥在《話說讀圖時代——李陀、劉禾專訪》（《天涯》2001 年 1 期）中的說法，「1999 年我曾經為《天涯》等刊物寫過三篇文章，談到了『讀圖時代』的到來。……我寫完文章不久，『讀圖時代』竟然成了一個流行的名詞，人們的確在由衷地歡呼它的到來。」但是鍾健夫提出了反駁，認為，「讀圖時代」一詞是鍾潔玲所創。當時，為了推廣此書，鍾潔玲請楊小彥以「讀圖時代」為題寫序，但他遲遲不交稿，最後鍾潔玲只好請鍾

1998 年，由鍾健夫、鍾潔玲成立的家庭出版工作室東方之燈工作室策劃
出版了一套「紅風車經典漫畫叢書」（計 6 種，分別為《國際互聯網》、《女性
主義》、《後現代主義》、《凱恩斯》、《史蒂芬‧霍金》和《遺傳學》）。與其他
動漫卡通不同的是，這套叢書是直接譯自英國 Icon Books 公司，以介紹當今
最新學術思潮為目的的，這就使得「讀圖時代」的推出一下子站到了知識學
習和文化傳承的「科普」高度，而其所宣揚的「讀圖時代」也具有了超越單
純的娛樂休閒消費主義的意義。「讀圖時代」的這種意義指向在該叢書的同題
序跋中即非常明顯地反映了出來：在鍾健夫的《讀圖時代（代序）》中，開篇
即提出「一個人要花多少時間才能將人類的全部知識讀完？」的問題，為此，
作者開出了「有效閱讀」的藥方，認為「在信息爆炸的時刻，有效閱讀比擁
有知識更重要。」〔註 14〕而《紅風車經典漫畫叢書》正是這條快速掌握經典
強勢知識的捷徑。很明顯，鍾健夫所看重的正是這套叢書對人類知識的「圖
解」。與之相比，楊小彥的《讀圖時代之我見（跋一）》則首先看重的是視覺
圖像對當代人生活方式的影響，注意到了在「讀圖」的同時，照相、卡通、
電腦及數字化的生存方式在當代的普及，不過，楊小彥同時也指出，「讀圖仍
然是人們獲取知識的便捷途徑」，「讀圖，或通過讀圖來接受知識，正是一種
合理的方案」。〔註 15〕

為了推廣這套叢書，從 1998 年 6 月至 8 月，《羊城晚報》、《廣州日報》、
《生活時報》、《北京青年報》、《北京晚報》、《文匯讀書周報》、《為您服務報》、
《中國圖書商報》、《南方周末》等各大報紙分別發布了相關消息或書評。「讀
圖時代」也正是在叢書的推廣中獲得廣泛傳播。不過，這套叢書所承載的文
化內涵並沒有能夠在「讀圖時代」的推廣中佔據多少份量。始作俑者所期
待的通過「快速閱讀」、「讀圖」來獲取人類知識的善良願望並沒有在「讀圖

健夫來寫，同時還請黃集偉作序。直到快要付印時，楊小彥才交稿。後來，
鍾健夫的《讀圖時代》成為叢書的序言，而楊小彥的《讀圖時代之我見》和
黃集偉的《尋找一種回家的方式》則作為跋。
〔註14〕鍾健夫：《讀圖時代（代序）》，「紅風車經典漫畫叢書」序，廣州出版社 1998
年版，第 3 頁。為了推廣「讀圖」對於人類知識傳承的重要性，鍾健夫還自
編自導了一齣「雙簧」，以鍾健夫和童天一（即鍾健夫的筆名）的對話來吸引
大家的注意（鍾健夫、童天一：《對話：圖本與文本》，《南方周末》1998 年 8
月 21 日）。
〔註15〕楊小彥：《讀圖時代之我見（跋一）》，「紅風車經典漫畫叢書」跋，廣州出版
社 1998 年版，第 179、180 頁。

時代」的風行中得到應有的重視，相反，僅在「讀圖時代」這個詞被創造的第二年，它就被改造成一個否定性的詞彙。在《出版參考》1999 年 5 期上，《文匯報》的記者周毅發現「書正在『變形』」，不僅封面、版式、腰封更加多樣，而且在正文中也出現了圖文並舉的趨向，結合近年來圖書市場上出現的大量的「圖說作品」，構成了他所理解的「讀圖時代」，在引述一位資深人士的尖銳批評（「並不是一切作品都可『圖說』，經典作品的圖說化容易導致一個民族文化消化和咀嚼能力的弱化和退化，這是應該警惕的現象。」）中，「讀圖時代」成為一個令人憂慮的可質疑的文化現象。

　　不過，如果以命名時間作為「讀圖時代」的起點還未免「為時太晚」，不用說人類遠古時代的結繩紀事、畫圖敘事，也不用說明清以來的話本插圖、連環畫冊了，即便是以近二十年來圖書市場上流行的圖文書來說，數得出來的就有《丁丁歷險記》、《雙響炮》、《澀女郎》、《加菲貓》、《史努比》、《父與子》、《蔡志忠經典漫畫》等。而從 1996 年底開始出版的《老照片》（山東畫報出版社）和 1998 年開始出版的《黑鏡頭》（中國文史出版社）則往往被譽為「讀圖時代」到來的標誌性事件。正是後者，才真正導致了圖文書的泛濫。與《老照片》和《黑鏡頭》的名利雙收相比，真正打著「讀圖時代」之名的「紅風車」則未免略顯慚愧。儘管經過一系列營銷努力，但真正推銷出去的還只是「讀圖時代」這個概念，據鍾健夫自己說，「紅風車經典漫畫叢書」計 6 本，印了 1.5 萬冊，賣掉了一半。雖然從發行量來看，已是不少，但從經營的角度來說，卻是失敗了。因為這次失敗，使得東方之燈工作室元氣受損，有幾本計劃中的書也不能出了。甚至一段時間，他們都不願意提及這套叢書〔註16〕。也許更為重要的是，由於《老照片》、《黑鏡頭》取代了《紅風車》成為「讀圖時代」的出版英雄，使得「讀圖時代」中大眾文化、休閒消費的一面得到了進一步的放大。如《黑鏡頭》、《老照片》訴諸於讀者的是歷史的記憶和懷舊的情感；朱德庸、幾米則是對讀者當代生活狀態與情感體驗的反映，而《紅風車》所面對的則是知識——這一往往是文化精英們為以自豪與自恃的東西。也正是在這種意義上，鍾健夫在序言中所提的「一個人要花多少時間才能將人類的全部知識讀完？」才構成了一個真問題。但這個問題在隨後

〔註16〕鍾健夫自己說，「1、從概念的推廣來看，是中國當代出版史上極為成功的一例。2、從經營角度看來，是失敗之作。」參見，鍾健夫：BOBI 文化創意論壇，「讀圖時代」，「曾軍致鍾潔玲：『讀圖時代』研究」，http://bbs.vclub.org/read.php?tid= 228。

的圖文書的泛濫中被遮蔽了。

更為重要的是，以前人們談論「讀圖時代」的來臨時，總是開口閉口讀圖類圖書成為出版熱點，但結合具體的讀圖類書籍來說，其實是比較複雜的。如《紅風車》與中國讀者的「水土不服」，後續應時的讀圖類書籍的粗製濫造等，正說明，「概念」的成功與「書籍」的質量和銷售業績應該區分開來。只有這樣，我們才可能進一步去討論，「讀圖時代」這個概念為何成功。否則，僅用銷量來證明概念，難免會出問題。

二、漂移的能指：「讀圖時代」的學術化歷程

如果說「讀圖時代」僅僅在大眾文化層面上發揮作用，僅僅局限為出版營銷策略的話，其影響力可能還不足以有現在這麼大。從一開始，其始作俑者者就有著將其理論化、學術化的強烈衝動。鍾健夫在「讀圖時代」這個概念之下，繼續衍生出諸如「文本／圖本」、「讀書人／讀圖人」、「言說／圖說」、「言論／圖論」、「文盲／圖盲」之類的詞彙；楊小彥也在《天涯》2001 年 1 期以《話說讀圖時代——李陀、劉禾專訪》的形式成功將「讀圖時代」引入人文學術討論的主題，在圍繞圖像與社會、與傳媒資本主義關係的探討中，「讀圖時代」所包含的「由讀圖而帶來的閱讀危機」成為關注的重心，而對「讀圖時代的到來歡欣鼓舞」則被指責為「落入了『進步主義』的陷阱」。很顯然，「讀圖時代」以一種新的危機的形象而開始了其學術化的歷程，並成為人文學者對當代文化實施理論批判的場域。

截止到 2007 年 7 月，通過中文期刊網查詢（限定範圍在 1998～2007，哲學社會科學各學科領域），共有 208 篇文章直接以「讀圖時代」為題，全文中包含有「讀圖時代」的達 3065 篇之多。下面是一份具體的統計數據，由此可見「讀圖時代」在學術生產中的分佈地圖：

類　　型	題　　名	全　　文
文史哲	71 篇	1171 篇
其中文學類	29 篇	510 篇
戲劇影視美術書法等	40 篇	522 篇
教育與社會科學綜合	28 篇	388 篇
其中社會科學綜合	3 篇	57 篇
教育	25 篇	332 篇

電子技術及信息科學	107 篇	1445 篇
其中新聞出版圖書情報	102 篇	1381 篇
經濟與管理	12 篇	166 篇
政治軍事與法律	5 篇	64 篇
碩士論文庫	6 篇	479 篇
博士論文庫	0 篇	54 篇

　　從列表中可以看出,「讀圖時代」影響最大的領域是新聞出版圖書情報研究領域,其次是戲劇影視美術書法等藝術學領域,再其次就是文學研究。社會科學綜合、經濟與管理、政治軍事與法律以及其他各個學科受影響力相對較小,其中,新聞出版研究又佔據著 102 篇題名和 1381 篇全文的半壁江山。這種統計數據的分佈也大體反映了「讀圖時代」的學術影響力和輻射面。同時,我們也可以邏輯性的勾勒出「讀圖時代」的學術影響路線圖:新聞出版──影視藝術──文學研究──教育──經濟管理及其他。

　　應該說,「讀圖時代」在圖書出版領域裏的話語實踐包含了對其他學科學術影響的可能性。這種可能性最核心的部分是由對「讀圖時代」的事實判斷和價值判斷構成的。從事實判斷來看,「讀圖時代」直接意指的是從上個世紀九十年代中期開始的圖文書的出版熱潮及其相關的讀圖文化現實。但是,這一事實判斷在後續者的運用中呈現出不斷擴容和轉義的現象,由此使得「讀圖時代」成為一個漂移的能指,進而引發價值判斷上的分歧。

　　如前所述,在「讀圖時代」造詞階段,其意義就已經經過了兩次重大的轉移:從圖文書出版到對出版印刷裝幀設計的重視;從人類知識的「科普圖解」到休閒娛樂文化消費。進一步延伸到新聞傳播圖書情報等其他領域,「讀圖時代」又獲得了新的意義:

　　其一,從對印刷裝幀設計的重視出發,「讀圖時代」激發起其他紙質媒體,尤其是以報紙為代表的新聞媒體對自身形象的重視。其主要表現在對新聞攝影、圖片編輯重要性的提升上。不用說中文期刊網上新聞類文章大多數直接「讀圖時代」為題的文章都與此類新聞實務問題有關,在為數不多的四種以「讀圖時代」為題的專著中,就有許林的《讀圖時代的新聞攝影論說》(中國攝影出版社 2002 年版)。在這類文章中,「讀圖時代」成為對現時代新聞採編新趨勢的強烈呼吁,成為對攝影、圖片新聞價值的強力提升。如「讀圖時代呼喚我們必須提高對圖片編輯工作重要意義的認識,提升圖片編輯的社會地

位與作用，培養一批名新聞圖片編輯。」因此，必須建立起「大圖片編輯」理念〔註17〕。不僅如此，「大圖片編輯」還成爲報業發展新的趨勢，如有論者提出的「當今的報業發展進入了『讀圖時代』，主流報紙提出了以『大圖片採編格局』爲中心的圖片編輯模式，突出圖片編輯工作的主體地位，發揮圖片編輯在新聞出版工作流程中的主導作用已成爲共識，同樣，『大圖片編輯』也成爲專業（行業）報刊的需要。」〔註18〕而在李培林、卜新章總結的新聞發展趨勢中，讀圖時代已經成爲主導新聞發展的首要因素得到強調，「加大圖片用量，注重圖片編輯」、「採用專題圖片，實現深度報導」、「數字化科技對新聞傳播的影響」、「健全新聞圖片的市場機制」等幾大趨勢莫不與讀圖時代密切相關〔註19〕。不同於其他學科領域多持懷疑和批判的立場，從新聞實務的角度出發，則是對「讀圖時代」的積極肯定，如李培林試圖對「讀圖時代」進行科學的界定：現代科技奠定堅實的技術基礎、人們閱讀心理的變化、媒介環境的變化構成了讀圖時代的現實背景；符號人類信息接受習慣、圖片有著獨特的傳播功能、圖片與文字共同促進了新聞傳播的優化、讀圖時代的順勢產生則成爲讀圖時代的科學內涵〔註20〕。

其二，從圖文書的出版引發圖書出版中「視覺暴食症」的憂慮。儘管在鍾健夫那裡，以圖文代表文本意味著人類獲取知識的捷徑，而且兩者並無高下優劣之別，但是，更多的學者對此是持審慎的態度，甚至不乏憂心忡忡者。面對圖像對文字領地肆無忌憚地強取豪奪，對文化傳承上的文字優先性的認定和對當前視覺圖像所可能導致的「視覺暴食症」的憂慮則成爲普遍性的價值取向〔註21〕。倒是文史研究出身的陳平原對此持相對寬容與平和的態度，在其《從左圖右史到圖文互動——圖文書的崛起及其前景》一文中指出，古

〔註17〕 胡穎：《讀圖時代的「大圖片編輯」理念》，《中國記者》2002 年 5 期。

〔註18〕 王斌：《讀圖時代呼喚「大圖片編輯」》，《青年記者》2003 年 7 期。

〔註19〕 李培林、卜新章：《讀圖時代與新聞發展趨勢研究》，《新聞知識》2003 年 4 期。

〔註20〕 李培林：《科學界定「讀圖時代」》，《傳媒觀察》2006 年 6 期。儘管李培林在該文中給予了「讀圖時代」一個肯定性的界定，但在具體的表述中仍然有所保留，如在文中，他策略性地將「讀圖時代」的定義修正爲了「狀態」。

〔註21〕 相關性的文章可參見，王焱《讀圖時代的命題——圖文書現象初探》（《出版廣角》2003 年 6 期）、寧聖紅《品評讀圖時代》（《圖書與情報》2006 年 6 期）、王立靜《試論圖文書的現狀及前景》（《中國出版》2006 年 2 期）、賈娟《喜憂參半的圖文書》（《新聞出版交流》2003 年 6 期）等。

今中外素有「左圖右史」的傳統，因此對「讀圖時代」的到來不必少見多怪、驚慌失措，關鍵在於圖文必須互動、互相闡釋、互相論證，並且注意普通讀物與學術著作的區別，不是所有的書籍都適合於配圖，好的圖文書應該同時突現文字美感、深化圖像意義〔註22〕。

其三，「讀圖時代」超出圖書出版新聞報紙這一印刷媒介的限制，進一步擴容爲對以影視主導現代人日常生活文化消費的視覺文化的指認，這是「讀圖時代」實現學術影響力跨越的重要一步。其實，早在「讀圖時代」產生之前，當電視才剛剛在中國家庭中出現的時候，圍繞電視對青少年生活影響的問題已經引起一定程度的關注，如 1982 年，《青年研究》就發表《電視進入青少年生活》一文予以關注，緊接著《世界知識》便在 1983 年 24 期刊載《毒害青少年的美國電視》，大有「他山之石可以攻玉」和「杞人憂天」的味道。80 年代中期，圍繞自殺電視與青少年自殺問題，成爲當時的一個焦點話題。90 年代中期以後，伴隨著電視社會學的突飛猛進，電視對青少年影響的問題持續升溫，但同時值得注意的現象在於，在能夠查閱到的近 60 篇文章中，接受 95%的論題都是關注電視對青少年負面影響。很顯然，電視媒介負面影響的研究遠遠早於「讀圖時代」的到來，但是「讀圖時代」卻成功地接過了電視社會學這一學術傳統，直接將自己嫁接到這一學術研究領域，「讀圖時代」由此而成爲電視霸權、圖像霸權的肯定性表達。1992 年，尼爾·波茲曼的《童年的消逝》第一次介紹到中國〔註23〕，其所發出的「電視侵蝕了童年和成年的分界線」的盛世危言不僅極大的影響到了電視社會學對青少年問題的關注，更爲重要的是將以電視爲代表的視覺文化對成人世界的影響提了出來〔註24〕。這一切都進一步加劇了對被轉義爲影視觀看影響侵蝕文字閱讀的「讀圖時代」的深切憂慮。

其四，上述三層轉義同時作用到了「讀圖時代」的文學閱讀問題上，並被提煉成充滿火藥味的「圖文之戰」。這主要表現在兩個方面：其一，文學與

〔註22〕陳平原：《從左圖右史到圖文互動——圖文書的崛起及其前景》，《學術界》2004年 3 期。

〔註23〕〔美〕尼爾·波斯曼：《童年的消逝》，《現代傳播》1992 年 5 期。2004 年，其著作的中文版出版。

〔註24〕〔美〕尼爾·波茲曼：《童年的消逝》，吳燕莛譯，廣西師範大學出版社 2004年版，第 114 頁。在書中，波茲曼不僅尖銳地指出，兒童正在消失，而且指出，成人也在消逝，兒童的成人化和成人的兒童化（即「孩子氣」）構成了電視對現代人的雙重影響。

圖畫的跨文體實驗引發爭議。如潘軍的《獨白與手勢》採用文字與圖畫雙重敘事手段，嘗試一種「用鏡頭寫作」的方法；而劉索拉的《女貞湯》則是由其出版編輯進行了圖文設計。插圖究竟是否能夠內在於小說敘事，並與文字形成互文關係，是否只是一種讀圖時代的譁眾取寵？其二，是以「讀圖時代」為口號的視覺文化的到來引發的文學經典與文學閱讀的焦慮。對於文學研究者而言，影視觀看對文學閱讀的影響不僅僅在於人們日常生活文化消費時空的佔據，更重要的在於，由於讀圖時代對文學閱讀方式的變革（如插圖文學、電視文學、影視對文學的改編以及因影視觀看而引發文學閱讀興趣等），大大改變了人們對文學經典的態度以及所引發的「文學性的危機」。

因此，當圖像主因型文化取代語言主因型文化，「讀圖時代」所隱含的新的圖像拜物教將深刻地改變我們的文化、改變文學原有的格局，一場「圖文之戰」將不可避免〔註25〕。

此外，從教育、經濟管理及社會政治等角度所展開的研究和討論基本上都是從上述幾中「讀圖時代」的轉義出發來展開的。在此就不一一論述了。

三、想像催生的神話：傳媒時代的學術生產

「讀圖時代」從一種出版營銷策略逐步成為人文學術話語，其間經歷了一次華麗的轉身。在其能指不斷漂移、滑動，所指不斷轉義、擴容的過程中，「讀圖時代」最終成為一個指涉當前視覺文化來臨的關鍵性詞彙。但是，任何概念一旦發生數次轉義，其內在的核心價值也將會發生相應地轉變。如果說，「讀圖時代」僅僅局限於前幾年圖書出版中的圖文書現象的話，其所反映現實的真實性還能夠得到基本認可，但是，如果以之為視覺轉向的論據，則未免操之過急。

首先，「讀圖時代」是媒體炒作的策略。儘管「讀圖時代」的提出有部分的現實依據，即圖文書在前幾年的泛濫，但是以之為一個時代的指稱，但有誇大之嫌。一個明顯的證據是，圖文書從 1996 年始開始紅火起來之後，全國鋪天蓋地地開始推出各種版本的圖文書，選題相近、彼此克隆的書比比皆是，

〔註25〕參見周憲《「讀圖時代」的圖文戰爭》（《文學評論》2005 年 6 期）、金惠敏《從形象到擬象》（《文學評論》2005 年 2 期）、賴大仁《圖像化擴張與「文學性」堅守》（《文學評論》2005 年 2 期）、高建平《文學與圖像的對立與共生》（《文學評論》2005 年 6 期）這還只是《文學評論》一家刊物在 2005 年一年所發表的文章，近年來在其他各大期刊所發表的相關主題的文章不下 60 餘篇。

這其實是一種極不正常的市場行為，而且這種市場行為卻正好是中國特色的「一哄而起，一哄而下」的文化心理在圖文書出版方面的表現。僅以《黑鏡頭》為例，隨後便出現了《80 年代熱鏡頭》、《90 年代熱鏡頭》（百花文藝出版社）、《長鏡頭》（崑崙出版社）、《藍鏡頭》（中國社會出版社）、《金鏡頭》（長征出版社）、《特鏡頭》（中國社會出版社）等。這些跟風之作正是媒體時代所製造出來的出版奇觀。正如趙婧在《「讀圖」的功過與是非》中所指出的那樣，「『讀圖時代』反映的是一種擬態環境的環境化傾向。現代人求新、求異以及對新鮮詞語的趨同心態，使『讀圖時代』這一概念使用頻率越來越高並迅速在全國傳播開來。在這種信息環境推波助瀾的作用下，出版行業趨之若鶩，惟恐落後，爭相上馬『圖文』書籍。於是，信息環境和文化市場的互動促成了一種『讀圖』的環境化傾向，或者說是形成一種社會部分群體的『讀圖』空間。……因此，雖然確實存在一種『讀圖』現象，但卻構不成一個『時代』。」〔註26〕

　　其次，「讀圖時代」所指涉的「讀圖」現象只是當代市場經濟條件下催生出的大眾文化現象，不可以之作為對整個當代文化的總體性指稱。即使是在大眾文化的「讀圖時代」，作為知識與文化傳承的精英文化仍是以「讀文」為主，因此，完全沒必要因此而憂心忡忡。其實，作為大眾文化的前身，傳統社會「民間文化」中老百姓的娛樂休閒方式一直都是以圖像的、身體的娛樂方式為主（如蹴鞠、蕩秋韆、雙陸、馬球、五禽戲、象棋、樂舞、百戲、博弈、狩獵等），語言遊戲也更多的是聲音遊戲（如酒令、笑話等），即使是文字遊戲，首先也不是詩文，而是書法。可見，文字從來都沒有佔據絕對的優勢。從這個角度來看，二十世紀以來新的視覺媒體的興起所引發的攝影、電影、電視、網絡等大眾文化消費熱潮，只不過是娛樂形式發生變化而已——可有一比的是，影院取代劇場、電視取代書畫；而非它們取代書籍。

　　第三，「圖文之戰」同樣也是一場想像中的戰爭，真正的問題其實只是「圖文結合」、「圖文互動」問題。「讀圖時代」、「圖像轉向」中最重要的證據是以影視媒介為代表的「圖像主因」，語言文字僅僅成為「配音」和「字幕」，但是，另一個顯而易見的事實是，當在電影的發展歷程中，所經歷的卻是從默片到有聲電影的過程。即使是在知識生產與消費中也是一樣，圖文比例完全依賴於知識生產的需要，即如何更好地向讀者／觀眾傳達信息，而這正是「圖

〔註26〕趙婧：《「讀圖時代」是真實存在還是擬態環境》，《編輯之友》2005 年 1 期。

文相合」、「圖文互動」的問題。無論是「讀圖」還是「讀文」，其實都是作用於人的視覺感官的活動，正是在這個意義上，麥克盧漢說，「讀寫文化賦予人的，是視覺文化代替聽覺文化。在社會生活和政治生活中，這一變化也是任何社會結構所能產生的最激烈的爆炸。」〔註27〕也就是說，如果在從媒介的角度探討西方視覺文化的起源，古登堡的印刷術時代應該是其源頭。那麼，我們現在常常引以為視覺文化代表的影視媒介技術呢？麥克盧漢說，電視是人視聽覺能力綜合延伸。這一點也正好印證了米歇爾在《圖像理論》中提出的論戰性主張：「圖像與文本之間的互動構成了這種再現：所有媒體都是混合媒體，所有再現都是異質的；沒有『純粹的』視覺或語言藝術，儘管要純化媒體的衝動是現代主義的烏托邦創舉之一。」〔註28〕

第四，在所有對「讀圖時代」的憂慮之中，還包含著人們的一種似是而非的觀念，即文字比圖像更深刻、更重要、更值得珍惜。其實，「讀圖」不會使人幼稚，「讀文」也未必使人聰明。舉一個簡單的例子，如在對待「想像力」這個問題上，從事文學研究的學者往往會將想像力理解為一種憑藉文字在頭腦中對形象的再現。他們常舉的一個例子就是《紅樓夢》中的林妹妹，每個人以上中都有一個自己的林妹妹形象，一旦電視劇拍攝下來，人們就會覺得與自己心目中的林妹妹形象不配。其實，這並非文字的想像力優勢，更不是「藝術創造的想像力」，它只是一種「還原生活的能力」，每個人憑藉自己所處的生活環境、人生經驗來補充文字中的林妹妹形象，當然會人見人殊。那麼，想像力是什麼？語言的想像力應該以最大的能量激發讀者對於語言創造的能力，正如圖像的功能也在於如何激發觀眾對於線條、色彩、構圖的創造力一樣。那麼，對於想像力而言，文字與圖像孰優孰劣呢？其實只是伯仲之間耳。

因此，不難看出，所謂「讀圖時代」其實是憑藉媒體而製造出來的文化幻象，是依靠想像而催生出來的理論神話。「讀圖時代」從營銷手段提升為學術話語，顯示了傳媒時代的言說方式對當代人文學術研究的影響日益加深。此前，圍繞傳媒與學術的關係問題還只是停留在學術是否應該或者如何利用

〔註27〕〔加〕麥克盧漢、〔加〕秦格龍編：《麥克盧漢精粹》，何道寬譯，南京大學出版社2000年版，第267頁。

〔註28〕〔美〕W.J.T.米歇爾：《圖像理論》「序」，陳永國、胡永徵譯，北京大學出版社2006年版，第5頁。

媒體實現知識的普及（如近兩年非常紅火的《百家講壇》現象）？文學研究和文化研究究竟應該如何面對經典與時尚（如文藝學研究中圍繞「日常生活審美化」問題的爭鳴）？作爲人文學者的學術倫理是否應該拒絕「觸電」、「上鏡」（如在當代學術中出現的「學者明星化」現象）？等等，但是，「讀圖時代」的學術化歷程爲我們揭示出傳媒時代對學術影響的另一方面，即在學術生產方式的影響，即學術話語的傳媒化問題。傳媒利用自己的媒介優勢不斷地設置各種議程，不僅引導公眾的注意力，同時也對人文學術的研究產生了影響。在當前的人文學術中，不斷出現所謂的「熱點話題」、「學術關鍵詞」等現象，其實正是傳媒時代議程設置的文化邏輯和運作方式內化爲當代學術生產方式的結果。從這個意義上說，「讀圖時代」可以被視爲傳媒時代學術生產的一種鏡像。

第三節　從「視覺」到「視覺化」：重新理解視覺文化

　　視覺文化研究問題中仍然有一些前提性的問題曖昧不明，其中最爲重要的問題就是：究竟何爲『視覺』？目前對「視覺」的看法主要有名詞化和動詞化兩種，分別將視覺文化研究引向不同的方向。作爲一種整合的努力，「視覺性」由於其界定的曖昧而無法承擔這一使命。而「視覺化」則已形成了完整的問題譜系：即從「將不可見變爲可見的」（廣義的「視覺化」）到形成「影像化主導」（狹義的「視覺化」），進而突顯出「虛擬性」的新質（「視覺化」的後現代性），最後將視覺化邏輯滲透到「不可見」之物之中去（「視覺性的彌散」），從而可以使我們重新認識視覺文化的文化邏輯。

一、究竟何爲「視覺」？

　　經過十幾年努力，視覺文化研究已成功躋身當代中國的學術領域，並開始吸引越來越多的不同學科和知識領域的學者介入其中了。當代文化中的視覺文化研究裏挾了人類文明數千年的知識積累，並參與了20世紀以來幾乎所有的理論思潮。到目前爲止，僅以「視覺文本讀本」爲名的著作就已有尼古拉・米爾佐夫、傑西卡・埃文斯和斯圖爾特・霍爾、瓦內薩・R・施瓦茲和珍寧・M・布里斯奇以及中國的羅崗和顧錚、陳永國等好幾種，吳瓊的《視覺性與視覺文化——視覺文化研究的譜系》從柏拉圖、亞里士多德的感官等級制一直梳理到德波的「景觀社會」、鮑德里亞的「擬象」、「仿眞」，以及伯明翰

學派的學術努力〔註29〕。本人也曾在《觀看研究的路徑與困境》中對20世紀以來以觀看現象學和知覺心理學爲代表的「意向主義」思路、以符號學、話語理論及精神分析爲代表的「構成主義」思路和以媒介文化與受眾研究爲代表的「現實主義」思路的研究路徑及其所存在的問題進行了反思〔註30〕。此外還有大批從視覺文化角度對各類文化現象展開分析的論著，匯成了視覺文化研究的洪流。它所產生的後果是，1.視覺的文化性得到認可。視覺不再被認爲是僅僅訴諸於感官快感而遜色於語言文字，它也能夠進行表徵的意指實踐，參與意義的生產；2.視覺在當代文化中的重要性得到確認。這一重要性不僅在許多日常言談中得到證明，而且得到了哲學論證，由此引發的對視覺中心主義的批判爲其地位做了證明。

　　不過，在視覺文化研究問題上，仍然有一些前提性的問題曖昧不明，影響著研究的進一步深入，其中最爲重要的問題就是：究竟何爲『視覺』？我們應該如何建立視覺文化研究的問題意識？目前學界對「視覺」的看法主要有兩種，分別將視覺文化研究引向不同的方向：

　　其一是將「視覺」名詞化，將之視爲人所擁有的視覺感知能力和爲了滿足這一感官需要而生產出來的視覺對象。前一種理解的基礎是視覺生物學，強調人眼作爲視覺器官在觀看行爲和視覺活動中所具有的能力。不過，僅僅靠生物學的分析解決不了我們如何闡釋世界表象的方法問題，因爲「儘管視覺是自然的賜予，但是我們看事物、看世界的方式都被徹底文化化了」。〔註31〕因此，在視覺哲學中，一旦涉及到眼睛這一視覺器官，都必須要超越其生理屬性，而與心智聯繫起來，從柏拉圖在《理想國》中提出的「靈魂轉向」問題直到梅洛龐蒂在《眼與心》中對「應該把眼睛理解爲『靈魂的窗口』」的強調，無一不是這一邏輯的產物〔註32〕。後一種理解的基礎則是藝術學對傳統視覺藝術門類的區分，儘管文字也具有「可視性」，但因其不屬於主要通過光線、色彩等視覺形象來欣賞的美的藝術而被排除在外，因此，這一「視覺」

〔註29〕吳瓊：《視覺性與視覺文化——視覺文化研究的譜系》，《文藝研究》2006年1期。

〔註30〕曾軍：《觀看研究的路徑與困境》，《學術月刊》2007年5期。

〔註31〕〔英〕阿雷恩·鮑爾德溫等著：《文化研究導論》，陶東風等譯，高等教育出版社2004年版，第373頁。

〔註32〕〔法〕梅洛·龐蒂：《眼與心》，劉韻涵譯，倪梁康主編《面對實事本身　現象學經典文選》，東方出版社2000年版，第793頁。

強調的是具有直觀形象性的圖像〔註33〕。的確，長期以來，視覺被認爲僅僅
與藝術有關，與藝術創作、藝術鑒賞有關，在這種觀念下，「視覺」僅僅是一
種技術性、藝術性的活動，是一種僅僅通過訓練即可達成的技巧。而現在，「視
覺」很顯然已不再滿足於呆在藝術之籠裏做學舌的八哥，它已逐漸成爲滲透
人類日常生活世界、窺視人類語言的無上地位、遊走於紛繁的哲學理論之中
的狐狸了。

　　其二是將「視覺」動詞化，視之爲「觀看」。觀看作爲人類所具有的把握
現實和他者的一種生理能力具有與人類一樣漫長的歷史。從生理學的角度來
說，這裡所說的「觀看」其實是等同於「視覺」，即「目之所見」。有兩種「觀
看」制約著人們對視覺的理解。一種是「作者之看」。當里德在《現代繪畫簡
史》導言中聲稱「整個藝術史是一部關於視覺方式的歷史。關於人類觀看世
界所採用的各種不同方法的歷史」時正是表明的這個意思〔註34〕。在這個意
義上，觀看本身就是詩學問題。當觀看強調的是作者之看時，意味著對觀看
職業化、專業化、技術化乃至藝術化的強調，觀看成爲一種並非與身俱來的
能力，而是一種需要後天培養訓練的技術。在藝術面前，觀眾必須努力地追
尋作者之看的原意，只有發現或認同了作者之看才被承認「看懂」了作品，
否則，將會受到「業餘的」、「有眼無珠」的譏笑。另一種是「觀者之看」，觀
看不僅僅是一種純粹的生理反應，更是一種有意識的選擇。只有把注意力轉
向了觀者的選擇性行爲以及隨之而取得的諸種效果才更貼近我們所討論的視
覺文化問題。於是，作爲對一種有意識的文化行爲的研究，我們在思考觀看
問題的時候便更多地將之與觀看的主體——觀者——聯繫起來，我們會不斷
地追問：觀者觀看的動機是什麼？在這種動機驅使下觀者採取了何種觀看的
方式？觀者看到了什麼？或者也可以反過來問，視像表徵有哪些東西被觀者
看見了？效果如何？在觀者、觀看行爲與表徵之間的關係究竟如何？而這一

〔註33〕舉一個例子。被奉爲視覺文化研究經典之作的約翰‧伯傑的《Ways of Seeing》
　　　　曾有兩個版本的翻譯分別取名爲「藝術觀賞之道」（臺灣商務印書館 1993 年
　　　　版）和「視覺藝術鑒賞」（商務印書館 1996 年版），雖然將「seeing」譯爲「視
　　　　覺」還說得過去，但增加對之的「藝術」的限制而顯示出出版者或譯者受制
　　　　於既有學科分類而形成的思維慣性。其實，該書儘管涉及到大量的繪畫藝術
　　　　作品分析，但已經明顯超出了「純藝術」的領域，第七章將目光聚焦於都市
　　　　和廣告即是明證。
〔註34〕〔英〕赫伯特‧里德：《現代繪畫簡史》，劉萍君等譯，上海人民美術出版社
　　　　1979 年版，第 5 頁。

切歸根到底就是觀看中的意義與快感問題。對於觀者而言，大凡睜眼所見，都可視爲觀看，但在視覺文化論域內，觀看之所以成爲問題卻是因爲大量視像表徵的湧現以及表徵體系的日益複雜化。之所以是「視覺文化研究」，而不是「視覺研究」，正在於「觀看總是文化化了的觀看」〔註35〕。但是，在視覺文化研究知識譜系中，「觀看」被狹隘化爲「凝視」（gaze），甚至被簡單化爲「凝視＝欲望機制＝權力關係」，於是，觀者之看的動機被解釋爲「窺淫癖」、觀看的目的不再是意義的生產而是快感的滿足、觀看的關係也被化約爲「男人看／女人被看」、「第一世界看／第三世界被看」、「白人看／黑人被看」等等，從而鑽進了從「觀看」退縮爲「凝視」進而退縮爲「看與被看」的死胡同〔註36〕。

　　當代文化中的視覺文化研究必須試圖建立起一種新的維度，將「視覺」的名詞性意義和動詞性意義整合起來。

二、從「視覺性」到「視覺化」

　　無論是將視覺視爲一種能力或對象，還是一種行爲或實踐，都包含著一個基本的假設，即「視覺有其之所以爲視覺的特殊性」——「視覺性」——它也被認爲是視覺文化之所以是視覺文化的本質規定性。儘管在後現代文化語境下，這種本質主義意識已比較淡漠，但用「視覺性」來顯示「視覺」與「非視覺」的區別卻是常見的思維邏輯。套用俄國形式主義雅克布森對「文學性」的解釋（「文學研究的對象並非則是『文學性』，即那種使特定作品成爲文學作品的東西。」〔註37〕），視覺性似乎可以界定爲「視覺研究的對象並非視覺而是『視覺性』，即那種使特定作品成爲視覺作品的東西。」不過，此種套用挪到視覺文化研究領域裏，解決不了多少問題。因爲，一方面，從研究對象上講，視覺文化研究已不僅僅是傳統意義上的視覺藝術的研究，而是廣泛滲透到了當代文化、日常生活和社會現實之中，甚至過去當仁不讓作爲視覺藝術典範的造型藝術（繪畫、雕塑等）已在視覺文化研究對象中居於邊

〔註35〕〔英〕阿雷恩・鮑爾德溫等著：《文化研究導論》，陶東風等譯，高等教育出版社 2004 年版，第 373 頁。

〔註36〕參見曾軍：《近年來視覺文化研究中存在的幾個問題》，《文藝研究》2008 年 6 期。

〔註37〕轉引自周小儀：《文學性》，趙一凡主編《西方文論關鍵詞》，外語教學與研究出版社 2006 年版，第 592 頁。

緣，基於視覺媒介技術而興起的電影、電視、網絡等則佔據了中心。另一方面，從研究方法上講，對視覺現象形式及其意味的審美分析早已不再是視覺文化關心的論題，視覺與權力、視覺與性別、視覺與商品廣告、景觀社會、擬象、仿真、城市視覺文化、旅遊者的凝視、風景與帝國等等，已將視覺置於社會與文化的語境進行考察，所展開的已是詹克斯所說的「視覺性社會理論」（social theory of visuality）了。

　　更重要的是，與「視覺性」有關的「所有的總體性觀念都僅僅對其無法企及的整體性的掩飾」〔註 38〕。爲什麼會這樣？我們舉幾個有關「視覺性」的界定便可以略知一二了。在《視覺文化讀本》中，傑西卡·埃文斯和斯圖爾特·霍爾指出，「『視覺性』是指圖像和視覺意義運作的視覺領域。」這是他們在討論米歇爾的「圖像」（picture）概念時有別於與「裝置」（apparatus）、「機構」（institutions）、「身體」（bodies）和「形象性」（figurality）時所做的界定〔註 39〕。而在大衛·彼特斯·科比特看來，「『視覺性』意味著視覺不是一個單純的分類，而是一個正在形成中的文化和歷史。哈爾福斯特用這個詞與視線及其方法的物理事實相區別，而是強調應該在任何歷史時刻中加以理解。……如果我們接受這些界定方式，視覺性就是指在特定歷史時刻的視覺建構及其通過運作而產生的意義。」〔註 40〕兩個定義一個側重於視覺圖像意義生產的場域，一個則側重於視覺建構和意義生產本身。作爲中國學者對「視覺性」的理解，吳瓊所做的定義體現出從宏觀的「視覺體制」到微觀的「看／被看」的游離：一方面他認爲，「這裡所謂的『視覺性』不是指物的形象或可見性，而是海德格爾意義上的『世界的圖像化』，是使物從不可見轉爲可見的運作的總體性，也包括生產看的主體的機器、體制、話語、比喻之間複雜的相互作用，還包括構成看與被看的結構場景的視覺場，總之，一切使看／被看得以可能的條件都應包含在這一總體性之內。」在這裡，「視覺性」不再是一個對「視覺」進行有效界定的二級概念，事實上成爲等同於「視覺」本身的總體性範疇。而另一方面，他又將「視覺性」局限在「觀看即凝視」範

〔註 38〕 Chris Jenks, *Visual Culture*, London:Routledge 1995, 8.

〔註 39〕 Jessica Evans, Stuart Hall, *What is visual culture?*, ed. by Jessica Evans, Stuart Hall, *Visual Culture; the reader*, London:SAGE Publications in association with the Open University 1999, P4.在米歇爾看來, The picture is "a complex interplay between visuality, apparatus, institutions, bodies and figurality"

〔註 40〕 David Peters Corbett: *The World in Paint:modern art and visulaity in England, 1848-1914*, Manchester University Press, 2004, 15-16.

圍內，認爲「視覺文化研究主要是對視覺性的研究，而視覺性最核心的結構元素就是看與被看的關係，更確切地說，是隱藏在看的行爲中的視覺與權力的運作，這就意味著，視覺性的研究必定是自我反思性的和質疑性的，它是對看的模式的質疑，是對視覺的純粹性和優先性的質疑，亦是對看／被看的權力關係的反思和質疑。」〔註 41〕這顯然是由於其參照的理論資源所限而形成的對「視覺性」的狹隘性理解：視覺性的文化研究就是通過探討視覺與權力的關係而展開對視覺中心主義的批判。

不難發現，視覺性的文化研究有意無意仍然將「視覺性與非視覺性」和「視覺的和非視覺的」相混淆使得「視覺性的文化研究」仍然沒有完全擺脫「將視覺文化等同於視覺的文化研究」的思維陷阱〔註 42〕。所謂「圖文之戰」、所謂「表徵的意指實踐」即是這種思維慣性下提出的問題。其實，視覺文化之所以成爲當代文化研究的重要領域，一方面來自「視覺性」問題，即視覺之所以爲視覺的特殊性，在當代文化中的地位獲得了突顯；另一方面也意味著它同樣能夠在非視覺的東西上凝聚和潛伏，也就是說，就像在「文學性」討論中所發現的「文學性的彌散」一樣，「視覺性」也同樣具有向非視覺東西里擴散和顯現的可能。

三、視覺化的文化後果

其實，吳瓊對「視覺性」的界定已經包含了另一種理解視覺文化的可能性。他對「視覺性」所做的關鍵性判斷是「使物從不可見轉爲可見的運作」。這裡所謂「不可見」不僅是就是指「非視覺的」或「非視覺性的」，「可見的」也並不是簡單地指向「視覺的」或「視覺性的」，這種「可見／不可見」的二分法其實是 20 世紀視覺哲學一直努力破除的理論幻象。正如洛倫茲‧恩格爾所說的，「即使不是從柏拉圖時代，也至少是從雷內‧笛卡爾所處的時代，歐洲哲學始終抱定這麼一個想法：可見與不可見的世界之間有一個明顯的分界」，但是 20 世紀的「視覺哲學盡力用各種不同的方法對可見的和不可見的

〔註41〕吳瓊：《視覺性與視覺文化——視覺文化研究的譜系》，《文藝研究》2006 年 1 期。

〔註42〕如在對米爾佐夫的《視覺文化導論》一書的翻譯中，就存在將「視覺的」和「視覺性」相互混譯的現象，其中「非視覺性的東西」的原文是 "things that are not in themselves visual"，直譯應爲「非視覺的東西」；還將詹克斯的 "social theory of visuality" 譯爲「關於視覺的社會理論」，而不是「視覺性社會理論」。

事物之間基本二分法進行再思考和重構。它不再追尋影像背後不可見的思想，而是尋找影像中的可見思想，甚至影像自身的思想。」〔註43〕重構的結果是：1.可見與不可見不再是視覺與非視覺的界限，而是所有視覺的和非視覺的共有特性；2.知識和思維同樣也能夠通過可見的方式進行，語言學轉向所提出的問題「不是我們在說語言，而是語言在說我」同樣也能夠被轉換爲視覺文化的問題——「不是我們要觀看圖像，而是圖像在講述我們」。如果要更準確地對「使物從不可見轉爲可見的運作」進行表述，「視覺性」有些勉強，而「視覺化」（visualize）則頗爲妥帖。

　　事實上，在《文化研究導論》中，米爾佐夫已經作出了重要論斷：「新的視覺文化最驚人的特徵之一是它越來越趨於把那些本身並非視覺性的東西予以視覺化。」並將之與「視覺性」區分開來〔註44〕。結合當前視覺文化研究中有關的討論和思考，「視覺化」則已形成了完整的問題譜系：

　　首先，「視覺化」最直接的意義是指「將不可見的變爲可見的」。過去哪些東西是「不可見」？這就得回到「視覺」的生物學原初意義上來看了，所謂「不可見」究其本質而言就是「肉眼所限」：（1）肉眼的生理限制，即如米爾佐夫所說的，「與這一知識運動相伴而來的是不斷發展的技術能力，它使我們能夠借助外部器械看見原本看不見的東西」，從X射線到外空星雲，都超過了人體肉眼所能夠企及的範圍，但是現代視覺技術的重要功能就是使之「變爲可見的」。（2）肉眼的時空限制，麥克盧漢曾有一著名論斷，由於全球媒介的興起，人類所生活的地球已經變成了「地球村」，這一隱喻意味著，人類交往已超越了時空限制，獲得了交往的更大自由度。通過電視，我們能夠實時看到地球的另一邊正在舉行的運動會、看到某個國家正在發生一場的災難等等；通過互聯網和相頭，我們可以與遠在大洋彼岸的朋友「面對面」交流。（3）思維的視覺化。肉眼不再只是捕獲外界的可視信息，而且能夠參與大腦的思維活動，視覺思維不再是一種處於想像領域的形象性問題，現在已經變成現實的思維直觀。視覺對日常生活經驗的重構、對社會文化現實的重構、對知識生產方式的重構正不以我們的意志爲轉移地發生著。舉一個例子，如現在

〔註43〕〔德〕洛倫茲·恩格爾：《可見與不可見——從觀念時代到全球時代：德國視覺哲學一百年1900～2000》，汪少明譯，《德國研究》2005年1期。

〔註44〕〔美〕尼古拉斯·米爾佐夫：《視覺文化導論》，鳳凰出版傳媒集團、江蘇人民出版社2006年版，第5頁。該書導論分別設「視覺化」和「視覺性」兩個小標題。

的 MindManager 軟件就是目前腦圖軟件的代表。作為一個可視化思考軟件，它能夠幫助用戶以圖示的方式組織構想、編製大綱、展示規劃方案。在它的幫助下，我們所面臨的繁複的問題不再需要一大堆文字去表述，而用幾個簡單的圖示就能夠將各個事項之間的關聯一目了然。海德格爾所說的「從本質上看來，世界圖像並非意指一幅關於世界的圖像，而是指世界被把握為圖像」已在技術上得以實現〔註45〕。

進而第二，在視覺化過程中，影像化取得了主導性地位。在米爾佐夫那段話的翻譯中，王有亮就直接將「visualize」譯為「視像化」〔註46〕，這充分反映了以電視、電影、網絡視頻等以「圖像流」為特徵的影像成為當前視覺文化研究關注重心這一事實。在當前的視覺文化研究中，有兩個引起廣泛關注的問題，都與「影像化」問題有關，其一是發生在「視覺的文化」和「非視覺的文化」之間「圖文關係」問題，如米歇爾所探討的有別於文本理論的「圖像理論」（《圖像理論》），或者如將圖像對非圖像（尤其是以語言為載體的文學）的擠壓視為「文學經典的危機」，甚至成為對希利斯·米勒「文學之死」的印證〔註47〕。值得注意的是，儘管米歇爾選擇的是將「圖像」（picture）作為與「文本」（text）相對立的概念，但這一概念已不再局限於以繪畫雕塑為代表的視覺藝術領域了，當他描述「圖像轉向何以現在發生」時所針對的問題其實是「視像和控制技術時代」、「電子再生時代」以及在這一過程中人們「對形象的恐懼」。其二，在「視覺的文化」內部，基於現代視覺媒介技術的視覺性也是有別於基於傳統造型藝術的繪畫性的。正如羅埃默爾所說的，「絕大多數電影導演把銀幕看作是一個『畫框』，然後在其中精心構圖。他們強調影片的繪畫性。但是，雖然這一媒介是視覺性的，它卻沒有傳統意義上的繪畫性。構圖優美的鏡頭所構成的段落往往使觀眾處在畫框之外，成為對

〔註45〕 〔德〕海德格爾：《林中路》，孫周興譯，上海譯文出版社 2004 年版，第 89 頁。在海德格爾那裡，「世界」是有所特指的，「世界在這裡乃是表示存在者整體的名稱。這一名稱並不局限於宇宙、自然，歷史也屬於世界。」（《林中路》，第 90 頁），但已涵蓋了將現實世界視覺化的意思。

〔註46〕 這段話的另一種譯文是：「新的視覺文化的最顯著特點之一是把本身非視覺性的東西視像化。」（〔美〕尼古拉·米爾佐夫：《什麼是視覺文化？》，王有亮譯，陶東風、金元浦主編《文化研究》第 3 輯，天津社會科學出版社 2002 年版。）

〔註47〕 分別參見米歇爾的《圖像理論》、喬納森·卡勒的《文學理論》和希利斯·米勒的《文學死了嗎？》等。

導演構圖慧眼讚賞不已的旁觀者。好的導演努力消除觀眾和動作之間的這種距離，努力破壞銀幕的畫框作用，努力把觀眾拉進銀幕上的那個場景的現實之中。」〔註 48〕以電影、電視、網絡視頻為代表的運動影像通過時間性上的延展而打破了銀幕、屏幕、窗口等在空間上的限制，其以「拍攝」作為「逼真性」的再現方式（儘管影視均有後期處理）足以混淆影像與現實之間的界限，這些都是傳統的繪畫藝術所不能達到的。影像化的主導性不僅僅表現在影視藝術取代繪畫雕塑成為最具影響力的視覺藝術形式，更重要的是影像化的邏輯滲透到了傳統的造型藝術內部，催生出傳統藝術的現代變革。如杜尚的《下樓梯的裸女，第 2 號》即把一個裸女下樓的連續性動作分解成若干連續性的元素，彼此間形成一種動力性關係，這幅繪畫不再像傳統繪畫一樣以捕捉最動人心魂的瞬間為己任，而是力圖在靜止的二維畫面中呈現動態的三維場景，這無疑是對傳統繪畫語言的突破。儘管這幅作品曾被當時最前衛的獨立沙龍拒絕，但最終使之成為現代主義繪畫的經典作品。

　　第三，當代文化中的「視覺化」所顯現出的另一特點就是後現代圖像的虛擬性，即由於「擬象」的泛濫而形成「視覺危機」、「表徵危機」。所謂表徵危機（crisis of representation），在鮑德里亞看來就是指由於仿真與擬象的出現，使得原型與摹本之間的再現關係完全失效，仿真物與擬象除了表現自己，在現實中毫無根據和所指。這種表徵危機不僅表現為仿真和擬象以虛假替代真實、以空洞替代實在，其更具破壞力的是真實的對立面的消失，這使得對表徵的所有理性解釋與批判都從根本上遭到了拒斥。以虛擬技術為例，在《完美的罪行》中，鮑德里亞對虛擬技術和虛擬實在進行了許多論述。他認為，虛擬技術的發展已經使得「客體、個人和情境都成為一種虛擬的『製成品』（ready-made）」，虛擬的社會現實正在發展為一種「完美的罪行」。「影像不再能讓人想像現實，因為它就是現實。影像也不再能讓人幻想實在的東西，因為它就是其虛擬的實在。」〔註 49〕隨著以機械複製技術和數字技術為基礎的現代視覺技術的高速發展，隨著現實的世界日益受到仿真世界的侵擾，「表徵的觀看」與「現實的觀看」的關係也悄然發生了重大的變化：如果說傳統社

〔註 48〕〔美〕邁克爾‧羅埃默爾：《現實的表層》，周傳基譯，http://www.zhouchuanji. com/show. php?blockid=1&articleid=37。

〔註 49〕〔法〕讓‧博德里亞爾：《完美的罪行》，王為民譯，商務印書館 2000 年版，第 28～29、35 頁。

會中表徵的觀看永遠只是現實情境中對於表徵的觀看的話，那麼，在一個仿真社會裏，整個現實世界都被表徵化了，我們對於現實世界的觀看越來越受制於表徵的觀看情境，整個觀看方式差不多都倒了過來。當然，這種表徵的觀看對現實的觀看的稽越並不意味著表徵的觀看從此脫離了現實的觀看情境，並不意味著前一種關係的失效，而是說，後一種關係的重要性越來越呈現出來。以表徵的方式觀看現實構成了當今視覺文化論域裏非常值得重視的現象。迪斯尼樂園就是仿真序列中最完美的樣板。迪斯尼樂園裏的各種海盜、邊界、未來世界等就是一種純粹的幻象和幽靈遊戲。當你前往觀看遊玩時，所進入的是一個完全的想像的世界，在這裡惟一的幻覺效應就是人群所固有的溫情。儘管也有人批評迪斯尼概括了美國的生活方式，頌揚了美國的價值觀但轉換和美化了矛盾的現實，但這裡的問題是，當人們進入到迪斯尼樂園之後，它周圍的洛杉磯和美國便已被拋在一邊，已經不再是真實的，而是屬於超真實和仿真序列的東西了。因而，「它不再是一個對現實的虛假加以再現的問題（意識形態），而是掩蓋現實已經不真並因此挽救現實原則的問題。」，在那裡，「想像的迪斯尼樂園不是真假問題，它一個延宕的機器，試圖以逆反的形式恢復虛構現實的活力。」〔註50〕

　　最後第四，上述視覺化邏輯甚至滲透到了非視覺之物中，形成「視覺性的彌散」。影視與文學的關係一直被簡單處理爲「圖文關係」，泛化爲「影像化時代的文學經典的危機」之類的問題，其實，影視對文學的擠壓只是表面現象，其更深刻的影響是內在的。就電影與文學的關係來說，經過近百年的技術發展與藝術創新，電影已經形成具有獨立意義和價值的敘事方式，電影化敘事不再成爲文學敘述的「圖解」，相反作爲一種極具影響力的思維邏輯滲透並影響著文學敘事。將電影史與文學史並置在一起可以發現，當以影視敘述爲代表的視覺敘事異軍突起之時，文學敘述被迫作出相應的調整。早在 20世紀 30 年代，中國的新感覺派作家就已經開始有意識地將電影的表現手法運用到文學敘述當中，用「不絕的」、「變換著」的「流動映像」來組接「人生的斷片」，就顯示出影像化的視覺敘事對文學創作的影響。進入中國改革開放新時期之後，尤其是 90 年代影視藝術逐漸佔據大眾精神文化消費的主導性位置之後，大批作家開始「觸電」，自覺地按照電影、電視的要求來編劇。諸如

〔註50〕〔法〕讓‧鮑德里亞：《擬象與仿真》，汪民安等主編《後現代性的哲學話語：從福柯到賽義德》，浙江人民出版社 2000 年版，第 334 頁。

對光影的重視、蒙太奇式的組接方式、還有鏡頭感的運用、場景式描寫等，無一不進入文學敘述領域，成爲文學運用語言主想像性地完成視覺敘述的表現手段。從這個意義上講，所謂「讀圖時代」或者「視覺轉向」，其表徵其實並不在於圖文本書籍的暢銷，也不在於大眾青睞影視而淡忘閱讀，而在於影像化的視覺思維進入到了非視覺領域。

由此，「視覺化」使得我們擁有了一種更具有整合性的視角，它能夠兼顧我們對「視覺」的名詞化和動詞化的理解，還能夠將「視覺性」角度提出的問題涵蓋其中。「視覺化」所提出的問題，從「將不可見變爲可見的」（廣義的「視覺化」）到形成「影像化主導」（狹義的「視覺化」），進而突顯出「虛擬性」的新質（「視覺化」的後現代性），最後將視覺化邏輯滲透到「不可見」之物之中去（「視覺性的彌散」），從而可以使我們得以重新理解視覺文化。

第四節　中國都市文化研究：範式及其問題

在近些年各種以「都市文化／城市文化」〔註 51〕爲名的研究／言談中，我們很容易發現來自不同學科領域的話語在相互角逐、彼此激蕩。從政治的角度來看，都市文化作爲建設國際化大都市的必備條件，並以凝聚和提升「城市精神」爲核心問題展開；從經濟的角度來看，都市文化的評價標準則成爲文化經濟或文化產業中的創意和文化產品的生產與消費；從社會的角度來看，對都市文化的關注則更多地聚焦於都市化進程中的文化矛盾與問題；而從人文學術的角度來看，都市文化則集中在一個城市的性格生命，反映在市

〔註51〕在中國的理論話語中，存在著對「都市／城市」的混用情況，造成這種現象的原因大概有三個：其一，中國學者對「城市化／都市化」的關注最先是從區分鄉村文化／民間文化開始的，在這種前提之下，城市／都市的區分併沒有多大必要；其二，從嚴格的社會學意義上講，中國目前的都市化現象其實並不普遍，堪稱「國際化大都市」的也還只是鳳毛麟角，但在日益頻繁交往的當代社會中，都市性因素已滲透到了中小城市乃至城鎮鄉村，因此，如果說要準確描述中國的城市化／都市化現實的話，也許這種「城市／都市」的並置與雜交正是中國的特點所在；第三，當前以「都市文化」爲名的研究大有取代「城市文化」之勢，從某種意義上說，並無嚴格的學術性的支撐，而更多地來自於各大城市日益高漲的「建設國際化大都市熱」和以「都市」爲學術話語的時髦的刺激。因此，當我們在中國語境中考察「都市文化研究」時，不可能完全依照社會學意義上對「都市化程度」的區分將之與「城市化」作出截然的區分。

民的文化心理和都市的歷史記憶之中。但是,在面對具體的都市文化問題時,上述專業領域的學科界限其實並不重要,而且已經更多地在觀念、方法的層面上彼此滲透了。因此,如果從這一角度重新審視都市文化研究,不難發現,在都市文化研究中有兩個基本的範式值得特別關注。一個可以被稱爲人文主義範式,它基於文學藝術和人文學術對城市化問題和都市文化的敏感,強調對城市的感覺印象,關懷城市化過程中人的主觀感受;另一個可以被稱爲科學主義範式,它基於現代化的理論背景,關注城市化進程,強調都市文化的各項量化指標及其要素資源配置。在這兩種範式之間其實還存在著一些交叉的領域:比如說從人文主義範式出發,吸收科學主義範式的影響,在量化標準基礎之上從事的都市文化研究。這種研究的特點在於有意識地區分出了城市化和都市化,並將都市文化作爲一種全新的文化形態,直接在全球化語境之中對之進行考察。再比如說從科學主義範式出發,吸收人文主義範式的觀念,特別是文化研究的思路,展開對資本主義文化矛盾、大眾文化、文化工業的建設或批判,等等。

　　不過,這還只是從邏輯層面對當前中國都市文化研究進行的歸納,還不足以展開更爲複雜的都市化、都市文化現象以及都市文化研究範式之間的矛盾。正如霍爾所說的,「在認眞的、批判的學術工作中,既沒有『絕對的開端』,也很少有不間斷的連續性……相反,我們發現的只是一種具有不均衡發展特性的無序性。」〔註52〕如果我們將之納入到中國近二十多年城市化進程與都市文化研究實踐的歷時性視域來審視,都市文化研究所呈現出來的範式意義也許才能眞正地顯現出來。

　　當中國進入到改革開放新時期,開始新一輪的經濟建設和現代化╱城市化進程時,都市文化的科學主義範式並未與之同步展開。在上個世紀80年代,中國的城市化進程還只是停留在城鎮化階段,發端於農村體制改革的農村工業化形式──鄉鎮企業──異軍突起。直到90年代後期,我們的農民政策仍然是「離土不離鄉,進廠不進城」。因此,在城市化問題上,就出現了一方面是鄉鎮企業、鄉鎮經濟獲得極大的發展(直到目前,廣東、江浙一帶蓬勃發展的民營經濟仍立足於鄉鎮即是明證),但另一方面則出現了城市化進程並不與經濟發展同步的現象。而鄉鎮的基礎設施嚴重不足、生態環境嚴重失衡、

〔註52〕〔英〕斯圖爾特・霍爾:《文化研究:兩種範式》,羅鋼、劉象愚主編《文化研究讀本》,中國社會科學出版社2000年版,第51頁。

各種生產要素調配困難等諸多問題也直到 90 年代後期才開始引起各方關注。直到「十五」計劃制訂之時，「城市化」還是「城鎮化」仍然是人們爭論不休的話題，並以「城鎮化」的勝利而告一段落〔註53〕。

　　但是，都市文化研究科學主義範式的缺位或失聲並不表明城市化、都市文化問題不存在。對之作出積極回應的是來自文學藝術和人文學術領域裏的人文主義範式。在 80 年代，「農民進城」、「知青返鄉」、「經濟改革」的現實和中國文化發展路徑的討論構成了人文主義範式關注的焦點。而構成其主導性思維框架的則是「城鄉」二元對立。作為農民，固然有著對城市文明和城市生活的嚮往和期待，但是根深蒂固的「農民性」卻成為其與城市格格不入的因素，「我是農民」成為一批文化人的身份認同；作為知青，「返城」中所遭遇到的苦難，則使城市成為自己想像中的天堂和現實中的夢魘，而鄉村則成為迫切渴望逃避的現實和青春與夢想的記憶；而作為經濟體制改革的主體——企業及其經營者和生產者——最為關心的問題還只是「改革／反改革」的較量，其所處的城市文化的現實則基本被排除在關注範圍之外，從某種意義上說，80 年代「改革文學」中「城市」因素的缺失同樣可以視為「鄉土中國」的一個表徵。在中國文化發展路徑的選擇中同樣如此，「越是民族的越是現代的」成為一個時代的口號，在文化尋根的浪潮中，「傳統文化」和「民間鄉野文化」獲得了正面的意義，而城市中的文化尋根同樣是對城市中「傳統因素」、「鄉村因素」、「民間因素」的發現，「城市」仍然只是鄉村和傳統文化表徵的承載體。對城市文化的研究也幾乎與鄉村文化、民間文化一樣，致力於對差異性因素的挖掘。因此，在 80 年代末 90 年代的地域文化研究熱中，研究者往往關注於對北京、蘇州、武漢、上海等城市中諸如歷史、方言、風俗、文化等「地域性」特徵。

　　都市文化研究的人文主義範式到了 90 年代發生了改變，其代表仍然是以文學和文學研究為主要載體展開的。80 年代末 90 年代初，「新寫實主義」文學興起，隨後「新市民文學」、「新都市文學」也成為文學命名的方式。僅從這些命名本身就不難發現，在這個時期，都市文化研究開始脫離地域文化研究的思路，城市自身的文化特質開始受到關注，而關注的重心則是「市民」、「商品」以及隨之而來的「消費文化」。在市民性、商業性、現代性問題面前，

〔註53〕參見人民網特別策劃「中國城市化戰略：十字路口的抉擇」，http://society.people. com. cn/GB/1063/3507314.html。

都市文化的都市性因素被放大了。在這一過程中，都市文化展開的維度不再局限於「城鄉」之間，而是集中到了城市化進程內部和中西城市文化差異之間。在興起於 90 年代的「留學生文學」中，中國城市被置於世界城市的關照之下，其「鄉村性」令這些在海外打拼的中國人產生文化自卑感〔註 54〕；而近幾年引起關注的「打工文學」雖然以生活在城市底層的農民工爲表現對象，但其所展開的問題卻是城市性的問題，而「農民性」則退居於次要位置。

　　儘管人文主義範式在八九十年代獲得了很大的發展，但作用於都市文化建設的效用卻並不明顯。這固然與人文知識分子在市場經濟條件下日益邊緣化有一定的關聯，但最大的問題仍然在其自身。其一，人文主義範式過於依賴文學藝術對現實的反映來發言，這使得都市文化研究始終面對的是都市文學文本而不是都市文化本身。一方面，都市文學只是都市文化中的一個部分，隨著大眾傳媒和網絡技術的發展，影視文化日益成爲市民精神文化消費的主要方式，而廣告的泛濫所引發的消費主義問題、網絡的普及所構成的虛擬精神空間都成爲都市文化亟待解決的重要問題。另一方面，都市文學因其自身作爲都市文化的表徵，使得在都市文化研究中始終存在「反映的真實性」再度確認問題，這在相當大程度上影響了借都市文學而談都市文化的有效性。舉一個簡單的例子，同樣是描述北京的文化，八九十年代的都市文學中便存在風情敘寫到欲望描繪的轉變〔註 55〕，但這種轉變只能說明作家關注重心的轉移，而並不能據此而判斷風情與欲望在 80 和 90 年代北京的都市文化中各自所佔有的比重。其二，人文學者行動性的不足成爲人文主義範式在都市文化建設中作用發揮的瓶頸。在都市文化研究的人文主義範式中，城市文化傳統的保護成爲其最具現實性的方面，但是，人文學者所發揮的作用仍然非常有限。從文學寫作轉向文化保護的馮驥才便是一個典型的例子。90 年代中後期，他先後參與了一系列文化保護的行動，如 1996 年挽救津門老城、1997 年抵制對原祖界建築毀滅性的衝擊、1999 年搶救毀於旦夕的估衣街等等，爲此他一次次地組織各界人士進行考察，並大規模地拍攝文化遺存，繼而編輯成大型圖冊。但是，「文人的悲哀，是他們總以爲自己莊嚴的呼吁，必然激起反

〔註 54〕　當然，這種局面到了新世紀發生了改變，發表於 2002 年的朱曉琳的《哥本哈根的雨》則在高速發展的上海都市化背景中重新找回了中國都市文化的自信心（儘管這種對中西都市文化的重寫仍有許多可爭議之處）。

〔註 55〕　李建盛：《從風情敘寫到欲望描繪：北京文學都市話語的轉變》，《北京社會科學》2000 年 3 期。

響，隨即取得良好的社會效應。然而實際上卻如同空谷一呼，其後了無回應。那喉嚨的脆弱唯有自知。」〔註56〕其三，人文主義範式中的懷舊性，使之在當代都市文化日益興盛面前呈現出保守主義的傾向。在城鄉文化中緬懷鄉村文化的優雅，在傳統文化和現代文明之間心儀傳統文化的榮光，使得人文主義範式中往往會出現「後衛式」的批判立場。而一旦懷舊走向復古，則會演化出更大的文化問題。

上個世紀90年代末新世紀初，以長三角、珠三角以及環渤海地區爲代表的中國城市帶和以北京、上海、深圳爲代表的現代都市日漸成形，在「經營城市」的口號下，各地方政府也開始大力進行城市建設，城市化以及隨之而來的都市文化建設問題才開始引起更多的關注。都市文化成爲城市化進程中亟待解決的政治、經濟和社會問題，刺激了都市文化研究科學主義範式的興起。

不過，在我們描述中國的都市文化研究的科學主義範式之前，仍然有必要做一個基本的區分，即嚴格的社會學意義上的「城市」與「都市」是有區別的。儘管我們可以把中國城市的發生史上溯到數千年前的夏商周，並歷數中國各朝代出現的威威王都與繁華市井，但是眞正意義上的大規模城市化運動是現代工業革命的產物，是工業化和商業化過程中所產生的人口、物質、資本、公共設施的大規模集聚與轉移的結果。而都市作爲城市化發展的晚近形態，也是與「後工業社會」、「消費社會」的來臨緊密相關的。雖然在都市化過程中也體現了城市化所具備的人口的集中、公共設施的集中以及市民社會的形成等特點，但是更多地強調了其在「大城市」、「城市帶」的發展中向著「全球城市」、「世界城市」方向發展的現實。正因爲如此，當卡斯特提出「巨型城市」的概念時，就不再僅指規模的巨大，而更強調「巨型城市是全球經濟的焦點，它集中了全世界的指揮、生產與管理的上層功能，媒體的控制，眞實的政治權力，以及創造和傳播的象徵能力。」〔註57〕而戈特曼在分析「城市帶」現象時，則將區域內比較密集的城市以及在此基礎之上人口與產業的大規模集聚、各城市功能的分工與交往作爲其突出的表徵。也就是說，當他們在談論都市、都市化、都市文化這些相關問題時，其預設的前提是早

〔註56〕馮驥才：《手下留情 現代都市文化憂患》，學林出版社2000年版，第7頁。
〔註57〕〔美〕曼紐爾·卡斯特著／夏鑄九、王志弘譯：《網絡社會的興起》，社會科學文獻出版社2001年版，第496頁。

期城市化階段（如農村城鎮化、中小城市化等）所面臨問題的基本解決以及這些都市或「城市帶」所賴以存在的經濟全球化的社會現實。而且，都市化與早期城市化相比也出現了一些新的特點：如果說在早期城市化階段，主要體現為以「生產」為中心、以「集聚」為特徵、以城市功能的日趨複合化為方向的話，那麼，到了都市化階段，伴隨著城市圈、城市帶、城市群的興起，以及生產的國際化（在國內表現為城際化）、金融及其他現代服務業的信息化，市民生活的郊區化，又出現了以「消費」為中心，以「擴散」為新質（也有人稱之為「逆城市化」），強調城市的輻射功能和對周邊環境和其他城市的帶動作用的都市性。因此，所謂都市文化也即在這種都市化進程中所出現的文化現象和所面臨的文化問題。

不過，這種籠而統之地描述全球化語境中都市化和都市文化的一般性特徵，還不足以解釋和解決中國城市在都市化進程中所遭遇到的文化矛盾與問題。比如說，當我們審視中國的都市化現象時，會很容易地發現裏面居然有著這麼多的矛盾和問題：一方面是中國城市化水平極低的現實〔註58〕，而另一方面則是建設「國際化大都市」的狂熱〔註59〕；一方面是以農民工為主體，以來料加工為特點的「世界工廠」型生產還佔有相當重要的比重，但另一方面則是以信息化為載體，以資本運作為特點的虛擬經濟的興起；一方面是承載著數千年文化積澱的極不健全的市民社會，但另一方面卻是依託大眾傳媒而滋長的相對開放的文化消費熱潮。這些現象表明，第一，都市化在中國還並未成為現實，至少還不是普遍性的事實；第二，在都市化衝動背後有著不少隱憂，這使得從客觀上談論都市文化時，不得不認真面對的一個現實——是做普適性的都市文化理論、還是研究中國都市化進程中的文化矛盾？第三，也許真正的問題正是：中國的都市化正處在全球性都市化背景和中國自

〔註58〕 據《2005 中國可持續發展戰略報告》提供的材料：「根據世界銀行統計，在 2002 年世界高收入國家城市化率平均為 75%，中等收入國家為 62%，低收入國家為 30%，而中國城市化率尚未達到 40%。至 2000 年底，中國城市化率比世界平均低 12 個百分點，比世界發達國家平均低 40 個百分點。雖然從 1949 年全國建市 67 個增長至目前的 600 多個，但隨著人口總量的增加，城市人口的比例仍然過於偏小。」

〔註59〕 同樣是 2005 年的消息，據報載，目前我國有一百八十二個城市提出要建「國際化大都市」，約佔全國六百六十七個城市總數的百分之二十七，另外還有 30 多個城市要建設中心商務區。（參見《建設部部長怒斥政績工程勞民傷財》，《第一財經日報》2005 年 2 月 2 日）

身城市化進程的交叉點上，只有在這樣一個座標上定位中國的都市化，我們才能找到中國都市文化研究的切入口。

這一切入口就是中國的現代化。儘管近些年來，中國學界更多把關注的焦點從社會現代化的轉向了文化現代性或曰審美現代性，但是，社會現代化作為城市化、都市化發展的基本背景仍是不可否認的事實。作為後發外生型現代化的國家，中國的城市化進程遠非早發內生型現代化國家城市發展那樣的自然與自足〔註60〕，從一開始就有著強烈的「趕超」衝動與「跨越式發展」情結，從一開始就帶有鮮明的自我設計與政府規劃的特點。〔註61〕而近年來，中國學界對都市化、都市文化研究的興趣也正是來自於改革開放以後迅猛發展的新一輪城市化進程以及戈特曼將上海和長三角地區列為未來第六大城市帶所引發的現代性亢奮，近年來高燒不退的「國際化大都市」熱只是其中一個極端化的例子而已。因此，當中國學界將都市文化確定為建立在對現代化大都市以及與之相關聯的城市帶基礎之上的文化形態時，便意味著作為全球化時代的樣板，其無論是在人口、面積、經濟指標、行業分佈、城市功能等各方面都大大超越了以往的「城鎮文化」，與之相適應，都市文化研究在理論資源的選擇上則更多地取向了以城市社會學為基礎的西方現代城市文化研究、以國際化大都市為想像目標的城市規劃研究以及以為城市經濟發展服務的文化產業研究等。

不過，都市文化研究的科學主義範式在中國推進得並不順利。這其中有著客觀現實條件的制約。即便是在目前，在中國堪稱具備國際化大都市特徵的還只有北京、上海、香港等為數不多的幾個城市，有希望向著都市化方向邁進的區域還主要集中在「雙三角」（長三角、珠三角）城市帶。但最大的問題卻是因這些年中國城市「都市化」衝動過於強烈而導致的對客觀現實條件

〔註60〕 所謂「後發」指的是現代化啟動較晚；而「外生」則指最初的動力來源於外部。城市化作為現代化進程中重要的評價性指標，同樣也是現代化基本特點的反映。因此，我們可以套用中國現代化路徑而將中國的城市化也命名為「後發外生型城市化」。

〔註61〕 這個問題可以一直追溯到新中國成立。1949年以後，中國的城市化表現出計劃經濟體制下工業化單向突進和超前發展的特點，一度使得城市功能越來越單一，城市的金融、貿易、流通等服務性功能喪失了進一步發展的內在動力。為了保證工業化的發展，進而導致以犧牲農業和抑制消費為特點的政策選擇。這些不僅嚴重妨礙了城市化自身的發展，也在相當大程度上抑制了農村經濟停止不前。

的漠視。不用說,中國的城市建設離國際化大都市的評價標準(基礎設施國際化、經濟國際化、貿易國際化、金融國際化、第三產業國際化、教科文國際化、外語環境國際化)有多遠,更令人憂慮的問題在於,不少城市為了追求這些不切實際的發展目標,盲目擴大城市規劃,或因違規圈地以致耕地面積銳減,大量農民失業淪為游民,或因強行動遷而激化社會矛盾,增加不穩定因素,或因大拆大建,使得生態保護、文物保護被棄之不顧,進而影響到城市的可持續發展。這就必然導致中國的城市在現代化進程之中出現各種各樣的文化問題。也許這些問題並不能嚴格地歸屬於都市文化問題,但卻成為當今中國城市化/都市化中所面臨的重要問題,它逼迫中國都市文化研究的科學主義範式必須做出相應的調整:

一方面,必須回頭將理論上應該拋棄的「城市化和城市文化」問題重新置於思考的範圍之內。比如說,中國都市化的非線性特徵問題就值得特別關注。在被認為具有國際化大都市特徵的城市中,其都市化動因各有不同:北京作為歷代王都,自身就奠定了作為都市的物質條件;上海因半殖民地化而超越式地成為中國最早的都市,而90年代初的浦東開發則使之再度成為城市化水平發展最快的地區;而珠三角則是依靠內地數百萬農民工支撐起「世界工廠」的規模而發展起來的城市帶,在這裡,高度外向型的經濟發展與發展相對滯後的鄉鎮城市化水平形成鮮明的反差。這些具體的城市化、都市化進程在相當程度上影響到了中國都市文化的特點。再比如,產業的集聚構成了中國城市帶的發展動力,但在城市一體化行動中,又都普遍存在諸要素流動不暢、基礎設施重複建設、城市集約化程度不高等問題,而利益機制的不協調更突顯了中國在社會主義市場經濟建設過程中條塊分割的壁壘還未完全破除的現實。再比如,中國的都市化還是在城市化發展水平不高的基礎上建設的,還處於鄉村文化的包圍之中。在西方,80%以上的城市化水平,使得都市文化幾乎可以與當代文化劃上等號,但是,在中國,城市化水平還不到50%,都市化水平則更低。簡單的談「都市化是人類文明未來的方向」是沒有多少實際意義的,個別地方出現的「城市郊區化」現象與大量農民工進城的現實也在產生新的城鄉關係。因此,根據中國城市化發展的現實,至少在可見的三五十年內,還不可能有所謂「成熟的定型的典範意義的都市文化現象」出現,最多只是具備了若干因素而已。而這些「都市化進程中的文化問題」,這些「非典型都市文化現象」正是需要我們特別關注的。

　　另一方面，作爲產業的文化在都市化過程中扮演著越來越重要的角色。這一方面來自於文化經濟、文化產業越來越成爲地方政府解決就業問題、增加稅收、提升城市形象的重要手段，另一方面也來自於都市的文化生產更多地組織化、產業化的事實。也就是說，都市文化產品更多地由「文化企事業單位」這一主體所生產，而大眾的文化消費也更多地接受了這種產業化文化生產的方式──通過機械複製，文化產品被批量地製造，從而滿足了更多消費者的需求；由於數量的巨大和價格的低廉，使得它在相當大程度上取代了基於獨創性的傳統藝術創作方式。與此同時，都市中的精英文化，則因其獨創和高雅而日益成爲小眾欣賞的對象，此類文化消費也轉向了藝術場域、收藏／投資領域，只有那些相當藝術水準的人才會去欣賞它，只有擁有一定資產的人才會去收藏／投資它。文化產業的經濟邏輯必然導致大眾文化的產生，但在此過程中大眾文化如何獲得質的提升？傳統文化如何才能得到完整的保留？精英文化是否只能日益萎縮在少數知識分子那裡？很顯然，這些問題已經不能夠單純靠都市文化的科學主義範式去解決了。

第二章　媒介・技術與觀看方式：
視覺文化影響下的文學新變

第一節　觀看上海的方式：以王安憶《長恨歌》爲對象

作爲中國最具現代性的都市，上海已被觀看了一百多年。上海的都市景觀和斑駁影像已被保存在不可勝數的文學藝術作品中，成爲可供分析的文獻。因此，研究作家、藝術家觀看都市的方式，上海是個不錯的選擇。所謂「觀看都市的方式」在此是指文學藝術作品中的都市景觀以及作家對待都市景觀的文化立場、藝術趣味、情感態度等。在上海寓言的《長恨歌》中，王安憶確立了一種有限超越性的「鴿子視點」，「取其中段」成爲作家的理性選擇；近十年來大批以上海爲對象的新都市文藝作品中出現了「老上海的新意」和「新上海的老氣」的兩種面向，進一步強化了這種有限超越性的普遍性。因此，與本雅明解剖波德萊爾不同的是，上海作家（藝術家）觀看上海的方式是一種「非典型性漫遊」，充分認識到知識分子和文化人觀看都市的方式所存在的問題，將有助於更好地調整焦距，以更好的方式觀看上海。

一、一個視點：作爲上海寓言的《長恨歌》

作爲中國最具現代性的都市，上海已被觀看了一百多年。上海的都市景觀和斑駁影像已被保存在不可勝數的文學藝術作品中，成爲可供分析的文獻。因此，研究作家、藝術家觀看都市的方式，上海是個不錯的選擇。所謂「觀看都市的方式」在此是指文學藝術作品中的都市景觀以及作家對待都市

景觀的文化立場、藝術趣味、情感態度等。在小說敘事中,我們可以通過其敘述視角的設置、主人公的話語表述和情感反映、環境與場景的描寫中捕捉到作家或隱或顯的價值投射;在視覺藝術中,我們也可以從畫面的構圖、影像的剪輯及音像的配合等技術化的層面對之進行分析。也就是說,當我們提出「觀看都市的方式」的問題時,同時包含了兩個層面的努力:其一,故事和影像的層面,即所敘之事與所呈之像中的都市景觀;其二,敘事和視覺的層面,即事之所敘與像之所觀中的作家立場,而正是後者,體現了作家對於都市的「認知測繪」。

在此,王安憶的《長恨歌》可說是極佳的個案。一方面,《長恨歌》以其「茅盾文化獎」和小說暢銷、電影改編等各方面卓越成就人們心目中「上海懷舊」的經典;另一方面,《長恨歌》以王綺瑤的一生來寫上海的世紀變幻,使得小說一則關於上海的文化寓言。正如王安憶自己所說的,她要寫出「城市的街道,城市的氣氛,城市的思想和精神」〔註1〕,這便是王安憶將上海作為觀看的對象主觀意願〔註2〕。

不僅如此,王安憶還有著明確的觀看方式的自覺──對「鴿子視點」的設計。在《長恨歌》中,「鴿子」被賦予了超越性的觀看能力:首先,鴿子的視點成為觀看上海的制高點。她將鴿子與人類能夠企及和立足的地方相比,賦予其行動與心靈的自由、眼界的開闊和充滿好奇的眼睛。正是從鴿子的視點,才是「站一個制高點看上海,上海的弄堂是壯觀的景象」的觀看上海的制高點〔註3〕。其次,鴿子被視為「城市的精靈」,「它們是惟一的俯瞰這城市的活物」。為了突顯鴿子的靈性,王安憶將之與麻雀相區別,認為「麻雀卻是媚俗的,飛也飛不高的」,它們與市井小民「有點同流合污的意思」,它們是「自輕自賤」、「沒有智慧」的「鳥裏的俗流」。因此,「鴿子是靈的動物,麻雀是肉的動物」。王安憶還將鴿子與風箏相比,風箏「是對鴿子這樣的鳥類的一個模擬,雖然連麻雀那樣的活物都不算,卻寄了人類一顆天真的好高騖遠

〔註1〕 齊紅、林舟:《王安憶訪談》,《作家》1995年10期。
〔註2〕 與許多評論者拘泥於對王琦瑤性格和命運的關注不同,王安憶創造這個形象的真正用意仍然是為了更好的觀看上海。正如她自己所言,「王琦瑤其實只是上海的影子,在上海的每一條弄堂裏都有一個王琦瑤」,小說中對人物的泛化和情節的淡化都在暗示讀者,不要把王琦瑤當「人物」來看。
〔註3〕 王安憶:《長恨歌》,人民文學出版社2004年版。以下對小說的引文均出自此版本,特注。

的心。」但是，它們掙斷了線繩而遭受風吹雨打，而鴿子卻「是這無神論的城市裏神一般的東西」。第三，鴿子具有超越時空的能力。這種對時空的超越不僅表現在鴿子在城市上空的自由飛翔，而且表現在它超強的記憶力和子息繁衍的能力。特別值得注意的是，王安憶的「鴿子視點」不是某一隻鴿子的視點，而是鴿群的視點。正如王安憶所寫的，「每天早晨，有多少鴿子從波濤連綿的屋頂飛上天空！」「它們每天傍晚都滿載而歸。在這城市上空，有多少雙這樣的眼睛啊！」也就是說，這裡的「鴿子視點」其實是一種排斥了個體性的「類」的視點。

　　鴿子視點所具有的這種超越性，使得不少評論者非常自然地想到了本雅明的「漫遊者」，並賦予其「反思現代性」的功能，挖掘其同情與批判的意義。如張旭東就認爲，「這座城市那隻高處的鴿子的視角佔據了《長恨歌》開始幾頁，這可以看作是對描寫上海眞正的英雄，即無名的、無形的消費大眾，所做的一種文學準備、一種美學鋪墊。」「上海弄堂的昇華了的圖景，以及在其深遠的物理廣度和不可計數的現代都市日常經歷和記憶儲存上所賦予的自然史氣氛，爲關於其歷史構成的正在逝去的社會性解釋提供了一個寓言式的替代物。」〔註4〕《長恨歌》中的「鴿子」還被視爲知識分子關注底層的民間立場，如徐德明所說的，「『鴿子視點』的智慧是一種鄰近世俗的智慧，一種眞正的民間敘事的智慧。」「這種民間敘事的智慧是一種包容一切的襟懷，頗有點觀音式的普度眾生的意味，寫作的主體看得眾生與一切事物分外的明細，是一種居高臨下的對眾生平庸的而具體的生活的一種深切的體察和認同，一種充滿興味的呈現欲望，一種民間社會的敘述自覺。」〔註5〕

　　但是，「鴿子視點」在小說中的這種超越性是可疑的，其在作品中的功能也是有限的。首先，雖然王安憶將「鴿子視點」作爲城市的制高點，並賦予了不少超越世俗凡人的意義，但是，「鴿子視點」並沒有因此而成爲城市的「他者」，沒有最終取得「外位性」的視角。儘管我們可以說，鴿子確實可以飛得比人高，可以剝離流言的迷霧而看到弄堂的眞相，但有一點特別重要：鴿子本身就是城市的一部分。在《長恨歌》中，鴿子的意義存在著一系列意象的等價置換：「鴿子」──「城市心的溫柔鄉（「上海」）」──「閨閣的心」（「王

〔註4〕　張旭東：《現代性的寓言：王安憶與上海懷舊》，《中國學術》2000 年 3 期。
〔註5〕　徐德明：《歷史與個人的眾生話語》，《文學評論》，2001 年第 1 期。

琦瑤」）〔註6〕。非常明顯，王安憶所選擇的「鴿子」式的俯瞰，並非「漫遊者」那樣視城市爲「他者」的存在，而是一種「自我反觀」。這就很容易地解釋，爲什麼在《長恨歌》中充滿著對老上海情味的迷戀了。在王安憶用甜得發膩的絮叨中，讀者會情不自禁地沉迷到對老上海的懷舊之中。王安憶也曾非常明確地對這種「制高點」發表過自己的觀點，她認爲，「人有時候爲了生存，就像螞蟻一樣，可以把自己的周圍變成蟻穴，這是一種無法解釋的悲哀。……你既不能像哲學家那樣看得很遠，也不能像農民那樣爲了活著而活著，而要取一個中段。不可能消沉，也不可能沒有欲望，生活才能維持下來。」這種「取其中段」的態度正來自於她對上海人和上海城市的體察。她認爲，對於上海人來說，最大的支撐來自強烈的生存願望。〔註7〕顯然，《長恨歌》中的「制高點」其實並非我們所一廂情願的「至高點」。

其次，王安憶爲我們區分兩種不同的觀看上海的方式（「鴿子視點」和「麻雀視點」），並賦予了兩者截然不同的文化價值。但是，如前所述，「鴿子」與「麻雀」都從屬於這個城市，「鴿子視點」與「麻雀視點」眞正的區別只是在於「鴿子」象徵了城市中純潔、高尚、美好的一面，而「麻雀」則是城市中媚俗、卑微、醜惡的代表。因此，王安憶選擇「鴿子視點」實際上達到了一箭雙雕的作用：一方面體現了作者對待上海的文化態度——如果說有懷舊的話，王安憶所懷的只是上海文化中好的一面；另一方面也顯示出小說展現給讀者的也是上海城市精神中值得珍惜的部分。在《長恨歌》中，王安憶對「流言」的鄙視也可以成爲這個問題的注腳。

第三，「鴿子視點」的超越性問題。「鴿子」意象在《長恨歌》中出現的

〔註6〕 首先看從「鴿子」到「城市心的温柔鄉」的置換：在王安憶看來，「鴿子」本身就是城市的一部分，「鴿群是這城市最情義綿綿的景象，也是上海弄堂的較爲明麗的景象，在屋頂給鴿子修個巢，晨送暮迎，是這城市的戀情一種，是城市心的温柔鄉。」其次，再看「鴿子」與「閨閣的心」的置換：「屋頂上放著少年的鴿子，閨閣裏收著女兒的心。」「屋頂上放飛的鴿子，其實放的都是閨閣的心，飛得高高的，看那花窗簾的窗，別時容易見時難的樣子，還是高處不勝寒的樣子。」相應地，也存在著「城市心」與「閨閣心」的同構：「上海的時裝潮，是靠了王琦瑤她們才得以體現的。但她們無法給予推動，推動不是她們的任務。……她們無怨無艾地把時代精神披掛在身上，可說是這城市的宣言一樣。」「上海的弄堂總有一股小女兒情態，這情態的名字就叫王琦瑤。」

〔註7〕 王俊：《會診城市人文困境 王安憶：取其中段是生存良策》，《青年報》2004年6月20日。

頻率相當之低，僅限於開頭、結尾和中間的極少部分。但是，「鴿子視點」在小說中卻發生過一次重要的裂變。雖然王安憶在小說開頭將「鴿子」——「上海」——「王琦瑤」之間「劃上了等號」，但是在小說的第二部最後一節寫到程先生自殺時，分裂了：

「他（程先生——作者注）放完最後一張照片，拉開暗窗戶上厚重的布幔，看見了晨曦中的黃浦江，這是久違了的情景，卻是熟入心底的情景，程先生想他已有多少日子沒有對它垂目，可它卻一直駐守著，等待他迴心轉意。程先生的喉頭都有些哽住。這時，一群鴿子從樓的縫隙中湧出，飛上天空。程先生想：這也是多年前的鴿群嗎？也是在等待他嗎？」

當程先生從高樓上躍下時，「連鴿子都沒有醒」——當然也更談不上「看見」了。這裡，事實上暗示觀看視點的一次重大轉移。這時的「上海」是 1965年的上海，「一九六五年是這城市最好的日子，它的安定和富裕為這些股實的日子提供了好資源，為小康的人生理想提供了好舞臺。一九六五年的城市上空，充斥著溫飽的和暖氣流，它絕非奢華，而是一股樸素敦厚的享樂之風。」這幅上海景象是「新上海」景象。「上海」已經分裂為「新上海」和「老上海」，而「鴿子視點」很顯然在這裡是與「新上海」與時俱進的（這時的鴿子並非過去的鴿子，而是鴿子的子息，這也正是給王琦瑤和程先生們這些老上海的子民以「多年前的鴿群」的幻覺的原因），而「王琦瑤」們則仍然是「老上海」的象徵。正因為如此，到了《長恨歌》的第三部，敘述視角發生了裂變：王琦瑤成為被看的對象。王琦瑤連同其壓在箱底多年的陳年舊物一樣，在新時期的陽光下展覽，被「薇薇的時代」觀看、被老克臘和長腳們當作老上海的往事「挖掘」。這也就是為什麼，當王琦瑤被長腳殺死之後，王安憶會寫道：

「只有鴿子看見了。這裡四十年前的鴿群的子息，它們一代一代地永不中斷，繁衍至今，什麼都盡收眼底。……那鴿哨分明是哀號，只是因為天宇遼闊，聽起來才不那麼刺耳，還有一些悠揚。它們盤旋空中，從不遠去，是在向這老城市志哀。在新樓林立之間，這些老弄堂真好像一艘沉船，海水退去，露出殘骸。」

這種「鴿子視點」的裂變說明了什麼？是一種超越性的，類似於「漫遊者」式的批判性的存在嗎？不是。如果說，小說的前兩部中，「鴿子視點」就是「王琦瑤」觀看上海的視點的話，那麼，第三部中的「鴿子視點」則是薇薇、老克臘們觀看上海的視點——他們對新上海的認同和對老上海的想像是

王琦瑤們絕對接受不了的。在第三部,當新上海擺脫了政治運動的困擾,重新恢復開放式的生活方式之後,小說有兩整節都在描寫王琦瑤眼中的薇薇的時代,一言以蔽之——「已經走了樣」!與之相應的是一系列對新上海景觀的評語:「舊」、「亂」、「粗魯」、「不忍卒讀」、「饞」、「實心眼」等等。這是王琦瑤站在老上海的角度對新上海作出的評語。

二、兩種面向:老上海的新意與新上海的老氣

《長恨歌》中「鴿子視點」的這種帶有明顯自我反觀式的觀看上海的方式在九十年代以來以上海為背景的文藝作品中普遍存在著。這種對老上海的懷舊和對其不可挽回的沉淪的惋惜是溢於言表的。在這些作品中,我們很少能夠看到真正的直面現實的都市漫遊者,相反,他們更多地願意進行一種精神的或者說想像的漫遊。在一篇評論上海文學的文章中,陳惠芬敏銳地發現,「90 年代描寫上海的文學大都不是從『當下』寫起,而是『時光倒流』式的追念。」〔註8〕儘管這些作家生活在九十年代處於飛速發展變化的上海,但他們中有相當多的人卻把視線轉向三四十年代或五六十年代的老上海,最多也只是把目光延伸到八十年代。它構成了描寫上海或以上海為背景的文學藝術作品中強大的潮流,即「老上海的懷舊」。

這股熱潮的主要特點是,以「海派」文化為名,借助於文獻式的影像資料、文學文本、歷史文本以及保存相對完好的二三十年代中西混雜的文物,通過文化懷舊的方式點燃殘存在人們心中對於老上海的美好回憶,從而實現其文化價值和市場價值。如素素的《前世今生》、陳丹燕的《上海的風花雪月》三部曲以及大批類似的通俗讀物的熱銷便很能說明問題。此外,張藝謀、王家衛、陳逸飛等人都不約而同地將自己的影像聚焦到三四十年代的老上海上,更不用說還有大量的以近現代歷史為背景的影視劇,無論真實與虛構,都將故事的場景放到了上海〔註9〕。

非常有意思的是,知識分子與文化人對老上海的想像性復活,其用意其實並非懷「舊」,而是念「新」。不管是花園洋房,還是舊式里弄,不管是碼頭商鋪,還是酒吧歌廳,無論是咿咿呀呀的留聲機,還是時尚香豔的月份牌,

〔註8〕 陳惠芬:《「文學上海」與城市文化身份建構》,《文學評論》2003 年 3 期。
〔註9〕 如電視劇《情深深,雨濛濛》、《像霧像雨又像風》、《刀鋒 1937》等;電影《風月》、《搖啊搖,搖到外婆橋》、《傾城之戀》、《紅玫瑰白玫瑰》等,不可勝數。

在上述文字和影像中都呈現出無比精緻而令人嚮往的光暈。他們共同關注的其實是上海在近現代殖民化和半殖民化過程中中西方文化的碰撞與交流。也就是說，所謂「老上海」之「老」與「舊」，並非衰老和陳舊，恰恰突顯的是老上海中所具有的現代性的一面。這種所謂「現代性挖掘」和「反思現代性」，正是他們借老上海的歷史、文化及社會變遷來參與上海九十年代後加速現代化進程的重要手段〔註10〕。

　　不過，這種在老上海中挖掘新意的努力卻存在著自身無法克服的問題。其一，想像老上海的真實性問題。老上海早已隨著新中國的成立和一輪輪的城市改造變得面目全非了，因此，老上海只能通過文獻、文物和記憶在人們的觀念中重建。但是這裡的問題在於，在老上海的想像性復活中，充斥其間的要麼是十里洋場的風花雪月，要麼是新舊混雜的「上海灘」，它帶給人們的只能是碎片式的拼接，而不可能是全景式呈現。正如有論者指出的那樣，「老上海的城市化、現代化和自由化的資產階級特點，不僅在今天，即使在 1931 年仍有可能是一個被誇張的事實，一個純粹意識形態的產物」〔註11〕。其二，正因為想像老上海的間接性，使得他們的視角不自覺地受到前文本的影響，魯迅、茅盾們冷峻的態度、「新感覺派」的震驚性體驗、張愛玲的迷戀無一例外地轉化為當代知識分子和文化人想像老上海的虛擬視角。這種視角的模擬與認同無疑大大影響了他們對於老上海的認知和把握〔註12〕。如果說當代作

〔註10〕　不過，作為一種符號政治，「海派」意欲借二三十年代的老上海風情來恢覆文化優越感的歷史記憶，但在現實生活中，卻遭受到官方意識形態的壓抑卻是不爭的事實。儘管「海派」希望借助官方話語實現「海派」的文化復興，但是其明顯的文化懷舊和文化守成的特點在一定程度上妨礙了這一進程。（具體分析參見拙作《文化研究視野中的「海派」與「韓流」》，《粵海風》2006 年 1 期）另一位文化批評家張閎說得更為直接，「作為懷舊對象的舊上海，實際上與當下的上海相距遙遠，二者之間存在著著的記憶斷裂的鴻溝。在懷舊神話的光芒照耀下，王家衛影像虛擬的上海支配了人們對上海本性的理解。儘管我們實際上得到的只不過是昔日上海的『影子的影子』。與王家衛的影像作虛擬出來的『上海』相比，我們生活著的這個實實在在的新上海，反倒好像是一個贗品。」（張閎：《上海：記憶與幻想之都》，《同濟大學學報》2005 年 6 期）

〔註11〕　包亞明、王宏圖、朱生堅：《上海酒吧空間、消費與想像》，江蘇人民出版社 2001 年版，第 45 頁。

〔註12〕　一個非常有意思的現象就是，許多論者都將王安憶與張愛玲相提並論，以至於王安憶多次表示，自己不是張愛玲，張愛玲對她的影響不大。如王安憶所說的，「有很多評論都把我和張愛玲放一起，就好像我是她的『傳人』似的，

家還有自己獨特的觀看老上海的視角的話，那就是如王安憶《長恨歌》中「鴿子視點」所看到的那樣，在新上海建設的背景下展現老上海無可挽回的沉淪。

在文學藝術作品中老上海的「想像性的復活」不只是指在作品中將老上海作為描寫和想像的對象。更為重要的是，在對 90 年代以來的上海新都市形象的描繪中，時時閃現出「老上海」的魅影，「新上海的老氣」成為「觀看上海的方式」中的另一種面向。

其一，新上海標誌性形象的平面化呈現。如果說老上海的標誌性圖像是浦江西岸的萬國建築群的話，那麼，對岸的東方明珠和陸家嘴金融區則成為新上海的標誌性建築。在許多文藝作品中，大凡以新世紀上海為背景的，總忘不了在其作品中留下東方明珠的身影。不過，非常有意思的是，東方明珠和陸家嘴金融區的呈現方式往往是站在浦江西岸對之的遙望。這種「標準照」的方式與描寫老上海時總免不了看一眼外灘鐘樓一樣，是平面而刻板的。一個非常典型的例子是彭小蓮導演的《美麗上海》。當賈磊磊提出「上海的最新的風景浦東卻沒有一個標準的浦東鏡頭。你認為那裡的建築和景色不美麗嗎？……在《美麗上海》中美麗上海的空間標識是什麼？」這個問題時，彭小蓮的回答可以說代表了許多作家、導演對浦東的認識。她說，「我們拍《美麗上海》，不是沒有表現浦東的景色，我們是用虛的方法進行處理的。比如，那個大升降機拍攝的阿榮辦公室的上海夜景，在鏡頭的縱深處，那種像紐約曼哈頓式的輝煌上海，實際上那就是浦東。」「只有透過浦西來看浦東，才會顯得有意思。」其原因就在於浦東浦西所負載的文化含量和上海特色不一樣。在彭小蓮看來，「浦西是比較個體的，它的一個小弄堂，一個小閣樓，一個小院子，任何一個個體都很不一樣。所以，在拍攝浦西的時候，就比較強調細節；而浦東就用大色塊來表現」〔註 13〕。很顯然，這種對新上海標誌性圖像的「遠距離」呈現不僅僅是出於美學方面的考慮，同時也體現為一種文化心理上的無意識心態——對新上海的拒絕和對老上海的迷戀。這種文化無意識即使是在被視為時尚、新潮、先鋒的 70 後作家那裡也是如此。在衛慧的《上

但我就是我。我和張愛玲是有一些相似地方，其中最明顯的就是我們都是上海作家，都寫上海的城市生活，但我們的寫作方法絕對不一樣。其實張愛玲對我們這一代的影響並不大，我們受蘇俄小說的影響更多一些。」（《王安憶：我不是張愛玲的傳人》，《北京娛樂信報》2001 年 6 月 18 日）

〔註13〕彭小蓮、賈磊磊：《都市的文化影像與心理空間——關於〈美麗上海〉的對話》，，《電影藝術》2004 年 2 期。

海寶貝》中，對新上海標誌性圖像的調侃和挖苦也是溢於言表的〔註14〕，她們對待都市的策略就是——「我們眺望城市，置身於城市之外談我們的情說我們的愛。」

其二，對上海都市市民生活的簡單化描寫。在對新上海都市市民的描寫中，兩類人成爲「上海人」的典型代表。一類是描寫普通上海市民生活和精神變遷的文學和影視作品中，往往對男女主人公用「典型上海人」形象來塑造。儘管此時的新上海已是高樓林立，高架飛虹，但是作家們似乎爲了刻意突顯出上海的地域特徵似的，偏偏喜歡把人物安置在現在已顯狹窄而擁擠的里弄，而其人物則多以小氣、精明、虛榮、市儈爲其性格元素。這種有意無意的選擇，其實浮現出他們的集體無意識——新上海是沒有差別的城市，而只有老房、老街、老人，才是其地域性的最後遺存。於是，在葉辛的《孽債》中，便將沈若塵的小窩安在狹小的亭子間裏，連《人生》的編輯部也在一個弄堂裏。在這些定位爲市民情景喜劇的《老娘舅》、《開心公寓》、《紅茶坊》裏，上海方言是其市民性最突出的表徵。另一類則是所謂「新上海人」形象。他們工作在摩天大樓的辦公室，出入於高級賓館、酒吧舞廳，交往的都是有頭有臉能說幾國外語的社會名流，他們意氣風發，馳騁商海，也則寶貝奔馳，入則花園洋房。即或是個人獨身，也要住在能夠望得見浦東遠景的酒店式公寓裏。他們是時尚的小資、成功的中產，似乎沒有歷史，但卻實實在在地有著老上海獨特的文化遺傳〔註15〕，他們繼續做著類似於老上海的「上海夢」。也許，正是這「新上海的老氣」顯示出新上海都市文學中背負的文化重負，而這也許正暴露出這些作家和藝術家們對於當代生活理解的匱乏。

〔註14〕 在衛慧的《上海寶貝》中，她如此描寫東方明珠：「站在頂樓看黃浦江兩岸的燈火樓影，特別是有亞洲第一塔之稱的東方明珠塔，長長的鋼柱像陰莖直刺雲霄，是這城市生殖崇拜的一個明證。輪船、水波、黑黢黢的草地、刺眼的霓虹、驚人的建築，這種植根於物質文明基礎上的繁華只是城市用以自我陶醉的催情劑。與作爲個體生活在其中的我們無關。一場車禍或一場疾病就可以要了我們的命，但城市繁盛而不可抗拒的影子卻像星球一樣永不停止地轉動，生生不息。」

〔註15〕 在衛慧的《上海寶貝》中，一開頭即穿透了90年代上海所背負的老上海的魅影：「上海終日飄著灰濛濛的霧靄，沉悶的流言，還有從十里洋場時期就沿襲焉的優越感。這種優越感時刻刺激著像我這般敏感驕傲的女孩，我對之既愛又恨。」在她工作的綠蒂咖啡館裏，也是「四周的空氣裏有暗塵浮動，書架上的時尚雜誌和唱機裏的爵士樂都有種奇怪的陰影，彷彿從30年代殘存到現在，一堆聲色犬馬的殘骸。」

　　當然，我們並不能如此絕對地將新上海都市文學以「老氣」一言以蔽之。畢竟，它為我們保存了 90 年代以來的上海社會發展變遷的新的因素。也許，對新上海保持刻意的距離（老上海相對於新上海而言，構成了時間距離；居住在城市新區卻關注弄堂洋房，也算是一種空間距離）正是知識分子和文化人的一種策略。但是，我們更要關注那些傾向性的「上海」書寫背後精神指向。正如蔡翔所說的，「在這一敘事意義上的地理學的空間遷徙的過程中，我們實際看到的，可能正是有關『上海』的集體性敘事的某種『起源』，這種起源來自於現代性的『塑造』或者『建構』。在現代性的召喚中，都市成為一道『風景』，並制約著相關的城市書寫。」〔註16〕

三、「非典型性漫遊」：觀看方式及其問題

　　從前述的個案及現象的描述中我們不難發現，在當代文學藝術作品中，作家（藝術家）不約而同地選取了大體相近的「觀看上海的方式」，這種方式可以用王安憶所說的「取其中段」來概括，也可以用「新舊混雜」來評價。在《上海摩登》中，李歐梵質疑張英進用「漫遊者」分析作家觀看上海的方式的「恰當性」，認為，1930 年的上海都市風光使作家們如此眼花繚亂，他們「對城市都太迷戀，太沉迷於它所提供的銷魂時刻，而不能獲得一種曖昧的、諷刺的超然態度」，也就是說，儘管上海作家們在都市中不停地穿梭，但他們「並沒有提煉出漫步的藝術」〔註17〕。但是張英進不同意這種說法，他認為，「我們不應該不加思考地將『西方』視為純真可信的場所（比如巴黎為漫遊者產生的、因此是其唯一的『真實』場所）」，與波德萊爾「原創的」漫遊者形象相比，我們應該容忍「派生的」上海漫遊者存在。基於此，他用「漫遊性」置換掉「漫遊者」，進而將漫遊性想像成三個層面（「由作品中的人物進行的『文本漫遊性』、由作家本人進行的『創作漫遊性』，還有學者進行的『批評漫遊性』。」）。〔註18〕

〔註16〕蔡翔：《城市書寫以及書寫的「禁言之物」——關於〈城市地圖〉的文本分析和社會批評》，《視界》2004 年 14 輯。

〔註17〕李歐梵：《上海摩登——一種都市文化在中國，1930～1945》，北京大學出版社 2001 年版，第 49、47 頁。

〔註18〕張英進：《批評的漫遊性：上海現代派的空間實踐與視覺追尋》，《中國比較文學》2005 年 1 期。其實，「漫遊者」形象對於當代知識分子和文化人而言具有雙重的意義：一方面，如本雅明分析波特萊爾時所概括的，它顯示了知識分子和文化人在都市裏的既「觀察」又「多餘」的生存狀態。「觀察」是其意義

　　其實，無論李歐梵的批評還是張英進的反駁，他們的共識可能大於分歧。其一，他們都肯定了知識分子和文化人在對待都市時漫遊式的觀看方式。這種漫遊式的觀看來自於本雅明對波德萊爾以及十九世紀法國巴黎的都市分析，並由此而成為知識分子和文化人在面對現代工業文明的代表——都市——時的立場選擇。其二，他們都承認，直接用「漫遊者」來分析三四十年代上海文學時有不少牽強之處，也就是說，中國作家觀看上海的方式嚴格說來是一種「非典型性漫遊」。

　　這種漫遊的非典型性表現在：其一，在都市特徵上，二十世紀三四十年代的上海與十九世紀末的巴黎具有明顯的差異。那時的上海現代性是典型的移植性現代性，而不像當時巴黎的自生性現代性。上海所擁有的還只是「皮毛的」現代性，還沒有成為「骨子裏的」現代性。正因為如此，我們看到作家面對這些都市現代性表徵時，只能停留在表面，以一種符號拼接式的方式呈現。其二，中國的作家顯然還沒有十足的知識分子氣，他們身上有著明顯的中西混雜、古今雜糅的特點。在上海三四十年代的文學中，指向中國傳統文化的負面影響的「國民性批判」恰恰在上海獲得了實現的可能，跟不上摩登時代舞步的「現代性震驚」也成為新感覺派的基本特點，而在這種半封建半殖民地社會中培育出來的精明、現實而又規矩的市民性才成為文學最重要的發現。其三，當這類中不中西不西的中國作家面對同樣中不中西不西的上海都市時，構成了獨特的作家與都市的關係，即作家面對都市既愛又恨、即渴望被接納又本能地拒斥的複雜心態。很顯然，三四十年代中國作家觀看上海的方式確實不是一個「漫遊者」便能概括的。

　　如果將目光轉移到九十年代以來上海出現的新都市文藝，不難發現，李歐梵、張英進的困惑仍然會存在。儘管這一次上海的現代化進程是在當代中國積極主動的改革開放背景下的「超英趕美」，但中國的知識分子和文化人似乎仍然沒能跟上時代的節拍，他們力圖保持住自己與都市間審慎的距離，但態度卻仍然在認同與批判間游移徘徊。也就是說，他們觀看都市的方式仍然

生產的源泉，而「多餘」則顯示了其與都市的距離。但另一方面，當代社會卻是體制化的存在，知識分子和文化人早已被整合到都市的科層體系之中，成為「文化工作者」，從而失去了四處游蕩的觀察權和保持距離的多餘性。因此，知識分子和文化人在當代社會中如欲繼續保持批判性立場，只能在自己內心中強化「漫遊性」。從這個意義上說，張英進反駁李歐梵對上海作家「漫遊者」非典型性的批評則策略性地置換成「漫遊性」是非常明智的。

是一種非典型性漫遊。

也許我們應該進一步放寬「觀看都市的方式」的視界。儘管本雅明為我們確立了經典的知識分子的漫遊式觀看，但是，觀看都市的主體並非只有知識分子和文化人而已。作為都市的管理者和設計者，作為真正生活於期間的普通市民，他們也在參與都市的觀看，也由此形成了自己獨特的觀看都市的方式。比如說當我們採用諸如「大上海」、「城市帶」、「都市群」這些概念來建構上海的都市形象時，我們是如何觀看上海的？對於旨在推動上海經濟與社會發展、完善城市規劃與設計的政府主管部門及其相關的專家學者而言，對上海的觀看首先是在圖紙上實現的，是在一張張地圖、一個個模型中被設計的。這就決定了，他們觀看都市的方式不是個體性的對於局限景觀的觀看，而是居高臨下的全景式的俯瞰；他們的觀看不是基於個人與都市景觀的關係，而只是關注都市內的空間分佈和都市間的空間關係；他們實際上扮演了「上帝視點」的角色；他們所努力建構的新上海形象一言以蔽之就是——「大上海」。再比如以「市民視點」對上海的觀看。市民對都市的觀看是與其日常生活方式密切相關的。上海對於他們而言不僅僅是其「所在」之地的確認（如，我生活在上海，居住在徐匯區，工作在浦東等等），更重要的是「所活」之地的體驗（即，每天的吃喝拉撒睡、油鹽醬醋茶、以及學習工作、結婚生子、生老病死等等）。也就是說，上海對於市民而言不是一個外在於他們的「他者」，相反，他們就屬於上海的一部分。上海對他們的接納與他們對上海的認同構成了獨特的「上海人」的市民意識。因此，他們觀看都市的方式不可能像知識分子和文化人一樣採用「漫遊者」的姿態〔註 19〕，他們無法與上海拉開距離，甚至不可能「四處游蕩」。他們的觀看是通過其與都市的「相關性」來實現的，通過「切身式」的方式來觀看的。這種「切身相關性」使得市民對上海的觀看存在個體的差異性以及隨著時代的變化，隨著他與都市關係的變化而形成不同的空間意識。

〔註 19〕「朱大可生於斯長於斯，卻從不認同上海人身份：『我的性格骨子裏面和上海無關。』從 20 年前首度提出『石庫門文化』，到仍堅持石庫門最可當作上海地標的今天，他對上海文化脾性的批評卻毫不留情。其他三位，是外來『新上海移民』，在上海分別生活了一年到十多年不等。但他們都自認為和上海沒有太多關係，理由是『根和養分都不在那裡』，只是『寄生』在此。他們的分析冷靜、細膩而尖銳，但何嘗不是繁華上海值得側耳一聽的諍言。」（《同濟四學者酷評上海市民文化》，《市民》2006 年 9 期）

如果將知識分子和文化人「漫遊式」的觀看與這兩類觀看都市的方式放在一起對比，也許有不少關於上海新都市文學藝術的困惑（即我們所分析的「非典型漫遊」）會得到部分的解決。比如說，爲什麼新都市文藝會沉迷於老上海的懷舊，而對新上海的變遷反映遲緩？其原因可以從「上帝視點」與「鴿子視點」的差異中看出端倪。作爲城市規劃的「上帝視點」無疑是主導性的觀看方式，因爲它直接決定了新上海物質外觀的改造。而在由「上帝視點」所主導的「大上海的擴容」中，對於物理空間的青睞使得批判知識分子和文化人在精神層面對上海都市空間的想像（即《長恨歌》中的「鴿子視點」和其他文學藝術作品中對「老上海的想像」）不可能與之完全合拍。再比如說，爲什麼大家都有普遍的感覺，在上海新都市文藝中，市民意識得到了異乎尋常的突顯？造成這種現象的原因部分可能是由於新中國成立之後人員流動的停滯，進一步削弱了知識分子和文化人的「漫遊性」。經過數十年的磨合，知識分子和文化人已經市民化了。他們對待都市的態度不可避免地受到「切身相關性」的干擾，其結果就導致了他們觀看上海時總是不經易間流露出「市民視點」的目光。

因此，充分認識到知識分子和文化人觀看都市的方式所存在的問題，將有助於更好地調整焦距，以更好的方式觀看上海。這樣，我們將實現眞正的重繪上海的地圖。

第二節　「新世紀文學」視野中的「新媒體文學」

新世紀文學首要的文學立場仍然是傳統紙質文學歷史的一種延續性的考量。在對待「新媒體文學」的總體態度上，基本上都是將之放在與嚴肅文學相對的大眾文化、商品文學的位置進行定位的。對以影視爲代表的視覺媒體對文學的影響的關注要遠遠大於以網絡爲代表的新媒體對文學的影響的關注上。「新世紀文學」對「新媒體文學」的不同類型的接受程度是不一樣的。「新世紀文學」更看重「新媒體」之於文學創作與批評的影響，尤其是之於傳統的以紙質出版物（文學期刊和文學出版）爲代表的嚴肅文學的影響，更看重「新媒體」作爲一種新的文學傳播方式，而非一種新的文學創作方式。

一、問題的緣起：「新世紀文學」和「新媒體文學」

「新世紀文學」是對新世紀以來中國文學創作和批評領域中出現的新現

象的一種命名方式。產生這一命名的動機主要有兩個：一是對超越 20 世紀和 21 世紀之交的「世紀末」的努力和期待。早在 2000 年的前幾年，「新世紀文學」的提法就已進入文學界的視野了。如 1998 年 5 月由遼寧大學和中國社科院文學研究所共同舉辦的「面向新世紀文學思想發展」學術研討會、1999 年 11 月由中國社會科學院文學研究所主辦的「新世紀中國文學學術戰略名家論壇」等。不過，這一「新世紀文學」還只是一個單純的時間概念，還只是表達文學界對即將到來的新世紀文學的預測和思考。眞正成爲提出「新世紀文學」動機的是如何認識和把握新世紀之初中國當代文學的發展特點。2004 年，長期致力於跟蹤中國當代文學進程的文學批評家白燁對新世紀最初幾年來文學創作發表了自己的看法：「各種寫法多了，佳作力構少了；作品種數增了，藝術質量與分量卻減了；小說改編影視的多了，經得起閱讀的卻少了；期刊的時尚味濃了，文學味卻淡了；作家比過去多了，影響卻比過去少了；獲獎的作者多了，能留下來的作品卻少了。」〔註 20〕白燁的這番話代表著當代文學批評界對新世紀以來出現的新的文學現象的進行理解和把握的焦慮。正是在這種動機下，《文藝爭鳴》2005 年 2 期開始推出「新世紀文學」系列筆談並引起廣泛討論和爭議。2005 年 6 月，瀋陽師範大學中國文化與文學研究所、中國當代文學研究會和《文藝爭鳴》雜誌社聯合舉辦「新世紀文學五年與文學的新世紀」學術討論會，使「新世紀文學」正式上升到學術層面，與當代文學史相關問題聯繫了起來。在《開展「新世紀文學」研究》一文中，《文藝爭鳴》的主編，「新世紀文學」的倡導者和發起者之一張未民的表態是具有代表性的：「『新世紀文學』比起上世紀的『新時期文學』及『90 年代文學』、『80 年代文學』等概念來，在當前有著更爲廣闊和誘人的表現空間和探討空間，它不僅面向過去一段離我們最近的數年時光，而且還擁有未來；不僅是客觀的認識對象，而且還是發展中的變遷著的認識對象。它要求研究評論者主體的現實思維和歷史眼光互相滲透、互相啓發，以及具有辨證著運動著的前傾研究姿態。」〔註21〕並從 2006 年第 1 期起，將「新世紀文學研究」作爲一個欄目固定下來。直到中國當代文學研究會第十四屆學術年會，更是直接以「從

〔註20〕 白燁：《在適應中堅守——文壇現狀的觀察與思考》，《北京文學》2004 年 1 期。這一判斷在其《新世紀文學的新格局與新課題》（《文藝爭鳴》2006 年 4 期）中再次重複，顯示這一判斷的針對對象正是「新世紀文學」。
〔註21〕 張未民：《開展「新世紀文學」研究》，《文藝爭鳴》2006 年 1 期。

新時期文學到新世紀文學」作爲年會主題。

　　從其作爲一個時代的文學標示的「命名」開始，「新世紀文學」就處於爭論的漩渦之中，〔註22〕「新世紀文學」「新」在哪裏？它與「新中國文學」、「新時期文學」、「90 年代文學」的關係如何釐清？如何爲「新世紀」這一時期性命名賦予其有別於其他文學時期的規定性內涵？它是一種過渡性的文學現象，還是一種指向未來的文學趨向？「新世紀文學」的文學觀念是否仍然延續著 20 世紀文學史敘述的邏輯，還是重新確立了新的文學觀念？本文無意對「新世紀文學」中所包含的各種爭論一一回應，僅選取幾乎與「新世紀文學」命名提出同時的以網絡文學、手機（短信）文學等爲代表的「新媒介文學」現象來反思「新世紀文學」所走過的這一段路程，通過「新世紀文學」對「新媒體文學」的包容力及其限度的分析來反思「新世紀文學」所具有的文學觀念。

　　要談「新媒體文學」，有一個前提性的問題是：何謂「新媒體」？「新媒介」來源於美國媒體學家波斯特的「第二媒介時代」，是指相對於以往以印刷和廣電傳媒而言的電子媒體或網絡媒體；因此，所謂「新媒體文學」就是指基於電子媒體和網絡媒體而誕生的新的文學品種和文學活動（寫作方式、傳播方式、閱讀方式）。「新媒體文學」對重新定義文學提出了挑戰。在由印刷時代而形成的文學觀念中，「語言是文學的媒介」是文學區別於美術、音樂、舞蹈、電影等其他藝術門類的重要標準，但是新媒體本身並沒有直接取代「語言是文學的媒介」的位置，所改變的只是語言存在方式的變化，正因爲如此，在許多對新媒體文學，尤其是網絡文學，的分析中，一種具有代表性的看法是：其一，新媒體本身並沒有改變「文學是語言的藝術」的基本屬性，因此，新媒體的出現如同此前語言的存在方式——口頭的、書面的等——之後，出現的新的語言載體；其二，因此，新媒體文學自身並不具有文學類型的獨立性，它對文學所產生的影響主要集中在對文學活動上，這些屬於文學的外部研究。但是在我看來，其一，新媒體的出現改變了語言的存在方式，豐富了

〔註22〕如對「新世紀文學」命名提出徹底否定的文章是發表在《文學評論》2006 年第 5 期上的《強悍的宿命與無力的反抗——對「新世紀文學」命名的反思》。作者惠雁冰認爲：「『新世紀文學』的命名又是當代文學界與批評界在精神資源清空的前提下，爲保證自己話語權的不被散失而精心合約過的一次集體逃亡行動，其中隱匿的『私人意識』與『作秀意識』可能比『文學史意識』更爲鮮亮。」

語言的表達力和想像力，新媒體自身所具有的技術特點對語言的運用產生重大影響，這些因素雖然沒有完全改變「文學是語言的藝術」的屬性，但是已使之形成了有別於基於口傳時代、印刷時代而形成的文學類型和文學觀念。由新媒體而催生出來的已經逐漸成熟的網絡文學和剛剛興起尚未定型的手機文學等，遠遠不是所謂「新瓶裝舊酒」的問題。其二，文學活動方式的變化會帶來文學場域內部權力關係的調整，會對文學生產機制產生重大變化。有關後一問題，已經有不少學者注意到了，如吳俊也認爲，「新媒介（互聯網）革命的影響已經有了明確的根本性的結果：它改變了當代（中國）的文學生態和權利關係，其中，也包括改變了我們的文學價值觀。」〔註23〕在上略過。

二、以媒爲先：新媒體時代的文學景觀

中國網絡文學的興起的時間大概在 1988 年。這一年的 3 月 15 日，時年 29 歲的臺灣網絡寫手痞子蔡還是臺灣成功大學水利研究所博士班的學生，根據自己一位好朋友的故事再加上自己的感受和體驗開始在 BBS 上發表《第一次親密接觸》，前後連載了 34 回，計兩個月零八天的時間。連載十餘回開始，成功大學的 BBS 開始爆網，引來各大中文網絡的爭相轉貼。由此，痞子蔡及其《第一次親密接觸》成爲中文世界網絡小說的開山之作。這篇小說也奠定了中文網絡小說的若干要素：1）網絡寫作，網絡發表，寫手邊寫邊貼，網友邊讀邊評；2）網絡自身成爲網絡小說的構成要素，網絡世界、網絡生活、網絡觀念和網絡手段顯示出網絡文學開創之初對自身作爲新媒體的出現的自覺；3）由於最早接觸網絡的多是青年人，因此，青春寫作成爲網絡文學在內容上的最初特點；4）點擊、轉貼成爲網絡小說的傳播方式，並爲日後網絡文學的盈利模式奠定了基礎。同樣是 1988 年，《天涯》雜誌第 6 期刊載了邢育森的網絡小說《活得像個人樣》，成爲網絡文學與傳媒印刷媒體聯姻的開端。

經過十多年的發展，網絡文學自身也開始發生明顯的變化。從最早一批產生巨大的影響的網絡作家如痞子蔡、邢育森、寧財神、李尋歡、安妮寶貝等，到後來的今何在的《悟空傳》、寧肯的《蒙面之城》、慕容雪村的《成都，今夜請將我遺忘》、李傻傻的《紅 X》等作品逐漸呈現多元和豐富的面貌。文學表現手段和思想觀念與傳統文學之間的界限開始逐漸模糊，網絡文學開始

〔註23〕吳俊：《文學史的視角：新媒介‧亞文化‧80 後——兼以〈萌芽〉新概念作文的個案爲你》，《文藝爭鳴》2009 年 9 期。

逐漸淡化自己的網絡特徵，成熟的文學表現技術不再以網絡媒體作爲炫技的唯一手段，而是充分吸取紙質媒體文學經典所積累的豐富營養；文學傳播中網絡新媒體與紙質的期刊發表和圖書出版相互配合，共同推動網絡文學的成熟和普及，如盛可以在 2002 年一年時間裏創作了三部長篇小說和十幾篇短篇小說，其作品《水乳》又被春風文藝出版社看中，其短篇小說又躋身《收穫》、《天涯》等國內重要的紙質文學雜誌，由此成爲「2002 年的文壇奇蹟」。作家雷立剛曾表示：「網絡文學傑出論壇中優秀作品的質量，已經不低於《當代》、《收穫》、《芙蓉》、《天涯》、《山花》等一流文學期刊發表作品的平均質量。」這一評價顯示了網絡文學價值已得到了傳統文學的認可。

　　不過，網絡文學寫作向傳統文學表現手法的學習和借鑒，以及由此而帶來的藝術水平的「提高」從而獲得傳統文學的認可，並非網絡文學發展的眞實狀態，而只是在傳統文學價值觀影響之下對網絡文學發展的一種看法而已。目前對網絡文學進行研究的基本方式是「結果式」的而非「過程序的」，即往往是根據在網絡上發表完成的所謂「成品」來閱讀和分析的，它剝離掉了網絡文學「邊寫邊貼」的過程，也剝離掉了這一過程中接受讀者評價的互動過程，更爲重要的是，網絡從其誕生之初起，就是一個開放的不斷豐富和變化的平臺，這也決定了網絡文學所賴以生存的網絡形式也是多種多樣的。我們對待網絡文學的態度不能用單數的大寫的「網絡」來含混指涉，而應該充分重視複數的小寫的「網絡平臺」對文學寫作的影響。不同的網絡平臺對網絡文學的語言要求是不一樣的，既提供了創造新的表現形式的可能，也具有對某些語言表現手段的限制，從而形成了網絡文學的亞類型：

1. BBS 網絡文學

　　BBS（Bulletin Board System）是網絡文學興起之地，也是網絡文學最早的形態。當痞子蔡開始在 BBS 上連載《第一次的親密接觸》時，BBS 的主要功能還只是提供相互交流的地方，還只是報文處理系統，文件共享功能的增加還是後來的事情。通過 BBS 發布虛構類的情感故事和文學作品顯示出 BBS 使用者信息分享需要的分化：一種是眞實信息的共享；一種是虛構信息的分享。後者成爲網絡文學興起的開端。不過，隨著文學網站的興起，BBS 再度還原到文件共享、傳輸的功能，眞正在 BBS 在跟貼文學作品的已不再成爲主流。

2. 文學網站網絡文學

1997 年，美籍華人朱威廉編製了名爲榕樹下的個人網頁，1999 年 7 月，朱威廉個人投資邀請安妮寶貝、寧財神、邢育森、李尋歡等擔任編輯，成立上海榕樹下計算機有限公司，正式成立榕樹下文學網站。不過，由於經營不善，2002 年榕樹下被轉手賣給帆塔斯曼，2006 年再度被轉手至歡樂傳媒。2001 年左右，在龍的天空網文的運作下，奇幻文學成爲網絡文學提供給文學寫作的新的類型；到了起點中文網，通過對文學寫作和閱讀的內容進行細分，發展出一套向作者支付稿酬和向讀者收費閱讀的商業模式，2004 年，起點中文網被盛大網絡收購，發展成以創作、培養、銷售於一體的電子在線出版機構。2008 年，盛大網絡再次重拳出擊，收購整合起點中文網、紅袖添香和晉江三大原創文學網站，佔據了 30%以上的網絡文學市場份額。文學網站的興起標誌著網絡文學在網絡世界中面目逐漸清晰的專業化的開端，正是文學網站開始對網絡文學進行有意識的分類、歸納和定義，對網絡文學的規範和限定起到了相當重要的作用。受到傳統文學關注並被接受的網絡寫作和網絡文學作品大多與文學網站對其的推介有關。

3. 電子雜誌文學

電子雜誌起源於 20 世紀 80 年代的 BBS 熱潮中，中文世界的電子雜誌興起得較晚，2003 年臺灣的 KURO 音樂軟件公司推出《酷樂志》，集文字、圖像、音頻和視頻於一體；2005 年「雜誌中國」（Zinechina）綠色電子雜誌聯盟網成立。不過，在電子雜誌泛濫的今天，其佔主導地位的類型主要是財經、時尚、汽車、數碼、體育、遊戲等，其中最受關注的還是名人雜誌，文學類電子雜誌所佔比重相當之小。不過，電子雜誌文學的出現顯示出紙質文學編輯功能在網絡文學中得到突顯，雖然沒有紙質文學期刊編輯因出版時間、篇幅及內容上的嚴格限制，但是發表在電子雜誌中的文學作品不再只是網絡寫手個人興之所致的隨性塗鴉，而是受到了某種共同寫作趣味的遴選；即便電子雜誌編輯也許沒有對文學文本本身做任何修改，但在他們上線之前就已完成的順序的編排、欄目的命名、主持人語或編後記等閱讀的提示等等，都在顯示著電子雜誌本身對該文學文本閱讀和接受的影響。

4. 博客文學

2001 年開始，Blog 概念開始進入中國，2002 年 8 月，「博客中國」開通，

也標誌著博客文學的正式誕生。根據「博客中國」創始人方興東的考證，博客（Blog）一詞來源於「網絡日誌」（Web Log），是一種零編輯、零技術、零成本、零形式、零時差的「零進入壁壘」的網上個人出版方式，它從媒體價值鏈中最重要的三個環節（作者、內容和讀者）實現了「源代碼的開放」。〔註24〕博客文學的興起標誌著以某種網絡寫作主體爲中心的寫作形態的出現，成爲網絡文學中最具個人性的寫作形式。博客網站對表現手段的技術開放，使得對網絡技術進行多方位呈現和創造的多媒體形態開始成爲網絡文學的寫作常態。2004 年前後，博客寫作開始成爲網絡寫作的流行方式。

　　與網絡文學相比，手機文學的興起雖然僅僅晚到了 4 年，但其發展明顯受到手機媒體自身的限制，直到目前爲止，除了形成「短信文學」這一頗具爭議性的文學形態外，目前還沒有更新的被人們所普遍接受的文學新形態出現。因此，所謂「手機文學」往往與「短信文學」相提並論，或我們在此統稱爲「手機（短信）文學」。

　　中文世界的手機（短信）文學興起於 2002 年。這一年，短信笑話成爲熱潮，引起增值服務商的興趣，開始推動短信文學的發展。2003 年，《詩刊》發起「春天送你一首詩」活動，號召詩歌愛好者通過手機短信形式爲傳統節日撰寫具有文學品位的短信息。這是由純文學媒體主動介入並影響短信創作，並直接以文學的眼光審視和評價手機短信的開始。同年，江蘇電視臺也發起「中國原創短信文學大賽第一季短信詩歌徵集」活動。

　　2004 年是手機（短信）文學正式進入以文學的身份顯示自己存在的一年。這一年，由廣東作家千夫長創作的《城外》成爲國內第一部短信（連載）小說，這部僅有 4200 字卻分爲 60 篇的具有長篇小說結構的作品被北京華友世紀通訊有限公司以 18 萬元高價買斷「無限版權」。也是這一年，被稱爲「中國短信第一寫手」的戴鵬飛的短信作品《誰讓你受虐洋蔥的》由中國電影出版社出版，被稱命名爲「中國第一部短信體小說」。8 月 12 日，新華社播發了中國首部短信新聞故事《趙家富》。11 月 15 日，號稱「中國第一部眞正意義上的手機小說」的《距離》，在上海和北京通過高科技手段同時首發。作爲掌上靈通推出的無線閱讀業務「夢幻書城」的首部作品，臺灣作家黃玄的《距離》再一次把「手機小說」推進了人們的視野。

〔註24〕方興東、王俊秀：《博客——E 時代的盜火者》，中國方正出版社 2003 年版，第 5 頁。

在這一過程中，各種類型的網站也開始將手機短信確定爲新的關注點，如「天涯社區」開闢的「短信故鄉」論壇人氣火爆；榕樹下網站中專門有「手機小說」板塊，還與「空中傳媒」合作，舉辦了「第一屆手機文學大賽」，中國移動發起 E 拇指手機文學原創爭霸賽；在中國微型小說網中短信文學開始與微型小說、微型詩歌、散文雜記、寓言格言並列，成爲專欄的名稱，並下設短信小說、幽默笑話、短信辭典、精美短信等子欄目；2005 年 3 月 27 日，我國首部專門在手機上播放的電視劇《約定》在北京開機；2006 年 8 月，中國第一家民間虛擬手機文聯——「e 拇指手機文學藝術虛擬聯合會」在海南成立，何立偉、劉齊、周曉楓、李西閩等 6 位作家與相關公司簽約，成爲國內首批手機文學創作的簽約作家。近兩年，除了 8 月即將啓幕的空中網手機新文學大賽外，近期國內各內容服務提供商動作不斷。日前，盛大文學有限公司旗下盛大文學無線公司與卓望信息技術有限公司聯手舉辦首屆「3G 手機原創小說大展」活動，以一字千元的高額版權金徵集優秀的手機小說，打造國內第一批手機小說家。而爲了鼓勵內容創作，原創文學網站「紅袖添香」正式發布了一項名爲「2009 移動閱讀計劃」的發展項目。據悉，參與該計劃的作品，「紅袖添香」將會按中國移動等運營商提供的作品收入數據與作者進行分成。〔註25〕

從目前的情況來看，手機媒體對文學寫作的限制要比網絡寫作大得多，其最大的限制就在於篇幅的限制，最早的手機短信只能有不到 70 字的規模，現在雖然較爲寬鬆，一則短信也只有數百字的容量，因此，「短」成爲手機文學最顯著的文體特徵，這無疑是手機這一新媒體對其形成的限制，也正因爲其「短」，類似網絡文學中的「口水體」不可能在手機（短信）文學中出現；正因爲其「短」，對語言的凝練、詩意的強調便顯得比網絡文學要求來得高。隨著手機短信技術的提升，也有了一批屬於短信自己的新符號系統和表意方式，這些因素也進入手機（短信）文學，成爲手機這一新媒體賦予手機文學的新技術和新手段。

三、有限包容：「新世紀文學」中的新媒體因素及其特點

在「新世紀文學」的討論中，以網絡文學、手機（短信）文學爲代表的「新媒體文學」都進入了研究者的視野，都被認爲是「新世紀文學」中有別

〔註25〕郭藝：《觸摸手機文學市場爆發點》，《解放日報》2009 年 8 月 1 日。

於此前的「新時期文學」、「90 年代文學」的重要文學現象。作爲「新世紀文學」的倡導者和始作俑者的張未民認爲，「新世紀以來的文學事實」是，除了傳統意義上的期刊文學、出版文學外，「我們還應注意到新世紀文壇的快速擴容，今天的文壇之廣闊盛大，如果不包括如基於現代互聯網技術的『網絡寫作』，不包括所謂『80 後』『青春寫作』的我稱之爲『新表現寫作』的現象，不包括那些在數以億計的打工一族人群中產生的打工者文學寫作的『在生存中的寫作』，那就不是一個符合今日文學社會化趨勢的眞實文壇，這種主流寫作加若干邊緣寫作的文壇格局，其盛大性表徵乃是新世紀以來中國文壇的最大變化。新世紀文學研究，正可基始於對這樣的新的文學體及其複雜機制和寫作實績的客觀描述而成立。」〔註 26〕白燁也以「文壇大勢，一分爲三」的判斷將當代文學寫作區分爲「基本上以文學期刊爲主導的傳統文壇，已逐漸分泌和分離出以商業出版爲依託的大眾文學，以網絡媒介爲平臺的網絡寫作。」〔註 27〕並對文學批評和文學研究界只關注傳統文學表示了不滿：「對於新興文學板塊關注不夠，市場化文學與新媒體文學都缺少應有的研究與批評。」〔註 28〕而到了 2010 年，又發生了更進一步的變化，如在趙勇看來，「以前我們談到『當下』的文學現狀時，可能想到的就是莫言、余華、賈平凹等嚴肅文學作家的純文學作品；但是當我們談論新世紀文學時，卻不得不把網絡文學納入考察的視野。因爲隨著越來越多的文學作品流佈網絡，隨著網絡進入千家萬戶和網民的數量越來越多，文學的存在方式、生產方式與消費方式均已發了明顯的位移。時至今日，甚至可以說，如果把網絡文學排除在外，就等於丟掉了文學的半壁江山，而所談論的文學也勢必是殘缺不全的。」〔註 29〕從最初的娛人之技到白燁的「三分天下」，再到趙勇的「半壁江山」，經過數年時間的奔走呼號，以網絡文學、手機（短信）文學爲代表的「新媒體文學」在「新世紀文學」研究中的位置終於獲得了明顯的提升。

那麼，「新世紀文學」中的新媒體因素是否因此而獲得了加強呢？綜觀文學批評界對「新世紀文學」的討論、爭議及研究，「新世紀文學」對「新媒體

〔註 26〕張未民：《開展「新世紀文學」研究》，《文藝爭鳴》2006 年 1 期。
〔註 27〕白燁：《新世紀文學的新格局與新課題》，《文藝爭鳴》2006 年 4 期。
〔註 28〕白燁：《新的異動與新的問題：由 2008 年文情再談新世紀文學》，《文藝爭鳴》2009 年 4 期。
〔註 29〕趙勇：《文學生產與消費活動的轉型之旅：新世紀文學十年抽樣分析》，《貴州社會科學》2010 年 1 期。

文學」的接受還只是「有限包容」，局部接納。這一有趣的現象折射出「新世紀文學」倡導以來所形成的文學觀念。

其一，是「新世紀文學」的「新」不只是「新媒體」之「新」，新世紀文學首要的文學立場仍然是傳統紙質文學歷史的一種延續性的考量。傳統文學的新變仍然是新世紀文學的主體。在圍繞「新世紀文學」命名合法性的爭論中，無論是贊成者還是反對者，立足於 20 世紀中國文學發生發展變化所形成的歷史意識來判斷新世紀以來的文學創作是他們共同的觀察視角。贊成者針對已經約定俗成的「新中國文學」、「新時期文學」、「90 年代文學」等提法，指出新世紀以來出現的文學新質已經溢出了上述文學時期或文學階段所形成的認知框架，因此，用「新世紀文學」來對這些新質進行歸納和命名是合理的。我們只需要將這一時間性的概念灌注以新的內涵和價值即可；而反對者則同樣針對上述文學分期的命名提出，儘管這些「概念」似乎約定俗成，但其本身就缺乏合法化的論證，只是一種籠而統之的說法，只是一種相對寬泛、空洞的文學時期的指涉，並不意味著它們有著某種特定的文學史意義的內涵。因此，「新世紀文學」的命名同樣也陷入了這一陷阱。

其二，在對待「新媒體文學」的總體態度上，基本上都是將之放在與嚴肅文學相對的大眾文化、商品文學的位置進行定位的。被賦予「新世紀文學」之「新質」的除了以網絡文學為代表的新媒體文學外，經常被人提及的還有所謂「80 後」文學或「青春寫作」和以打工文學為代表的「底層寫作」。文學批評界對後兩種文學現象進行指認和研究的興趣要明顯大於網絡文學。這也顯示出「新世紀文學」倡導者對傳統文學觀念的延續：「80 後」文學的命名方式是典型的「文學代際論」，依據文學寫作主體年齡的代際之別而突顯其文學經驗和文學觀念上的差異，一直是中國當代文學批評者和研究者的習慣性思維方式，而命名為「青春寫作」也是典型的「文學主題論」，通過描寫對象、題材選擇及主題定位的差異而區分出「傷痕文學」、「反思文學」、「改革文學」，也是新時期以來文學史書寫所達成的共識。「底層寫作」與「80 後」、「青春寫作」一樣也是主要根據創作主體的身份特徵（如「歸來詩人」、「知青小說」）及其所表現的對象和主題來確定的。在「底層寫作」的討論中，從最初對打工族這一特殊的非職業性寫作群體所從事的文學創作實踐的定位，到最後職業作家也攜帶著自己的作品積極介入，已經使「底層文學」上升為一個時期的嚴肅文學創作思潮，而打工文學則只是淪為「底層文學」中的一個組成部

分間或被提及了。這種複雜的文學命名背後所反映的文學觀念的變遷顯示出傳統文學觀念在「新世紀文學」研究中的支配性作用。

相反，對於基於新興媒體而誕生的「新媒體文學」而言，批評者和研究者對其的包容性就相對顯得有限，或者說，以語言爲本的傳統文學觀念還沒有完全做好接納「新媒體」因素，還只是把新媒體視爲某種潛在的異質性存在，誠如雷達所言：「在我看來，新世紀的文學有沒有動人心魄的力量，就看它能否不斷發出清新而睿智的獨特聲音。它無疑要被數字化、複製化、標準化的汪洋大海所包圍，這是原創性被消解、個性被削平的最大威脅，而藝術一旦失去了個性的表達就不再有魅力了。」〔註 30〕何謂數字化、複製化、標準化？就是指新媒體技術對文學語言的侵蝕和破壞。

其三，對以影視爲代表的視覺媒體對文學的影響的關注要遠遠大於以網絡爲代表的新媒體對文學的影響的關注上。這一點特別值得注意。按照媒介理論的劃分，廣播電視電影已經不再屬於「新媒體」了，相對於網絡、手機而言，它們也已屬於舊媒體，甚至已有人提出「電影已死」的口號了。相對於影視等以視覺圖像爲主導的媒體形式而言，文學所賴以存在的根本——語言——在網絡媒體中並沒有遭遇類似的困境。在黃忠順的《新世紀文學現象三題》中，他對新世紀文學的基本評價是「我們儼然已經進入了一個由影視來造就文學讀者，引領文學閱讀的時代。」〔註 31〕他重點關注的是電影、電視、動漫、遊戲等對文學的影響，一個非常有趣的現象是，在他對文學的分析中，並沒有嚴格意義上去區分傳統文學和網絡文學（新媒體文學），區分嚴肅文學和商業文學，而是將之視爲一個整體共同面對已經不再「新」的了影視媒體的影響〔註 32〕。他的觀點所具有的包容性和開放性是其他學者所不具備的。

其四，「新世紀文學」對「新媒體文學」的不同類型的接受程度是不一樣的。在網絡文學和手機（短信）文學之間，對網絡文學的接受力要遠大於手機（短信）文學。在網絡文學中，對早期以文學論壇、文學網站爲主要發表陣地的有明確的可識別的作者身份的一定長度和規模的文學作品的接受程度

〔註 30〕雷達：《新世紀文學隨想》，《地火》2001 年 1 期。
〔註 31〕黃忠順：《新世紀文學現象三題》，《文藝爭鳴》2007 年 10 期。
〔註 32〕如在黃忠順的作者作品舉例分析中，分別列舉了周梅森、格非、余華、潘婧、「大話文學」、「80 後」作家群、玄幻小說、博客文學等。

要大於對博客文學的接受。因此,「新世紀文學」對「新媒體文學」的接受程度呈現出從「網絡文學(從早期 BBS 網絡文學到文學網站文學再到博客文學——其中缺失了對「電子雜誌文學」的關注)」再到「手機(短信)文學」依次遞減的特點。從各種新媒體文學產生的時間上來看,越晚近出現的文學類型被接受的程度越低;從文學類型來看,越接近傳統文學寫作的,越容易被接受。如評論家白燁的這一判斷也是具有代表性的:「如果說這種寫作(網絡寫作)在起初還比較靠近文學的話,那麼在博客興盛起來之後,它的有影響的作者和有影響的作品,都離文學的距離越來越遠了。它或者成爲偶像明星和他們的『粉絲』的互動的私家後臺,或者成爲奇文與獵奇相互尋索的信息渠道。這一切,都在很大程度上對網絡寫作的文學發展構成了嚴重的干擾和極大的挑戰。」〔註 33〕這裡所謂的「離文學的距離」即是指離傳統文學的距離。

其五,「新世紀文學」更看重「新媒體」之於文學創作與批評的影響,尤其是之於傳統的以紙質出版物(文學期刊和文學出版)爲代表的嚴肅文學的影響,更看重「新媒體」作爲一種新的文學傳播方式,而非一種新的文學創作方式。將網絡文學視爲新世紀文學「半壁江山」的趙勇對網絡文學的基本評估就是「文學的媒介化」,就是「生產方式的變更」,他所看重的首先不是網絡文學提供了什麼樣的有精神深度和藝術創新的文學文本,而是網絡的媒體特點對文學活動的影響,「正是網民、跟帖、點擊率與書商一道,共同促進並加速了網絡文學的生產。」,不僅如此,由網絡文學所形成的這套生產機制還具有向傳統文學延伸影響的作用,「網絡文學的生產方式、生產規模與生產效益對主流文壇造成了極大的衝擊,而它的價值觀念、操作方案、產業化模式等等也開始向整個文學界蔓延。」〔註 34〕這也正是趙勇爲之憂慮的重要原因。

由此,我們不難發現,「新世紀文學」只是有限地容納了新媒體文學,只是有條件地將符合傳統文學標準的有作者、有內容、得到讀者(尤其是文學批評家和文學研究者,也包括部分被文學市場)認可的作品吸納進「新世紀文學」,而將新媒體文學中大量「無作者」(匿名、僞名或名不見經傳)、「沒

〔註33〕白燁:《新世紀文學的新格局與新課題》,《文藝爭鳴》2006 年 4 期。
〔註34〕趙勇:《文學生產與消費活動的轉型之旅——新世紀文學十年抽樣分析》,《貴州社會科學》2010 年 1 期。

內容」（娛人自娛的作品、口水式的文字、思想不甚健康積極的東西）而同樣
得到網絡文學市場認可的作品視為「文字垃圾」排除在外了。「新世紀文學」
的文學觀念和文學標準是站在傳統文學的基礎上向「新媒體文學」的有限度
的開放和接納。

四、幾個亟待解決的問題

　　限於篇幅問題，本文想從「新世紀文學」對「新媒體文學」的有限容納
現象入手，提出幾個亟待解決的問題，並進行初步的討論：

　　1、「新世紀文學」之「新」在很大程度上是相對於 20 世紀的所謂傳統文
學歷史而言的，因此，這一「新」只是相對於「舊」而言的「新」，而非立足
於當下。

　　2、尤其是面向未來的「新」。「新世紀文學」的命名還只是延續著書寫文
學史的衝動，延續著理解和把握剛剛過去的一段文學發展歷史的衝動，而沒
有一種前瞻性的理論視野和文學眼光來捕捉和把握「新世紀文學」之「新」。
「新世紀文學」的倡導者和研究者還沒有確立起像利奧塔所理想的「後現代」
精神：「藝術家和作家便在沒有規則的情況下從事創作，以便規定將來的創作
規則。……後現代（post modern）必須根據未來（post）在先在（modo）之悖
論來加以理解。」〔註 35〕「新世紀文學」只有不斷克服自己充當「史家」的
衝動，以更具有前瞻性的眼光來對面向未來的文學發展趨向發言，才能永葆
生機與活力。

　　3、「新媒體文學」的文學發展存在一個從最初的「媒體震驚」到「媒體
適應」再到「媒體淡忘」的過程，即當某種「新媒體」開始影響文學寫作時，
率先引起文學創作重視的是這一新媒介自身的某些特性以及這些特性對文學
寫作所可能帶來的影響；而一旦這種新媒體為大家所熟悉和掌握，新媒體便
不再「新」，這一媒體的媒體特性也逐漸會被文學寫作和閱讀所淡忘。這一過
程提示出「新媒體文學」自身發展的悖論：是繼續維持「媒體震驚」所帶來
的新鮮感，還是加速其「媒體淡忘」而「回歸」文學自身對語言藝術和精神
品質的追求？而這似乎又回到了「新世紀文學」有限接納「新媒體文學」的
思維邏輯之中去了。但是從「震驚」到「適應」到「淡忘」，正是「新媒體技

〔註 35〕〔法〕利奧塔：《什麼是後現代主義？》，王岳川、尚水編：《後現代主義文化
　　　　與美學》，北京大學出版社 1992 年版，第 52 頁。

術」內化到「文學技術」（技巧）的過程，也正是文學藝術手段豐富性的表現。

　　4、「新世紀文學」如果要以更大的包容胸懷還面對「新媒體文學」，必須克服過去所習慣的「文學經典化」的思路，用經典作家、經典作品來要求和遴選「新媒體文學」，而應該從「文學生產機制」入手，探討如何從整體上構建新媒體文學的生存環境，提升新媒體文學創作者和閱讀者的文學趣味和文學修養，從而實現「新媒體文學」質量的總體提升。

第三節　大眾影評的崛起及其問題

　　近年來，大眾影評的崛起成爲引人矚目的現象，它以網絡論壇、博客爲主要載體，承載著更多普通觀眾的欣賞品味和價值取向。大眾影評類似蒂博代所說的「自發的批評」或「有教養者的批評」；不同於作爲普通觀眾的「大眾」，構成大眾影評主體的是「過渡而狂熱的看客」，即「迷」；「網絡文化」和「迷文化」的彼此推動與消解導致了大眾影評極不穩定的狀態。大眾影評以「觀後感」體實現對普適性價值觀的認同與堅守，揭示出眞正有效的影視批評應該是以人文性爲核心，體現人文關懷、理性精神的批評。

一、大眾影評，抑或「有教養者的批評」

　　近年來，大眾影評的崛起成爲引人矚目的現象，這不能不歸功於以網絡爲代表的現代傳媒技術的發展。在傳媒不太發達的年代，大眾影評往往是以「觀眾來信」的方式出現在各種報刊之中，由於經過了媒體的嚴格審查和編輯加工，「觀眾來信」呈現出體制短小、言簡意賅的特點，純個人性的批評被抹去了，被認爲是代表大多數觀眾心聲的話語得到了保留（其中也不乏「僞觀眾來信」，以製造對某個現象的爭鳴）。但在網絡時代，各種影評論壇博客成爲大眾發聲相對自由的場所（只要沒有特別違規或過火的言辭，一般都不會被刪除），從而爲大眾影評的崛起創造了條件，比如說新浪電影論壇、雅虎電影論壇、網易影視論壇、天涯論壇電影版、西祠胡同電影版、易域風情電影論壇、電影新視界、天堂電影、老徐博客、後窗看電影博客等，都分別聚集了一大批影視劇迷在裏面發貼灌水。2007 年度，《士兵突擊》的網上紅火成爲大眾影評異軍突起的標誌。從 2007 年 1 月 18 日有關《士兵突擊》的第一篇貼子出現在百度貼吧開始，短短數月時間，即呈星火燎原之勢。從 2007 年 6 月 3 日起，一名名叫「盛放」的網友開始在「士兵突擊貼吧」展開「我看《士

兵突擊》之逐集評論」，近一個月時間，達到 12 萬字，同樣引起「兵毒」、「突迷」們的熱烈追捧。截止到 2007 年 11 月 15 號凌晨 1 點就有接近 30 萬個主題，7000 多名會員參與，足見規模之大影響之廣。不僅限於《士兵突擊》，正在熱播的影視劇，如《暗算》、《色／戒》、《長江七號》、《集結號》、《闖關東》等，都往往伴隨著各種論壇、博客的關注和議論，在許多影視網站所製作的影視熱點專輯中，網友評論也往往成為一個獨立版塊，其中不乏認真細讀，發自肺腑的聲音。大眾影評的火爆在一定程度上削弱了以「娛記」為主導的娛樂性評論，體現出了大眾趣味自身的獨立價值。

以網絡論壇、博客為載體的影視批評是近年來大眾影評在中國崛起的表徵，它構成了一個相對獨立的意義空間，承載著更多普通觀眾的欣賞品味和價值取向。儘管這些論壇、博客裏的發貼人成分複雜，如有專家匿名的、有媒體假扮的、還有製作方花錢雇的等等，但是與動則數十萬的跟貼與回應相比，無論如何它們所佔的比例都不可能大過數以億計的網民大眾。因此，如果從基於量化而得出的質性評價來看，大眾影評都具有有別於蒂博代所區分的「大師的批評」和「職業的批評」完全不同的性質。在《六說文學批評》中，蒂博代將批評分為三種：「自發的批評」、「職業的批評」和「大師的批評」：所謂「職業的批評」即「專業工作者的批評」，也即我們通常意義上所說的「專業批評」，它「是由專家來完成的，他們的職業就是看書，從這些書中總結出某種共同的理論，使所有的書，不分何時何地，建立起某種聯繫。」而「大師的批評」即「藝術家的批評」，它「是由作家自己進行的批評，作家對他們的藝術進行一番思索，在車間裏研究他們的作品。」所謂「自發的批評」，又稱「有教養者的批評」，它「是由公眾來實施的，或者更正確地說，是由公眾中那一部分有修養的人和公眾的直接代言人來實施的。」〔註 36〕大眾影評即「自發的批評」或「有教育養者的批評」。

當然，這裡還存在一個問題，即網民能夠成為大眾的代表嗎？或者如蒂博代所言的，網絡影評能夠作為「有教養者的批評」而成為大眾的代言嗎？據最新的《中國互聯網絡發展狀況統計報告》稱，截止 2007 年 12 月 31 日，中國網民總人數已達 2.1 億，僅以 500 萬人之差次於美國。儘管這裡存在網民定義過寬而導致的「泡沫」成分，但即使是 2 億的規模與中國目前 13 億的人口規模仍然還屬於少數。更何況，報告顯示，從性別上看，目前網民中性別

〔註 36〕〔法〕蒂博代：《六說文學批評》，趙堅譯，三聯書店 1989 年版，第 3 頁。

之比爲女性佔 42.8% 和男性佔 57.2%；從年齡結構來看，70%的網民年齡在 30 歲以下，由此，娛樂消遣和社會交往構成網絡行爲中的主體；從地域分佈來看，中國網民絕大部分都是城裏人，農村網民數量雖然有所增長，但由於農村網絡普及率偏低，還不足以形成規模。但是從網民一般都具有一定的文化水平的「入門門檻」來說，網民中的精英確實具有蒂博代所說的成爲大眾聲音代言者的可能；隨著網絡技術的「傻瓜化」，技術性的因素有網絡文化中所佔比重越來越少，人文性的成分則得到強化和提升。網民成分魚龍混雜、參差不齊，眞正能夠產生影響的也正是其中的「有教養者」，他們往往能夠成爲網絡議題的發起者，他們的觀點往往能夠引起網民的廣泛認同而受到追捧（跟貼），如前述網民盛放對《士兵突擊》的影評就是最明顯的例子。在網絡論壇中，註冊用戶根據發貼率、回貼率以及使用權限往往會有一個身份等級的標誌，如「新手上路」、「論壇游民」、「職業俠客」、「聖騎士」、「精靈使者」、「社區法老」直至「斑竹」、「超級斑竹」和「管理員」，這些都有助於我們分辨那些在各種大眾影評中眞正的「有教養者」。

蒂博代的三種批評類型的區分還爲我們揭示出一個非常有趣的現象：當我們在探討「編導—專業—大眾」之間的關係時，我們往往把批評的話語權天然地設想爲專家的專利，專家就是要以批評爲工具，架起編導與觀眾之間的橋梁。但事實上，正如蒂博代所發現的，批評是任何一個參與影視活動（生產、傳播、消費）的主體都具備的一種能力，我們「應該把三種批評看作三個方向，而不應該看做固定的範圍；應該把它們看作三種活躍的傾向，而不是彼此割裂的格局。三個之中，幾乎沒有一個願意承認另外兩個有獨立存在的權利。任何一個都不以做一部分爲滿足，它們都要獨霸天下，都要佔有批評的全部，都要成爲批評的生命。」〔註37〕在網絡的幫助下，大眾影評不再處於受壓抑的「失聲」狀態——不同於影視編導的「大師的批評」把持著原初意義的闡釋權和對媒體的影響力，大眾影評通過影視意義的再生產、以「口碑」的形式影響著影視消費行爲；不同於影視批評專家的「職業的批評」壟斷著批評理論話語的專業性和評判影視水平高下的權威性，大眾影評完全以自己主觀之好惡來褒貶影視劇，並使之成爲大眾趣味的準確表達。因此，儘管蒂博代是談法國的文學批評，但對於我們今天討論當代中國的影視批評仍然不乏參考意義。如果從不同的批評主體角度重新審視三者的關係，可能會

〔註37〕〔法〕蒂博代：《六說文學批評》，趙堅譯，三聯書店 1989 年版，第 4 頁。

更有利於影視批評的健康發展。

二、「大衆」‧「網民」：「迷」群的區隔與聚散

　　儘管大衆影評的崛起依託了網絡這一現代大衆傳媒技術，但是我們也不能簡單地套用「大衆」或「網民」的概念並形成某種刻板印象，相反，我們應該進一步辨析參與或者主導網絡大衆影評者的身份特徵，從中把握眞正的大衆影評的主體特徵。

　　從「大衆」的角度來說，每一個影視作品的消費者都可以被視爲「大衆」的一份子。從日常的觀念來看，這裡所指的「大衆」還有一個更加通俗的中國式表達──「普通觀衆」。而當我們在討論普通觀衆的時候，頭腦中出現的往往是一個模糊而籠統的印象，比如說普通觀衆是庸俗的，他們沒有多大的藝術修養，他們的愛好都是媚俗的；貧窮是普通觀衆的基本經濟狀況；普通觀衆是沒有什麼更高的精神追求的，快樂是第一位的等等。從對影視作品的觀看行爲來看，普通觀衆的觀看往往缺乏一種主動性，也缺乏持久性，是一時興起，轉瞬即逝的──「看看而已」是對其觀看行爲的最好描述；相關性是普通觀衆觀影中的意義與快感生產方式，但這種「相關性」是相當脆弱而易變的。不難發現，普通觀衆作爲「沉默的大多數」並不具備蒂博代所說的「有教養者的批評」的特質。眞正構成大衆影評發布者的，是「普通觀衆」中的另類──「迷」。作爲普通觀衆中的亞類型，「迷」的最大特點就是「狂熱」，即一種「過渡性」，其特質就是行爲的過渡。從社會心理來說，認同、排他及佔有欲是其基本特點；從文化功能來說，「迷」通過參與、「研究」及「過渡消費」積極地介入到了影視作品的生產與消費之中。在大衆文化批評中，「迷」的行爲往往被描述成對所迷對象的及時跟蹤、盡可能的近距離接觸、第一時間掌握其最新動態等，但這其實只是所謂「追星族」極爲表面的特徵。「迷」因其身份的可識別性和因共同話題的興趣往往會自覺不自覺地形成「迷」群，並逐步形成一種有力量的聲音。比如說，影迷參與劇本的討論改編，促成劇情向自己所期待的方向發展是頗具特點的一類，《金粉世家》在播放過程中，就有不少劇迷在網上開始續寫，後來投資方還眞的挑選了幾位劇迷參與劇本的改編討論〔註 38〕。韓劇《對不起，我愛你》的主人公蘇志變從

〔註 38〕 馮澤：《「劇迷」參與改編《金粉》續集　言承旭有望加盟》，http://news.eastday.
　　　　com/ eastday/news/news/node4945/node19370/userobject1ai229180.html。

電視劇的第二集開始就頭部中槍，子彈留在腦裏，隨時都有生命危險，《愛在哈佛》中女主角金泰熙也是最後得了不治之症就要離開人世，很多「迷」們都表示強烈抗議，並積極投入到「拯救主人公」的運動中。《黑客帝國》系列電影的放映引發了「黑帝迷」們哲學研究的興趣，有一個名叫威廉・歐文的人，索性寫了一本名叫《黑客帝國與哲學——歡迎來到眞實荒漠》的書，據說賣得很好〔註 39〕。著名哲學家齊澤克也寫了篇《黑客帝國或顚倒的兩面》的論文，運用拉康、康德和弗洛伊德的哲學，對《黑客帝國1》進行了「專業化」的解讀，結果成爲「黑帝迷」們解讀《黑客帝國》哲學的入門讀物。由此可見，眞正的大眾影評的主體正是影「迷」及其「迷」群，他們不滿足於單純的視覺快感或打發時間，而是在進行意義的生產。正如費斯克所言，「這種生產者式的行爲與生產原初文本的活動十分類似。它既要求文化能力（對某一種大眾文化文類或運動的常識或規則的知識），同時也要求社會能力（在這種傳統中，『人們』可能會如何去做、去感受或者反應）……有時候，這種『迷』的生產力甚至可以擴展至更大的範圍，生產出的文本足以與原初的文本相匹敵，或者對其加以拓展，甚至於徹底重寫。」〔註 40〕在此意義上可將「迷」稱爲「過渡而狂熱的看客」。「士兵貼吧」中的發言者，往往認同於「兵毒」、「突迷」的身份便是最好的證明。

在現實生活中，「迷」群的狀態是往往是地下的、潛在的，受時空限制的，他們往往借助類似「沙龍」性質的小型集會而彼此交流，通過各種 party 來強化自己的「迷」態。由於網絡論壇的設計理念與「迷」群的形成機制頗爲類似，因此以某個共同關注的論壇爲中心或者以某個吸引人眼球的貼子爲中心自然而然地形成了「迷」群的區隔與集聚，這也使得「迷」群具有了網民的許多特徵。但由於「迷」群內部的認同性以及活動的集聚性，使得我們能在論壇、博客中輕而易舉地區分出「迷」群的意見和非「迷」的態度。如果說在現實生活中，「迷」群的活動具有某種隱蔽性的話，那麼，網絡論壇博客則爲「迷」群帶來了開放性的特徵：網絡一方面方便了「迷」群的形成和影響，如可以打破時空的界限，使世界各個地方的「迷」們能夠匯聚到某個論壇、

〔註39〕《黑客帝國哲學：眞實荒漠與技術仙境》，http://www.mlcool.com/info/if003443. htm。

〔註40〕〔美〕費斯克：《理解大眾文化》，王曉珏、宋偉傑譯，中央編譯出版社 2001 年版，第 174、175 頁。

博客中，再加上他們的發聲很容易被其他非「迷」的網民所點擊，從而引起更爲廣泛的關注，甚至能夠在相當短的時間內「擴大陣容」，但另一方面，網絡也給因其開放性而對「迷」群帶來嚴重的負面影響，由於網絡論壇博客可以隨意點擊肆意評論，這就很容易將「迷」群置於眾目睽睽眾矢之的的境地，從而使「迷」處於「非迷」、「僞迷」、甚至「反迷」的干擾之中，只要稍有風吹草動，「迷」群便會土崩瓦解。

　　「迷」群與網絡的這種交叉而有差異的狀態使我們能夠更好地理解大眾影評及其影響。在大眾影評中，真正有價值的「有教養者的批評」有時會因網民的推崇而一鳴驚人，但更多時候會被網民的口水給淹沒；大眾影評中某些「理性的聲音」，也很有可能被網民「非理性的喧囂」所排斥；更爲重要的是，儘管網絡論壇、博客中的「聲音」都是以文字的形式現在的，但並非所有的文字都可以被視爲「大眾影評」。如在《色／戒》熱映中，彌漫於網絡論壇的聲音一度全部集中到大陸版的「刪節」之爭，進而被引向激情戲的「真假」之辯，隨後又聚焦於所謂「破綻」之別，對於《色／戒》價值的探討也被簡化爲「保李派」、「倒李派」和「摻和派」，在這些口水文字中，除了話語的狂歡，其實並無多少真正的批評精神存在。因此，我們一方面要認識到大眾影評作爲「有教養者的批評」能夠傳達普通觀眾的某些真實感受，另一方面也要警惕大眾影評所具有的混沙俱下、「藏污納垢」的特點，「網絡文化」和「迷文化」的彼此推動與消解構成了大眾影評極不穩定的狀態。

三、意義生產：普適價值觀的勝利？

　　值得關注的還有這些大眾影評的文體特徵及其價值取向。

　　由於論壇博客發貼的自由，除了那種純粹偶發的、印象式的、甚至胡言亂語式的「評論」之外，無論是短小言論還是鴻篇巨製，都具有某種共同性的特徵，即影視欣賞式的「觀後感」體。這種文體一般是觀眾欣賞影視作品之後，在某一方面有所感觸，或得到了某種啓示，然後結合某些現實生活中的問題所發表的個人性議論。儘管在影視批評學的學科建構中，「觀後感」是被排斥在外的，如李道新在其《影視批評學》中強調影視批評主體的文化修養和專業素質；陳犀禾、吳小麗的《影視批評 理論和實踐》中區分了新聞性評介和學術性批評，同樣也沒有「觀後感」的位置。但是作爲影視作品的消費大眾，「觀後感」卻是他們最便捷的表達手段。如盛放在《士兵突擊》

的逐集評論大獲成功之後，又緊接著寫了《闖關東》的長篇評論，但其每節的主題基本上都是「人物品藻」式和「印象點擊」式的，如《士兵突擊》中「第一集　許三多的起點」、「第四集　許木木與李夢」、「第六集　獻給老馬」、「第十四集　後史今時代」、「第十五集　傷城」等；《闖關東》長篇評論中，「一　傳奇英雄朱開山」、「二　叛逆英雄朱傳武」、「三　不羈浪子震三江」、「四　女人一定要自己爭氣」，佔有七小節的一半以上。盛放在「第十四集　後史今時代」中寫道：「從這裡我們可以看到，許三多真的成長了，他開始真正懂得為別人著想。（為了班長而努力那次不算，因為班長『不是別人』。）和老馬走的時候他沉浸在自己的幸運中不懂得傷心相比，現在的許三多真的成長了。史今雖然走了，但他播在許三多心裏的種子，愛的種子，關懷的種子，寬容和善意的種子，全都在發芽，生長。許三多現在漸漸變成一個有靈魂的人。不知不覺地，他其實是在拿史今的樣子要求自己。」〔註41〕不難發現，大眾影評的關注焦點集中在了透過人物、角色的命運而生長出來的對於人生的理解，而他們所認同的則體現的是中國人最具普適性的價值觀，如戰友間的兄弟之情、面對困難的堅韌毅力以及作為軍人義不容辭的奉獻精神、犧牲精神等等，許三多一句「不拋棄，不放棄」一時成為 2007 流傳最廣的臺詞之一。

　　在此，大眾影評最具獨特價值的特點突顯出來：對普適性價值觀的認同與堅守。這種普適性的價值觀既可能是最傳統的，如忠孝仁義，也可能是最現代的，如民主自由；既可能是地道中國式的，如江湖義氣，也可能是最西化的，如個人主義；既可能是主流意識形態所讚賞的，如愛黨愛國，也可能是某種批判立場的確立，如生態主義。正是通過對這類普適性的價值觀的認同，才使得影視劇真正能夠深入人心，獲得大眾的好評。也是在 2007 年，兩部反映農民工的影片獲得了迥異的影視批評，從中透露出大眾影評價值觀的立場和選擇。一部是《蘋果》，雖然它憑藉范冰冰、梁家輝、佟大為等人的激情戲而搶奪了不少的眼球，但其價值觀的混亂卻無法讓觀眾原諒，如一位網友所寫的，「在這場失去理智、逾越正常道德邊界的交易中間，她自始至終都是受害者，但她一直淡然處之，淡得讓人不可思議，微笑著接受所有

〔註41〕盛放：《第十四集　後史今時代——盛放盛開之逐集評論（十四）》，http://hi. baidu.com/ %C6%DF%C0%C9%C1%F9%D2%BB/blog/item/7cec1812875e6bca c2fd78c7.html。

的屈辱。坐在後排的一個老太太議論說：『這個女孩兒自己也不好。』我覺得這是極有見地的評論。憑爭議影片《紅顏》叫響名聲的女導演李玉，在《蘋果》中似乎想更進一步，去觸碰某些禁忌，比如道德和倫理可以容忍的底線。這是比所謂床戲更大膽的嘗試。但無論是理念還是藝術上，她做得並不成功，使整部影片顯得有些荒誕。」〔註42〕相反，周星馳的《長江七號》儘管有所謂科幻題材的包裝和對自己舊作（如《少林足球》、《工夫》、《喜劇之王》等）的複製，但一句「我們雖然窮，但是不能說謊，也不能打人；不是我們的東西，我們不能拿；要好好讀書，長大要做個對社會有用的人」卻道盡了底層百姓為人做事的基本準則。也許從觀眾對周星馳無釐頭電影的期待來說，《長江七號》可能只能算個失敗的「爛片」，但它對貧窮中的友愛親情和困窘中的道德力量的歌頌卻無疑是成功的。也許正因為如此，許多觀眾會原諒影片其他方面的諸多不如人意之處，而把關注點停留在令人溫暖的親情上，如一位網友所說的，「很樸實的一句話，記得兒時，父母也曾這樣叮囑過，那時的絮絮叨叨的厭煩，與此時此刻聆聽的心情竟然有如此大的差別，或許父母對我們的愛，真的是長大後才能懂！那些生活中愛的瞬間，或許只應我們的忙碌，而忘了欣賞而已。」〔註43〕與之相應的，他們所採用的批評方法也非常簡單：印象主義的、社會歷史的、倫理的，就這三種，基本上屬於 20 世紀以前的佔主流地位的文論形態（當然不乏一些新潮術語，諸如「後現代」、「解構」之類，但都只是隨用隨丟，顯示了時新的批評話語在大眾影評的裝飾性功能）。

　　當然，不容否認的是，這類大眾影評中所體現的價值觀也並非純粹的普適性的，同樣也是眾聲喧嘩、隨風搖擺的；大眾影評對這些普適性價值觀的表達也遠遠談不上深刻和系統的，往往都是隨感式的、片斷式的。但是，大眾影評的「觀後感」體及其對普適性價值觀的認同和關注作為一種參照，也使得我們專業影評的某些缺陷暴露出來。在對影視劇作品的意義生產上，專業影評存在一個非常重要的問題，即對常識的沉默，對基本的社會倫理取向的沉默。對於專家來說，當他們從事研究時，絕對不會像普通觀眾那樣「看看而已」，這種對「距離感」的刻意追求也使他們排除了生產「相關性」意義的可能性，同時，他們也絕對不會因對研究對象的癡迷而喪失自我，這種距

〔註42〕《〈蘋果〉的滋味有點澀》，http://www.u-vv.com/vv/files_doc/211933.shtml。
〔註43〕想飛的 Pig：《長江七號的溫暖》，http://blog.rayli.com.cn/515/312357.html。

離感還使他們對快感進行了有效的壓抑或昇華。對於專家來說，美感即快感、意義即快感，現成的顯而易見的意義並不能滿足專家的虛榮心，專家在批評中的意義生產和再生產是一種對「前所未見」的意義的生產，即要「見所未見」。喬納森‧卡勒的一番話可以說是這類觀點淋漓盡致的表達：「正如大多數智識活動一樣，詮釋只有走向極端才有趣。四平八穩、不溫不火的詮釋表達的只是一種共識；儘管這種詮釋在某些情況下也自有其價值，然而它卻像白開水一樣淡乎寡味。」〔註 44〕這種對於「見所未見」的意義的追求所導致的後果便是在影視批評中，專業影評出現的「過渡闡釋」現象，簡言之就是說，本來片中沒有，硬要在影視劇裏去挖掘各種各樣的意義。與這種價值觀向相適應的，就是在專業影評中大量現代批評理論術語的堆砌與拼湊，為了闡釋一部影視劇作品，甚至只是解釋其中某個細節，往往會採用多種批評工具，如形式主義的、精神分析的、馬克思主義的、後殖民的、新歷史的、女性主義的之類。專業影評刻意去追求所謂「別樣的意義」，並深陷於「意義的過渡闡釋」之中而不能自拔，這在相當大程度上疏離了普通觀眾對影視劇作品側重於人生命運的情感體驗，這使得專業影評越來越成為小圈子裏孤芳自賞的文字遊戲，難以發揮自己應有的功能〔註 45〕。

那麼，真正有效的批評應該是什麼呢？如何讓專業影評能夠真正深入到普通觀眾的心坎裏面，能夠被他們所接受？結論其實很簡單，普通觀眾的欣賞趣味就是對人生對命運的共鳴，因此，真正有效的批評應該是以人文性為核心，體現人文關懷、理性精神的批評。面對普通觀眾，我們的專業影評就應該探討這種具有普適性的人文關懷究竟怎樣才能在影視劇中獲得更好的傳達，從而更深刻地揭示人生的意義及其人文價值。

〔註44〕〔美〕喬納森‧卡勒：《為「過渡詮釋」一辯》，艾柯等著，柯里尼編：《詮釋與過渡詮釋》，王宇根譯，三聯書店 1997 年版，第 135 頁。

〔註45〕2007 年 12 月 23 日，上海大學影視學院舉辦的「當代中國影視批評現狀的批評」學術研討會上，吳小麗也專門指出，「當前影視批評文章不少，然而很多文章只是各類知識的堆積、學術的炫耀、某種時興方法論的實驗，渲染在學術的孤芳自賞當中。學術研究式的批評只能存在於高校、研究機構、專業的學術圈裏，是研討會、評職稱、博士碩士畢業論文的需求，它們與現實是毫無關涉的。新時期以來，『思想淡出，學術凸顯』的問題，也是影視批評的癥結之一，人文批評的缺席是思想的缺席和淡出。」可以說也是一針見血的批評。（《影評如何發出有價值的聲音》，《文匯報》2008 年 1 月 20 日）

第四節　「思想者」的文化旅行及其意義

　　圍繞城市雕塑的爭論在近幾年中國的藝術界、學術界乃至大眾傳媒中非常的普遍。談論的話題有很多，諸如「城市雕塑的精品性問題」、「城市雕塑與城市精神的關係問題」、「城市雕塑與市民公共空間的建構問題」等等。這一方面說明雕塑在中國的城市規劃和市民生活中扮演了越來越重要的角色，另一方面也說明中國的城市雕塑現狀與我們對之的期待還相去甚或遠。那麼，問題究竟出在哪兒了呢？如果泛泛而論也許最終仍是隔靴搔癢，那麼我們還是從具體的個案著手。

　　我想到的是羅丹的「思想者」。非常有意思的是，在「思想者」的文化旅行中，我們可以找到許多值得關注的問題。首先，羅丹的「思想者」是舉世聞名的雕塑精品，其藝術價值幾乎是毋庸質疑的，因此當我們面對「思想者」時完全不必理會「是雕塑精品還是雕塑垃圾」這個問題；其次，作為西方現代雕塑的經典之作，它的眾多「原作／複製品」散佈於世界各地，特別是在近十幾年時間裏，它們多次巡遊中國，並在中國許多地方安家落戶，這對我們思考雕塑藝術與其展示空間的關係提供了極好的條件；此外還有第三，羅丹的「思想者」作為重要的文化資源，經常被人所利用，而這又為我們提供了探討其與當代文化關係的契機。

一、「思想者」的誕生：從「地獄之門」走向「世界各地」

　　按照本雅明的觀點，在機械複製時代，我們對藝術的欣賞必須得區分兩種觀看的情境：一種是對「原作」的欣賞，一種是對「複製品」的欣賞，前者具有「膜拜價值」，而後者僅具有「展示價值」，因此，相應地，他認為在「原作」中保留了其獨一無二的「韻味」，而在「複製品」中這些韻味已然全部失去。但是，這僅僅對於傳統的繪畫藝術有效，對於雕塑來說，在「原作」與「複製品」之間還有一個中間地帶。按照國際慣例，雕塑作品中一套模子可以限量澆鑄出多件同樣作品，這些作品都被視為「原作」。這樣，人們就可以在不同的時間地點以膜拜的態度來對待這些被複製出來的「原作」。很顯然，這種「有限複製」的慣例正是為了保證其「藝術原創性」的方式。以「思想者」為例，當年在羅丹親自監製下，就已翻鑄過兩件。現在，「思想者」一共有 5 具石膏模子，前面 4 具已澆鑄出了 21 尊「思想者」作品，分佈在美國、日本、德國、俄羅斯、丹麥、瑞典等國家。第五具模子也只允許製作 25 件。

這些用羅丹絕版原模澆鑄的，被認為屬於羅丹的「原作」。

「思想者」「原作的原作」只有一件，它坐落在巴黎裝飾藝術博物館場館大門前，屬於羅丹創作的大型雕塑作品《地獄之門》中的一部分，這個思想者中位於門頂的中央，俯視著蒼生。1880 年，羅丹接受了製作《地獄之門》的艱巨任務。在隨後近 20 年的時光裏，羅丹為了表現那些運動中的生命，雕塑了 186 個分別為情慾、恐懼、理想而不斷爭鬥、折磨自己的形象。作品的中心主題是通過但丁《神曲》「地獄篇」中「從我這裡走進苦惱之城，從我這裡走進罪惡之淵，你們走進來的，把一切的希望拋在後面」的含義，用多結構形式和象徵性構圖及真實人物造型，綜合表達羅丹的思想。羅丹把近代文明各種罪惡都集中表現在「大門」之上，貫穿著希望、幻滅、死亡和痛苦等種種感情。而這個「思想者」的形象既是但丁的化身，也是羅丹自己的化身，這個全身都在思考的裸體巨人，成為這個「萬惡世界」的目擊者和痛苦的思想者。羅丹說過，一個人的形象和姿態必然顯露出他心中的感情，形體表達內在精神。對於懂得這種看法的人，裸體是具有豐富意義的〔註46〕。因此，他所塑造的思想者形象就是以身體和頭腦同時沉入永不停息的思考之中的。

這一「思想者」形象的意義是被放置在雙重語境中予以突顯的：一方面是其群雕的文學背景，即以但丁《神曲》為藍本進行的藝術創造；另一方面是其所處的博物館場館大門的背景，在這裡，「地獄之門」的藝術意義與「場館之門」的現實意義同構，給觀者以強烈的視覺和思想刺激。

但是，對於大多數觀者來說，羅丹的「思想者」首先意味著一個「獨立圓雕」。也就是說，「思想者」的意義在更多的時候是與其「地獄之門」和「場館之門」的背景相剝離的。這種對「思想者」獨立價值的尋求從羅丹那裡就開始了。在完成《地獄之門》後，羅丹把思想者獨立出來，放大三倍，約有 2 米高。最初他曾想將之命名為《詩人》，意在象徵但丁對於地獄中種種罪惡幽靈的思考。幾年後，他又返回到這件「思想者」上去，並決定把它複製成為大理石或青銅。1917 年，巴黎人民在為羅丹舉行葬禮時，把其中的一尊「思想者」安置在他的靈柩安厝處的「偉人祠」前，以便後人瞻仰這位藝術家不朽的藝術業績。很顯然，獨立出來的「思想者」已淡化了其對但丁或者詩人的意義指涉，更模糊掉了其對地獄中飽受煎熬的鬼魂的注視——「思想者」的思考被泛化了——它可以由觀者將自己的經驗灌注到這尊雕塑之中，從而

〔註46〕轉引自朱伯雄《外國美術名作欣賞》，上海人民出版社 1984 年版，第 184 頁。

生成更多的意義。

這樣，在隨後的一百多年時間裏，羅丹的「思想者」便紛紛從它的石膏模子中被澆鑄出來，分別被世界各國的博物館、收藏家們所珍藏。「思想者」就這樣從「地獄之門」走向了「世界各地」。

二、公共空間及其意義：「思想者」的中國之旅

在「思想者」的周遊列國中，我們更關注的是它的中國之旅。從 1993 年至今，「思想者」遠渡重洋，已多次在中國展出，其中有多尊「原作」留在了中國。這使得我們有可能展開對城市雕塑與公共空間關係的探討——這裡不僅包含著雕塑與其所在環境的關係，而且還包含著中西方文化交往對話的問題。

為什麼「思想者」遲遲到上個世紀九十年代才登陸中國？除了歷史的機緣之外，也許它正好能夠從一個側面反映中國城市雕塑發展的歷史進程。從新中國到現在，中國的城市雕塑經過了三個發展階段。第一個階段可以稱為紀念主導型雕塑階段。受前蘇聯紀念性雕塑的影響，以毛主席雕像和人民英雄紀念碑為代表的城市雕塑主宰了中國從上世紀 50 年代到 80 年代初期的風格和類型。紀念性雕塑所傳達的國家主義、民族主義、英雄主義，有著鮮明的宣傳、鼓動、教化的功能。第二個階段是可以被稱為行政主導型雕塑階段。文革結束進入改革開放新時期之後，中國的城市現代化建設開始穩步發展，城市規劃迫切需要能夠既體現時代精神又能夠賞心悅目的城市雕塑來為城市的現代化錦上添花。因此，在城市的中心廣場或重要的街道，城市雕塑被安置在了重要的位置，被視為一個城市精神文明的象徵。在這一過程中，體現城市歷史文化或昂揚向上風貌的雕塑受到廣泛歡迎。而最終擁有規劃決定權的正是各級地方政府領導，因此，行政主導性成為這一階段城市雕塑發展的動力。但這並非沒有限度，曾一度引起廣泛討論的少女雕塑（因其突出的胸脯和飄揚的裙襬）便是一個實證。而到了上個世紀九十年代，城市雕塑伴隨著中國改革開放的深化而進入到藝術主導型雕塑階段。在這個時期，城市雕塑不再被過多地與政治、與時代做簡單的對應，而是更多地強調其藝術價值本身以及其與所在環境空間的和諧相處。這個階段，抽象性雕塑大行其道，源自西方雕塑理念的現代雕塑成為城市雕塑大受歡迎。因此，當「思想者」在 1993 年登陸中國，觀者便不再對它的「裸體」形象而神經過敏，相反能夠

以藝術欣賞的眼光來審視它了。

另一個問題是，「思想者」登陸中國之後，分別到過哪些地方？被安置在哪些場所？發揮了哪些功能？如果說前一個問題是展現的「思想者」與中國城市文化時間之維的關係的話，那麼，這個問題就與城市文化的空間之維密切相關了。按城市社會學的觀點，「『城市公共空間』一般被定義為由公共權力創建並保持的、供所有市民使用和享受的場所和空間。它包括街道、廣場、居住區戶外場地、公園和體育場地等」。〔註47〕在這十多年時間裏，「思想者」分別到過北京、上海、武漢、廣州等中國有代表性的大城市，分別與中國的博物館、美術學院、商業街、住宅小區發生了關係，這些正好是體現城市雕塑與中國城市公共空間關係的具體體現。

首先是以美學學院為代表的藝術空間。2002年4月，「法國藝術季——羅丹《思想者》及藝術文獻展」在湖北美術學院美術館開幕。「思想者」開始了它與中國藝術界的親密接觸。在藝術場域中，觀者從藝術的角度體會羅丹鬼斧神工的表現力，感受其肌肉的緊張感和思考的痛苦感，進而領會其傳達出的「思想不再是精神貴族的權利」的深刻思想。美術館為「思想者」營造出了獨特的藝術氛圍，這為「思想者」意義的體現創造了條件。因此，「許多人是為了『圓夢』才來觀賞這尊雕塑的，《思想者》的形象伴隨著人類跨越了近一個世紀的歷程，今天，人們從這件作品中或許可領悟到更多內在的東西。」〔註48〕

其次是文化空間。2004年8月，由美國伊曼紐爾——伽弗戈藝術公司無償捐贈給上海文化發展基金會的羅丹「大思想者」青銅雕塑，在上海圖書館門前舉行了落成揭幕儀式。據說，「思想者」放置在上海圖書館門前，「主要是出於兩方面的考慮：『大思想者』一直以來被認為是人類改造世界的力量的象徵，給人們帶來思想的觸動，與圖書館的周邊環境喝文化氛圍密切融合；另一方面，上海圖書館位於文化氣氛濃鬱的淮海路上，人流眾多，將雕塑置於此地，便於更多的上海市民接觸到世界級的藝術佳品。」〔註49〕很顯然，主辦方正是看中了「思想者」形象與圖書館特有的文化氛圍形成親密無間關

〔註47〕張翰卿編譯：《美國城市公共空間的發展歷史》，《規劃師》2005年2期。
〔註48〕張光平：《100：5000——羅丹〈思想者〉來美院展出側記》，《湖北美術學院學報》2002年3期。
〔註49〕王潔敏：《羅丹〈大思想者〉亮相淮海路　為上海城雕添磚加瓦》，東方網，http://enjoy.eastday.com/eastday/enjoy/xw/whxw/userobject1ai471046.html。

係的可能性。如果說在美術館，「思想者」展現的更多的是它的藝術價值的話，那麼，在圖書館面前，其文化意蘊得到了更多的突顯。

　　第三是「思想者」與生活空間並置。2001 年，「思想者」來到廣州，其展出的地點有兩個，一個是廣東美術館，另一個是帝景苑。帝景苑是當時正在出售的樓盤。很難說，帝景苑正好能夠成爲容納「思想者」，或者說，因爲「思想者」的介入，提升了帝景苑多少文化品味。最值得關注的是，隨著火爆的看樓團被「思想者」吸引而來，帝景苑的樓盤銷售一片躥紅。據報導，「當年，五一黃金週並不像這兩年那樣火爆，而是處在被業內戲稱爲『黎明前的黑暗』的時期。此前，帝景苑的銷售也只可以用『尚可』來形容。但隨著『思想者』駕臨，樓盤現場出現了『反常』的一幕：售樓小姐們忙得團團轉，看樓、洽談的人絡繹不絕。雖然，看客當中有很多人是衝著雕塑而來，但結果是對小區的形象、環境、配套留下了良好印象，既聚了人氣，又旺了銷售。」〔註50〕很顯然，在這種「生活空間」裏，並沒有包含多少日常生活的內容，而是出於商家促銷的手段對藝術的利用。

　　無獨有偶，2003 年春，北京的「美林‧香檳小鎭」也將「思想者」作爲賺取人氣的法寶。讓「思想者」「走」進了國貿春季房展會。而這裡，已經是純粹的商業氛圍了。這種非藝術常規的方式，「其意義恐怕不僅僅限於藝術的普及和公益，這本身就具有一種現代藝術的行爲特徵。」〔註51〕這話說得當然還算是客氣的。

三、「思想者」形象：作爲一種文化資源

　　在當代文化語境中，「思想者」的經典意義已經無可質疑了。但是，這種經典意義並沒有像其「原作」受到頂禮膜拜而走向固定化和神聖化，相反，在後現代消費文化的推動力下，傳統的經典已失去了「膜拜價值」，而僅僅成爲一種可資利用的文化資源。

　　無論是「原作」還是那些爲數不多的「複製品」，「思想者」保持了其嚴格的形式架構和製作工藝，而且其意義也傾向於共識化、固定化。比如說「思想者」強烈的理性精神，其「面死而在」的終極關懷以及其健美的理想化人

〔註50〕《房地產界美女勢力　合生姊妹花玩轉超大盤》，《廣州日報》2005 年 3 月 7 日。

〔註51〕李澄：《羅丹親密接觸京城百姓　思想者要進鬧市區》，《北京晨報》2003 年 3 月 21 日。

體形象等等。這些成為「思想者」密不可分的組成部分。正因為如此，前面所講到的「思想者」的文化之旅才如此地引人矚目——它因其對複製（主要是指機械複製，即大規模複製）的拒絕而維護了自己的經典意義，更因其對不可改變性的堅持維護了「原作」的尊嚴。

但是，「思想者」在當代的境遇並不限於「原作」的命運。作為一種文化資源，「思想者」被廣泛地利用，而且這種利用是對經典文化的「創造性」或者說是「消耗性」的利用。在這裡，我們已經涉及到城市雕塑與公共空間的另外一個層面的意義了：在這裡，公共空間不再僅僅是城市裏可見可遊的公共空間，而是泛指當代文化這一整體性的語境。也就是說，這裡所討論「公共空間」問題，更多的是「精神層面上的」，對於「城市雕塑」來說，也不是它如何改變文化，而是文化如何利用它。仍回到「思想者」這裡來，不用說「思想者」形象被製作成各種工藝品或者某些商品的裝飾性部分（比如說筆筒座架）了，我們僅從下面幾則發生在當代中國的文化現象中就可以看出「思想者」被「改造」成何種模樣了。

①「發胖的思想者」——出於文化目的的利用。

也許是「思想者」在湖北美院展出的延續效應，2004 年 7 月 4 日，湖北美院展覽館前展出一幅由雕塑系應屆畢業生創作的作品《發胖的「思想者」》。在這座「思想者」形象中，雖然同樣是位男性裸體形象，同樣是手托下巴做痛苦深思狀，但是在這個「思想者」身上，呈現的是極為臃腫的體形，肌肉也失去了張力而變得疲軟。面對這個「思想者」，人們不難領會到，他僅僅是在為自己的發胖而苦惱。因而，創作者幽默的創意和別出心裁的製作，讓每一個路過的人都會心一笑。很顯然，創作者是有其用心的，他力圖借用羅丹「思想者」的經典意義——痛苦的思考——來與現代人因生活閒適和優越之後的苦惱形成鮮明的對比：如果說在羅丹的「思想者」那裡，思考的是形而上的人類的終極意義的話，那麼，在這尊「發胖的思想者」那裡，則完全成為形而下的純生理性的煩惱。正是這種互文性所引起的強烈的反差，把現代人的現代病進行了淋漓盡致的嘲諷：不僅僅是嘲諷其發胖的身體，同時也嘲諷其正在發愁的大腦。

②「穿內褲的思想者」——出於經濟目的的利用。

又是 2004 年，在南京的一家男士內衣店裏，突然出現了一尊穿著內褲的「思想者」形象。原來，店主是一名剛畢業沒多久的大學生，在他辭職後開

了這家小店，生意一直不錯，但他總覺得「缺乏視覺衝擊力」，於是，他請南京藝術學院的幾個「哥們」幫忙，製作了這個「思想者」的雕塑，並給「他」穿上了內衣。小張表示，他並不想「玷污」藝術，只是想給藝術「開個小小的玩笑」，給顧客多一些幽默。這種特殊的「內衣秀」，果然「秀」來了不少人氣。在這尊「思想者」那裡，健美的理想化的人體形象不見了，換上的是一個普通得不能再普通的男人形象；而穿上內褲的「思想者」所思考的當然也不是什麼深刻的人生意義了，他的思考僅僅意味著「選擇、消費」——「是挑這件呢？還是那件？」很顯然，這個「思想者」仍然是通過庸俗化（在此並非貶義）處理而將羅丹的「思想者」拉回了人間：如果說羅丹的「思想者」仍然保留著西方自文藝復興以來「大寫的人」的傳統的話，那麼，在「發胖的思想者」和「穿內褲的思想者」那裡，人已徹底地日常化、犬儒化了。

　　③「蹲馬桶的思想者」——出於批判目的的利用。

　　在「思想者」形象的文化利用中，非雕塑性利用佔有相當大的比重，也更為普遍。這也是各藝術門類之間所存在的「可通約性」為「思想者」形象在不同的藝術載體間轉換提供了可能性。在《足球週報》中，有一幅由姜末作畫張嘉樹做詩的圖配詩作品〔註52〕。題目是《就像老鼠愛大米》。其詩曰：「我愛你，愛著你，就像老鼠愛大米，當年多少風和雨，死活和你在一起。我愛你，佩服你，澳彩專家算老幾？輸他幾個都敢踢，你的工夫誰能比！我愛你，愛到底，收手套來換大米，改革大旗高高舉，飯前便後把手洗！」而其形象則是一個「蹲馬桶的思想者」，在這個形象中，思想者的軀幹已變得不那麼重要了，除了基本的姿態還保留著羅丹「思想者」的痕跡外，其「藝術性」（這並不是這幅漫畫所追求的目標）已蕩然無存。最顯眼的，就是這個「思想者」的頭部已變成了一個巨大的足球。在這幅漫畫中，其對經典藝術的粗鄙化利用以及典型的後現代拼接式形象組合成對中國足協及投資人的尖銳諷刺。

　　當我們逐步清理出「思想者」所留下的印跡時，我們會發現，儘管多少有些被動，但「思想者」確實已經以不同方式「介入」了當代文化的構建，或者反過來說，成為當代文化的鏡像。

〔註52〕姜末畫張嘉樹詩：《就像老鼠愛大米》，《足球週報》2004 年 11 月 15 日。

第五節　視覺文化與觀看的政治學

　　主體的「屈從性」（具體化爲「看與被看」的問題）是我們從事視覺文化論域中觀看的意識形態研究，展開觀看的政治學視界的一把鑰匙。觀者與表徵的關係一方面表現爲一種權力支配關係，另一方面也表現爲一種文化認同關係。如果說權力支配關係主要體現爲觀者觀看位置的「主動／被動」的話，那麼，文化認同關係則意味著觀者在進行表徵觀看中的文化身份的「認同／拒斥」。情境本身就意味著一種限制，意味著一種不自由的狀態。對於觀看情境限制的反抗從來沒有中斷過。對於自由觀看的追求成爲觀者所努力的目標，對於情境的超越和克服，一直伴隨著觀者的觀看行爲。因此，「自由觀看」本身就是一種對情境限制進行抵抗的政治。

一、屈從主體：觀看的意識形態

　　當我們對觀看的視角問題（包括「觀察點」、「主體──位置」、「視取向」）進行清理的時候，觀看的主體問題其實已經暗含在各種理論思潮的起伏消長之中了；而當我們從情境主義的「視取向」角度展開了人類近一個世紀中創造的各種視覺技術之後，我們不難發現，所有的視覺技術其實都存在著一種彼此制約性──視覺控制／目光游移、視覺吸引／視覺拒絕、視覺說服／視覺懷疑，等等，而在這一切背後，都顯現著觀看主體時隱時現的身影。但是，我們卻一直不能以一種主體性的方式來描述這種視覺技術間的彼此較量，相反，只能通過中介──媒介技術、視像表徵及視覺場域──來進行。這是爲什麼？原因就在於，我們是沿著自 20 世紀以來西方哲學的語言學轉向和文化上的視覺轉向的思路向下走的。這一方面使得本文的寫作能夠確立自己在學術問題史中的位置，但另一方面也不可避免地繼承了在這一脈絡行進中所存在的局限。而主體性就是其中最爲棘手的問題之一。

　　20 世紀以來，主體性經歷了結構主義、解構主義對之的消解。「語言」可以塑造人的觀念，「結構」可以規定人的位置，任何個人只有在與他者的「關係」中才能確證自己的存在。這種主體性消解的觀念直接影響到了人們對於個人在社會生活和精神意識領域中所處境遇的關注之中。

　　例如阿爾都塞對於意識形態問題的思考便是直接等同於個人主體性的獲得問題。在他看來，「所有意識形態的結構──以一個獨一的絕對主體的名義把個人傳喚爲主體──都是反射的，即鏡像的結構；而且還是一種雙重反射

的結構：這種鏡像複製是構成意識形態的基本要素，並且保障著意識形態發揮功能。這意味著所有意識形態都有一個中心，意味著絕對主體佔據著這個獨一無二的中心的位置，並圍繞這個中心，用雙重鏡像關係把無數個人傳喚為主體；於是，這個中心使主體臣服於主體，同時，由於每個主體都能通過主體凝思自己（現在和將來）的形象」。「是的，主體是在『自己起作用』。產生這一後果的全部秘密就在於我剛才討論過的四重組合體系裏的頭兩個環節，也許你更喜歡說，在於主體這個說法的含混性。在通常使用時，主體這個說法實際上意味著：（1）一種自由的主體性，主動權的中心，自身行為的主人和責任人；（2）一個臣服的人，他服從於一個更高的權威，因而除了可以自由接受這種服從的地位之外，被剝奪了一切自由。後一條解釋說明了這種含混性的意義，讓我們看到它無非反映著某種正在製造含混的作用：個人被傳喚為（自由的）主體，為的是能夠自由地服從主體的誡命，也就是說，為的是能夠（自由地）接受這種臣服的地位，也就是說，為的是能夠『全靠自己』做出臣服的表示和行為。除非由於主體的臣服，除非為了主體的臣服，就不會有主體的存在。正因如此，他們才能『全靠自己起作用』。」〔註53〕

　　而福柯則更明確地將個人在社會生活中的位置用「權力關係」的問題來解釋。在《規訓與懲罰》中，他為我們描繪了在以所有人的意志為基礎的社會秩序幻覺和權力技術的嚴酷現實，為我們展現了不斷地強制性地要求遵循準則並保證「力和身體的屈從」之間的對比。在《什麼是啟蒙？》中，福柯更是明確指出了自己的疑問：「我們如何被建構為自身知識的主體？我們如何被建構為行使權力關係或是屈從於權力關係的主體？我們又是如何被建構為自身行動的道德主體？」〔註54〕

　　在人的精神意識領域，拉康則通過對弗洛伊德的語言學解釋，將人的意識結構化，使人的自我意識成為語言的幻覺。「拉康在有關凝視和主體性（subjectivity）的研究中呈現的理論是：在不同的凝視行為之間，存在一種互動；並且存在一個由不同的，相互矛盾的慈祥規則構成的完整系統。例如，他談及凝視的羨慕目標（invidia）和凝視的屈服（dompte-regard）這兩種試圖控制和包含凝視的因素。這樣，凝視的羨慕目標不僅是羨慕或者嫉妒，而是

〔註53〕〔法〕阿爾都塞：《意識形態和意識形態國家機器（研究筆記）》，孟登迎譯，陳越編《阿爾都塞讀本》，吉林人民出版社 2003 年版，第 370、371 頁。
〔註54〕〔法〕福柯：《什麼是啟蒙？》，李康譯，《國外社會學》1997 年第 6 期。

主體意欲在被觀看的客體躺在上實現一種完美的特性。在電影學的意義上，這可以至少表現爲兩個層面：電影的旁觀者對於影像持有一種羨慕的心態（因此渴望具有影像的經驗）；或者電影本身呈現了具有這種凝視的羨慕目標的特性。」〔註55〕在他爲我們勾勒的人之成爲人的三個階段中，個體只有通過語言，在「象徵界」中同「他人」發生關係，並最終在與他人的區別中（符號界）意識到自己作爲主體的存在。也就是說個人必須屈從於某種符號序列（語言中介）才成爲人。這樣，拉康關於人的主體性獲得的描述又成爲「人是語言的構造物」觀念的翻版。

主體的「屈從性」成爲我們從事視覺文化論域中觀看的意識形態研究，展開觀看的政治學視界的一把鑰匙。正如瑪利塔‧斯特肯莉莎‧卡特賴特所說的：「看的實踐與意識形態緊密相關。我們生活於其中的形象文化是繁雜矛盾的意識形態場所。形象是當代廣告和消費文化的組成部分，是對美、欲望、魅力的假想以及社會價值的建構、回應。電影和電視是加強意識形態建構的媒體。在電影和電視中，我們可以看到浪漫愛情的價值觀、異性戀的規範、民族主義或者傳統的善惡觀等。」〔註56〕而所有這些意識形態的問題都因「屈從主體」觀念而具體化爲「看與被看」的問題。

其實，在以照相術、網絡技術等爲基礎的視覺文化大舉擴張及視像表徵大量生產之前，「看與被看」的問題早已存在，但其衝突並未特別突顯，它們更多地積澱在文化傳統之中，成爲文化無意識。如皇宮的森嚴和皇位的設計是通過有形的空間安排造成看與被看的觀看機制等。但是當攝影、影視成爲新的視覺工具之後，每一幅圖像背後都具有特別的鏡頭有意安排或者無意選擇，文化無意識積澱中的觀看的意識形態得以具象化。而這正使以「看與被看」爲核心的圖像政治的研究成爲可能。

圍繞「看與被看」的問題，我們可以提出如下一系列的問題：

比如說其一，「誰有權力觀看？」這個問題還可繼續往下追問：鏡頭的合法性依據何在？觀眾觀看的合法性基礎何在？美國女權主義理論家勞拉‧穆爾維從性別意識的形成這一角度，將「被看的女人」一說進行了發揮，她認

〔註55〕〔英〕帕特里克‧富爾賴：《電影理論新發展》，李二仕譯，中國電影出版社 2004 年版，第 31 頁。

〔註56〕〔美〕瑪利塔‧斯特肯莉莎‧卡特賴特：《看的實踐：形象、權力和政治作者（節選）》，周韻譯，《問題》第二輯，中國人民大學出版社 2003 年版。

爲男性主體是媒介文本的觀者，而女性則是被觀看的客體，「看」與「被看」是話語權力實施的第一步，因此成爲女性主義電影理論的中心。在她看來，由於商業的原因，肥皂劇總是在表徵實踐中把女性符號塑造成爲「她者」和「被看」的人，從而承載更多的商業信息。中國學者劉小楓也發現了此類問題，在《沉重的肉身》一書中他認爲，「就拿性道德來說，性感及其道德感是相對性的。對於傳統的柏拉圖—諾斯替—基督教的道德觀來說，性愛無法避免罪過的胎記，總帶著生存上的負疚；如今，性感被美化、抒情化乃至神化，這兩種情形都是道德專制論的。」〔註57〕這個問題我們可以在一篇在網上廣爲轉貼的文章中感受到這種對於「男性觀看女性的權力」不可論證的邏輯：在這篇題爲《春天，女人身體的被看性》的文章中，作者這樣寫道：「女人的身體有極強的被看性，因爲這是上帝在造物的時候對女人的恩賜，也是女人作爲人類的傑作，最讓人感到不可思議的美麗。也許就是這樣的一個原因讓男人們和男性的話語社會，對女人的被看成爲一種自然的事情。」「女人身體的被看性，是男人對於女色的一種最基本的養眼方式，因爲女人身體的被看性不是那個男人決定的，而是女人在成爲成熟的女人之時，就已經具備了被看的資本，因而人們說，女人的資本，就是女人的身體，這話一點也沒有錯。」「一個女人能夠讓人們去看或是說具有了被看的資格，對於一個女孩成爲女人的經歷來說，也是相關至關重要的。」〔註58〕這正是以詩化、抒情化的語言傳達對「被看的女人」觀念的最好例證。

　　再比如說其二，在視覺文化時代，「如何觀看」成爲一個問題。視像化使得觀看方式、看與被看的觀看倫理得以定型化，成爲可批判的對象。這使得觀看中的性別問題、種族問題、階級問題以及廣義的權力關係得到重視。因爲鏡頭的參與，使得呈現在觀者面前的視像都不再是對現實生活的原原本本的再現，都潛藏著拍攝者的觀察角度及意識形態觀念，都預設著一個理想的觀眾位置，任何觀者的觀看都必須得一認同這一觀看位置與拒絕這一觀看位置中搖擺。

　　還比如其三，「怎樣被看」也是一個問題。首先，「被看」僅僅是被動的嗎？「女爲悅己者容」已揭示出「被看者」的主動性。從本質上說，攝影、

〔註57〕劉小楓：《沉重的肉身》，華夏出版社2004年版，第151頁。

〔註58〕《春天，女人身體的被看性》，http://www.yule.com.cn/html/archive/2003/06/200306012014560.htm。

影視前的人物或角色都是主動性被看者。因此,「表演性」成爲闡釋「被看」的重要方面;「主動被看」使得觀看的主動性成爲問題;「主動被看」引發被看者的身體革命。其次,「自視」現象值得關注。最後,「不想被看」遭遇技術難題。正如在詹姆遜所說的,「『觀看』是設置我與其他人的直接關係的方式,但是它是通過使被觀看的經驗成爲主要的而我自己的觀看則成爲第二反應這一出人意料的顛倒的方式來實現的。」〔註 59〕

　　這些問題如果都具體展開將會帶來更多複雜的問題。在此,我們僅舉兩例對寫眞集的研究略加說明。一項研究是對寫眞集中女性形象的符號學分析,論者發現,「寫眞集中所展現出的女性特質與女性性意識具有四個特點:(一)柔弱、迷惑無助、服從與被動的女人形象;(二)被窺看的客體,以滿足窺看者;(三)文本裏充斥著陽具象徵物,女性在裏面仍被視爲性玩物;(四)看似多元互異的女性風貌,其實大多是社會裏既定的女性形象。本書認爲,「寫眞集」文本裏所再現的女性形象,正如反色情女性主義所說的,是社會裏性別權力關係不平等的再現。」〔註 60〕另一項研究者則對寫眞集所引起的觀看問題做了研究,展開了作爲群體的男性與女性以及作爲個體的男生與女生之間在觀看寫眞集時感受的性別差異問題,作者發現,「藉助寫眞集自慰,無疑是所有男性讀者的共同閱讀經驗與成長記憶。男性看寫眞集,通常都是以『好奇』、『沒看過女生裸體的樣子』爲起點,隨著寫眞集中裸女樣態所引發的性興奮,而以手淫方式來自我解決爲終。漸漸地,也就和寫眞集文本達成一種默契,寫眞集一方面成爲挑逗男性讀者欲望的專屬文類,而同時,男性讀者在自己有生理需求時,也會主動『找』寫眞集來『讀』。寫眞集中平面的女體影像,遂成爲男性的欲望客體。」面對寫眞集,男女生會產生截然不同的觀看反應。對於男生而言,他們的主要視取向有:1、「對著寫眞女郎勃起,可見,我眞是個男人」;2、「對女人的身材,會很講究,看久了,甚至會覺得另一半的身材太差,而影響到性生活」;3、「排名第一是理財,排名第二是功課,爲了美去練肌肉,不值得啦!」而對於女生來說,則沒有男生中明顯的「性取向」,而更多地注意到其他方面,如 1、「身材這麼好,眞是爲我們女性爭光

〔註59〕〔美〕詹姆遜:《後現代性中形象的轉變》,《文化轉向》,胡亞敏等譯,中國社會科學出版社 2000 年版,第 101 頁。
〔註60〕李宜玲、蕭蘋:《性的屈從與主動:女星寫眞集內容的符號學分析》,http://www.cc.org.cn/old/wencui/021209200/0212092004.htm。

啊！」2、「大家都在觀看、要求、和提醒我，要我注意自己的身材。」3、「那是真的身體嗎？」等等〔註61〕。

還比如其四，觀看中的監禁與懲罰問題已經成爲嚴重的社會問題。如果說在視覺技術不甚發達的年代，看與被看還停留在諸如春宮畫及禁書的監禁規則之類的問題上的話，那麼，在傳媒技術和視覺技術高度發達的今天，春宮畫、禁書早已邊緣化，而新形式（如色情照片、AV 視頻、色情錄像、色情漫畫）則大量出現；由於鏡頭、攝相頭等技術的普及，偷窺更加方便、自由，甚至被合法化了；而這些作爲欲望客體的意淫對象更是具有了可生產性。意淫對象的商品化使得色情的泛濫成災成爲可能。等等。

這一切正如卡特賴特所描繪的：「娛樂界滲透著意識形態，形象則被用來進行規範化、分類、辨識或作見證。19 世紀早期，攝影得到發展之後不久，私人開始雇用攝影師製作個人和家庭照片。這些照片常常標誌一些重要時刻如生日、結婚和亡故紀念（葬禮的照片很流行）。但是照片也被廣泛認爲是科學和公共監視的工具。天文學家討論用攝影膠片來標示恒星的運動。醫院、精神病院和監獄使用照片記錄、分類和研究各種人口。的確，在迅速發展的城市工業中心，照片很快變成警察和公共衛生官員監控不斷增長的城市人口數量、犯罪率和社會偏常率的手段。今天，作爲控制人口的手段，形象的使用留給我們什麼？我們生活在經常使用肖象形象的社會，如指紋被用來辨別個人身份——在護照、駕駛執照、信用卡以及學校、福利系統等許多其他機構的身份卡上的使用。照片是刑法制度中重要的證據媒介。我們熟悉這樣的事實：多數商店和銀行裝備了監視攝相機，我們的日常生活不僅受到信用卡而且受到照相機的記錄追蹤。在他們毫無覺察的情況下，都市人一天的工作、差使和休閒等活動受到眾多照相機的記錄。我們多數人不會注意到，這些形象在身份辨別和監視範圍內存在。但是，有時它們的集合場所改變。它們在公共領域內流通，從而獲得新的意義。」〔註62〕

二、身份認同：在與他者的關係中

觀者與表徵的關係一方面表現爲一種權力支配關係，另一方面也表現爲

〔註61〕 羅融：《身體的性別化建構及其實踐——以寫真集閱聽人爲例》，http://www.genderwatchina.org/pages/shownews.asp?id=617。

〔註62〕 〔美〕瑪利塔·斯特肯莉莎·卡特賴特：《看的實踐：形象、權力和政治作者（節選）》，周韻譯，《問題》第二輯，中國人民大學出版社 2003 年版。

一種文化認同關係。如果說權力支配關係主要體現爲觀者觀看位置的「主動／被動」的話，那麼，文化認同關係則意味著觀者在進行表徵觀看中的文化身份的「認同／拒斥」。

關於文化認同問題，我們可以從斯圖爾特·霍爾那裡找到比較有用的理論資源。在《文化認同與漂泊離散》一文中，霍爾強調，文化身份能夠被不斷地創造與建構，並與多重文化相互牽制。他將文化認同分爲三個階段：1、啓蒙時期：認爲主體是完整且統一的；2、現代主義：認爲主體是經由個人與社會團體的互動所產生的，社會將個人依性別、階級、文化、種族等身份地位加以劃分，形成個人與他者之間的關聯與重要性；3、後現代主義：認爲主體是破碎的、有分歧的，身份會隨著時空的不同而改變，文化認同也會不斷持續進行。霍爾的文化身份認同觀既關聯著形成，也關係著存有；即涉及過去，也涉及未來；既涉及個人如何定位自我，也涉及他者如何看待個人。用他的話說：「文化屬性非永久固定於質化的過去，而是在歷史、文化與權力之間不斷『遊戲』中的主體。」也就是說，在主體不斷被置換的過程中，文化認同總是存在著某種程度的開放性與模糊性的。〔註63〕在《誰需要認同？》一文中，斯圖爾特·霍爾強調身份認同其實是一種由話語實踐所建構起來的臨時附屬物，他認爲，「我用『認同』意指一種交匯點，一種縫合點，它的一邊是嘗試進行質詢的話語與實踐，對我們進入一種特殊話語的社會主體位置進行責備或者歡呼；它的另一邊是主體性生產的過程，使我們成爲可被『言說』的主體。認同因此成爲一種由散漫的運作而爲我們所建構的主體位置的臨時附屬物。」〔註64〕

即使不考慮如此複雜的文化身份的認同問題，僅就個體的人在觀看中對於意義和快感的尋求來說，也涉及到身份認同的問題，這個問題同樣如霍爾所言，「意義事實上產生於幾個不同的場所，並通過幾個不同的過程或實踐（文化的循環）被傳播。意義就是賦予我們對我們的自我認同，即對我們是誰以及我們『歸屬於』誰的一種認知的東西——所以，這就與文化如何在諸

〔註63〕 Hall, S. (1990). *Cultural identity and diaspora*. In J. Rutherford (Ed.), Identity: *Community, culture, difference* (pp. 222-237). London: Lawrence & Wishart. Hall, S. (1992). *The question of cultural identity*. In S. Hall, D. Held, & T. McGrew (Eds.), *Modernity and its futures* (pp. 273-316). London: The Open University.

〔註64〕 The question of cultural identity. In S. Hall, D. Held, & T. McGrew (Eds.), Modernity and its futures (pp. 273-316). London: The Open University.

群體內標出和保持同一性及在諸群體間標出和保持差異的各種問題密切相關」。〔註 65〕

　　文化身份的認同及其危機所引發的觀看問題很多，我在此主要歸納為下列兩個方面：其一，從具體的個人的觀看行為中，觀看意味著觀者在觀看中對自我主體—位置的確認。在傳統繪畫領域，觀者所處的觀看位置往往被畫家預設在了畫面的正前方位置，而這一位置正是畫家完成繪畫的位置，從這個意義上說，觀者對觀看位置的認同也就意味著對畫家位置的認同。但是在攝影及影視當中，「作家」（視像表徵的生產者）的位置退居了幕後，突顯在前的是攝影機鏡頭。正如麥茨所說的：「觀眾一旦把自己認同為觀看，他就不得不也認同攝影機，攝影機在他之前看到現在他正在看的東西，攝影機的機位（＝取景）決定了匯聚點。在放映時，攝影機是不存在的，但它有一個裝有另外裝置的代替物，被準確地稱為『放映機』。觀眾有一個在他身後的裝置，在他的頭的後部，這恰好是幻想對一切幻象進行調焦的所在。」〔註 66〕

　　默多羅比也認為，「在文化研究的新領域，身份扮演著重要的角色，現在問題良多的是獲得身份的實際過程。這個重要的過程是如何被概念化的尚不清楚。一方面，身份是流動的，從來沒有被完全固定下來，總是不斷地被重新構造；而另一方面，身份只是相對於它來說是『他者』的其他身份才存在的。身份不等於布爾喬亞式的個人，也不等於個性或者獨特的自我，同時也不是心理分析中所說的主體意識，只有放在一個更大的概念類別裏，諸如種族、性、或者階級，才有意義。因此，身份定位在社會身份之上，建立在具有共同經歷或歷史的社會群體之上。但是，這個概念也注定阿變得支離破碎，和本質論及絕對主義格格不入。身份概念指導人們把自己視為積極的參與者，允許自我意識在寬廣的文化實踐範圍，包括文本、圖像、商品之中得到表現，而不是把自己視為階級主體、心理分析的主體、意識形態的主體，或者文本主體來對待。」〔註 67〕因此，身份認同不僅是一種相似的聚合，也是一種差異的政治，它也不可能是穩固不變的。比如說，在網絡中，網絡使用

〔註 65〕　〔英〕斯圖爾特‧霍爾編：《表徵：文化表象與意指實踐》，徐亮、陸興華譯，商務印書館 2003 年版，第 3 頁。
〔註 66〕　〔法〕麥茨：《虛構電影及其看者》，轉引自周傳基《電影語言的基礎——幻覺》，http://www.zhouchuanji.com/show.php?blockid=1&articleid=24。
〔註 67〕　〔英〕安吉拉‧默克羅比：《後現代主義與大眾文化》，田曉菲譯，中央編譯出版社 2001 年版，第 82 頁。

者可以隨意自定主體的認同，從而超越了眞實世界的認同模式，建構出多樣、多元、複雜的虛擬身份。

其二、從全球化語境中的群體性觀者形象來說，視覺傳媒技術與多元觀者身份的交織構成了令人眼花繚亂的認同政治。僅從觀者角度來看，其身份、國族、黨派、種族、膚色、性別、年齡、階級等各方面的差異都會影響到觀者的文化認同。在《認同的空間：全球媒介、電子世界景觀與文化邊界》一書中，戴維·莫利和凱文·羅賓斯爲我們勾畫了一幅身份認同與大眾傳媒緊密關係的歐洲地圖：「當原有廣播電視形式（及其受眾）的分解不過是大面積多領域內更大規模分解過程的一部分時，廣播電視在滿足認同感上所能起到的作用——這裡指認同一個象徵性或者說虛假的『祖國』。」「電子媒介實際上正開始以新方式運作，經常設法滿足散居的各民族或其他社會群體的需求，這時候，滿足各種——尋求社會群體感、傳統感、身份感和歸屬感的——『懷舊情愫』的重擔就日益落到電子媒介的身上。」〔註68〕在這種全球媒介的時代，歐洲一體化面臨著兩個方面的認同危機：「在歐洲，民族主義『想像出的諸群體』是越來截止令人困惑。一方面，爲了痛苦地捍衛國家和民族性，人們正在曠日持久地進行一場殘酷卻又無望取勝的戰鬥，而另一方面，顯然20世紀後期社會空間的變革要求新的定位和新型親密關係。對這些新情況最明顯的反應當然便是試圖建立歐洲共同體的努力：建立『一個共同市場』、一個『居住者的歐洲』、一個『文化的歐洲』。」「在此過程中，營造新型聯結紐帶有廣闊的範圍和可能性：新的社會群體觀；新的民族情感與效忠之心；新的認同與主觀意識。問題是人們心目中將出現什麼樣的『歐洲』。」〔註69〕

這兩種不同層面的問題完全可以統一到一個個人或者一個群體的觀看行爲之中，特別是作爲第三世界民族國家的個人來說，這種身份認同的焦慮感其實更爲強烈。趙川是當代中國的一位攝影師，他遊歷了歐洲進行攝影，並舉辦了攝影展。他的此舉有著明顯地以個人的「我看西方」的姿態擺脫群體的「東方中國被西方所看」的困境的努力。正如他自己所說的，「將一組中國攝影者拍攝外面世界，尤其是西方的作品集中展示，影像之外，似乎隱藏了

〔註68〕〔英〕戴維·莫利、凱文·羅賓斯：《認同的空間：全球媒介、電子世界景觀與文化邊界》，司豔譯，南京大學出版社2001年版，第5、6頁。

〔註69〕〔英〕戴維·莫利、凱文·羅賓斯：《認同的空間：全球媒介、電子世界景觀與文化邊界》，司豔譯，南京大學出版社2001年版，第53～54、6頁。

重整「看」和「被看」權力關係的願望。」在他看來，「攝影這門看的藝術和技術透露出在圖像之外，暗含的對眼前世景的解釋權力。在中國，這不僅是關於攝影術的記憶烙印，今天這門技藝挾帶的，更是來自西方資本主義市場和文化的巨大能量，它們仍然明白無誤地製造著解釋周圍世界的權威和權威的解釋模式。」「一百多年來中國在審美上逐漸從自己的傳統中剝離，雖有用以自圓其說的歷史辯解，但造成的迷失和創傷是巨大的。要改變以往看和被看的權力關係，我們缺乏來自強大文明做後盾的美學自覺。我以為，在中國攝影家的鏡頭對向西方這麼一個話題裏，重新尋找中國文化的精神源泉，這才是在身份問題觸動下，從權力和意識形態中走出，建設新攝影美學的美好空想。說起來遠，其實又是眼前的事：西方的看和我們的看，該是不同的。」〔註70〕另一個例子來自於一次集體行動。2003 年中國美術學院實施了一次「地之緣」亞洲當代藝術考察計劃。其宗旨就在於展示亞洲各區域當代藝術的差異，尋求亞洲藝術自身的親和性與創造力，以求重新構造非西方式的亞洲文化共同體的自我表述機能。很明顯，這一活動的核心理念正是對「亞洲性」的文化身份的認同和確定。因為「對於亞洲藝術家說來，對『亞洲性』的認同往往是與一定的國際經驗聯繫在一起的，依託於那種在當代藝術領域已經聲名狼藉的、偽代議制的國際展覽政治。……亞洲概念的這種飛翔的特質來自我們對它的反覆想像。對於亞洲人來說，亞洲並不是一個當然的、既有的本體，更加不是一個可經驗的外在客體；關於亞洲的論述只能夠在其機能性的層面上支持著『亞洲主體』的自我建構和想像，因此，作為一次關於亞洲主體性的旅行中的表述，『地之緣』所面對的是一個『根』與『翼』的結合體，它既不是關於起源的，也不是關於某種本質的，它是機緣性的和辯護性的，並且樂於在綿延不斷的機緣和辯護中延展自身。」〔註71〕

三、自由觀看：抵抗的政治學

　　情境本身就意味著一種限制，意味著一種不自由的狀態。因此，從嚴格的意義上講，所謂情境主義的觀看就是對一種受各種客觀現實影響的不自由的觀看方式、觀看行為的研究。如果說觀看的目的是指向表徵意指實踐的最後實現的話，那麼，情境主義觀看觀就認為，表徵的意指實踐在觀者那裡是

〔註70〕趙川：《權力、身份和我的攝影空想》，《中國攝影》2004 年 9 期。
〔註71〕《地之緣：亞洲的根與翼》，http://anni.caa.edu.cn/earth/20031117/30.htm。

不可能徹底實現的。對此,接受美學和闡釋學的研究已經向我們證實了這一點。因此,當我們在對特定情境中觀者通過觀看而生產出意義和快感的行為及效果進行分析的時候,我們所提出的問題正是各種情境因素是如何影響觀者的意義與快感的生產的。當然,這種限制和影響不完全都是消極的:當電影院營造一種黑洞洞的情境的時候,我們的注意力事實上更加集中到了銀幕上的圖像流之中;當電視機為我們配備了遙控器的時候,我們更換頻道的頻率事實上是大幅提高了;當網絡的速度不斷的提升、內容不斷地豐富的時候,我們事實上也獲得了比原來更為便捷的溝通與聯絡的通道。

但是,這種對觀看行為有效促進的情境設置並不能改變「情境就是一種限制」的性質——這種積極的促進或者消極的干擾只能表明這種情境限制是多了還是少了,是刻意引人關注了還是有意讓人忽略了。有時,這種情境的限制甚至不是外在於我們的觀看行為的。當好萊塢類型片的模式被我們充分熟悉和瞭解了之後,我們很容易地以某種公式化的方式對影片情節的發展、人物性格的變化做出預見。而一旦這個謎底過早地被觀者猜中的話,就會大大影響到觀者對影片的觀看情緒。

在所有觀看情境中,最厲害的一招應該是對觀者觀看權的剝奪。這裡最為典型的就是以電影分級制為代表的各種相關法規。如早在 1968 年,美國電影協會就提議分級制度並獲了通過,他們將電影分為五級(G、PG、PG-13、R 和 NC-17。其中,G 是所有人都可以觀看的「普通級」;PG 是有一些內容不適合孩子,必須由家長決定孩子能否可以觀看的「警告級」;PG-13 是指 13 歲以上青少年需輔導觀看,13 歲以下孩子不適合觀看的「限制級」;R 是 17 歲以下青少年需父母陪伴觀看的「限制級」;NC-17 則是 17 歲以下青少年禁止觀看的,那就是「少兒不宜」了)。雖然中國尚無具體的分級制法規出臺,但由於中國電影審查制度相當的嚴格,早在准予播放之前就已經將一切不適宜的鏡頭大都刪乾淨了——從這個意義上說,中國的電影放映體制最具有限制性——以「少兒不宜」一條標準就「一刀切」了。

不過,如果以此便得出中國的電影審查機制一定要嚴於美國的話,這話還說得過早。以前不久在中國熱映的周星馳的《工夫》為例,2004 年在中國暢通無阻,從而創造了 1.6 億元的票房奇蹟。但在美國上映時,《工夫》卻因片中有暴力成分,美國電檢處認為動作場面太過逼真,有宣傳暴力之嫌,從而被列為「限制級」,未滿 18 歲的觀眾不可單獨觀看。而 2005 年的《星球大

戰》終結篇《星戰前傳3：西斯的復仇》在即將公映之時，導演盧卡斯也認為，盧卡斯說，《星戰前傳 3：西斯的復仇》是他拍的星戰系列當中最暴力的一部影片，因此極有可能會得到更高的限制評級。他說：「我想5到6歲的小孩子將不能看這部電影。我想可能13歲以下的兒童都不宜看，所以這將是星戰系列當中受到限制評級最高的一部電影。」〔註72〕

對於觀看權力的限制除了以保護青少年為目的的分級制之外，出於對著作權的尊重、經濟利益或者技術上的考慮的網絡觀看限制也相當的普遍。如有的網站要求採用用戶名與密碼登陸才能觀看；有的網站由於視頻源提供方為限制觀看人數而採取了加密的方法；還有的網站明確要求用手機註冊，每觀看一部影片或下載一篇文檔都要扣除相應的「點數」或收取若干鈔票等。

但正如毛澤東所說的，「哪裏有壓迫，哪裏就有反抗」。對於觀看情境限制的反抗從來沒有中斷過。對於自由觀看的追求成為觀者所努力的目標，對於情境的超越和克服，一直伴隨著觀者的觀看行為。因此，從某種意義上說，「自由觀看」本身就是一種對情境限制進行抵抗的政治。

抵抗策略 1：「另眼相眼」。自由觀看意味著觀者能夠自由選擇觀看的方式、觀看的角度，意味著對種種既定的觀看的成規發起挑戰——「另眼相看」。

現代主義以來的藝術發展實際上就是一種對「另眼相看」的執著的追求。雖然這種追求的方式是以詩學的方式呈現出來的，但其意義卻顯示了對於自由觀看的嚮往。在印象主義繪畫從自然主義向主觀主義突變的過程中，對物體色彩瞬間變化的捕捉成為他們為自己所確立的任務，他們觀察水的反光與折射，注視霧靄的光柱與氛圍，他們對光的迷戀導致了對物的犧牲；經過高更、凡‧高、塞尚的啟發，納比派畫家更自由地使用了色彩、線條以及由色彩和線條所構成的抽象形式；而柏格曼則力圖通過現實使不可視的東西成為可視，從而反映出隱藏在所謂現實後面的思想，等等，更不用說此後的所謂立體主義、未來主義、達達主義、超現實主義、抽象表現主義、波普藝術、光效應藝術、極少主義、觀念藝術等等諸如藝術流派了，他們所致力於的正是不斷為人類提供「另眼相看」的可能性。

在電影藝術發展史上，好萊塢電影在達到了其相當的高度的同時也形成了一系列「好萊塢式電影」的成規，以法國電影代表的歐洲電影所展開的正

〔註72〕《〈星戰前傳3〉將更暴力 13歲以下兒童限制觀看》，http://cn.ent.yahoo.com/050314/346/26ji6.html。

是對美國「好萊塢模式」的反抗。「法國電影的中心問題是關注電影的方法。
所以對他們來說，電影表述什麼主題始終不是很重要，重要的是如何講述這
一個主題，如何導演，如何組織，來形成影片和觀眾之間的關係，導演如何
形成這種關係。」〔註 73〕在拍攝技巧上，他們「也有其他一些故意向觀眾炫
耀製作手段的做法。那些不斷革新的攝影技巧包括移動攝影機、突然地將鏡
頭從一個目標搖到另一個目標，或是有意識地對畫面之間的切換不做任何修
飾，以及其他誇張的拍攝手法。」〔註 74〕而這些正是對『好萊塢模式』的破
壞和顛覆。

　　抵抗策略 2：「追求免費」。在觀看的情境限制之中，出於經濟利益角度考
慮而設置的限制是非常之多的。電影的票價、有線電視、數字電視的收費觀
看、正版影碟價格居高不下、網絡寬頻得付費才能觀看等等，都是對觀者的
經濟限制。而盡可能降低觀看的成本，對「免費觀看」的追求成為自由觀看
的經濟抵抗。對於觀者來說，如果沒有足夠的選擇機會，所謂觀看的經濟學
問題便不會得到突顯。比如說一項舉世無雙的藝術珍品被收藏在某藝術博物
館裏，只要是觀者真想一些睹其真容，那麼多貴的門票他也願意掏；而如果
他對其並不在意，他隨便在哪個報攤買張介紹它的文字或圖片也同樣達到了
觀看的目的。在電影還沒有製成影碟，沒有獲准在電視臺播放時，去電影院
幾乎成了觀眾惟一的選擇。看還是不看，倒是一件非常簡單的事情。但現在
的問題是，人們獲得了更多的選擇的可能性。以觀影方式為例，在短短的十
餘年時間裏，我們已經經歷了「影院—錄像廳—碟機—電腦網絡—手機」方
式的轉變，在這一過程中，我們會發現我們的觀影方式出現了影片質感逐次
遞減而觀看成本也逐次遞減的同步發展，似乎每一項新的觀影方式的改變都
意味著我們以更低的成本看到了更劣質的影片。不過，在這一過程中，我們
還會發現另一個更值得玩味的現象：從電影院來說，我們經歷了從露天電影
院到高科技影廳的發展歷程；錄像廳也由最早的電視錄像廳被鐳射錄像廳所
取代；影碟機的變化也相當驚人，從 VCD 到 DVD 再到 EVD，對於影片的複
製也越來越精美；網絡上就更明顯了，從最早的以解碼爛片著名的「超級解

〔註73〕〔法〕讓——米歇爾·傅東：《法國〈電影手冊〉主編答問錄》，徐楓編譯，《電
　　　影藝術》2004 年第 1 期。
〔註74〕〔英〕彼得·沃德：《電影電視畫面》，范鍾離、黃志敏譯，華夏出版社 2004
　　　年版，第 1 頁。

霸」到現在畫質精美功能日益完善的 REALONE，我們似乎同時也在追求一條低成本高品質效果的途徑。只不過，每一次向高品質技術的提升都是沿著低成本的路徑發展的螺旋式階段。這裡面還有一個盜版問題，也同樣呈現出高品質低成本的盜版路線圖。

我們從目前正在宣傳的數字電視、網絡電視之類的收費項目遭到冷遇也可看到這一點。有報導稱，「所謂信息網絡視聽內容集成運營牌照，其實就是網絡電視（IPTV）牌照。超越傳統電信運營範圍和傳統廣電運營範疇的 IPTV 發端於 1999 年的英國，全球 IPTV 用戶去年底已超過 100 萬戶。此番電信運營商和廣電「嫡系」的牌照之爭，結局早在意料之中。曾經對 IPTV 豪情萬丈的電信運營商，基本失去了話語權。而對喜事上門的廣電系統而言，『通過互聯網隨時觀看想要觀看的電視節目』雖然看起來很美，但如果無法克服內容缺失的壁壘，老百姓還是會用腳投票，舉步維艱的數字電視就是前車之鑒。」〔註75〕

其實，從嚴格意義上講，「天下沒有免費的午餐」，只要我們的觀看行為依賴於現代傳媒技術，依賴於對於機械複製技術和數字技術的表徵體系運作，不付任何代價的觀看幾乎是不可能的事情；而「追求免費」的努力也勢必與商品經濟、消費主義的文化邏輯相悖，必然為這個社會所不容。雖然目前觀眾仍然對「收費」看電視心存牴觸，但是只要在節目內容上不斷豐富，在收費金額上不斷下降，相信這種習慣逐漸會被養成的。畢竟，數字電視的出現能夠徹底改變觀眾目前在電視面前的被動地位，通過「點播」、「跳躍」、「即時」等收看方式的獲得觀眾在觀看自由度上將獲得極大的提高。也就是說，對於身處商品社會和信息社會的觀眾來說，雖然存在著信息社會不斷為觀眾提供「自由觀看」的技術條件，但是商品社會的經濟邏輯卻無孔不入，千方百計地為這種自由設置各種障礙：「要自由觀看，付鈔票先！」

與電視相比，網絡所擁有的經濟自由空間顯得更大一些。除了花費上網費用之外，有眾多好事之徒將大量的影視節目、圖片書籍上傳到了網上，通過 BT 種子供人下載。在不少 BT 網站上，我們都可以看到類似的話語「本作品僅供個人影視製作學習，交流之用，版權歸原電影公司所有，任何組織和個人不得公開傳播或用於任何商業盈利用途，否則一切後果由該組織或個人

〔註75〕王青松：《運營商失去 IPTV 話語權　牌照易得壁壘難破》，http://tech.sina.com.cn/t/2005-05-09/0708601413.shtml。

承擔！本站和製作者不承擔任何法律及連帶責任！請自覺於下載後 24 小時內刪除，如果喜歡本片，請支持購買正版。」的字樣。很顯然，這種以非盈利為目的的上傳與下載正是看準了目前著作權法中相關條款中的漏洞而實現的一種既能免費觀看（僅付上網費，許多人都是利用辦公室的局域網或者校園網進行上傳和下載的，相當於免費）又不負法律責任的打擦邊球的做法。而對於網絡中不少提供觀看或下載的網站（如一些以盈利為目的的寬頻影視網站或一些色情網站）需要通過用戶名註冊支付一定費用的限制，有人還研究出了如何突破這些限制自由下載影視節目的方法〔註 76〕。從中也可以看出「追求免費」的強大動力。

抵抗策略 3：觀看維權。觀看權包括兩種情況：一種是觀看的權力；一種是不被觀看的權力。對「自由觀看」的追求就意味著對觀看權力的擁有，而對觀看權力的剝奪則意味著觀看自由的限制。如前所述，從觀看的技術支持手段來看，觀者觀看的權力是越來越大了，「伴隨電視出現的遙控器，不但改變了我們的觀看習慣、改變了電視節目安排，而且在一個更大的範疇上重新定義了我們對把握技術主動權的願望。遙控器被世界普遍接受的事實，也標誌了一個技術個人化時代的開始。」〔註 77〕但是，對觀看內容和方式的限制也在同步加強，如通過收費的方式的限制，設置密碼的限制，電影分級制等普遍存在於我們的觀看現實情境之中。

值得注意的是，普通觀眾對觀看權的關注其實並沒有更多的認識，或者說直到目前為止，儘管觀眾在觀看過程中受到了各種各樣的限制，但是絕大多數觀眾都還停留在對各種觀看限制的被動遵守（「要收費我也沒辦法」）和簡單拒絕（「我不看還不行嗎？」）上，觀眾並沒有將之上升到「觀看維權」的層面上來考慮問題。而極為少見的對於觀看權力的維護「事件」（其實僅僅是幾篇網上的貼子，還沒有轉化為具體的維權行動）所針對的現象還僅僅停留在對廣告插播這類問題和對政府的信息過濾措施提出的異議上。〔註 78〕

〔註 76〕參閱《網上電影，想下就下……》http://www.phpv.net/article.php/322。

〔註 77〕黃繼新：《生活於技術個人化時代：控制，還是被控制》，《經濟觀察報》2005 年 1 月 24 日。

〔註 78〕如這樣一篇貼子：「然而，自去年年初以來，看電視也有了很大的限制，特別是看新聞、時事節目。比如，有時候，你正看著電視新聞或專題節目，突然，就有廣告或是一幅風景畫插入節目之中，新聞或專題節目就當即被中斷了。當時，不知是為什麼？以為是有線電視公司出差錯。經多次向有線電視公司反映，始終沒有得到什麼正面的答覆。後來，經多方打聽，才略知一二。據

　　與對觀看權力的維護相比，對不被觀看的權力的維護因「肖像權」的法律支持而顯得更爲理直氣壯一些。據我國《民法通則》第一百條規定，「公民享有肖像權，未經本人同意，不得以營利爲目的使用公民的肖像。」可見，構成侵犯公民肖像權的行爲必須有備兩個要件：一是未經本人同意；二是以營利爲目的。常見的侵犯公民肖像權的行爲，主要是未經本人同意、以營利爲目的使用他人肖像做商業廣告、商品裝潢、書刊封面及印刷掛曆等。這類對肖像權的維護經常發生在一些明星身上。如劉翔狀告某知名報紙及其網站經營者、商標持有人及中友百貨有限責任公司未經本人同意而使用其跨欄衝刺鏡頭，索賠 125 萬元。姚明則狀告可口可樂公司侵犯其肖像權、要求賠償精神損害及經濟損失人民幣 1 元。但是，《民法通則》也只強調了未經本人同意，不得以營利爲目的使用其肖像的一面。倘若堅持既有的狹窄解釋，將會得出未經本人同意，不以營利爲目的使用公民的肖像就不構成侵犯公民肖像權的荒唐結論。再比如，爲了妨止偷竊搶劫等刑事案件的發生而在居民小區及公共場所安裝攝相頭已成爲不少城市治安的一項重要措施，但是，這種措施的實施卻令所有公民都被置於受監視的境地，公民「不被觀看」的權利受到了嚴重的侵犯，可是這類問題似乎還沒有引起人們足夠的重視。

說是當地有關部門，爲了不讓所謂敏感新聞，影響當地的社會穩定乃至華南地區的安定團結的大好局面，對香港電視節目實行了過濾和管制。大概情況是這樣。時至今日，仍是如此。這事引起不少當地觀眾的極度反感。其實，所謂的「負面」、「敏感」新聞，無非是香港當地的無聊之徒的示威遊行、反華言論，或者是類似朝鮮人進入外國駐北京使館之類的事情，還有就是香港□□功分子的一些無聊行爲。難道這些也算是「敏感」新聞嗎？況且，有些新聞後來大陸媒體也報導，而且更詳細。況且，據筆者近幾年收看香港電視新聞的感受，香港兩間電視機構的新聞還比較客觀，並無惡意中傷之舉，即便有時轉播一些外國的新聞片斷，也並不值得大驚小怪。因此，筆者對有關當局限制電視新聞和時事節目的做法，一直耿耿於懷，頗爲不滿，現欲一吐爲快。」(窗外藍雨:《是誰剝奪了觀眾看電視的權利》，http://bbs.southcn.com/forum/index3.php?forumname=kexuefazhanguan&job=view&topicid=92060)

第三章　區域、地方與現代性：
都市化進程中的文化衝突

第一節　文化研究視野中的「海派」與「韓流」

　　在 21 世紀初的當代中國文化語境中，「海派」和「韓流」出現的頻率相當高，但是它們所指涉的意義及其相關的話語資源卻有相當大的差異。「海派」與「韓流」均經過了由文化他者的指認到自我文化身份的認同並自覺地進行文化主體形象的建構這樣一個過程，但是「海派」因從一開始就帶有的貶義而給自己的主體性重建帶來了麻煩，而「韓流」作爲一個晚近的產物也很容易令人產生「來也匆匆，去也匆匆」的猶疑。作爲一種符號政治，「海派」意欲借上個世紀二三十年代的老上海風情來恢覆文化優越感的歷史記憶，但在現實生活中，卻遭受到官方意識形態的壓抑；而「韓流」卻借助官方意識形態的支撐成爲韓國的全民族意識，其充分的市場化運作及在技術層面與世界全方位的接軌也有力地保障了它的巨大成功。在全球化的文化交往中，「海派」的「崇洋」與「排外」使得它在與其他地方性文化間的糾葛中損害了自己的文化形象，並阻礙了自身文化影響力的擴展；而「韓流」雖被塑造成在全球化時代、現代化進程中獲得獨立價值與尊嚴的地方性知識，但無論是其民族性還是其現代性的呈現都無法擺脫摹仿和抄襲的懷疑，「韓流」與「漢風」間的關係也絕非表面上的溫情脈脈與相安無事，也許「韓流」正在陷入文化上的全球化陷阱之中而不能自拔。

　　在 20 世紀 90 年代以後，特別是進入到 21 世紀初期的當代中國文化語境中，「海派」和「韓流」出現的頻率相當高，與之相應，圍繞這兩個關鍵詞而進行的一系列話語演繹所呈現出的複雜性也相當驚人。我發現，幾乎所有的文化階層都在不同程度上捲入了這場話語的闡釋與再闡釋進程，「海派」與「韓流」也因此不斷得以強化其文化身份的獨立性並進而生產出更多的文化產品——物質性的商品和精神性的話語——和更多的文化消費行為。只要用 google 或百度輸入「海派」和「韓流」，都會跳出數以萬計的頁面，為我們敘述關於它們的故事。

　　但是我在此關心的問題是，「海派」和「韓流」之所以能夠從紛繁複雜、魚龍混雜的當代文化現象中脫穎而出，應該有其內在的原因。如果以擬人化的方式來把「海派」與「韓流」放到一起進行比較的話，我們會提出這樣一個問題：「海派」與「韓流」的文化身份是如何建構起來的？在這種建構過程中起決定的因素有哪些？它們發揮了哪些作用？裏面還存在哪些問題？

一、命名之惑：身份認同與主體建構

　　把「海派」與「韓流」放在一起來看，似乎兩者的差異太大了。從「命名」時間來看，「海派」就像一名枯木逢春的老者，而「韓流」則似一個乳臭未乾的小孩。

　　正如有專家考證的，「海派」的緣起大概與三個藝術門類有關。一曰「繪畫」，蓋指以趙之謙、任伯年、吳昌碩為代表的融古今土洋為一體的繪畫風格；二曰「戲曲」，來源於以「麒派」為代表的借鑒西洋戲劇形式改造傳統京劇的流派；三曰「文學」，成為「名士才情」與「商業競賣」的結合物。而正因為有了這種出身，就使得「海派」從一開始就在爭議與非議中成長。不用說《清稗類鈔》對「海派」的「海者，泛濫無範圍之謂」式的譏誚，也不用說京城紅伶的「呼外省之劇曰海派」的揶揄，我們僅從沈從文的《論「海派」》中「『投機取巧』，『見風轉舵』……一看情形不對時，即刻自首投降，且指認栽害友人，邀功牟利，也就是所謂海派。因慕渴出名，在作品之外去利用種種方法招搖；或與小刊物互通聲氣，自作有利於己的消息；或每書一出，各處請人批評；或偷掠他人作品，作為自己文章；或借用小報，去製造旁人謠言，傳述攝取不實不信的消息，凡此種種，也就是所謂海派」的描寫中便不難發現，「海派」之「海」在外人眼中甚至包含著某種憤怒與敵意了。「海派」一詞無

論是其緣起還是爭議，都明擺著一個基本的事實：「海派」是一個文化他者基於偏見、貶損的動機而賦予的稱謂，貼上的標籤。因此，「海派」一詞從一開始就帶上了諷刺、調侃、批評的語調。即便是在著名的上個世紀 30 年代的「京海之爭」中，對京派文人與文學大加鞭撻的文人，也沒有對「海派」多說幾句好話，由此可見「海派」確實成了並不是誰都願意輕易認同的文化身份。

正如斯圖爾特·霍爾所說的，「身份是關於使用變化過程中的而不是存在過程中的歷史、語言和文化資源的問題：與其說是『我們是誰』或『我們來自何方』，不如說是我們可能會成為什麼、我們一直以來怎樣表現以及那在我們有可能怎樣表現自己上施加了怎樣的壓力。身份因此被構成在表現的內部，而非外部。」〔註1〕作為「海派」的文化身份認同及其相關的主體建構問題也是這樣。「海派」在相當長的時間裏並沒有作為一種有積極意義的文化身份而被認同過，也正因為如此，到了上個世紀八九十年代，當以上海地方政府為代表的官方意識形態希望能夠以「海派」作為振興上海文化的口號時〔註2〕，所掀攪起的複雜的歷史塵埃足以讓這個良好的願望付之東流。雖然從官方意識形態角度來看，恢復「海派」對上海文化的命名有著某種內在的合理性動機，比如其一，對上個世紀二三十年代上海作為中國最具現代性的文化中心地位的緬懷，這既符合上海自身現代化國際化的城市追求，也滿足了上海意欲繼續領全國風氣之先的願望；其二，對新中國成立後近半個世紀中國文化均質化的悖反，特別是擺脫「計劃經濟樣板」形象的強烈衝動，等等。但是，「海派」身上所背負的「陰氣」似乎過於濃重，以至於在近二十多年的所謂「上海文化建設」中，不斷會出現那種「對老上海的懷舊」、「殖民地心態」的復活以及與海納百川相牴觸的封閉與偏狹之心的膨脹這類現象。別的

〔註1〕 S. Hall, *The question of cultural identity*. D. Held, & T. McGrew (Eds.), London: The Open University, P4.

〔註2〕 正如陳衛平所說的，「『重振雄風』作為上海城市精神的另一內涵，則是回溯歷史上上海雄風最盛的時期。20 世紀 80 年代中後期對於『海派』的討論就反映了這一點。當時上海有位學者指出：『為什麼是在八十年代，為什麼又獨獨在上海本地，才有這種『海派文化』的哄談。這其實在原初本不是個學術問題，而是交織著這個城市裏這一代人的理想、願望，以及看來不甚健康的憤懣、孤獨、自慚自憐和自尊，是心態問題。』（參見 1989 年 10 月 20 日《上海文化藝術報》）追憶「海派」的心態是：一方面對雄風失落感到迷茫和焦慮，一方面想以昨日的輝煌激勵今天的雄風再起。概括地說，80 年代『重振雄風』的上海城市精神是以渴望崛起和緬懷歷史相交織為內涵的。」（陳衛平：《上海城市精神的風雨歷程》，《解放日報》2003 年 7 月 22 日）

例子不用多舉，在對上海文化的重建中，以王安憶爲代表的上海作家自覺不自覺地沉入了對老上海風花雪月的想像之中，給人一種遁世之感；以外灘、新天地、衡山路爲代表的老上海建築在「中西文化交融的結晶」、「中西合璧的文化內涵」的美譽中激發著新老上海人對於金錢財富的夢想，培養著他們尚不自覺的小資情調；而伴隨著計劃經濟時代的「上海名牌」一一地銷聲匿跡的，是在市場濟大潮中上海經濟發展產業定位總是在矛盾中不斷地搖擺。

而「韓流」的到來則是非常晚近的事情。與「海派」一樣，「韓流」的命名也經過了被文化他者指認到自我身份認同並逐漸成爲自覺性的文化追求這樣一個過程。據說，「韓流」最初是從韓國電視連續劇《愛情是什麼》在中國的播放開始出現的。隨著韓國歌手在中國舞臺的出場，「H・O・T」、「NRG」等韓國流行組合歌手的名字在中國傳播開來，逐漸形成了一股韓國流行歌曲、電視劇以及韓國影視明星的「熱潮」。隨後，韓國大眾文化中更多的元素湧入了中國，一時間，玩溜溜球、跳 NRG 健舞、聽 H・O・T、看《戀風戀歌》、崇拜張東健、情迷金喜善、手持三星 2200C，身穿 NLX 牛仔褲的「哈韓一族」在中國的大街小巷中出現。中國的一些時尚媒體便把這一現象稱爲「韓流」，而沒過多久，韓國的媒體也把這一稱謂接了過去，開始大張旗鼓地爲「韓流」推波助瀾。2003 年 7 月，韓國總統盧武鉉訪問中國，他在清華大學發表演講時，也談到中國流行的「韓流」〔註3〕，標誌著「韓流」正式成爲韓國大眾文化進軍中國的「旗幟」。

其實早在此之前，韓國文化觀光部已於 2001 年底發表了《韓國文化產業白皮書》明確提出了韓國文化產業進軍中國的「先佔戰略」，打算先搶灘中國市場，進而以中國和日本爲臺階，打入國際市場。2001 年韓民主黨議員姜求成率「韓流文化企劃團」考察中國文化市場，提出了加強「韓流」的意見，而文化觀光部隨即推出「韓流產業培育方案」，在政策、機構、資金等方面給予支持，並擬定「韓國文化月」首先在中國舉辦，力促「韓流持續化」。不僅

〔註3〕 在盧武鉉的演講中，他把「韓流」作了相當寬泛的解釋，既把作爲文化工業的影視娛樂及其相關產業稱爲「韓流」，也把其他一些中韓文化交往現象填充了進去，顯示了作爲政治家的盧武鉉意欲將「韓流」擴張成「韓國文化」的野心。如他所說的「我聽說在中國也掀起了一股『韓流』，很多人喜歡韓國的歌曲、電影和電視劇。最近，韓國的泡菜也很受歡迎，有機會的話，請大家也品嘗一下泡菜的美味。」而他更希望，藉此「韓流」之風，在中韓文化交往中撒下「希望的種子」，以開創「和平繁榮的東北亞時代」的未來。

如此，「韓流」逐漸向時裝、食品、電器、汽車等大眾消費品拓展，這種以提供經濟合作與交流的平臺爲目標的「韓流」稱爲「新韓流」。

不過，「韓流」在大肆擴張之時並非沒有隱憂，作爲以影視娛樂文化產業爲先導的「韓流」也因其過去追求時尚、流行而令人產生「來也匆匆，去也匆匆」的猶疑。這種猶疑現象我們從中國媒體「韓流還能持續多久」的追問和韓國官員力促「韓流持續化」的舉措就可以明顯感覺出來〔註4〕。

二、符號政治：文化資源與價值取向

從雷蒙·威廉斯的觀念來看，「韓流」與「海派」其實是分屬於不同的文化定義之下的現象。「韓流」更多的是一種「作爲特定的生活方式」的文化現象；而「海派」則屬於一種已被經典化了的「文獻式的」文化和努力構建的「理想的」文化形態。〔註5〕這種差異使得兩者沿著兩種截然不同的道路在發展，在文化資源的選擇和價值取向的預設中顯現出不同的符號政治意義。

對於「海派」來說，借助於文獻式的影像資料、文學文本、歷史文本以及保存相對完好的二三十年代中西混雜的建築，通過文化懷舊的方式點燃殘存在中國老百姓心中對於老上海的美好回憶，從而實現其文化價值和市場價值可以說是「海派」在當代重建中的主要方式。這種努力的堅韌性，我們從「海派」中最爲極端性的個案——「老克勤現象」——便可以看出來。首先，作爲「最後的貴族」，老克勤們成爲在最受壓抑的時代仍然堅守自己對西方文

〔註4〕「『韓流』盛行，從一個側面反映出中國內青青流行文化的匱乏；但從長遠來看，也沒必要喊『狼來了』。因爲『韓流』畢竟不是一道套餐，而只是一道『快餐』，只能造成短期刺激而無法取得長遠的市場人氣。此外，韓國流行音樂文化也是發球半舶來文化，脫胎於歐美和日本的流行音樂，雖然同是東方民族，在理解上可能有相通之處，但是年輕人的興趣很容易改變，如果無新無變，則等於自取滅亡。」（張利：《「韓流」：潮起又潮落》，《視野》2001年3期）

〔註5〕在雷蒙·威廉斯看來，「文化一般有三種定義。首先是『理想的』文化定義，根據這個定義，就某些絕對或普遍性價值而言，文化是人類完善的一種狀態或過程。……其次是『文獻式』文化定義，根據這個定義，文化是知性和想像作品的整體，這些作品以不同的方式詳細地記錄了人類的思想和經驗。……最後，是文化的『社會』定義，根據這個定義，文化是一種特殊生活方式的描述，這種描述不僅表現藝術和學問中的某些價值和意義，而且也表現制度和日常行爲中的某些意義和價值。」（〔英〕雷蒙·威廉斯：《文化分析》，羅鋼、劉象愚主編《文化研究讀本》，中國社會科學出版社2000年版，第125頁。）

化崇拜的文化信念的代表〔註6〕，也正因爲這種異乎尋常的堅持，爲進入改革開放之後「老上海記憶」的復活留下了活體標本。其次，老克勤們爲上海文化的小資化起到了催化劑的作用。雖然不能說上海的年輕人是出於對老克勤生活方式的嚮往而小資化的，但老克勤的確在一定程度上爲他們起到了某種榜樣作用，令年輕人覺得，他們所向往的生活方式在二三十年代的上海就曾經有過，而且與西方現代文明又離得如此之近，以至於就在身邊伸手可及〔註7〕。也正是在這個意義上，我們可以說，上海小資就是老克勤的接班人。由此，第三，老克勤們的文化記憶便在潛移默化中滲透到「海派」的骨子裏，甚至成爲「海派文化」的典型特徵。正如吳福輝所言，「海派一開始就認識到在上海的文化錯位中自己佔了有利的位置。它發生的時候所具有的眼光是『白領』的眼光（對普通下層市民只抱同情）。它所認同的洋場社會生活方式，滬西高級生活區的情調、專演派拉蒙和米高梅片的電影院、跑馬廳、跑狗場、博覽會的氣氛，開放的社交、娛樂、商業、教育活動，人和人在金錢關係中尋求新的調整方式，逐漸成了『上海』的標誌。就像過去的上海典型標誌物是『城隍廟』，如今成了『先施公司』的尖頂。上海成了『移植文化』爲主導、而中國固有文化要在融入『移植文化』之後才能立定腳跟的一個都市。」〔註8〕這無疑對「海派文化」在當代的重建具有深遠的影響：在一定意義上，所謂海派文化的復興便是老克勤們所堅守的文化信念的復活，便是小資情調的泛濫，便是在殖民地半殖民地狀態中形成的上海文化性格的重現。用耕夫的話說，「海派文化本來就不是理想化的所謂高雅、純正的文化，而是曾經帶有

〔註6〕 正如朱大可所描述的，「走路筆直、穿花格子的襯衫、衣服一定要送到洗染店去洗、褲子上的兩條熨線是一定要有的、皮鞋一絲不苟擦得非常亮。他們再窮，也會保持一種紳士的風度和生活狀態，在想像的空間裏，消費西方文化。不僅這些，他們還狂熱地熱愛西方的爵士樂。西方古典音樂當中比較通俗的部分，西方音樂當中有一些非常有思想的東西，他們不聽。說話喜歡帶一點英文，是一些洋涇浜英文。老克勤狂熱地收集爵士樂的老唱片，到後來不單是聽這些唱片，收集到放在那裡就是一種巨大的滿足，聽到爵士樂就渾身顫抖，這就是非常有代表性的一個族群。」（轉引自高育文：《「老克勤」的最後據點》，《北京青年報》2004 年 12 月 1 日。）

〔註7〕 「上海寶貝」曾羨慕地描述「寶慶路 3 號」近 5000 平方米的院落：「兩幢獨立的洋房，一個大得令人滿心嚮往的花園……奢侈得像『最後的貴族』。」（轉引自溫衛軍：《上海小資：老克勤的接棒人》，《華夏人文地理》2003 年 9 期。）

〔註8〕 吳福輝：《海派的文化位置及與中國現代通俗文學之關係》，《蘇州科技學院學報》2003 年 1 期。

某些消極因素如崇洋意識、市儈心理、奢浮風氣的上海地域文化。這才是客觀現實的海派文化。我的不盡確切的看法是：海派文化不是單一的純淨的線型存在，而是複雜的矛盾的聯合結構。」〔註9〕如果以此爲上海文化建設的方向，能不謬乎？

　　也許正是因爲「海派」的這種負面文化特徵過於鮮明，所以導致了「海派」一直與這些年來上海的文化建設存在諸多隔閡。近年來，上海市委市政府在上海文化建設中提得更多的是「上海城市精神」以及「做可愛的上海人」之類的口號。如上海市委書記陳良宇所界定的「海納百川、服務全國、追求卓越」的上海城市精神，以及由此延伸的諸如「引領時代，敢爲人先，崇尙科學，關愛人文，恪盡職守……」等等精神的補充等等，都沒有直接從「海派」中汲取或剝離出一些因素作爲上海城市精神的內涵，除了「海納百川」可以引發人們對「上海」的字面意義的聯想之外，其他的多爲具有社會主義精神文明特質的現代性話語，由此可見「海派」在官方意識形態中的尷尬境遇。儘管我們不斷有學者力圖塡平兩者間的鴻溝〔註10〕，東方衛視也以「現代的、國際的、青春的、海派的」作爲風格定位，但眞正的影響力卻相當有限。相反，「海派」中的負面因素卻被有意識地提了出來，成爲「上海城市精神」中亟待克服的障礙〔註11〕，而這不能不說是「海派」在當代所遭遇到的

〔註9〕　耕夫：《海派文化面面觀》，《檢察風雲》2003 年 6 期。

〔註10〕　如 2003 年 7 月由上海大學海派文化研究中心、中共松江區委宣傳部、上海市對外文化交流協會、上海電臺戲文頻率聯合舉辦的「塑造上海城市精神，融匯海派人文精神——第二屆海派文化學術研討會」，提出海派人文精神是城市精神的重要組成部分的主張，2004 年 12 月，由同濟大學宣傳部主辦的「海派文化與上海城市精神」研討會也力圖加強海派文化對上海城市精神塑造的作用。

〔註11〕　陳衛平在《上海：城市精神　海派文化　人格形象》（《探索與爭鳴》2003 年 7 期）中一方面希望從「海派」中發掘上海城市精神可資借鑒的優秀傳統，另一方面又不得不時時告誡我們警惕「海派文化」中負面因素的塵渣泛起，這種心態可見一斑。如他所說的，「我們今天在培育 21 世紀的上海精神，必須養育與之相應的上海文化。這並非是重溫昔日『海派文化』的舊夢，但接續『海派文化』的傳統之根卻是題中之義。」而要「接續『海派文化』的傳統，決不能只是翻拍上海的『老照片』，即對『海派文化』的方方面面　作零碎細瑣的現象描述」，「眞正的接續，就是要深入分析『海派文化』的文化元素及其生成機制，並在這基礎上有所超越，從而爲養育 21 世紀的上海文化提供營養。」那麼，如何從根上接續呢？在他看來，如市民性問題，「市民性元素的兩重性，對於養育 21 世紀的上海文化的啓示：既要在市場機制中造就大衆文化的產業品牌和職業文化人，又要警惕『海派』市民文化惡性一面的泛

又一大「挫折」。

在這種以官方意識形態爲代表的政治文化的壓力下，「海派」被迫作出自己的調整。其中最重要的就是以官方意識形態的方式重新界定自己，爲自己尋找一個新的文化身份，塑造一種新的文化形象。在這種意識之下，以泛化「海派」以至於取消「海派」來談論「海派」便可以被我們理解了〔註12〕。而這種有意識地與主流意識形態拉近距離，而最終被消解到均質化的「主旋律」之中後，反而弄得自己「面目不清」了。

當然，「海派」給人的文化想像並非純粹「向後看」或「消極的」，上海文化中的某些好的因素也得到了加強，並成爲市場經濟條件下的企業文化精神和城市形象特徵〔註13〕。但是作爲一種符號政治，「海派」意欲借二三十年代的老上海風情來恢覆文化優越感的歷史記憶，但在現實生活中，卻遭受到官方意識形態的壓抑卻是不爭的事實。儘管「海派」希望借助官方話語實現「海派」的文化復興，但是其明顯的文化懷舊和文化守成的特點在一定程度上妨礙了這一進程。

起。」再如現代性問題，「總是做開風氣的先鋒往往也容易產生一味趕時髦而流於淺嘗輒止和多變無常的弊端」。再如左翼性，一方面「它的社會批判精神仍是 21 世紀上海文化需要養育的。因爲上海文化缺失這種精神已經很久了」，但另一方面，「必須警惕裹挾在『海派文化』裏的極左沉渣再度泛起」。等等。

〔註12〕如「泛化派」觀點：「李天綱環視著自己的書房，他已經不願意談論海派了。但他給出了一個可以囊括 160 年歷史的結論：一個城市在調整發展的時期，許多批評的眼光都會投射過去。它在經濟發展爆發的階段，文化上就比較浮誇，必然海派一些。北京現在也很海派，北京大學比復旦大學還要海派一些。現在上海的樣子，是『海派』又來了。」（錢宗灝等：《160years 海派印痕》，《華夏人文地理》2003 年 5 期）再如「取消派」：「我是上海人，但不是太喜歡『海派』。」「我一直也說『海派』不是一個派，『海派』的『海』是五湖四海的海，不是上海的海。上海本地的畫家地區性也很強，但畫得好的少。後來各個地區的畫家都來上海競技，地區性就打破了，所以海派應該說是一個時代有某種共同特點的藝術海派。」（惠藍：《海派無派——程十發訪談》，《美術家》2003 年 2 期）

〔註13〕如舊上海在買辦和企業家階層形成的冒險創新的進取性人格和在職員階層培養起來的敬業、勤逸、謹慎、精明的求穩型人格賦予了當代上海人文化性格的雙重性影響。「與粗獷、灑脫、不拘小節的北京國美不同，發跡上海的永樂沿襲的完全是海派文化的路數——講究細節服務、待人溫和而精緻，相比價格，更看重自身的整體戰略布局。然而正是這些看似有些溫吞的招數，造就了永樂令人讚歎的『速度神話』。」（李曉蕾：《「海派」永樂演繹速度神話》，《互聯網週刊》2004 年 9 月 6 日）等等。

　　而「韓流」不同，它並沒有多少像「海派」那樣引以爲榮的歷史記憶，甚至在上個世紀 90 年代的「新儒學熱」中，人們對以韓國爲代表的亞洲四小龍的關注也並未延伸到大眾的層面，僅僅停留於學術的探討，更不用說隨之而來的亞洲金融風暴很快就將這場討論給吹散了。當我們在清理「韓流」進入史的時候，往往會追尋到 1993 年中國首次引進並播放韓劇《嫉妒》和 1997 年韓劇《愛情是什麼》在央視的熱播。但如果要眞正從韓國內部找原因，應該是亞洲金融風暴之後，韓國政府提出的「文化立國」的口號以及一系列政府行爲使然。1998 年，韓國正式提出「文化立國」的戰略口號，並將文化產業作爲 21 世紀發展國家經濟的戰略性支柱產業積極培育。比如，實施發展文化產業的國家戰略，加強文化產業立法，理順文化管理機制，依託強有力的社會支持，使國家扶持政策整體實效得到最大限度的發揮；從中央到地方，設立「文化產業振興院」和「文化產業振興局」，落實各項政策措施，全面推進文化內容產業的發展；設立多種文化產業投資組合，建立多層次資金扶持體系，有目的有重點地實施資金支持，在經費上確保文化產業的發展；政府對影視、網絡遊戲等文化產品的輸出提供了大量的支持，等等。再加上韓國民眾與之的積極配合與介入，如最典型的 1999 年的「光頭運動」，使得韓國文化產業在短短幾年時間內實現了跨越式發展。

　　也就是說，「韓流」正是借助了官方意識形態的支撐而成爲韓國的全民族意識，而其充分的市場化運作及在技術層面與世界全方位的接軌也有力地保障了它的巨大成功。對於韓國來說，借助於現代傳媒及大眾文化形式向東亞乃至全球傳播一種被命名爲「韓流」的生活方式成爲其最根本的文化策略，也正因爲如此，過分市場化的、商業氣息濃厚的大眾文化成爲韓國的首選——這也正是「韓流」之所以產生的文化邏輯所在。

　　但是這裡也並非沒有問題：僅靠大眾文化及其相關文化產業能夠實現韓國「文化大國」的夢想嗎？抑或「文化大國」僅僅是韓國尋求經濟與社會發展而採取的一種經濟策略？這就必須得讓我們進一步去在全球化背景中探討「文化大國」形象的樹立問題，在多元文化衝突中探討主體文化身份建構與文化他者對之的身份認同或識別問題。

三、文化衝突：全球化陷阱與地方性矛盾

　　儘管「全球化」至今仍然是一個令人可疑的詞彙，特別是在它前面加上

「文化」的限定詞之後所引發的爭議可能更大,但是如果我們在相當寬泛的意義上來使用這個詞的話,「全球化」實際上把我們的關注視角從自我引向了與他者間的關係。正如我在前面所談到的,無論是「海派」還是「韓流」,在其文化身份認同與建構中都經歷過一個最初由文化他者指認命名的階段一樣,在其文化形象塑造和被最終確認的過程中,仍然離不開文化他者的介入。從這個意義上講,無論是「海派」還是「上海城市精神」都不可能是自說自話的產物,而「韓國文化」如果只是停留在上個世紀九十年代末 screen quota(屏幕配額制)式的文化保護主義和光頭運動式的文化民族主義層次的話,也同樣不可能有現在如此火爆的「韓流」的流行。

與之相關的是「地方性」問題,在後現代主義的文化邏輯中,「地方性知識」被認爲是用以對抗「全球化邏輯」的一種工具和武器。但這裡的「地方性知識」並非我們以前所理解中的「地域文化」式的任何特定的、具有地方特徵的知識,而是一種新型的知識形態或者看待問題的方式,它涉及到在知識的生成與辯護中所形成的特定的情境,包括由特定的歷史條件所形成的文化與亞文化群體的價值觀,由特定的利益關係所決定的立場和視域等。正如吉爾茲所強調的,「地方性知識」關注的是「文化持有者的內部視界」問題,即人類學對「族內人」(insider)和「外來者」(outsider)如何分別看待他們的思維和解釋立場及話語表達的問題。它提醒我們,任何「地方性知識」(如我們現在所討論的「文化身份」問題)的獲得和建立都不是一廂情願自我認定的結果,而是「族內人」(文化自我)與「外來人」(文化他者)雙重視野融合的產物。因此,「全球化」與「地方性」其實是一個問題的兩個方面,文化上的全球化陷阱與地方性矛盾可以說是「海派」和「韓流」共同遭遇的問題,只不過,兩者所面對的具體問題有所差別而已。

對於「海派」來說,它似乎從一開始就以「海納百川」的姿態自居〔註14〕,似乎對域外現代文明和中國傳統文明都具有開放的心態,但這其實只是口號式的表態罷了。眾所周知,「海派」文化在對文化他者的態度裏存在著非常明確的區分:「崇洋」與「排外」。也就是說,即使在今天,「海派」對西方文明的傾慕和對中國其他地域文化的輕視仍是同時存在的。對於前者,老上海的「海派」裏提供了相當豐富的文化記憶和現實可觀的文物遺蹟——曾一度引

〔註14〕在許多對於上海文化、海派文化、上海城市精神的宣傳口號中,「海納百川,勇於創新的海派文化」似乎成爲約定俗成不証自明的特點。

起關注的「外灘申遺事件」把這種潛意識展露得相當充分；而不管是官方意識形態還是作爲市場經濟的主體（企業與商業），甚至就是上海市市民的個體，這種「崇洋」往往會以「走向世界」、「國際化」這類正面形象得到合法化的膨脹。而「排外」則一直是中國其他地域文化批評「海派」的重要方面。正如張賢亮一語道破的，「上海的排外性不是排西方，而恰恰是本土。」〔註15〕這種「排外性」絕不僅僅指的是所謂上海人動不動就講「上海話」，瞧不起外地人之類的生活細節，更重要的是在上海文化心理裏，就是對上海比中國其他地方更「國際化」、更「新潮時尙」的文化優越感，這也使得「排外」得以披上了合法化的外衣。

在此特別需要強調的是，「崇洋」和「排外」兩者之間具有極強的相關性。一方面，如前所述，「崇洋」所產生的文化優越感成了「海派」「排外」的重要條件；但另一方面，「排外」卻在一定程度上限制了「海派」的「洋化」（國際化）。正如一位北京的文化學者所說的，「上海不排外國，但排外地，上海人骨子裏有大國沙文主義，如在語言上，上海話形成了一種語言環境」。「如果上海都講普通話的話，上海在走向國際化城市的道路上會提早10年。」〔註16〕因此，「崇洋」與「排外」令「海派」不自覺地成爲當代中國文化中的「另類」──說得厲害一點就是「排中國性」──在全球化的文化交往（這不僅僅是所謂中西文化交往，同時也包括了中國地方性文化內部的交往）中，「海派」的「崇洋」與「排外」使得它在與其他地方性文化間的糾葛中損害了自己的文化形象，並阻礙了自身文化影響力的擴展。

畢竟，「海派」的生長土壤是在當代中國，文化態度的輕蔑只能帶來文化他者對上海文化的敵意〔註17〕。也正因爲如此，在近年「上海城市精神」討論中，上海努力在營造一種與中國其他地方之間和作共榮的文化形象。特別是在中共中央總書記、國家主席胡錦濤於2004年7月在上海考察工作時提出希望上海把未來的發展放在全國發展的大局中來思考的指示之後，「融入全

〔註15〕 轉引自侯虹斌：《上海不是榜樣》，《新週刊》149期。
〔註16〕 轉引自張志勇、李愛明、楊聯民：《長三角觀察報告：我們需要什麼樣的上海？》，《中國工商時報》2003年10月22日。
〔註17〕 正如有的網友毫不客氣地所說的，「我有點鄙視上海文化，上海就好像被外國霸佔過引以爲榮，還以爲自己很有「異國情調」，有點被人強姦過還以爲自己很值錢的樣子。」http://www.haleyclub.com/cgi-bin/bbs/printpage.cgi?forum=15& topic=3101。

國，服務全國，加快自身發展」成了上海經濟社會文化發展的重要方向〔註18〕。這種有意識地通過克服「地方性矛盾」來更好地實現「國際化目標」的努力，多少有些「亡羊補牢」的味道。

而「韓流」則在近幾年間迅速被塑造成全球化時代、現代化進程中獲得獨立價值與尊嚴的地方性知識。眾所周知，韓國文化在歷史上經過了「唐化」和「西化」兩個階段，而當今的韓國大眾文化更是直接將中國的儒家文化與美國的大眾文化相結合的產物。韓國電視劇素來就是以家長里短著稱，但正是這些婆婆媽媽的故事裏，把傳統的儒家思想、孝道觀念滲透其中，而這些正好滿足了中國觀眾的口味。韓國的大眾文化正是「利用了文化全球化過程中出現的全球化與本土化的衝突與調和，將傳統倫理與現代性的衝突、東西方價值觀的衝突體現得淋漓盡致，因此吸引了眾多的中國人。」〔註19〕加上「韓流」在韓國政府的強大後盾之下，兼之以成熟規範的市場化運作手段，可謂「政治」、「經濟」、「文化」三位一體全方位的出擊，的確給我們樹立了一個成功的典型、堪稱楷模的樣板。

但是，無論「韓流」現在依然多少兇猛，但它畢竟是以大眾文化為主體，以娛樂流行和商業化為特徵的文化潮流，自身文化的缺陷仍然無法克服，比如說韓國流行文化中對暴力與色情的渲染問題、在許多方面對日美流行文化的摹仿問題、產業運作中的好萊塢化問題、「韓流」以「搶佔市場份額」為主要目標的經濟驅動力等等，都不能不令人產生對其文化自主性與可持續性的懷疑。這方面的例子有許多，比如一位大學生所說的，「韓國流行文化其實也是『克隆』日本的，但日本流行文化另類到了怪異、荒唐甚至病態的程度。而『韓流』保持了清新、純樸、自然、健美的一面，更容易讓人接受。」〔註20〕韓國外國語大學中國研究所所長朴宰雨教授也意識到「韓流」中的暴力與色情成分給韓國流行文化帶來的負面影響，所以他特別解釋說，「韓國人正著意要剔除韓流這個大眾文化潮流內的暴力和色情成分，要積極把韓國最好的

〔註18〕正如有報導所稱，「如今的上海，『服務全國』可能是不同場合出現頻率最高的『關鍵詞』之一。在全國大局中思考謀劃，在服務全國中發展自己壯大自己，這不僅成為上海新一輪城市發展的基本戰略，而且成為上下一致的自覺行動。」（慎海雄、李榮：《大上海在「服務全國」中實現新飛躍》，新華社 2005 年 3 月 8 日電）

〔註19〕張宏傑：《中國人比韓國人少什麼》，中國文史出版社 2004 年版。

〔註20〕陳耀明：《哇塞：「韓流」來啦》，《黃金時代》2000 年 8 期。

傳統文化、精英文化等高級文化，注入目前以大眾文化爲主的韓流。務必讓熱愛韓流的人，接受兼具傳統、創新的高級人文文化。」〔註21〕

不僅如此，在文化交往中，如何在進行文化產品輸出的同時，更好地處理好與文化他者之間關係的問題同樣也擺在了「韓流」面前。雖然盧武鉉在平等的位置上擺放了「韓流」與「漢風」，但「韓流」與「漢風」間的關係絕非表面上的溫情脈脈與相安無事，也許「韓流」正在陷入一種文化上的全球化陷阱之中而不能自拔。如前所述，「韓流」背後是當代韓國文化，對於韓國而言，以儒家文化爲代表的中國文化無疑是其源頭文化之一。因此，當「韓流」選取中國作爲它的搶佔世界市場的戰略的第一個目標時，它對於其源頭文化的進入和影響便很值得研究了。從現有的韓流文化產品中，我發現，「韓流」的意識形態和文化態度是有意識地在對「傳統中國」與「當代中國」進行某種區分，而將自己打扮成了儒家文化的最好的繼承者之一，而其潛臺詞正是「當代中國」不配於此稱號。進而，韓國文化與「當代中國」間意識形態的差異甚至其對當代中國文化——主要是明清以來日漸衰落的中國文化——的蔑視也在文化產品中展現出來。〔註22〕這一點值得我們特別的小心。

對此，韓國學者白元淡也比較理性地認識到了。在他看來，「『韓流』，換句話說，其實是21世紀上半期投入鉅資經過策劃的商業文化操作。不管怎麼說，『韓流』在一定程度上填補了90年代中國社會急促變化所引起的文化空白，而韓國企業集團利用『韓流』制訂中國市場開發戰略，使現在的『韓流』

〔註21〕 轉引自潘星華：《韓國的「漢流」與東亞的「韓流」》，《新加坡聯合早報》2004年6月29日。

〔註22〕 對此，在網上有一篇轉貼率非常之高的貼子很能說明問題：「但就在我挑著看的幾集中，出現的歷史文化錯誤就令我不能忍受。1.聲稱女官長今發明了麻醉藥；2.聲稱女官長今做了世界上第一例外科手術；3.聲稱韓國人發明了針灸；4.甚至有所謂的韓醫，可那韓醫的治病原理和工具都與中醫雷同。」「當然，我們的歷史劇也有錯誤，但那是建立在編導的歷史知識不詳的基礎上，更沒有此等剽竊他國文化成就來給我們自己祖先臉上貼金的行爲。當然，我們的祖先實在是已經太光輝了，也不需要後輩通過這種卑鄙手段才滿足盧榮心。」「其實通過韓國人這些年的一些歷史劇可以看出，他們通過這種流行文化的輸出在編造自己歷史文化大國的形象，以圖取代古中國作爲東亞文化圈中心的地位。但是無奈自己的祖先給自己留下的實在太少，大部分都是從中國學習的，於是只好剽竊。至於更加駭人聽聞的什麼孔子、西施是韓國人，什麼農曆、漢字、筷箸引都是韓國人發明的都出來了。」（佚名：《從韓劇大長今看韓國人對中國歷史文化的無恥剽竊》，http://post.baidu.com/f?kz=39026407。

成爲商業主義者自覺的商業文化戰略，他們想佔有中國巨大的文化市場。」而「韓流」要獲得進一步的發展，「應克服『韓流』的不良傾向，使其成爲具有建設性的眞正的文化交流。在眞正理解中國和東亞的基準上，向它們誠實地展示我們的文化在現代化的進程中所遭遇的各方面的坎坷」，只有這樣，才能「使『韓流』成爲具建設性的文化清風」。〔註23〕

但願如此。

第二節　地方性的生產與《繁花》的上海敘述

對金宇澄《繁花》地方性生產的分析必須將「內容」、「形式」及其「生產機制」的研究綜合起來。其首發之地「弄堂網」中的分論壇「文字域」所形成的「上海人講述上海人自己的故事」的文學場決定了《繁花》用上海閒話講述上海記憶的特點。在「收穫」版《繁花》中，金宇澄將主人公確定爲「滬生」（而非「弄堂」版的「膩先生」和「滬源」），顯現出著意強化「滬生」們的上海城市市民意識，使之成爲「當代上海寓言」的努力。金宇澄在「文藝」版《繁花》中新增 17 幅手繪插圖，建構「上海人的上海地圖」，展現了上海市民的空間意識。

早在 20 世紀 80 年代，詹明信就在其《後現代主義，或晚期資本主義的文化邏輯》一文中就專門論述過「後現代主義與都市」的問題。他通過對美國洛杉磯鴻運大飯店的空間分析，認爲「後現代的『超級空間』乃是晚近最普及的一種空間轉化的結果」，但我們的視覺感覺「始終無法擺脫現代主義高峰期空間感設計的規範」。〔註24〕當代許多城市（都市）文學都遵循著這種具有烏托邦性質的、帶有強烈震驚體驗的、但同時又採取田園牧歌式（具體到中國當代，就是強調「鄉土中國」語境的「城鄉二元對立」）的價值立場的敘述邏輯。在他們看來，由於城市規劃布局、建築風格、生活方式及城鄉流動等各方面所具有的一致性，帶來了城市（都市）文學在空間生產方面的一致性，也帶來了「地方性」的消失。因此，他們甚至主張用「在地性」（與之相關的，還有一系列相關表述，如「跨地性」、「多地性」等）來取消「地方性」。

〔註23〕〔韓〕白元淡：《吹襲東亞的「韓流」》，《文藝理論與批評》2002 年 1 期。
〔註24〕詹明信：《後現代主義，或晚期資本主義的文化邏輯》，張旭東編：《晚期資本主義的文化邏輯》，北京：三聯書店出版社，1997 年，第 497、491 頁。

〔註 25〕不過，這個維度並不能涵蓋當代中國城市文學的全部。近兩年引起廣泛閱讀和討論的金宇澄的《繁花》為我們提供了一個致力於「地方性的生產」的上海敘述。

　　《繁花》的文學生產刻上了鮮明的「上海」地方性。作家是《上海文學》的資深編輯金宇澄，首發之地是上海的「弄堂網」，正式發表是在另一份具有全國影響力的上海文學期刊《收穫》，而專著版則是由上海文藝出版社出版。所有這些外部因素均與上海有關，絕非偶然。就內部因素來看，小說展開的是從 1950 年代末到 1990 年代初將近半個世紀的上海敘述，所涉及的人物，從資本家到商人、從地下黨到工人、從知青到律師，涵蓋了當代上海各社會階層的變遷；《繁花》自覺接續並擴展了從《海上花列傳》到張愛玲以來的「上海文學傳統」，「上海話」的方言敘述同樣也強化了這部小說的「上海味」。這些從內到外的「地方性」，使得《繁花》成為近兩年來最受關注和歡迎的上海文學作品，也使得我們對於《繁花》「地方性」如何形成的研究不能局限於「內容」層面，而必須將「形式」以及「文學生產機制」等諸多層面的因素納入進來一起討論。

一、「弄堂」《繁花》：成為場的「文字域」

　　《繁花》有著與中國早期網絡文學《第一次親密接觸》極為相似的生產機制。它最早是從 2011 年 5 月 14 日開始出現在弄堂網的論壇「文字域」之中的，作者署名是「獨上閣樓」（金宇澄的網名）。在隨後數月間，長長短短的《繁花》章節便以帖子的形式陸陸續續貼了出來，並與論壇中的其他網民展開積極的交流互動、闡釋修改。但《繁花》又與當前的網絡文學工業中的作品很不一樣。網絡文學經過十多年時間的迅猛發展，其生產機制和文學形態已經發生了翻天覆地的變化：如果說《第一次親密接觸》時的網絡文學還多

〔註 25〕如張英進的中國電影研究，即是在全球化語境中特別突出「地方性」維度，並開拓出「多地性」、「跨地性」、「跨地性」問題（《民族、國家與跨地性：反思中國電影研究中的理論架構》《作為跨地實踐的國族電影：反思華語電影史學》《重繪北京地圖：多地性、全球化與中國電影》《全球化中國的電影與多地性》等）。文學研究領域也不乏其人，如葉舒憲（《地方性知識》）、王光東（《漢語新文學史寫作的「地方性」問題》《新世紀文學語言的「地方性」問題》）、何言宏（《堅持一種批判的地方性》）、王堯（《內部寫本與地方性傳說》）、葛紅兵（《小說：作為地方性語言和知識的可能》）、李怡（《地方性文學報刊之於現代文學的史料價值》）等。

少具有個人性、娛樂性和手工作坊式的初級形態的話，那麼現在由盛大文學等所主導的網絡文平臺則已形成真正意義上的文化工業。〔註26〕因此，與當前這些具有支配性的網絡文學生產方式相比，《繁花》所具有的網絡性毫無疑問已經太過古典，幾近文物了。這構成了《繁花》獨特的文學生產「場」。

首先，弄堂網的地方性強化了《繁花》寫作的上海性。弄堂網只是一個極為小眾的地方性網站，它的定位很簡單，就是「上海人講自家身邊的故事」。它分為「上海歷史」、「上海話」、「新老照片」、「小人書」、「亭子間」、「弄堂小菜」、「流金歲月」、「古董攤」及「客堂間」等幾個板塊組成。其中的「客堂間」是該網站的論壇板塊，又分為「我愛上海」、「關於上海」和「弄堂水城」等二級板塊，發表《繁花》的「文字域」是「我愛上海」板塊中的三級分論壇。從弄堂網的這些特徵不難看出，它首先不是一個網絡文學網站，因此與曾經的「榕樹下」、「起點中文網」以及現在的「盛大文學」等知名網絡文學網站相比，它的目標並非「文學」，並不擁有數量龐大的致力於網絡文學寫作的作者和讀者群體。因此，無論是「弄堂網」和作為作者的「獨上閣樓」，還是其他論壇網民，都沒有陷入追求點擊率、追求文字量、追求轟動性等一般網絡文學的俗套，沒有陷入注水文學、討好文學、庸俗文學的怪圈。

尋找「最上海」、「最閣樓」的「過去的味道」，是「獨上閣樓」進入這個論壇的初衷，也是其「發帖」（「寫作」）的源動力。在 5 月 10 日到 14 日期間，「獨上閣樓」間斷性地寫了不少與上海有關的個人回憶——涉及從 1960 年代直到 1980 年代上海的諸多細節，如伸出老虎窗外看到的上海屋頭頂、1980 年代上海新開小飯店如何挖地三尺「再造」空間、1970 年代能講《簡·愛》《傲慢與偏見》的中專老阿姐、大自鳴鐘附近 E 君家的三層閣以及想享受悠閒滬上時光、體驗上海味道的 W 先生，等等。這些段落有一部分後來成為小說「引子前的引言」，並奠定了小說《繁花》的諸多特點：（1）與上海有關的個人回憶；（2）片斷式、非正式的上海閒話；（3）基於「上海認同」和「上海懷舊」的文學場域。

〔註26〕「盛大文學」作為盛大集團旗下的文學業務板塊的運營和管理實體，其實是對原來比較有影響的文學網站（如起點中文網、紅袖添香網、言情小說吧、晉江文學城、榕樹下、小說閱讀網、瀟湘書院等七大原創文學網站及天方聽書網和悦讀網等）的兼容和重組而成。此外，「盛大文學」還有三家圖書策劃公司，它們分別是華文天下、中智博文和聚石文華。近年來，又與上海圖書館共同打造移動端借閱平臺「雲中上圖」。

　　弄堂網保持了不直接暴露自己現實生活眞實身份的慣例，但是其中的網民已形成了一個新型的具有網絡匿名屬性的熟人社會（「社群」形態的出現正是以這種共識和認同爲基礎的）。他們共同回憶、分享、完善個人經驗和記憶，品味殘存的上海味道。因此，網絡之於金宇澄的《繁花》恰如同小說中頻繁出現的飯局一樣（雖然大家絕大多數並不認識，即使認識也保持網絡的遊戲規則，並不相認），它的遊戲規則是趣味相投。從《繁花》的寫作開始直到現在，論壇中出現的與金宇澄交流的網民身份儘管不是很確定，但從其發言來看，主要有文學研究者、出版編輯人、上海文化人以及其他較高的文化層次和認識水平並且對上海文化有強烈的認同意識的「上海人」。弄堂網並沒有將《繁花》一下子投入「無名而匿名的網絡汪洋大海」，而是將之引入一下倍感溫馨的「上海人小圈子」。用傳播學的術語，弄堂網中的這些「熟悉的陌生人」做到了「分眾化」，也由此而「小眾化」了。

　　其次，「獨上閣樓」（金宇澄）的作者身份也是形成《繁花》獨特性的重要因素。一方面，「獨上閣樓」有別於已自覺被納入網絡文學產業的生產機制之中的寫手：他「碼字」，一旦開始寫作，就形成了每天一小段、一小節的寫作慣性，但他不受網絡文學的「類型」束縛，由此也與當前流行的「玄幻」、「穿越」、「官場」、「青春」等絕緣；他也「討好讀者」，自稱「我的初衷，是想做一個位置很低的說書人，『寧繁毋略，寧下毋高』，取悅我的讀者」〔註27〕，努力挖掘記憶中那些「最上海」的味道和細節，但他並不因此而追求點擊率和受眾量，也由此在寫作過程中始終能夠保持住自己的寫作初衷，形成「討好但不媚俗」的特點。而另一方面，作爲資深的紙質文學把關人（《上海文學》雜誌社的副主編）、一位有著長期寫作經歷的創作者的身份，「獨上閣樓」（金宇澄）既不像某些嚴肅文學作家自覺拉開被視爲通俗文學的網絡文學的距離，又不像陳村那樣以專業作家的身份「實名」展開網絡寫作，他選擇了「匿名」的網絡文學寫作的慣例，並充分享受了這種寫作的自由。從這個意義上講，「獨上閣樓」（金宇澄）正是充分調用自己作爲專家作家和文學把關人的幾十年的文學積累，以長篇文字、上海閒話的網絡化碎片式寫作的方式，成功實現了嚴肅文學對網絡文學的逆襲。

　　再次，「弄堂」版《繁花》具有網絡文學生產最爲重要的「互動性」，即自始至終都與「讀者」保持著密切的交流。這一互動性因「弄堂網」的小眾

〔註27〕金宇澄：《說書人的一種嘗試》，《文藝報》2013 年 4 月 10 日，第 2 版。

化和「上海趣味」以及金宇澄自身的文化積累，使得這一互動儘管「非正式」，但並不落俗。儘管金宇澄從一開始就自謙說將自己的位置放得很低，但他的整個文學水準和藝術旨趣卻相當之高。整個「弄堂」版《繁花》從5月10日（而非5月14日）開始的互動內在地構成了「關於《繁花》的《繁花》」，即所謂「元小說」成分，它通過與各位網友之間的討論、爭論，不僅交代了《繁花》寫作的最初動機，藝術表現形式的選擇，人物身份、情節設置、主題結構等重大問題的思考，而且還包括作者自己和讀者對小說的評論。比如有關《繁花》的創作緣起，先是「獨上閣樓」與網友們有關上海城市文化意蘊的討論，從宜山路地鐵3號轉9號線的設計開始，突然聯想起張愛玲；從老電車公司，講到現在的香哥里拉酒店，從常德路的弄堂想起此前1970年代認得的一位美人小金寶（——特意寫到1990年代末再次碰見小金寶，看到伊在陝西路延安路轉角天橋下擺服裝攤，這一細節直接轉化為小說《繁花》中陶陶及其老婆芳妹、情人小琴之間的職業身份）；5月13日，「獨上閣樓」的帖子標誌著《繁花》寫作真正的醞釀，「慢一點寫」、「老老實實地回憶」、「複式腔調」以及「近看遠眺」的姿態，尤其是「現在是啥時代，還有這樣講話的？」對上海話方言敘事的異乎尋常的敏感和嘗試的衝動，正是我們理解《繁花》的關鍵所在。「馬路菜場唱市面，各位阿記得。」《繁花》正是從此處開始著墨的。在隨後的寫作過程中，還有數次直接關係到《繁花》寫作藝術特色的討論，如5月19日有關「如何進行上海話寫作」的討論、5月29日至6月1日有關「是否進行分行寫作」的討論、7月22日開始主人公從「膩先生」改為「滬源」的聲明及其引發的討論，8月3日有關《繁花》與王安憶《長恨歌》的比較，8月5日與《海上花列傳》的比較以及網友對故事兩條線索何時和如何交匯的期待。

這裡最為重要的事件是，9月10日寫到20萬字時，「獨上閣樓」作了一個總結，同時網友也表達了「宏著早日出版」的祝願，這一細節標誌著「獨上閣樓」在寫作一半左右的時候，已經開始著手考慮紙質文學的出版了。到10月17日，小說寫到三十幾萬字時，「獨上閣樓」接受朋友的關照（「最好不要全部貼出，對書有影響」）正式準備撤出「弄堂網」。10月31日，「獨上閣樓」正式告別。很顯然，如果說5月14日的起點算是《繁花》網絡寫作的開端的話，那麼，從9月10日起，無論是「獨上閣樓」（金宇澄）還是網友們，都開始將之作為「嚴肅文學」來看待了。

二、「收穫」《繁花》：「滬生」們的市民意識與當代上海寓言

　　《繁花》在《收穫》雜誌發表，是其獲得嚴肅文學認可的重要標誌。如果說寫作之初，金宇澄多少是帶有遊戲性、自娛性、片斷式的偶一為之的「非文學」的「虛構類長篇文字」的嘗試的話，那麼，當《繁花》中的各色人物一一登場亮相，虛構性人物已經形成了自身的生命發展軌跡的時候，金宇澄的寫作也便開始變得自覺，嚴肅文學的標準和要求也開始內在地影響寫作活動。

　　作家寫作中這一重要的變化信息在「弄堂」版《繁花》中多少被保留了下來。其中最典型的是《繁花》主人公命名的變化。「弄堂」版《繁花》的主人公一開始叫「膩先生」。這個名字的來歷是主人公小時候上學時經常被罰作業，老是逃學，於是被王老師取的綽號，意思是「失敗，逃跑、害怕的蟋蟀，不想奮鬥的蟋蟀，上海叫『膩先生』」。不過，這一明顯帶有貶義的具有失敗主義的特徵並不能涵蓋人物的全部特點。文革造反派大行其道時，膩先生充當的是逍遙派角色。在隨後的命運轉折中，他既沒有像阿寶一樣，全家被發配到曹楊新村「兩萬戶」，從一度養尊處優的資產階級淪落為需要接受改造的工人階級，也沒有像小毛那樣，始終都是工人階級的社會身份，到後來甚至還掙扎在生存的底線上；相反，他在父母的運作下，到了某五金公司做採購（直到 1970 年代才受到衝擊）；到了 1980 年代，他哥哥成為到溫州下海經商的第一批上海人，而膩先生自己則轉型為律師，過上了中產階級生活。正是這一人物性格及命運的形成，使得「獨上閣樓」認為「膩先生」不足以概括人物的特點了，於是嘗試用「滬源」這一曾經出現過的稱呼來命名。到 2011 年 7 月 22 日，「膩先生」正式改名為「滬源」。「獨上閣樓」如此解釋：「幾位讀者認為膩先生名字不妥，今改名『滬源』，南昌大樓姝華稱呼過。抱歉」。在「弄堂」版《繁花》中，滬源還有一哥哥叫滬生。但是等到「收穫」版《繁花》正式出版時，兄弟倆的姓名再次做了調整。弟弟「滬源」正式定名為「滬生」，而哥哥「滬生」則換名為「滬民」。將「滬生」確定為主人公之名，暗含著以滬生成為當代上海寓言的意味。從字面意義上講，「滬源」意為「滬之源頭」，顯然不符合《繁花》的原意，而「滬生」則是「上海所生」，「滬民」當然也是「上海之民」，完全貼合小說展現上海 1950 年代末到 1990 年代近半個世紀上海城市社會文化變遷的主旨。

　　不過，這裡比較麻煩的問題在於，滬生只是一個大概與新中國同歲（40

年代末或 50 年代初出生）的一個普通上海市民。無論是出生背景，還是人生經歷，他都遠遠沒有《海上花列傳》通過煙花女子觀察上自達官顯貴下至販夫走卒式的「傳奇」，也沒有《子夜》《上海的早晨》那樣直接將視角聚焦於上海社會變遷的重要人物（中國民族資產階級的興起及其沒落）那樣的「史詩」，同樣也沒有像《長恨歌》中王安憶直接以作家兼敘述者的口吻直接將王綺遙等同於「弄堂」、「閨閣」、「上海」的那種「隱喻」。《繁花》中的「滬生」們經歷了新中國成立以來上海半個多世紀的風雲際會，但他們並沒有作為時代的弄潮兒以英雄的形象置於精神高地的頂點。恰恰相反，他們更多是以隨波逐流的方式被裹挾到大時代洪流中，沒能夠對歷史和時代產生重要的影響，只能自我適應、自我調整，於逍遙中獲得暫時的喘息，於被動中尋找生存的希望。因此，要將「滬生」理解為「當代上海的寓言」需要重新尋找一個認識的基點，這就是「上海城市市民意識」。市民化進程是城市化進程的重要標誌，這一過程包括兩個重要的階段：其一是身份的市民化，即城市化進程中，大批外來移民獲得城市居住權、職業以及各項城市權利；其二是意識的市民化，即獲得市民身份後，與城市形成認同感，產生市民文化，形成市民社會。但後者是一個極為複雜而漫長的過程，因此在市民化過程中始終存在各種文化矛盾。〔註 28〕而市民意識的獲得是以市民個體性的自覺和獨立為前提的。因此，我們要判斷「滬生」們是否具有「市民性」，首先看他是否是一個獨立的個體，他是否有自己的人生軌跡、性格情感、欲望追求；第二，是以個體為中心，他是否也有與他人之間的社會關係，這種關係是以家庭、鄰里、同學、同事為同心圓逐步擴散的；第三，也是最為重要的，由此確立了他與「大時代」、「大歷史」的關係，這些都將決定小說的敘述形態。

　　但是，在整部小說中，作為主人公的滬生並沒有充分成為小說敘事的中心。他更像一個參與者、旁觀者的角色，參與到他的同學、朋友們的悲歡離合之中。以滬生為中心，人物可以分為兩組：一組是男性，即滬生從小到大的好朋友，阿寶、小毛、陶陶，他們的朋友以及朋友的朋友，如康總、徐總、蘇安等。另一組則是在不同時期、分別出現在他們周圍的女性：蓓蒂、姝華、銀鳳、小珍、春香、蘭蘭、雪芝、菊芬、白萍、梅瑞、潘靜、汪小姐、李李、小琴等。她們或是這「滬生」們童年的鄰居、玩伴，或是他們長大成年之後的戀人（或者是朋友的戀人）、同事。彼此的關係也頗為複雜，如姝華，既是

〔註28〕曾軍：《市民化進程與城市文化傳承》，《學術界》2007 年第 4 期。

小毛的姐姐，也是滬生的初戀；梅瑞則曾經是滬生、阿寶的戀人，又是後來康總的情人；陶陶是梅瑞的鄰居，也是滬生和阿寶在 1980 年代之後認識的新朋友。透過各位人物之間的複雜關係，不難發現一個很重要的事實：《繁花》試圖向讀者展示一個「熟人社會」的上海敘事。

　　一般的城市社會學往往認爲，「城市就是一個陌生人可能在此相遇的居民聚居地。」〔註29〕因此，在許多城市文學中，「陌生人世界」往往成爲觀察城市、反思城市的視角。但《繁花》花了數十年的，向我們呈現了這樣一個事實：在上海的城市發展中，上海人（或者再普泛一些，所有的「城市人」都具有這個特點）始終生活在一個「熟人社會」之中，其中親戚鄰里關係構成了市民交往的核心，其次是戀愛和工作的交往構成了其交往圈的外圍；再其次才是陌生人世界。但是這個陌生人世界如果不與人發生關係，其實是毫無意義的；而一旦與人發生關係，陌生人也就會轉化爲熟人。這就是《繁花》爲我們確立的「城市人『陌生／熟識』的辨證法」。小說中最具有代表性的有兩個場景：其一是阿寶全家搬到曹楊新村的「兩萬戶」，一下子被置於一個陌生人世界。但很快，他們便建立起新的鄰里關係，彼此開始嘗試和諧相處互幫互助起來。其二是梅瑞在與康總的交往中，頻繁接觸生意場上的各色人等，到第二十八章梅瑞籌備大型懇談會時，與梅瑞有關的康總、李李、滬生、阿寶等均被邀請，總人數近四十桌。小說詳細開列了各桌的排位，完全就是根據關係親疏、彼此間的遠近進行了組合。這份座次表正是以梅瑞爲中心的上海熟人關係網。從陌生人世界到熟人社會的轉變並不是上海城市市民自身的「熟悉化」過程，而是文藝作品通過想像再現的方式，對城市社會學長期形成的建立在與「鄉土社會」對立的基礎上所強化的對城市片面認知的糾正。

　　有了這個基礎，才有可能展開「滬生」們的精神世界——上海這座城市，究竟是如何塑造「上海人」及其市民意識的？在以往的城市社會學的描述中，上海一方面被指認爲「移民城市」，這當然基於上海城市發展史上大量城市移民的事實，另一方面又被認爲「排外」意識最強的城市，這是指新中國成立之後由於戶籍制度的影響，逐步形成了「上海人」的意識，所謂「新上海人」和「老上海人」之爭即此。但是《繁花》中所塑造的「上海人」，卻是一個並沒有明顯「排外」意識的精神世界——或者說，《繁花》的敘事重心並不指向

〔註29〕齊格蒙特・鮑曼：《流動的現代性》，歐陽景根譯，北京：三聯書店出版社，
　　　　2002 年，第 147 頁。

是否「排外」，而是更加側重於「上海人講述上海自己的故事」的這種相對封閉的敘事系統。而這一來源於「弄堂網」的宗旨，恰恰成爲金宇澄《繁花》找到了重新講述「當代上海寓言」的視角。

以「個體」爲中心，依其社交圈子而形成「熟人社會」，但這並非「上海城市市民意識」的全部。在此還有一個重要的維度需要引入，這就是「歷史」。這裡所謂的「歷史」更準確地說是相對於「滬生」們等個體人生的「小歷史」之外的屬於民族國家的「大歷史」。此前宏大歷史的敘事多以帝王將相、革命英雄爲主人公，正是因爲他們是宏大歷史的製造者或參與者，敘述他們的經歷，也就完成了宏大歷史的敘事。這也是中國歷史小說從《史記》等中形成的敘事成規；新歷史小說中，對宏大歷史的解構主要從兩方面展開：一是歷史人物的調侃，用野史解構正史；二是選擇宏大歷史中的邊緣性人物，通過其偏離歷史的常軌，來反思宏大歷史敘事的有效性。但是，《繁花》的個人史敘述，既不像正統歷史小說那樣，主人公就是宏大歷史的弄潮兒，也不像新歷史小說那樣，主人公與宏大歷史之間存在強烈的緊張關係。無論是人物，還是敘述者，並不以「個人與歷史之間的張力」作爲關注的重點。人物的命運固然受到大歷史的巨大影響，諸如家族衰敗（作爲資產階級的阿寶家被拆散，「阿寶」們被改造爲工人階級）、親人離散（如蓓蒂的下落不明）、朋友反目（阿毛一度與滬生、阿寶決裂），不同的歷史時期，分別上演著不同的人生悲喜劇……但是，小說中，無論是人物還是敘述者，都沒有將反思、批判之矛指向歷史、政治、文化，而是有意克制住了這種「直抒胸臆」的表達。人物首先關注的是個人的生存、生活問題，他們的關注的問題局限在親情、友情和愛情上面。

作爲一種典型的個人史的敘述，文本中還有一個重要的表現就是敘述者和人物的時間意識。相對於完整而精確的具有歷史感的時間意識，其規範性的形態是「某年某月某日，星期幾，幾點幾分」。這種規範性的時間越精確，越表明敘述者或人物的歷史意識、時間意識的自覺，也越表明小說與「大歷史」之間關係的緊密。但是在《繁花》中，隨處可見的是「某天」、「那天」等非確指的時間標識。小說中的「時間標識」大體可以歸爲下面幾類：其一是完全的虛指，即只有一個大概的時代範圍，但沒有準確的時間節點。這又可分爲兩小類，一類是顯示一種發生過多次的狀態，即熱奈特所說的「綜合性敘述」，如：「每次經過國泰電影院，阿寶就想到這段對話。」「小學時代，

滬生每次經過這座老公寓」，如何如何。另一類是顯示發生過一次的事件，具體時間卻無法精確。如：「某日」蓓蒂爸爸帶回一隻兔子。阿寶「有一天」意外接到去了香港的哥哥的來信。「有一次」，祖父說爸爸「一腦子革命」。「有一天上班，阿寶發覺 5 室阿姨眼泡虛腫」。其二是部分的虛指，即有一部分時間的標誌，但不完整。這又可分為以下幾種類型：一是突出「時代」標誌的，「六十年代上海，重視生日的家庭不多。滬生父母同歲同生日。」「1967 年深秋的一個下午」，滬生、姝華到中山公園看梧桐。「1970 年代的上海」，馬路遊戲如何如何。二是突出「季節」特徵的，如「早春的一夜」，汪小組與宏慶吃夜飯。「這一日江南曉寒」，康總、梅瑞、宏慶、汪小姐等去雙林古鎮春遊。「某年秋天的夜裏，芳妹陪了陶陶」去大碟黃牛孟先生那裡。三是突出「年、月、日」或「星期幾」等某一單個時間元素的，如「禮拜天下午」，滬生來找小毛。李李經營至眞園飯店，「某個週五，邀請阿寶、滬生、汪小姐宏慶夫婦，康總夫婦吃飯。」「9 日下午」，滬生到至眞園。四是突出兩件事情之間的時間關係的，如：「此後某日，梅瑞打來電話，告訴康總，梅瑞娘終於離婚了……隔了三天，梅瑞再來電話說，我姆媽眞的走了，不可能回上海了」。「幾天以後」，阿寶收到姝華的信，阿婆和蓓蒂失蹤了，等等。在各種時間標識中，唯獨沒有規範性的歷史性的時間標誌。這一現象揭示出《繁花》所具有的基於「個人史」的時間意識：作為一個普通的老百姓，其人生經歷並不具有大歷史所謂的重大的歷史意義和價值，因此，「滬生」們的人生軌跡並不需要精確化、規範化到歷史時間序列之中去。所有這些「不完全的」、「非確指的」時間標識恰恰是普通老百姓基於個人記憶的時間意識——對於普通百姓（在小說中就是上海城市市民）而言，其所經歷的事件的意義或具有某個顯著的時代特徵，或只具有某個季節性、日期性的屬性，或者只與自己所經歷的前一個事件有某種關係，遵從這種時間意識的表現，用這種非確指的虛化的時間標識，正好準確地揭示了「滬生」們的歷史意識和時間觀念。

明確了《繁花》所堅持的以個人為中心的歷史意識和時間觀念，那麼下一個問題就是《繁花》如何處理「大歷史」和「小歷史」之間的關係？《繁花》處理「大歷史」的兩種方式：

一種是在敘述者的敘述層面，僅僅用概述的形式，以交待結果，而非原因和過程的方式。也就是評論家們已經注意到的，金宇澄的「話本」體，擅長以白描的方式，並不過多透露作家個人的判斷。如「引子」中講完滬生與

梅瑞的戀情後,「兩個人關係,就此結束」,一句話交代了結果。如在第一章中,介紹人物關係和相關背景時,大多採用的是純客觀敘述的方式。客觀地概述人物及其關係的變化,顯示的是敘述者與人物之間所保持的某種客觀性歷史距離。此時儘管沒有出現「大歷史」,但這種表述方式正是「大歷史」在場的一種表現。

另一種更主要的,則是在人物的敘述,即人物的交談和對話中透露。但這裡的講述方式也不像以往無論是現實主義還是現代主義小說,通過人物之口,對其所經歷事件的完整講述,而是化解到日常的散漫的對話中。也就是說,以人物的講述為意識中介,將「大歷史」和「小歷史」並置地投射到人物大腦的意識屏幕上。儘管從歷史學的角度,其中所涉的「大歷史」事件可能具有風雲際會的性質,其意義有堪稱星雲、星系的大小,但是由於其與人物關係的遠近,投射到人物意識屏幕之中後,相反成為夜空中的繁星。「大歷史」和「小歷史」不再具有客觀真實的「大」或「小」的區分,而成了極為相似的繁星點點。在近半個世紀的上海城市變遷中,新中國成立以來的歷次重大歷史事件都對上海城市及其市民帶來巨大影響,如「社會主義改造」、「破四舊」、「上山下鄉」、「造反」、「改革開放」等,但《繁花》並沒有將筆墨用於「歷史場景的還原」和「史詩性敘述」,而是將之投射到「滬生」們的日常生活之中。如第九章寫「破四舊」,則完全從滬生作為一個中學生的眼光來寫,既殘酷又有趣:「長樂中學大門口,兩個同學,發覺了滬生的新軍褲,上來搭腔攀談。此刻,淮海路方面,忽然喧嘩作亂,三個人奔過去看,是外區學生來淮海路『破四舊』。」「滬生」們以好奇、旁觀者的心態來參與這一重大的歷史事件。小說寫滬生和他的這兩個同學,一直跟到陝西南路口,「看夠熱鬧,方才往回走。滬生說,實在太刺激了。」於是在身邊同學的教唆下,一起去剪香港小姐的褲腿,演化成一齣令人觸目驚心的鬧劇。再比如,寫到文革,「停課鬧革命,滬生的父母,熱衷於空軍院校師生造反,一去北京,幾個禮拜不回來。姝華父母,『靠邊站』,早出夜歸。滬生不參加任何組織,是『逍遙派』,有時跟了姝華,出門亂走。」本雅明在其《拱廊研究計劃》中,曾發展出一套獨特的方法論——「辨證意象」,又被稱為「凝固的辨證法」或「靜止的辨證法」(Dialectics at a Standstill)。論者往往比較注重其「辨證法」與馬克思的發展運動的辨證法、盧卡奇的辨證的總體性、阿多諾的否定的辨證法之間的異同。不過,在筆者看來,本雅明方法論的重心並非「辨證法」而是「意象」。

本雅明有意用「意象」替代「概念」，他的辨證法亦非抽象的「概念的辨證法」，而是極富形象性的「意象的辨證法」。本雅明特別強調「當下」之於認識歷史的意義，認為是凝固的歷史瞬間，倡導一種立足於當下書寫歷史、透視未來的「凝固的辨證法」。他曾有過一個非常精彩的比喻：「因為意象的歷史標識不僅僅說它們屬於某一特定的時刻；而是說，首先它們僅僅在某一特定時刻才達到可理解性。……意象是那種來自星座的閃光在當下的集合。換言之，意象就是凝固的辨證法。」〔註 30〕來自星座的閃光可能早已在太空飛行了數百萬光年，但直到映入地球上人們的眼簾的那一瞬間（當下）才顯現出意義，成為「意象」。很明顯，這種意象是當下對歷史的凝固，透過意象的分析，我們可以立足當下，反思歷史。〔註 31〕在《繁花》中，所有的「大時代」、「大歷史」正是以這種「星座的閃光」的方式，對人物（「滬生」們）和敘述者（或可在一定意義上視為作家本人）意識的投射。「大時代」、「大歷史」之於「城市市民意識」的關係，或可如是觀。

三、「文藝」《繁花》：上海人的上海地圖

2013 年 3 月，《繁花》由上海文藝出版社出版，立刻進入暢銷書行列，位列 2012 年中國小說學會「小說排行榜」的榜首；2014 年 1 月，又出《繁花》的新版，這個版本最重要的變化是增加了由作者手繪的十七幅插圖（一共二十幅，其中三幅手繪地圖在「收穫」版《繁花》中出現過）。二十幅插圖只有三幅與「現在上海」有關（一幅是十二章寫到玲子時，插圖反映的是上海人「貶日」情緒，一幅是花園飯店、一幅是關於小毛夢境「江鷗」的虛構），再加上一幅與作家創作有關（第二十七章部分，插入「本書出版於 2013 年，蛇年，畫蛇憶舊」）外，其餘十六幅插圖全部是有關「過去上海」的：其中包括四幅手繪「滬生」們活動區域的地圖（包括 1960 年代盧灣的局部、1970 年代滬西的局部、1960～1970 年代大自鳴鐘附近以及整個上海浦西的地圖概貌）、其他均為對 1960～1970 年代上海典型的居住空間的描繪（阿寶家、小毛家、春香家、「兩萬戶」）、青少年時代的活動空間（國泰電影院、君王堂、國營舊貨商店）以及成為記憶的城市生活習俗（物質匱乏時代的夢幻郵票、小毛們

〔註 30〕 Benjamin, Walter. *The Arcades Project*. Translated by Howard Eiland and Kevin Mclaughlin. Cambridge, Mass. : Harvard University Press, 1999, 462-463.
〔註 31〕 曾軍：《本雅明視覺思想辨正》，《學術界》2013 年第 2 期。

練功的器械、林林總總的開瓶器、1960 年代的時尚穿著、阿寶和雪芝鏡破人
散）等。插圖形式的補充一方面固然體現出「讀圖時代」對讀者閱讀興趣和
品味的某種迎合，但另一方面，更為重要的其實是對 1960～1970 年代上海城
市市民居住、生活空間的某種復原。與老照片的真實再現不同，插圖的繪製
可以更加充分地體現作者對空間關係的某種理解和圖示化，從而更好地重建
「上海人的上海地圖」。因此，理解繼「弄堂」版《繁花》和「收穫」版《繁
花》之後，「文藝」版《繁花》的地方性生產方面出現的新質，正在於進一步
強化「上海市民城市空間意識的建構」。

　　《繁花》究竟建構了怎樣的「上海人的上海地圖」，它又是如何通過虛構
性文本建構起來的？要想釐清這個問題，同樣必須將小說的「內容」（「滬生」
們的人生軌跡）、「形式」（小說的結構及其敘述方式）以及「生產機制」（手
繪插圖的增補）結合起來綜合考慮。從內容上看，《繁花》的敘述主要集中在
兩個方面：其一是受大時代影響，「滬生」們所遭遇的命運轉折，他們的數次
搬家經歷正是其命運轉折的表徵。其二是與「滬生」們日常生活的切身性相
關的，以其居住生活之地為圓心，以親戚同學朋友的交往為半徑的「活動空
間」。從形式上看，小說以雙線並行的結構展開，繁體字的章節寫過去，分別
從 1950 年代末一直寫到 1980 年代；簡體字的章節寫現在，主要圍繞滬生、
陶陶、梅瑞等人物展開，集中在 1990 年代。其中從第二十八章起，改為 1990
年代的單向度敘述，直到結尾。這種雙線並置的結構建構起了「過去上海」
和「現在上海」兩種不同的空間意識的對比。這一形式並不只具有純粹的形
式意義，更重要的是一種「有意味的形式」，承載著作家或敘事者的情感價值
語調，因此具有「上海市民空間意識價值」的分析維度。從生產機制角度來
看，手繪插圖的增補成為《繁花》小說的「新質」。特別值得注意的是，手繪
插圖既非「老照片」，也非「舊地圖」，後者依據其生產媒介具有某種科學性
和客觀性，而手繪插圖仍然屬於藝術創作領域，其實是作家依據其上海空間
記憶，以插圖形式（它有別於現在流行的「卡通」、「漫畫」或者「寫生」、「素
描」，其繪畫風格上體現出對早期印刷術時代的「繡像」和現代上海「連環畫」
風格的致敬）對空間意識的建構產生強化作用。正如「弄堂」版《繁花》中
那些與網友交流互動的「元小說」性質的文字那樣，「文藝」版《繁花》中的
這些手繪插圖則形成緊密的「圖文關係」，豐富小說意蘊的傳達。

　　根據「滬生」們的生活空間及其在半個世紀的變遷，可以勾勒出「上海

人的上海地圖」，即上海人自己對其「所在」和「所活」空間的感知、情感和觀念。從小說所展現的空間形態來看，可以有兩種不同的分類方法：其一是根據上海城市空間的物理屬性，分為「上海內」和「上海外」，其二是根據「滬生」們的活動空間的特徵，分為「居住空間」（私人空間）和「居住外空間」（公共空間）。將這兩種分類方法進行疊加，可以細分為三個子類型：「居住空間」、「上海內活動空間」和「上海外活動空間」。

　　從居住空間來看，《繁花》中的「過去上海」部分主要有三家：滬生家（1971年之前住在拉德公寓，1971 年之後搬到武定路舊公房）、阿寶家（1966 年之前與蓓蒂一家合租的盧灣司南路附近的洋房，其祖父在相鄰不遠的獨幢洋房；1966 年之後是曹楊新村「兩萬戶」）和小毛家（大自鳴鐘弄堂三層閣的第三層，下面分別是一樓的理髮店、二樓的爺叔家和銀鳳家）。三家分別對應於革命家庭（作為新中國上海的首批外來移民，滬生的父母是空軍幹部，既是新中國的功臣，又是社會主義革命和建設的積極響應者）、資產階級家庭（阿寶家其祖父曾是擁有多家工廠的資產階級，但其父親曾是革命青年，與祖父決裂，上海解放之後又被審查關押，釋放之後被剝奪一切待遇，安排到雜貨公司做會計）和工人階級家庭（小毛爸爸是上鋼八廠的工人，1960 年代末 1971年之前的某個時間，小毛搬到莫干山路春香家做上門女婿）。如果再加上小毛家繼續向北看到的棚戶區，《繁花》為我們建構起了「上海人」因不同社會階層歷史上所形成的四種居住空間的類型，這種並置性以及在不同歷史時期不同社會階層居住空間的轉換，構成了多元、複雜、流動的「上海居住空間地形學」。〔註32〕空間內充斥著差異、折射著人際關係——金宇澄插圖中「阿寶

〔註32〕《繁花》對這四類居住空間的描寫頗為細緻，極具文化意味，顯示出作者為新中國之後的上海居住空間書寫地方志的用意。如滬生家的新式公寓：「滬生家的地點，是茂名路洋房」——拉德公寓。憑藉滬生父母的軍人身份以及對政治的積極參與，他們一家一再化險為夷，沒有受到多大衝擊。但是到 1971年，林彪事件之後，滬生的父母受到牽連，雙雙隔離審查，隨後，他們也被迫搬出拉德公寓，滬生和滬民被指定搬進武定路一間舊公房，「兩小間，合用衛生，與原來英式公寓，天地有別。」阿寶家的老洋房處於盧灣的中心，小說描寫阿寶和蓓蒂從假三層爬上屋頂，「眼裏是半個盧灣區，前面是香山路，東面是復興公園，東面偏北，看見祖父獨幢洋房一角，西面後方，皐蘭路尼古拉斯東正教堂」。阿寶一家搬到「兩萬戶」後，作者甚至不惜濃墨重彩地詳細描寫它的歷史沿革、建築布局、生活方式及其人際關係。小毛家歷經大自鳴鐘弄堂和莫干山路弄堂兩處，均為底層市民（但高於棚戶區）居住之所，其特點為擁擠狹窄與五方雜處：位於長壽路附近，草鞋浜、藥水弄、蘇州河，

和蓓蒂」童年時代爬上屋頂時的溫馨與 1970 年代阿寶與雪芝不得不分手的傷感形成鮮明對比；小毛家位於三層閣樓的擁擠與春香家兩室戶婚房的殷實也透露出工人階級內部的生活水平的不同；當然還包括君王堂被拆，改建毛澤東像，然後再改建爲錦江飯店的同一地點的歷史變遷。滬生、阿寶、小毛家由曾經有天壤之別的居住空間到 1970 年代後居住空間差異的縮小（其實是滬生和阿寶社會地位的降低而導致的居住環境的「惡化」），呈示出上海一系列政治運動、社會改造最終形成了「均一化」（看上去「平等化」了）的上海城市市民結構。

到了「現在上海」的寫作中，滬生、阿寶和小毛的居住空間不再成爲《繁花》關注的焦點，取而代之的是「滬生」們的鄰里、同事及朋友們的居住空間。依人物社會身份的不同，《繁花》描繪了 1990 年代上海市民居住空間的基本狀況：梅瑞原住虹口北四川路，房間大，後離婚搬出。於是賣掉新閘路老房間，買進延安中路底層的兩室一廳；李李的住所位於南昌路，走進沿街面一間老洋房底樓，獨門進出，外帶小天井；小琴的住處位於延慶路一條弄堂，「講起來新式里弄，其實是底樓圍牆改造的披屋」；陶陶和小琴的同居之所是「六十年代老公房，四樓一室半」所有這些都是在新式居民小區改造和建設之前，上海市民的主要居住空間形式：其來源一方面是合租的老洋房、舊公寓，另一方面舊式老公房，居住空間都很局促，這也決定了上海市民長期以來形成的人際交往習慣：除非極爲熟識的親戚同學朋友，一般情況下都不會「登門拜訪」，而會在市裏尋找一處碰面的地方——私人空間（居住空間）和公共空間（交往活動空間）的區分形成上海市民文化的城市景觀。

在上海市民的「活動空間」中，可以分爲「上海內的活動空間」和「上海外的活動空間」，通過對《繁花》「過去上海」和「現在上海」的比較，我們不難構建出上海市民從 1960 年代直到 1990 年代以來的活動區域及其交往方式。

從活動區域來看，「滬生」們「上海內的活動空間」主要圍繞其居住之地展開。首先，其居住空間具有「家庭聚居」和「同學相鄰」的特點。所謂「家庭聚居」就是指親緣關係的聚居性質，類似阿寶那樣的資產階級大家庭祖孫三代住所相距甚近、彼此之間守望相助。所謂「同學相鄰」是指「滬生」們

這是小毛熟悉的地盤。小毛家住大自鳴鐘弄堂裏的一個三層閣。一樓是弄堂理髮店，二樓住的是二樓爺叔和銀鳳，三樓才是小毛和小毛娘。

少年時期所建立起的朋友夥伴主要來源於同學關係，而「就近入學」一直是中國的入學傳統，在社會主義革命、建設和改造期間，社會階層的區隔被打破，這才形成了滬生、阿寶、小毛三個不同社會階層的同學能夠相識相知的現象。其次，其活動半徑因交通方式以步行爲主、公交爲次（僅阿寶祖父能夠有私車接送）主要集中在三塊地方：「文革」之前，集中在盧灣北至鉅鹿路、南至復興路、東過思南路、西達陝西路方圓這片區域；「文革」之後，新增兩塊區域：曹楊新村「兩萬戶」附近，經過中山北路、穿過蘇州河、南抵長壽路這片區域以及大自鳴鐘、玉佛寺附近北抵蘇州河、南達南京西路、東到石門路、西近西康路的一片地方；再次，還因阿寶祖父搬到閘北，大伯搬到提籃橋，《繁花》的「上海地圖」也延伸到了閘北、虹口、楊浦等東北方向，但只是呈點狀分佈。最後，到了「現在上海」時期，「滬生」們各自成家立業，家庭、同學之間的交往更多地被同事、朋友間的聚會所取代，但從金宇澄所繪地圖顯示，其活動領域仍相對集中在南達盧灣、西抵普陀、東北到黃浦的這片「上海老城廂」。金宇澄的四幅手繪記憶中的上海地圖拼在一起，正好涵蓋了「上海浦西」的全部。「滬生」們「上海外的活動空間」則體現出明顯的江南特色，童年時期，蓓蒂阿婆帶阿寶和蓓蒂到紹興鄉下，交通不便，歷經坎坷；成年之後，「滬生」們動輒到江浙遊玩，先後去了雙林古鎮、蘇州、常熟、崑山等地。這些活動空間突顯的，是上海市民對於江浙城鄉的雙重意識：一方面是「鄉土中國」（在上海人意識裏，「外地人」就是「鄉下人」），另一方面則是「消費社會」（蘇州常熟等地歷來被視爲上海的「後花園」，吃喝玩樂、休閒度假的地方）。

此外，還有一類空間意識也頗爲重要，即通過不同人物的經歷所建構起來的「上海人的全國地圖和全球地圖」，可以看出在不同的地方在上海市民意識中的位置。如在「過去上海」時期，小說寫姝華知青到東北，阿寶哥哥在香港，上海人對東北和香港的複雜情感；到了「現在上海」時期，李李來自深圳、白萍出國（先後在加拿大和澳大利亞）、玲子與日本人的關係、林太來自中國臺灣，並由此展現出上海人對這些國家和地區的刻板印象，等等。

特定的活動空間是與特定的交往方式相聯繫的。在《繁花》寫作過程以及此後的評論中，「飯局」成爲倍受關注的問題，正在於「滬生」們的交往方式主要是通過吃飯來完成的。但這並不是太準確。在少年時代，「滬生」們還有另一種更主要的交往方式：「蕩馬路」。《繁花》的第三章第三節詳細描寫了

一個禮拜天下午滬生去大自鳴鐘弄堂找小毛玩，然後一起「蕩馬路」的過程。從滬生的視角描述了小毛家的居住狀況，依次從底樓的理髮店，寫到二樓的銀鳳，再到三樓小毛家，「看老虎窗外，滿眼是弄堂屋頂」。然後下樓，開始漫無目標的「蕩馬路」。還有第五章第三節，小毛來找滬生玩，兩人一起去南昌公寓找姝華玩，然後兩人繼續「蕩馬路」；第十一章第三節，滬生和姝華再次經過瑞金路長樂路轉角，看見被拆掉的君王堂上搭起了一座四層樓高的大棚；第十五章第三節，滬生與姝華、阿寶以及阿寶在曹楊新村的新鄰居小珍和小強，五人一起去長風公園，然後到華東師範大學，蘇州河，等。與「蕩馬路」相比，「滬生」們成年之後的交往方式「飯局」（吃飯、喝茶）具有了不同的特點：首先是「地方性」的地理特徵不再突出，對於「滬生」們來說，只有「終點」意識，不再有「蕩馬路」的過程感覺，因此，所有的飯局，幾乎都是「到了某某飯店」這樣極為簡潔的敘述；其次是交往對象開始複雜，既有朋友聚會，還有商務宴請，既有私密交往，還有大擺宴席，正因為如此，飯局才成為《繁花》濃縮上海市民社會關係，展開矛盾衝突的最佳選擇。

但是，「蕩馬路」和「飯局」還只是上海市民交往方式的外在表現形式，「蕩馬路」並不在乎從哪裏出發，蕩到哪裏去，或者在路上發生了哪些事情（如公路電影、流浪漢小說等的常見套路），而在於「蕩」這一過程本身中，小夥伴們通過話題散漫的閒聊，消磨了時光，加深了感情。「飯局」也不在乎吃了什麼菜、喝了什麼酒，而在乎是跟誰一起吃的，在吃的過程中的聊天。因此，《繁花》最為精彩的，也是最為重要的寫作特色即在於幾乎所有的章節，都充斥著「話題散漫」、「無軌電車」的「上海閒話」。這種「上海閒話」不僅僅成為《繁花》塑造人物、推動情節發展的「描寫對象」，更重要的，也成為金宇澄作為敘述者的「敘述方式」。

首先，聊天作為人類日常交往方式，不像嚴肅正式的談話，會有明確的主題、意圖；有時聊天甚至只是正式談話的前奏、插曲或者調劑。但是在《繁花》中，金宇澄賦予其「核心」、「主體」的具有支配性的地位：按普羅普民間故事形態學的分析方法，《繁花》中的「行動」可以分為一些核心功能：「蕩」、「吃」、「性」以及「聊」，而「聊」可謂「核心中的核心」。正因為如此，有一搭沒一搭，講完張三說李四，成為《繁花》聊天式敘述的基本特點。這種敘述方式形成了與一般通俗小說巨大差異的敘事風格：一方面，所有的「聊」——不管是長聊還是短聊，無論是兩個人私聊，還是一桌人群聊——本身不

具有推動情節、激化矛盾、設置懸念等敘事功能，隨著話題的轉換，聊過也就「忘」了，以前聊過的內容對後面情節的發展不再具有推動作用；但另一方面，聊的特點是追求「即時的快感」，即聊的當時非常熱鬧、不冷場，讀者也會覺得聊得有趣，所有單個的聊都構成一個個精彩的小故事，極富質感地反映著上海風格。

其次，聊具有「對話性」，即所有的聊一定是針對具體對象的聊，如「引子」中滬生與陶陶的聊，陶陶所有的講述，都是講給滬生聽的，此時，陶陶是敘述者，滬生是聽眾（讀者）。聽眾有「應答」，有積極性應答，也有消極性應答，於是就有了最極端的消極性應答方式——「不響」。在小說中，「不響」出現次數頻繁，達千次之多。全書引言前的題記：「上帝不響，像一切全由我定……」也將「不響」置於核心地位。從接受者而言，「不響」的原因很複雜：沒話說、不想說、沒法說、不能說……針對具體的情境及其所涉及的聊天的主題，「不響」亦可引申出更為複雜的政治、經濟、社會、文化問題，或者說，「不響」成為一種極具標誌性的行為，成為普通城市市民在面對諸多社會矛盾、文化衝突、人生命運時「以不變應萬變」的策略。與「不響」相配套的，就是講述者的極端情況：「獨白」，即「對話的不可能性」，如十八章，李李與阿寶的聊天，阿寶始終處於「不響」，偶而應付性的哼哈「應答」的狀態，這就使得李李的講述相對完整。李李有強烈的傾訴的欲望，講述了早年做模特時的辛酸，而阿寶則不想讓李李沉浸在過去的痛苦回憶中。於是出現了李李大篇幅的自述場景，如過電影一般。由此，《繁花》的聊天具備了展現人物性格、人際關係、人情冷暖的敘事功能。

第三，「聊」的敘述倫理。《繁花》的敘述結構很特別。此前的「過去上海」和「現在上海」的交叉性只是外在性的屬於「情節結構」的特點。從敘述結構來看，《繁花》所敘述的故事可以分為多個層面：第一層次是由作家敘述的故事。滬生等各色人等在 1950 年代末到 1990 年代近半個世紀的人生變遷。其敘述特點是白描、滬語、話本體以及空間的具體化和時間的模糊化（即此前所分析的，絕大多數的時間標記都是基於個人經驗的「記憶時間」）。第二個層次是在各種「蕩馬路」、「飯局」、「喝茶」等場景中由人物所講述的故事：小說不以人物的行動為主，而是以人物之間的講述為主，形成「關於人物敘述的敘述」的套層結構，這構成了《繁花》敘述內容的主體部分。「所敘之事」通過人物之口來「講述」，而且均有特定的具有應答能力的聽眾（聊天

的對象），都附著上了人物獨特的情感、價值、語調。任何人物的「事之所敘」也同時包含雙重目的：一方面是對「事」的講述，另一方面則是與他者交流的需要，要達到交流的目的。由此，人物的講述部分具有了散漫性、對話性、未完成性等可供敘事倫理分析的諸多層面。對於《繁花》的讀者而言，我們只能憑藉作家的敘述、人物的敘述來重建對「滬生」們大半生以及上海城市近半個世紀的認識了。

正在於對「過去上海」和「現在上海」的精確復原（通過文字的，包括語音的，圖像的，也包括地圖的），《繁花》才具有了記錄上海歷史文化和社會變遷的「民族志」的意義和價值。通過對《繁花》地方性敘述的分析，一個更大的問題產生了：如果說《繁花》中「滬生」們始終都生活在熟人社會之中，並因社會階層的差異而形成差序格局的話，那麼，《繁花》及其所再現的上海城市仍是費孝通「鄉土中國」的一部分，還是內在地構成了對「鄉土中國／現代中國」二元關係的解構？

第三節　地鐵空間：一種深度美學的重塑

當波德萊爾和本雅明在巴黎的街道尋覓城市的現代性意義時，這一街道並非一般交通意義的供行人穿行的通道，而是通過拱廊建築和摩天大樓所規範和指引的游蕩空間，正因為如此，本雅明才把拱廊確定為發達資本主義時代的象徵意象。伴隨鋼鐵技術的運用，建築開始擺脫對地面的束縛——「拔地而起」。正如羅伯特·休斯所描述的：「鐵塔（埃菲爾鐵塔——引者注）一夜之間成為巴黎的象徵，而且宣告『這個光輝的城市』成為現代主義的首都——超然不同於任何其他可以文字形容、譜曲、製作或繪畫的事物。」整個「視覺的文化基礎已經開始變化，埃菲爾鐵塔就意味著這一點。十九世紀九十年代最引人注目的事情還不是從地面斜視鐵塔，而是從塔上俯看地面。」埃菲爾鐵塔啓發了一種新的空間觀念——雖然這種空間觀念在鐵塔建成之前已經由現代主義美術的代表人物高更、莫里斯·丹尼斯等人開始嘗試了——取消透視、深度的平面感的回歸。它直接寄寓在由現代工業文明所建造的埃菲爾鐵塔以及其後的飛機、火箭、航天飛機等給人所帶來的俯視大地的感受之上——在那裡，地面上所有的一切都彷彿成為了一張地圖。這就是現代主義藝術所努力尋求的「一種平面蘊含動力與運動觀念以及建築結構和地圖所

固有的抽象特性，那是許多最先進的歐洲藝術在 1907 年到 1920 年間將要展示的空間。」〔註 33〕因此，城市美學的現代性在此同時包含了兩個相反的空間觀念：一方面是直上雲霄的「離地美學」（德里克語）和「高度美學」（蔡翔語），另一方面則是「平面化」和「深度模式的削平」（詹明信語，儘管這被詹明信指認爲是「後現代藝術特徵」）。不過，這些觀念只關注到了城市空間的地上部分，而在許多城市，尤其是一些重要的中心城市，以地鐵爲標誌的城市空間的地下部分正在建構一種有別於「離地」、「高度」的深度美學。

一、另一種深度

在地鐵普及之前，下水道一直是城市地下空間的核心意象：這裡是陰暗、潮濕的地方，污穢、醜惡的居所，流浪漢和罪犯的藏身地；但它又是虛僞的地上世界的批判者和反對者，正因爲如此，雨果賦予了下水道「城市的良心」的意義。由下水道所建構起來的，是一座城市的難言之隱，力圖刻意遺忘的地方，同時也是批判現實主義所著力挖掘的對象。但是從 1863 年 1 月 10 日開始，城市便開始了由地鐵所引導的發展變革，一種相對被忽視的新的深度美學正在由地鐵空間所重塑。地鐵也一改往日下水道的形象，以其便捷的交通功能和明亮的空間感覺一躍而成爲城市發展和現代性的典範。

地鐵空間是地上城市的倒置鏡像，它高度濃縮了城市的特性（集聚性、陌生感和流行性），並且極度放大和變形。

城市形成的標誌是大規模的人口集聚，地鐵則將大規模的城市人口濃縮到更爲狹窄的通道、站臺和車廂。如在上海，每天地鐵所運送的乘客就達數百萬之多，上海世博期間甚至達到創紀錄的 10 億人次；作爲地鐵最發達的地方之一，日本東京，每日的運客量高達 800 萬人次。有別於鄉村的熟人社會，不斷集聚的城市人口的基本特徵卻是彼此的陌生。塞納特曾將城市定義爲「城市就是一個陌生人可能在此相遇的居民聚居地。」〔註 34〕在地鐵狹小的空間裏，人與人之間的身體距離不斷地將突破禮儀的底線，但並沒有因此而成爲彼此心靈溝通的契機：對身體多餘動作的克制，謹愼的錯開和迴避，通過讀書看報、聽音樂、發短信等方式強化個體的原子主義等；地鐵中當然少不了

〔註 33〕〔美〕羅伯特·休斯：《新藝術的震憾》，劉萍君、汪晴、張禾譯，上海人民美術出版社 1989 年版，第 3、7 頁。

〔註 34〕〔英〕齊格蒙特·鮑曼：《流動的現代性》，歐陽景根譯，三聯書店出版社 2002 年版，第 147 頁。

情人私語、拖家帶口、同事同行，但他們能夠在極度擁擠的狀態中我行我素，旁若無人（陌生人）。與集聚、陌生相適應的，便是流動。地鐵空間的狹小與乘客人數的眾多之間的對立使得地鐵將這種流動性發揮到極致：地鐵不是一個供人休憩的場所，它的最重要的功能就是運輸乘客。根據地鐵站臺的容量以及地鐵運輸時刻的頻率，可以非常精確地計算出單位時間內地鐵能夠承載的最大客流，因此，一旦出現前所未有的大客流或者地鐵運營出現突發事件，便會對地鐵空間帶來嚴重影響：擁堵。擁堵是流動的反面。這也就意味著如何快速的、連續的、無差錯地保證地鐵空間內人口的流動，成為地鐵運營最重要的問題。鮑曼甚至將這種流動上升到現代性的高度來理解，認為「從現代性的萌芽時期起，難道它不一直是『流動性』的嗎？」〔註35〕當然，鮑曼賦予的這種流動性要比地鐵所具有的流動性複雜得多（如鮑曼所分析的諸如「解放」、「個體性」、「時間／空間」、「勞動」和「共同體」等），但有一點是可以肯定的，地鐵空間是流動的現代性最形象的體現。

在這一切現象背後，體現的是城市規劃與設計依託的科學、技術與理性，地鐵空間的每一個細節都經過了嚴格的測算：為了引導乘客在通道中有序的流動，在地鐵中隨處可見的是各種各樣的導向標識；攝相頭監控著地鐵通道的每一個角落；列車行進時刻表被精確到了秒，等。這些都是普通乘客能夠感受到的。事實上，還有更多只有地鐵設計者和專家們才會考慮的問題：地鐵空間的大小源於設計者對這一區域客流數量的預先估計，地下空氣的通風系統，安全和防範系統的設計，整個地鐵運營都被置於一個複雜的技術網絡體系之中。

二、地下的拱廊？

當地鐵技術成熟與穩定之後，地鐵空間便不再滿足於僅僅成為交通運輸的工具，巨大的客流所形成的是對更大的地下空間的渴望。地鐵空間的大小不再僅用多少多少里程來衡量，圍繞地鐵站點的四周開始蔓延出新的地下空間（公交換乘站、車庫、商店，甚至廣場），並與地鐵的通道連為一體。

在這些空間中，地下商場是最值得重視的，這是一個極其類似本雅明所迷戀的「拱廊」的地方：形式上它也是一種室內的街道，功能上也是商貿中

〔註35〕〔英〕齊格蒙特・鮑曼：《流動的現代性》，歐陽景根譯，三聯書店出版社2002年版，第4頁。

心，價值上同樣也可能被解讀為一種關於烏托邦的願望意象。在大多數地鐵站點，地下商場已經成為連接地鐵與地上之間的通道，被充分地商業化了。但是，商場（這一沿續著本雅明鍾情的「拱廊街」式的形態）卻與地鐵對空間的要求形成了衝突：作為交通工具，地鐵空間要求人員的快速流動，要求乘客按照既定的導向標記行進。這也就意味著，任何延宕、拐彎、停留都將違背地鐵空間的法則。也就是說，地鐵空間的功能是單一的，就是快速的人口流動，從一個目的地到另一個目的的，因而也不可能允許游蕩者的存在。

不難發現，在地鐵的「行路人」與商場的「游蕩者」之間存在著巨大的美學衝突。如在上海地鐵四號線通往上海科技館的通道中，導向標誌一下子變得模糊與曖昧起來，它似是而非地指向出口，但分明著將乘客引向由一間間商鋪所圍成的狹窄而彎曲的通道。這一延宕並沒有能夠起到類似什克洛夫斯基所說的「使對象陌生化，使形式變得困難，增加感覺的難度和時間的長度」的陌生化效果，而只是增強了對諸種不確定性的恐懼：導向標誌是否弄錯了？我是不是迷路了？怎麼會曲裏拐彎的？這種不確定性激發起來的，便是對四圍環境的不信任感。很難想像，帶有這些負面情緒的乘客（行路人）會很快轉變角色，變為輕鬆快樂的消費者（游蕩者——在此抽空了本雅明的原意，僅取其形）的。因此，如果想要實現地鐵通道與地下商場兩種功能的雙贏，必須處理好地鐵通道與地下商場之間兩種不同性質空間的關係。一方面，通過嚴密的經濟的導向標誌使乘客節省在地鐵通道的時間；另一方面，做好地鐵通道與地下商場之間空間的分隔，如香港的許多地鐵站中「同站換乘」、「地鐵與公交樞紐無縫銜接」的設計大大減少了地鐵不確定性空間的範圍，與之相適應的，但是在幾大重點地鐵站附近，修建真正意義上的地下商城，使乘客一出地鐵即進入另一開放開闊的商場空間。

三、現代病的審美救贖

地鐵裏相對封閉的空間和迷宮式的布局規定了所有的地鐵乘客只有一種行動的可能性：即帶著明確目的，遵照清晰標識，隨波逐流；將人置於完全的被機器（程序）所計算、設計和控制的境遇也成為「現代病」和「城市病」的真實寫照；地鐵空間所形成的壓抑機制很容易帶來情緒的低落、心理的恐慌和行為的失常。甚至，地鐵成為恐怖主義滋生的土壤和攻擊的對象——1995年的日本東京地鐵沙林毒氣案、2005年英國倫敦地鐵爆炸案、2010年俄羅斯

莫斯科地鐵連環爆炸案，每當有重大活動，地鐵便成為安全防範的重中之重，安檢水平也會迅速升級。毫無疑問，地鐵空間的深度美學絕不僅僅表現在基於工業文明以來科學技術成果的「炫技」上，也不僅僅表現在伴隨著「流動性過剩」而來的商品經濟、消費文化上，更重要的，是地鐵成為濃縮了具有雙面性的現代特徵的空間意象，折射著城市發展的種種困境。

也許，對地鐵空間最重要的考慮，應該是如何改變因這一的封閉、狹窄和陌生而形成的壓抑機制，將現代性的另一面——開放、包容和和諧——這些因素灌注到地鐵空間之中來。其中，最常用的手段就是審美的介入，即通過將光和影引入地鐵空間，從而在視覺和心理上擴大地鐵的空間感。在此，影像成為破除地鐵封閉空間，緩釋緊張和壓抑的重要手段。於是，在世界各國的地鐵中，我們很容易地發現，地鐵空間的另一個重要維度：藝術與審美。

在地鐵，隨處可見的是各種平面的和影像的裝飾、廣告及藝術展示。在上海地鐵南站，在一號線到三號線的通道上，常年都有美術作品的展覽；在深圳地鐵，三位藝術家創作的壁畫被安放在幾個重點站臺；在地鐵四周的牆壁和立柱上，都被各種色彩豔麗的巨幅廣告所覆蓋。不僅如此，就連地鐵的許多設備也被加以了藝術化的設計：如深圳地鐵 1 號線大劇院站的座椅被設計成了鋼琴琴鍵的形狀，北京奧運支線站內的指示牌採取了仿瓷瓶的形態設計，更不用說斯德哥爾摩的地鐵被譽為世界最長的藝術畫廊、莫斯科的地鐵站內裝飾了大量的燈飾、壁畫和雕塑……地鐵由此成為視覺藝術的彙集之地。

第四節　市民化進程與城市文化傳承

在城市文化傳承問題上，應該確立一個基本的立場，即城市不是文化傳承的敵對力量，而是芒福德所說的「文化的容器」，應將之視為一種積極力量。城市文化傳承也絕非城市文化的傳承問題，而是城市的文化傳承問題。在此，「人的活動」因素至關重要，但是我們對對象性的文化形態和機構性的城市規劃的關注遮蔽了對作為城市文化主體的市民因素重要性的認識。城市文化傳承中最為重要的問題是如何處理市民化進程中的文化衝突，它貫穿於城市化的所有階段；當代中國城市化進程與市民化進程出現了不同步的現象，形成了不同的市民化問題，市民化進程中出現的「農民工」、「先知識化」和「再市民化」等現象也決定了城市文化傳承的複雜性。

一、當代中國的城市化進程

在當代中國的城市文化建設中，也許再也沒有比城市文化傳承問題更引人關注且眾說紛紜的了。早在 1949 年 3 月，當毛澤東向全黨宣佈「黨的工作重心由鄉村移到了城市」時，他一方面強調城市管理和城市建設的必要性，另一方面則告誡全黨，「可能有這樣一些共產黨人，他們是不曾被拿槍的敵人征服過的，他們在這些敵人面前不愧英雄的稱號；但是經不起人們用糖衣裹著的炮彈的攻擊，他們在糖彈面前要打敗仗。我們必須要預防這種情況。」〔註36〕對於剛剛執政的中國共產黨人來說，城市不僅僅意味著高樓大廈、機器轟鳴，也意味著霓虹閃爍、物欲誘惑。城市不僅是實現「超英趕美」的社會主義革命和經濟建設的主戰場，而且也是資產階級腐朽文化根深蒂固的最後堡壘。於是，在新中國成立之後的相當長時間裏，城市文化都被作為資產階級、小資產階級文化的刻板形象和反面教材而成為被改造的對象。從《我們夫婦之間》中男主人公李克對自己小資產階級情調的深刻檢討到《霓虹燈下的哨兵》中對戰鬥英雄陳喜不自覺地向「腐朽」的城市生活靠攏的批判，從《上海的早晨》對民族資產階級分子和資本主義工商業進行社會主義改造到《千萬不要記憶》中對青年工人丁少純在具有資產階級傾向的姚母的影響下走向腐朽墮落的描寫，形象地揭示了城市文化在當代中國的原罪意識及其當代命運，由此形成一種獨特的「反城市文化」〔註37〕。直到改革開放的新時期，這種基於城鄉文化二元對立的文化邏輯仍然無比強大，無論是文學藝術還是人文學術，謹慎地區分城市的社會現代化和文化的現代性，並將由人口的集聚而帶來的交往困境、因產品的豐盛而帶來的物欲膨脹、因社會的開放而帶來的人心孤獨作為變革中城市文化的表徵。於是，我們看到了在葉之蓁的《我們的建國巷》中，新買的一臺電視機會使原來關係融洽的鄰里關係變得生疏甚至刻薄；高曉聲的《陳奐生上城》中作為農民的陳奐生一方面會因五塊錢的高額房費而蓄意報復，而另一方面則將這一經歷轉化成自我炫耀的資本；即使是頗具現代主義氣息的《你別無選擇》和《無主題變奏》，城市青年的困惑與不安仍是其敘述的基本動力。在這種「反城市文化」的傾向中，「鄉下人」往往成為城市批判的首選視角，「我是農民」往往是許多作家文化身份的認同。

〔註36〕毛澤東：《在中國共產黨第七屆中央委員會第二次全體會議上的報告》，《毛澤東著作選讀（下）》，人民出版社 1986 年版，第 667 頁。

〔註37〕孟繁華：《反城市文化的現代化悖論》，《東疆學刊》2002 年 2 期。

　　九十年代，在社會主義市場經濟的背景下，基於文化工業和媒介技術的大眾文化日益在城市文化語境中突顯。伴隨著新寫實小說、新市民文學、新現實主義文學的興起，這種「反城市文化」的傾向才在一定程度上獲得改觀。儘管仍然有著消費主義的擔憂，但是消費的合理性和欲望的合法化已獲得了其正面價值；儘管仍然有著宏大敘事消解的危險，但是對日常生活的密集書寫已經使個人化寫作成為一大批作家認可的姿態。即使在人文學術中也是一樣，從席捲全國的「人文精神大討論」到對「市民社會」問題的關注，從「個人化寫作」的討論到「底層」問題的爭鳴，都將自己關注的焦點集中到了城市、城市文化、城市文學之上。儘管其中仍然不乏批判和質疑，但是其中所發生的最大變化在於，基於鄉村文化的「鄉下人」眼光和視角明顯被淡化了，取而代之的是本雅明式的城市「漫遊者」姿態。儘管這種「漫遊者」姿態對城市始終保持著審慎的距離，但他觀看城市的眼光已經完全內化為城市之中，成為「城市文化的自省」。也就是說，「漫遊者」本身就是城市的產物，是「城市中的人群」，〔註38〕而不是城市的他者。反映在文學藝術上，即便是近年來以農民工為主要創作主體和反映對象的「打工文學」中，農民工問題也是作為城市問題來確立其反思的立場的——作為底層的農民工所面臨的基本問題不是「返鄉」，而是如何真正的「進城」。

　　與文學藝術和人文學術對城市文化的持久而密切的關注不同，直到90年代，文化傳承問題才真正成為城市建設的重要議題。在新一輪的城市競爭中，城市文化建設作為「軟實力」日益受到政府和學界的重視，並被確立為城市建設的核心。於是我們看到，一方面，對城市形象的塑造、對城市精神的提煉、對城市文化性格的理解成為各個城市文化建設中重要的方面。正是在這種差異化的追求中，城市自身的歷史、地域文化的因素才得以受到重視。但另一方面，在大規模的城市改造和功能布局調整過程中，城市老建築、街道、裏弄的消失、城市歷史記憶的淡化和城市民俗工藝的消亡又成為令人觸目驚心的事實。直到現在，吳良鏞早在上個世紀八十年代初就警告的「好的拆了，濫的更濫，古城毀損，新建凌亂」的「建設性破壞」現象仍然普遍存在〔註39〕；在城市化發展過程中，「千城一面」、「規劃混亂」、「好大喜功」、「偽造古董」

〔註38〕參見〔德〕本雅明：《發達資本主義時代的抒情詩人　論波德萊爾》，三聯書店 1989 年版。
〔註39〕吳良鏞：《城市規劃設計論文集》，北京燕山出版社 1988 年版，第 350 頁。

成為中國城市發展的四大怪現狀〔註40〕；儘管這些年非物質文化遺產的保護受到高度重視，但這只是轉化為各級「申遺」衝動，少數文化遺產申報的成功並不能挽回更多文化遺產的破敗和消亡。正如馮驥才所說的，「進入 90 年代後，我特別關注在急速現代化與市場化中文化的命運。……如今，現代化的負面造成的生態環境與資源的問題，正在愈來愈成為人們關注的焦點；但文化——比如正在被大規模的『城改』所滌蕩的城市的歷史文化性格問題，至今依然被漠視著。」〔註41〕其實，無論是對城市文化的重視還是損毀，文化傳承問題都還沒有完全內化到城市發展本身來考慮，而是帶有強烈的功利主義色彩——美其名曰「為城市經濟和社會發展服務」，實則將文化視為可有可無的舊抹布，想擦就擦，想扔就扔。

二、城市是文化的容器

那麼，城市發展與文化傳承相敵對嗎？很顯然，作為對象性的文化形態，那些古建築、老城廂肯定是破舊不堪了；那些精美的手藝也太費時費力，遠遠不能滿足批量生產和廉價銷售的需要；大規模的人口流動和移民湧入，使得城市的土著淪為「少數城民」，城市的歷史記憶和作為城市民俗的生活方式在青年一代的腦海裏無可挽回地被淡忘。同樣，作為城市發展的推動者，機構性的城市規劃也被推到風口浪尖上，任何一條街道的鋪設、一個小區的建造、一個商圈的設計都必然帶來大量的拆遷，隨著舊屋被夷為平地、原住民被遷往別地，一切物質和精神的文化都被徹底格式化了。但是，如果以這種二元對立的思維方式來思考城市文化傳承問題，那麼，它就將是一個永遠無法解開的死結。

其實，在城市文化傳承的問題上，芒福德視城市為「文化的容器」的觀點雖然一直被人津津樂道，但是其間的深意卻並未得到真正的認識。芒福德從城市發展史的角度指出，無論城市類型有多麼大的差異，「但它們的體制內容、功能作用卻毫無二致。二者都具有凝聚、貯存、更新和傳遞並進一步發展人類的物質文明與精神文明的社會功能，都能以通過不同社會功能和活動的交互作用進一步在時間與空間上擴大人類聯繫的範圍。」〔註42〕在此，芒

〔註40〕周之江：《中國城市發展四大怪現狀》，新華網貴州頻道 2003 年 12 月 11 日電。
　　　　http://www.gz.xinhuanet.com/xwpd/2003-12/11/content_1327368.htm。
〔註41〕馮驥才：《手下留情 現代都市文化憂患》，學林出版社 2000 年版，第 7 頁。
〔註42〕〔美〕L.芒福德：《城市的形式與功能》，陳一筠主編《城市化與城市社會學》，

福德的這一思想爲我們討論城市文化傳承問題確立了一個基本的立足點：應當把城市視爲文化傳承的積極力量來加以思考。如此，才有可能找到破解城市文化傳承問題的鑰匙。

首先，芒福德是從城市發展史的角度提出這一問題的。他認爲，無論是古代城市發展還是現代城市建設，文化傳承的功能從未受到削弱，相反一直是其基本功能。從人類文明的發展來看，「如果說，在過去的許多世紀中，某些著名的首都城市，如巴比倫、羅馬、雅典、巴格達、北京、巴黎和倫敦成功地支配了各自國家的歷史的話，那只是因爲這些城市始終能夠代表他們民族的傳統文化，並把其大部分留傳給後代。」〔註 43〕而作爲最新的城市發展的普遍形式——特大城市——而言，這種文化傳承的功能依然強大。在他看來，「如果說博物館的產生和推廣主要是由於大城市的緣故，那也意味著，大城市的主要作用之一是它本身也是一個博物館：歷史性城市，憑這本身的條件，由於它歷史悠久，巨大而豐富，比任何別的地方保留著更多更大的文化標本珍品。……那種巨大浩瀚，那種對歷史和珍品的保持力，也是大城市的最大價值之一。」大城市非但不是文化的健忘者和終結者，相反，「大城市是人類至今創造的最好的記憶器官，在它變得太雜亂和瓦解之前，大城市也是進行辨別、比較和評價的最好的機構。」因此，他不無樂觀地宣稱，「城市的主要功能是化力爲形，化能量爲文化，化死的東西爲活的藝術形象，化生物的繁衍爲社會創造力。」〔註 44〕

也許我們會覺得芒福德的這種城市文化觀過於樂觀主義，但是，只要認眞想想，儘管有許多人會懷念鄉村文化的閒適與從容，但是很少有人願意眞正捨棄城市裏的現代生活而回歸原始；儘管我們痛惜大規模的城市改造損毀了豐富的文化遺產，但是不容否認的是，無論是文化保護的制度設計和實際的行動都必須依賴城市這一高度組織化、機構化的形式；也許我們會覺得那些被博物館化了的民間文化和城市民俗已經成爲沒有生氣的標本，但是另一個顯見的事實在於，如果沒有這些博物館和民間的收藏，這些文化形態也許早已屍骨不存。

光明日報出版社 1986 年版，第 52 頁。

〔註43〕〔美〕L.芒福德：《城市的形式與功能》，陳一筠主編《城市化與城市社會學》，光明日報出版社 1986 年版，第 54～55 頁。

〔註44〕〔美〕劉易斯·芒福德：《城市發展史起源、演變和前景》，宋俊嶺、倪文彥譯，中國建築工業出版社 2004 年版，第 573～574、574、582 頁。

　　其次，芒福德另一非常有價值的觀點在於，他是視城市為人類文化的容器，而非僅僅是城市文化的容器。在芒福德看來，「人類社會的文化成就、文化積累愈是廣博、豐厚，就愈顯出城市在組合、開發這些文化成果中的重要作用。……城市在吸引各種人群的過程中，把許多民族和不同時代的音樂、舞蹈、禮儀、傳說，尤其是各種行業技藝等，移植、提高、保全下來。這些東西否則會得不到發展，甚至失傳。」〔註 45〕因此，文化傳統和傳統文化的問題被內在的作為城市的基本功能，而非附加功能；城市文化傳承也絕非城市文化的傳承問題，而是城市的文化傳承問題。

　　如果具體到當代中國來說，所謂城市文化傳承問題，其真正的意義在於，城市文化建設中，過分關注了城市性的文化，而對非城市性的文化予以了排斥。這可能是問題的關鍵。也就是說，就城市文化而言，它包含著狹義的「城市性的文化」和廣義的「城市中的文化」。城市性的文化意指那些伴隨著城市的現代化發展，尤其是以人口的集聚而產生的文化共享需要、以現代傳媒技術的發展而出現的便捷傳播可能和以商品交換為目標的文化產品生產而出現的大眾文化。對於這種文化現象的關注，一直是西方文化研究的基本命題。商品消費、媒介技術、大眾趣味由此成為城市性文化的三大標籤。從某種意義上說，90 年代中國城市文化研究熱的興起，與這種以法蘭克福學派和伯明翰學派為代表的文化批判理論的引入不無關係。但是，除了大眾文化之外，城市文化中還有更多的「城市中的文化」，它因無法商業化而失去了市場、因無法工業化而使手藝失傳，因無法適應青年一代的欣賞趣味而日益萎縮。因此，如果我們要認真研究好城市文化傳承問題，僅僅依靠文化研究的批判理論已經遠遠不夠了，我們應該把視野從狹義的「城市性的文化」中解放出來，而放寬到廣義的「城市中的文化」，恢復城市文化的本土性、歷史性和層積性。概而言之，我們可以將「城市中的文化」區分為四大類：一類是城市化進程所創造的當地文化傳統，它包括古代城市文化的遺存和近現代的歷史記憶以及更重要的是市民生活方式的變遷。第二類是在城市在向農村擴張的過程中城市化了的鄉村文化，儘管這種文化逐漸失去了其生存的土壤，但是它仍然通過轉變成城市民俗而得到了一定程度的保存，如許多民間工藝、戲曲、節慶習俗等；第三類是由城市移民所帶來的異地文化傳統，其中最主要的是由

〔註45〕　〔美〕L.芒福德：《城市的形式與功能》，陳一筠主編《城市化與城市社會學》，
　　　　　光明日報出版社 1986 年版，第 55 頁。

農民工所帶來的鄉村文化傳統，尤其是在中國，農民工的流嚮往往是經濟相對落後的中西部地區的農民向經濟相對發達的東南部地區城鎮集結；第四類是以市民意識為基礎的市民文化，它不僅包括批判理論所密切關注的在文化工業影響下的大眾文化，而且包括在社會現代化過程中形成的自由、平等、獨立的價值觀念和在文化現代性的確立過程中形成的創新、批判與反思的精神品質。其中第四類才是我們通常意義上的「城市性的文化」。

也許更為重要的是第三，儘管芒福德討論的是城市與文化傳承問題，但他更強調的是城市中「人的活動」在文化傳承中的重要性。在他看來，「城市環境中的每一種活動，都是開放的鄉村環境所早已熟知，並且卓見成效地進行了許多世代的；但是，唯獨有一種功能，卻只有城市才能完成，這就是綜合與協調這許許多多的人類活動，具體方式就是人群的長期聚居及直接的、頻繁的面對面的往來。這只有在城市環境中才有可能實現。由此可見，城市特有的功能只在於它能增強人類活動和往來的內容、種類、速度、程度以及持續性。」〔註46〕而且，在「人的活動」問題上，芒福德最為看重的是作為城市的主體——「市民」——在文化傳承中的重要性。所謂「市民」並非「城市中的人民」這種字面意義那樣簡單。在西方文化傳統之中，市民最為重要的標準是指作為社會中的個人自覺意識到自己是一個獨立、自由、平等的主體，並且擁有自己不受他者影響的價值理想和不受國家和他人非法干涉的觀念體系。基於這種市民意識而形成的社會生活領域，在當代政治學和社會學研究中被確立為「市民社會」。作為這個社會的基本單元，市民社會具有經濟和權利的多元、個人的獨立與自由、以契約確立人際關係和高度自治等基本特點。在《城市發展史》中，芒福德也是從這種特定的市民含義出發展開其論述的。在他看來，「希臘人產生出了自由市民。……市民認為，城市所擁有的一切，都是他自己與生俱來的權力：市民之間，正像朋友之間那樣，絕不存在什麼秘密的事情，不存在職業上的隔閡，也不存在不平等的可能性。」而作為對未來城市發展的構想，芒福德仍然將其發展的動力確立在市民意識之上。他認為，「現在城市必須體現的，不是一個神化了的統治者的意志，而是它市民的個人和全體的意志，目的在於能自知自覺，自治自制，自我實現。他們活動的中心將不是工業，而是教育；每一種作用和功能將按照它促進人

〔註46〕〔美〕L.芒福德：《城市的形式與功能》，陳一筠主編《城市化與城市社會學》，
　　　　　光明日報出版社 1986 年版，第 54～55 頁。

類發展的程度來加以評價和批准，而城市本身將為日常生活中自發的衝突，挑戰和擁抱提供一個生動的舞臺。」〔註47〕

如前所述，在城市文化傳承問題上，我們過於關注了對象性的文化形態和機構性的城市規劃，從而遮蔽了對作為城市文化主體的市民因素重要性的認識。比如說，在非物質文化遺產保護中，經常會出現這樣的困惑：儘管政府和學界千方百計創造各種條件，但是大量的絕技都面臨著「斷後」的危險，而一旦沒了傳人，這種非物質文化遺產的「活性」便會消失，而只能成為「化石」。再比如在城市建設中，「空城」現象日益嚴重，造成這種現象的原因或因為過快的「城市郊區化」而使市中心陷入「白天擁擠、晚上冷清」的尷尬，或因為城市間發展差異的擴大，使得人口不斷向大城市集中，出現了中小城市發展停滯，或因為市中心房價和生活成本過高，促使大量市民轉移到市郊等等，而「城」之所以「空」，正在於「人」之無。再比如，當我們痛斥城市規劃「千城一面」時，也許只是注意到了建築的雷同和風格的單一，其實，在現在全球化背景下，人口的大量而快速的流動已經成為常態，而城市則是各種「移民」和「流民」的匯聚之所，僅僅從市民結構的角度來說，愈是現代化、國際化的城市，其地方性因素將愈淡化，其城市文化也將愈趨於一致，也許這種市民的「千城一面」比建築的「千城一面」更值得關注。因此，我們必須充分重視芒福德對「人的活動」因素的強調，在討論城市文化傳承問題時，不僅僅要把目光鎖定城市規劃和政府行為，而且更應該重視城市市民及其文化問題。

在這個意義上，前述文學藝術和人文學術在城市文化傳承問題上的基本立場和姿態具有了極為重要的人文價值。雖然「鄉下人」的視角顯得保守，「漫遊者」的姿態缺乏行動性，但是他們對「城市與人」的思考卻是城市文化傳承中最為重要的價值維度。因此，有了對「城市與人」的人文關懷，有了關注「人的活動」的社會學視角，城市文化傳承問題也就有了解決的可能。

三、城市文化傳承中的市民化問題

正是在芒福德所說的「城市是文化的容器」的意義上，城市文化傳承與城市發展（即城市化進程）不再水火不容，而是同構合拍的。事實上也是如

〔註47〕〔美〕劉易斯・芒福德：《城市發展史起源、演變和前景》，宋俊嶺、倪文彥譯，中國建築工業出版社 2004 年版，第 171、584 頁。

此，只要我們回到「城市化」最為基本的定義便不難發現，城市化最為重要的其實是市民化問題。在《辭海》中，城市化被定義為兩個層次：一是「城市數量增加或城市規模擴大的過程。……表現為城市人口在社會總人口中的逐漸上升」；二是「將城市的某些特徵向周圍的郊區傳播擴展，使當地原有的文化模式逐漸改變的過程」。前者是從人口的數量對城市化水平做出的量化指標，而後者則是從生活方式、文化模式的變遷對城市化水平進行質性評估，兩者合二為一即是「市民化」問題。相似的定義我們還可以舉出國家標準《城市規劃基本術語標準 GB/T 50280-98》來，其中「城市化水平」的定義即是「衡量城市化發展程度的數量指標，一般用一定地域內城市人口佔總人口的比例來表示。」〔註48〕同樣是「人」的問題。正因為如此，才有學者不斷指出：「城市化的關鍵是農民市民化」〔註49〕，一直困擾城市文化傳承的「傳承與發展」的矛盾則可以內化到市民化進程中，通過對市民化進程的複雜性分析而找到解決之道。

　　首先，城市文化傳承中最為重要的問題是如何處理市民化進程中的文化衝突，它貫穿於城市化的所有階段。所謂「市民化」問題按照城市社會學的共識性理解主要包括兩個層次，一是身份的市民化問題，即城市在向農村擴張過程中，將當地農民或外來的移民（在此特指農民工）改造成城市市民，給予他們城市人的身份、職業及各項市民權利等；二是意識的市民化問題，即在身份的市民化基礎上，進一步使他們形成市民意識，產生市民文化，形成市民社會。從身份的獲得到意識的形成需要一個漫長的過程，因此在市民化進程中始終伴隨著各種文化矛盾和衝突。在城鎮化階段，城市的發展還更多依賴沒有完全脫離土地的農民工來獲得其經濟和社會的發展，依賴「工農剪刀差」所造成的勞動力成本優勢來增強其企業競爭力。由於「農民不失去土地是中國城鎮化基本特點」〔註 50〕，作為農民工主體的文化現實是在生活方式、價值觀念、風俗習慣等方面保留著濃厚的鄉村文化特點，加之這一階

〔註48〕中華人民共和國建設部主編：《城市規劃基本術語標準》，中國建築工業出版社 1999 年版，第 3 頁。

〔註49〕《城市化的關鍵是農民市民化》，《中國新聞週刊》2005 年 3 期。該文一針見血地指出，「城市化並不簡單地等於城市的攤子擴張，也不簡單地等於城市常住人口的增長：城市化，歸根到底是社會結構變遷的組成部分。它意味著一種新的經濟形態，新的公共生活，新的人際關係及新的精神生態。」

〔註50〕李玉梅：《中國城鎮化進程中的農民問題——建設部部長汪光燾答本報記者問》，《學習時報》2006 年 5 月 10 日。

段具有城市性的文化發展還沒有獲得足夠的發展，使得城鎮化的農民市民化進程相對緩慢。因此，切實保障農民工的合法權益，改善農民工的生活條件，在城鄉統籌的框架下解決城市文化問題則是當務之急〔註51〕。不過，在文化傳承問題上，正因爲城鄉文化的這種彼此消長和市民化程度不高的特點，使得具有鄉土氣息的文化形態得以在城市中保存，並在一定範圍內轉化成城市民俗。在中小城市化階段，市民化進程無論是量還是質都獲得了很大的提高，城市的發展開始更多信賴城市市民自身的創造，城市性的文化在文化機構（包括各種文化事業機構和文化產業機構）的日趨發達、城市規劃的日漸有序中得到飛速發展，市民交往也更加開放和理性。這個階段，農民工開始處於城市文化發展中的弱勢地位，基於農民工而移入的鄉村文化也慢慢式微。因此，中小城市化階段的城市文化就轉變成如何一方面繼續發展市民文化，構建市民社會，另一方面保障農民工的基本權益，並加快其市民化進程的問題。而到了都市化階段，市民化程度進一步得到提升，伴隨著城市生活水平的提高、市民文化素質的提升，建立在「物」的豐裕基礎上的消費文化開始突顯；而隨著社會階層結構的變遷，中產階級逐漸成爲城市市民的主流，這也使得中產階級文化成爲最具影響力的城市文化。因此，在這個階段，由於對農民工依賴程度的降低，加之城市性文化的日益強大，鄉村文化因素進一步被剝離，與此同時，在城鎮化、中小城市化階段形成的城市民俗也因市民生活方式的變遷而逐漸消失。也正是在這個階段，各種城市文化的物質文化遺產和非物質文化遺產的保護問題才眞正被提上議事日程。

　　其次，當代中國城市化進程與市民化進程出現了不同步的現象，從而進一步增強了城市文化傳承的複雜性。如果說我們以一個城市爲單位可以將城鎮化、中小城市化和都市化分別作爲城市化發展的不同階段的話，那麼，如果將中國所有的城市放在一起，則會發現不同城市城市化發展水平存在著明

〔註51〕「城鄉統籌」是中國社會文化發展的必然選擇。按照加拿大地理學家麥吉的說法，東南亞的城市化道路與歐美是完全不一樣的。歐美的城市化主要是由中心城市支持起來的，而東南亞的城市化則是在城鄉混合的工業化與城市擴張過程中發起的（參見 Edited by Norton Ginsburg, Bruce Koppel and T. G. McGee, *The Extended Metropolis, Settlement Transition in Asia*, University of Hawaii Press, 1991.）因此，城鄉問題一直是中國城市化、市民化進程中始終面對的問題。爲什麼在新中國城市文學史上會出現如此長時間的「反城市文化」現象，爲什麼許多作家會選擇「我是農民」作爲批判城市的視角，我們可以從中找到答案。

顯差異。如果只是進行粗略地劃分，我們可以將中國目前的城市化劃分爲三種完全不同的類型：一類是以北京、西安等古都爲代表的「古都型城市化」，其自身負載著悠久的傳統文化，同時又面臨著現代化的挑戰；一類是以上海、廣州等爲代表的「開埠型城市化」，其城市化發展在近現代西方經濟文化的強勢影響中獲得了迅速的發展，無論是社會經濟還是市民文化都呈現出明顯的「外向性」（或曰「國際化」）的特點；一類是以廣東、江浙部分鄉鎮城市爲代表的「鄉鎮型城市化」，它們興起於改革開放的新時期，其經濟的飛速發展得益於民營、私營經濟的強大推動，更利益於大量來自中西部的農民工爲之帶來的低廉的勞動力成本，但是其單一的經濟發展取向，並未使城市化水平獲得同步的提升。因此，這三類城市所面臨的文化傳承的問題其實是非常不同的。比如說古都型城市的市民化進程面臨最嚴重的問題是中國悠久的傳統文化的繼承，文化的傳統與現代的交織「剪不斷，理還亂」；開埠型城市的市民化進程由於更多近代市民傳統的浸染，中西文化的碰撞則是其必須處理好的問題；而鄉鎮型城市的市民化進程則更多受制於鄉村文化的束縛，如何在城鄉文化對峙中尋求解決之道則是其比較棘手的問題。

第三，在中國的城市化進程中，市民化也並非鐵板一塊的，不同的人群其所面臨的市民化問題也不一樣，從而使都市文化傳承問題更爲複雜。比如說，同是「農民市民化」問題，因知識文化水平的差異，其市民化的進程其實有天壤之別。無論是中小城市還是國際性大都市，都對農民進城設置了一定高度的門檻，其中最重要的就是知識文化水平。對於沒有知識文化和專業技能的農民工而言，他們沒有更多就業機會，只能從事城裏人不願意幹的最髒最累最廉價也最沒保障的工作，而且大多數農民工也缺乏基本的權益保障意識，因此農民工普遍被排斥在市民化進程之外，因此，其在精神文化方面的特點就是與城市性文化的隔膜和對鄉村文化的認同。但是對於那些通過高考「跳龍門」或者有一技之長的農民而言，他們通過「先知識化」而使自己擁有了「引用人才」的待遇，無論是在戶籍管理、就業渠道還是社會保障等方面都受到青睞和優待，他們與另外一批從城鎮或中小城市市民一樣，以「城市移民」的方式向大城市集聚。由於其經過了「先知識化」的過程，而且被城市接納的難度相對較低，因此其市民化程度最快，市民意識的形成也最容易。由於其自身所承載文化的雙重性（即既認同鄉村文化或中小城市文化，也認同都市文化），雖然不免有文化差異的緊張（如在上海文化討論中一直糾

纏不清的「新上海人」與「老上海人」之間的文化衝突，其實遠遠沒有他們所感受得那麼嚴重〔註52〕），但更多的其實是彼此的並存與兼容。除此之外，對於一直生活在這個城市的城市原住民而言，儘管他們從一開始就獲得了城市市民的身份，但是在城市化發展過程中，其自身也面臨著「再市民化」的過程。一方面，這類市民擁有對這個城市歷史與文化的記憶，也是城市民俗這些活態文化的保存者，但是另一方面，因人口集聚效應而帶來的大量城市移民對其生活方式、生存狀態甚至其社會地位都帶來諸多影響，比如說在城市經濟和社會發展轉型的過程中，因產業布局調整而導致大批工人下崗，使他們從城市的主人翁一度淪為城市的邊緣人，甚至成為城市貧民這樣的弱勢群體，這樣，他們必然面對著重新調整自己與城市的關係、重新找到自己在城市中的位置的問題。

〔註52〕 如 2006 年 4 月至 5 月間，《新民晚報》就組織了一次「上海是不是我的家？」的討論。此事緣起於一位來滬工作多年卻總無「溫暖親切」感的同濟大學女教師柳珊給晚報的來信。信中列舉了自己作為新上海人的一些困惑，其中最重要的問題是，一方面，自己作為「新上海人」長期得不到「上海人」的認同，同時另一方面，自己又長期未能真正認同「上海」。而且這只是二十多年來，上海圍繞「上海人與上海」、「上海人與外地人」、「上海城市精神」、「做可愛的上海人」、「世博與城市大發展」等各類相關主題討論中極小的一次。

第四章　審美現代性與現時代中國的精神狀況

第一節　方方小說中的「潛對話」現象

　　從《狀態》始，「潛對話」已成爲方方小說創作的一種自覺的藝術追求，這在其近作《烏泥湖年譜》中表現得尤其明顯。它不僅表現在單個人物、人物與人物、作者與人物之間，還成爲作品的結構性因素。作爲與「對話」（公開對話）相對而言的「潛對話」，與巴赫金所說的「複調」有著明顯的差異，本文從兩者的區別入手，探討了中國何以出不了「複調小說」的原因，這裡既有作家個人的藝術選擇因素、也有時代情勢使然，更在中俄知識分子性格的差異上表現了出來。

一、作爲敘述方式的「潛對話」

　　提出方方小說中的「潛對話」現象其實有一個心理基礎，即前幾年閱讀她的《狀態》時的一種閱讀感受，當時筆者還沒有找到一個非常合適的詞來對這種現象進行概括，只好用「口是心非」來對此進行了描述。到了她的長篇新作《烏泥湖年譜》的時候，正好在研讀巴赫金的對話理論，因此，在閱讀方方的小說的同時，另一個更大的問題吸引了我——中國何以出不了複調小說？這種理論思考與此前的閱讀感受相結合，使我終於找到了一個很好的詞來對方方近年來小說創作中出現的這種越來越多的「口是心非」的描寫進行理論概括了。這就是——「潛對話」。對「潛對話」的重視大概從《狀態》

開始，到了她的長篇新作《烏泥湖年譜》的時候，這種「潛對話」的藝術探索又達到了一個新的境界。

所謂「潛對話」，是相對於「對話」（公開對話）而言的，指在小說敘事中，作者與人物、人物與人物、人物的內心與其外在言行之間面對同一事件而採取的不同的甚至是截然相反的態度，但是這種態度不是通過公開的方式展開的，而是通過一種潛藏於心、不露於色的方式表現出來的。對此，方方曾經作過一個解釋：「知識分子的內心還是清醒的，只是所想和所作的被分離開了。」[1] 在方方的《狀態》中，還只是單一層面的對人物的口是心非的描寫，即在主人公身上同時並置「（對他人的）對白」和「（針對內心的）獨白」，以達到後者對前者的意思進行消解的作用。到了《烏泥湖年譜》，這種「獨白／對白」之間的「潛對話」成為人物描寫的重要手段，在整部小說中比比皆是。如面對反右中對吳思湘的批判，丁子恒的「潛對話」是，「尤其董凡舉出的吳思湘言論，單獨看似乎確應批判。類似話吳思湘也的確說過，但吳是在坦陳自己過去的錯誤想法時說的這番話。他是完全否定自己這些想法的，怎能抽掉他原來說話的背景不提呢？」這段獨白所針對的正是董凡等人在批判吳思湘的時候所採用的「斷章取義」做法，儘管丁子恒沒有公開表示出對之的不滿，但通過這種「潛對話」，丁子恒的觀點看法和立場是顯而易見的。還有的「潛對話」並沒有嚴格意義上的「對白」，但就其「公開性」來說，亦可作為與之「潛對話」的對象。如丁子恒在聽周副院長的冗長的報告的時候，一直心不在焉，信馬由繮，內心的獨白正是對周副院長的報告進行的質疑和否定。特別有意思的是，他的這種「潛對話」還外化為散漫的行動，——「丁子恒思緒有些紛亂，胡思亂想的內容不時地撞擊著他，周副院長所講的內容許多他都沒有記下來。」「潛對話」的膨脹無形中起到了抵制、消解「公開對話」（周副院長的報告）向人的內心滲透的作用。「潛對話」現象在方方小說成為一道獨特的風景，不能不引起我們的注意。

方方小說中的「潛對話」既不同於巴赫金所說的陀思妥耶夫斯基式的「複調」（關於這一點，本文將在下文中詳述），也不同於薩洛特心目中的對傳統「對話」的技術性拆解。方方小說中的「潛對話」從形式上確有薩洛特所說的在「對話」與「潛對話」之間展開一場緊張的、微妙的、殘酷的爭鬥的作用。[2]（p566～p584）但是，兩者的區別還是很明顯的。對於薩洛特來說，「潛對話」是一種現代小說技巧，它的目的是為了打破讀者關於小說「真實／虛構」

之間的幻象，增強讀者閱讀現代小說時的那種自覺意識。可以說，薩洛特的「潛對話」還只是文學意義上的「潛對話」。而在方方那裡，「潛對話」的思想意義要大大大於它的技巧意義。一方面，就其最基本的形式而言（在此主要指方方小說中人物的口是心非的描寫），其藝術技法可以說就是傳統現實主義小說「內心獨白」的一種延伸。在表現形式上，仍然是敘述者以第三人稱的口吻對主人公內心想法的一種展示。「他想，……」作為一種形式上的標記，將人物的行為與心理進行了劃界，但是另一方面，這種傳統的藝術表現形式在方方那裡獲得了全新的意義。人物的「內心獨白」、「心理活動」的真實性（這種對內心真實的確認正是方方小說中「潛對話」得以成立的思想基礎）對人物的「外在行為」、「對白」的偽飾性（這種外在的虛假性，正是方方「潛對話」得以取得相應的藝術效果的現實條件）進行了揭露，從而深刻地揭示出人物在思想禁錮、動則獲罪的歷史情境中所經受的身心折磨和心路歷程。從這個意義上說，方方使「獨白」這一傳統小說技巧獲得了全新的藝術生命。

　　人在什麼樣的條件下才能講真話？這可以說是方方在《烏泥湖年譜》中所欲探討的問題之一。「獨白／對白」之間的「潛對話」關係表明，一個人偽飾、沉默以及無奈地做一些違心的事情，並不表明這個人就真的「喪盡天良」了，他的內心中還保留著對那些荒誕不津之事的強烈的「自我意識」，還有著對於什麼是真、何以為善、所以為美的「自我意識」。只不過，這種「自我意識」在特定的社會文化心理和現實環境條件下，得不到正常的表現。「潛對話」即是對於這種現象的藝術再現。

二、《烏泥湖年譜》的「潛對話性」

　　在《烏泥湖年譜》中，「潛對話」獲得了更大的藝術表現空間，它超出了那種單純的基於「內心獨白」的單一性形態，而在更多的方面自覺運用並表現出這種「潛對話性」來。就人物而論，這種「潛對話」除了「獨白／對白」之間的「潛對話」關係之外，還有另外兩種「潛對話」形式：一種是「私人言語／公共言語」之間的「潛對話」關係。如果說，「獨白／對白」之間的「潛對話」關係還局限於一個人物的內心與外表的話，那麼，「私人言語／公共言語」的區分則表明「講真話」的範圍擴大至自我與他人之間，是一種基於真實對話（如果可以將人物的「獨白／對白」之間的潛對話稱為「虛擬對話」

的話）的「潛對話」關係。小說中，雯穎不懂明明煉不出鋼為什麼還要煉，丁子恒勸她即使不懂也照樣去做。並對她說：「你還是好好當你的穆桂英吧，千萬別跟外人說這些話。」在此，這種「潛對話」嚴格標明了對話對象的選擇（一般是至親及密友），因為這樣才能夠保證對話的私人性、保證其不被公開的可能性。無論是在反右中，還是後來的文革中，這種因為日常生活中的人與人之間的閒聊被人揪住辮子從而被人上綱上線最後鬧得家破人亡的例子實在是太多了。於是，對於「公共言語」的恐懼，使人被迫轉向內心，即使是需要講真話的時候，也一定要看對象（對話者）。另一種是「溫和言語／激烈言語」之間的「潛對話」關係。在小說中，丁子恒一直都因其「溫和主義」而受到批判。應該說，這種「溫和主義」是一種對當時如暴風驟雨式的「階級鬥爭」的反拔，一種對有違人性的政治批判和人身攻擊的「陽奉陰違」。作為一種策略選擇，丁子恒一類的知識分子選擇的是一條既保全自己和家人（這是最重要的），又不至於傷害他人。因為他知道，即使他不傷害他人，其他人同樣也會對他人造成傷害，因此，這種做法的效果不可能取得對受批判者人格尊嚴、乃至生命的維護，只能反過來，仍然只能回到自己身上，使自己免於受到內心的更多的譴責。從這個角度來講，這種「溫和主義」的本質仍然是為己（以不害人為前提）的。在小說中，「溫和言語」與「激烈言語」之間的「潛對話性」是顯而易見的。

「潛對話」與「公開對話」之間的一個明顯的區別在於，面對同一問題而發出的不同聲音彼此不同處於同一層面。要麼如「獨白／對白」式的一個發言為聲，一個深藏於心；要麼如「私人言語／公共言語」分屬於不同的話語場；要麼如「溫和言語／激烈言語」的貌合神離。因此，「潛對話」與「公開對話」相比，其藝術的衝擊力不在於外在形態的激烈，而在於從中所顯露出的人物內心的一種被撕裂的痛楚。

這種「潛對話化」還表現在「作者／人物」之間所構成的「潛對話」關係。應該說，在處理「作者立場」的問題上，在處理「作者與主人公」的關係上，借用巴赫金的說法，「作者獨白性」的立場是一以貫之的，在小說中，作者始終沒有是作為一個「外位性」（這同樣也是巴赫金的術語）的因素，支配、控制著整個小說的進程，更沒有如陀思妥耶夫斯基一樣，把自己化裝成一個「人物」進入小說與人物展開「面對面」的對話。但是，這並不表明，「作者／人物」之間沒有心心相通的地方，「作者／人物」之間的「潛對話」關係

表現得更爲隱蔽。它主要是通過兩種藝術手段達到的：一種是人物在一定時候取代敘述人的地位。從而獲得了的「臨時作者」的身份。如每章的結尾部分要麼以第三人稱對丁子恒的描寫，要麼以丁子恒的一段內心獨白作爲結束，而這種結束方式都起到一種對整個這一年時光進行總結的藝術效果。這種總結性是假託於人物心理的，或者說在此是人物與敘述者的重合。另一種是當人物自己在進行「潛對話」的時候，作者「忍不住」把自己對此的反應以「作者的議論」的方式表現出來。這種議論在小說雖不多見，但同樣非常引人注目。如小說中寫道，丁子恒在日記中對自己作出了評價，認爲自己「訥於言詞。……自己縱有理想，一旦情況變化，便會很容易地放棄理想，取一條平安的路走，說起來也是一種自私自利。……自己只能做一個單純的具有才能的技術人員，而皇甫白沙則應該是一個可以在社會上叱吒風雲的領袖人物。」接著，作者忍不住發表了議論：「然而實際的生活卻讓皇甫白沙無用武之地，而使他丁子恒日復一日地變成一個有話不想說，才能亦無處發揮的庸常之輩。」作者的議論很明顯是直接針對丁子恒的日記而發的。從小說敘事學上，兩者是不屬於同一層面的東西，但正是這兩者構成了一種「潛對話」，作者的議論正是對丁子恒的日記的一種補充，作者進一步將丁子恒沒有說出的話說了出來。

小說結構的「潛對話化」在《烏泥湖年譜》中同樣顯得異常突出。這裡的小說結構並不是指小說的章回結構，作爲一種小說的布局手段，以年譜的方式進行敘述，一則是爲了保持小說的內在整體感，一則是爲了突出其具體的時代氛圍。在《烏泥湖年譜》中，以丁子恒爲主要人物，同時展現了從1975年到1966年發生在烏泥湖的生活的方方面面。在此，丁子恒同時處在兩種「生活世界」裏。一種是外界的工作、學習、政治鬥爭，一種是家庭的柴米油鹽、衣食起居、小孩成長。前者可籠而統之爲「政治生活」（取「泛政治意識形態」之意），後者則是「日常生活」。兩種「生活世界」構成整部小說內在的結構性因素。一方面，維護「日常生活」的穩定，「保妻爲兒」構成了丁子恒對外軟弱、消極，盡可能逃避激烈的政治鬥爭的行爲動機，溫柔賢惠的妻子，聰明可愛的兒女正是丁子恒唯一的寄託和避風港。小說中不斷地寫到丁子恒面對「幸福的小家庭」時的感觸，尤其是在1966年，在「生」與「死」的邊緣，他想到，「他不能死，因爲他的身後有柔弱的妻子雯穎和四個孩子，他沒有死的權利。但是，他也無法活，因爲他的心和他的意志，都承受不了凌辱，做

人而沒有一點尊嚴,比死去更爲痛苦。」另一方面,丁子恒所努力維繫的「幸福的小家庭」不可能成爲一個完全封閉的環境,「政治生活」無時無刻地對「日常生活」進行強有力的衝擊。隨著時間的推移,特別是隨著小孩的長大,這種局面越來越難以控制。先是大毛要放棄高考而赴新疆,再就是 1966 年,三毛開始領著嘟嘟在家裏造反了。這時,丁子恒才眞正體會到一種難言的悲哀:他個人是無力阻止這一切的。小說只是寫到了 1966 年,我們完全可以想像:1966 年之後將會是一種什麼樣的局面呢?這正是丁子恒所要面對的問題。也正是在這一點上,「政治生活/日常生活」之間的「潛對話」關係一躍而成爲小說的小說情節的主線。

更爲深刻的是,這種「潛對話」的有效性同時也受到了一種質疑。因爲無論是「獨白」也好,「私人言語」也好,還是「溫和言語」也好,它們都是一種以隱忍爲基本特徵的思想行爲,不僅不具有攻擊性,甚至還缺乏起碼的「自我保護」的能力,因此,基於守勢的它們面對處於強勢的、有著強烈攻擊性的「對話」、「公共言語」、「激烈言語」來說,倒底有多大的拆解力是值得懷疑的。以「私人言語/公共言語」之間的「潛對話」爲例,反右中,這種私人場合又有多少私人性可言呢?不管是李琛明也好,還是王志福也好,他們之所以獲罪的原因都在於私下場合的一些不敬之辭,因此,這種私人性同時受到兩種情況的衝擊:一種是「第三者」的在場,不管是眞眞在場還是缺席的在場(王志福密告蘇非聰即此),一種是對方的出賣,即將這種私人性的話公開化(丁子恒就因此而使李琛明戴上了「右派」的帽子)。甚至,這種「潛對話」的結果,使內心獨白的自由性都受到了嚴重的影響。小說中寫道:「一個念頭隨感慨而突然冒出:爲什麼不能讓我成爲一個簡單一點的人呢?爲什麼不能讓我永遠不懂這些東西呢?這個念頭雖只是從腦海間一閃而過,丁子恒卻已被它嚇得心跳不止。」這種現象進一步發展就成了文革中的「狠鬥私字一閃念」,革命深入到人的潛意識之中。

指出這一點,並不是想因此而質疑方方找到的這一藝術手段的表現力,恰恰相反,正是因爲她採用了這一表現手段使得其小說的藝術震憾力獲得了極大的加強。因爲作爲一個現實主義者,一個基本的準則就是不僞飾,寫出歷史的本眞的東西來。「潛對話」效果的局限性並不表明方方的無能爲力,而是時代的情勢使然。

三、中國是否存在「複調小說」的生存土壤？

　　「潛對話」的生成來源於現實生活中「公開對話」的不可能。在那個動則得咎的時代，日常生活中謹言慎行，接受批判中的低頭認罪只能是必然的選擇。反右中，邱傳志「認眞地聽著越來越尖銳的批判言詞，一句也不辯解，只唯唯諾諾地認罪。」蘇非聰本來還很強硬，但是一經丁子恒的點拔（實際上是吳思湘的勸告：「要屈服，要認命，要爲妻兒老小著想。否則，最後被送到勞改農場去就好嗎？或者，被槍斃掉……」）便不再反抗，「無論人們怎麼批判，無論人們採用了什麼樣過分的言詞，他都一律接收，一律認罪。」正如方方所說的：「知識分子無法左右自身之時，只能選擇屈辱，因爲這樣可以換得周圍的人能好好的生活。」[1]在這種情況下，對話已不可能存在。只有批判者和被批判者，被批判者已沒有說話的權力。「潛對話」正是在這種不可能有對話產生的地方產生的。

　　作爲一種顚覆性的因素，特別是在思想單面化的時代，這種「潛對話」顯示了「異端」的存在。值得注意的是，方方小說中的這種「潛對話」與巴赫金所說的陀思妥耶夫斯基小說中的「複調」是截然兩種不同的藝術形式。我們並不是要求方方去按照巴赫金所說的「複調小說」〔註1〕的寫法去寫，更不是說要讓方方成爲中國的陀思妥耶夫斯基才覺得滿意，將方方小說中的「潛對話」現象與巴赫金所說的「複調小說理論」相對照，我們所思考的是爲什麼當時的社會現實並不比俄國好多少，知識分子所受的精神和肉體的苦難不比俄國知識分子少多少，但爲什麼不能出現類似的「複調小說」呢？

　　就方方而言，藝術選擇很明顯是具體個人性的因素。在處理作者與主人公的關係上，方方並沒有採取巴赫金所說的「對話式」的方式。究其原因，就在於第一，方方與主人公之間並不存在著原則性的思想分歧，作者是抱著同情理解的態度來對待丁子恒及雯穎一家的，作者的立場在於充分理解承認丁子恒所作所爲的現實合理性（因爲事實如此），方方的整部小說可以說是對以丁子恒爲代表的這樣一類知識分子在 1957 到 1966 年間的心路歷程的逼眞描寫。第二，作者與人物之間並不存在如陀思妥耶夫斯基式的溝通式的橋梁。也就是說，在方方的《烏泥湖年譜》中，她還是努力在遵循傳統現實主義小說的藝術成規，既保持著作者的「外位性」，又維持著作者對於人物、事件、

〔註 1〕　關於「複調小說」，參見〔俄〕巴赫金：《陀思妥耶夫斯基詩學問題》，《巴赫金全集·詩學與訪談》，河北教育出版社 1998 年版。

情節安排的控制權。當然還有第三，方方的藝術描寫重點不在於「思想」，而在於「人物」、在於「事件」、在於「情節」。方方並沒有意圖將之寫成類似「思想筆記」之類的小說形式。儘管「思想」構成了方方所欲探討的「眞話」的內核，但是，圍繞這一內核的諸如「心理」、「情感」、「效果」、「倫理」等因素仍是方方所然以忘懷的，可以說，這正是方方對於人物的完滿性、事件的感人性、情節的可讀性的追求。人物本身的命運、事件本身的力量，仍然是吸引方方創作的一大動力。從這個意義上說，方方的小說仍然如同托爾斯泰一樣，具有巴赫金所說的「獨白性」。

還有一點特別值得注意，儘管方方在小說中有著「作者／人物」之間的「潛對話」關係，但是這種「潛對話」在小說中的份量是很小的。一方面，並非所有的人物都具有「潛對話性」。在方方的小說中，具有這種「潛對話性」的人物主要是丁子恒，以及其他個別人物的個別表現（如皇甫白沙和吳金寶）。對於其他人物的描寫儘管有的也涉及到了內心獨白，但是僅僅是內心獨白而已，並沒有與人物的言行構成一種「潛對話」的關係。還有，作者亦沒有與所有人物都形成「潛對話」關係。正是因爲如此，方方的「潛對話」還沒有象巴赫金所說的陀思妥耶夫斯基式「複調小說」一樣，是「全面潛對話化」（與巴赫金所說的「全面對話化」相對）了的。儘管方方在《烏泥湖年譜》中已將之的各個層面都有了一定程度的表現，但是，就其「全面潛對話化」來說，還有一定的距離。

方方不是一個思辨式的作家，她筆下的人物也並非是「思想者」形象的人物，儘管無論是方方還是方方筆下具有「潛對話性」的人物，都具有很強的「自我意識」。正是這種「自我意識」才是在「對話」中保持自己聲音的獨特性、思想的獨立以及保持自己「天地良心」的純正性的前提之所在。但是，方方在小說中絕沒有將之放大爲思想的衝突和論辯的意圖，人物也不具備成爲思想者的能力。在此，另一個更爲根本的差異表現出來：中國的知識分子與俄國的知識分子之間的差異。除了上述所說的方方的藝術選擇之外，方方之所以選擇了「潛對話」的方式，而沒有寫成如巴赫金所說的陀思妥耶夫斯基式的「複調小說」，其根本的原因即在於此。

就其名稱來講，「知識分子」是一個外來詞，正來自俄國。它不僅不同於我們通常所理解的「有知識有文化的人」，也不同於西方社會的 intellectuals。正如尼・亞・別爾嘉耶夫所說的：

「19 世紀下半葉被稱作文化階層的人們轉變為新型的人，得名『知識分子』。……（西方的）Intellectuals 是指從事腦力勞動與創造的人，首先是學者、作家、藝術家、教授、教育家等人。而俄國的知識分子則完全是由另一些人構成的。他們可能不是從事腦力勞動的，而且根本不是特別有知識的。許多俄國的學者、作家根本不能算作這個詞意上的知識分子。他們如同僧團或宗教流派，有自己獨特而又偏執的道德標準，有樂善好施的人生觀，有特殊的行為準則與生活習慣，甚至有其特殊的外貌。憑外貌便可認出他們並與其他社會團體區別開來。我們俄國的知識分子是一種思想體系上的而非職業和經濟上的群體。它來自社會各階級：最初多為貴族中較有文化者，隨後又有了神父、助祭的子弟，也有出身於小官吏、市民乃至解放了的農奴。這就是完全被思想並且是社會性思想聯合起來的平民知識分子。」[3] (p24)

在此作為「思想體系上的」知識分子正好體現了俄國知識分子的最突出的特徵。他們都是一種思想、一種信仰、一種主義的持有者、傳播者。儘管後來我們可以將之理解得盡可能的寬泛化（有時，這種寬泛化是必要的），但是，作為「思想者」的知識分子形象可以說所有現代知識分子的基本形象。他們各自擁有各自一套世界觀、價值觀、信仰及其行為準則，正是因為如此，所以他們面對著社會的動蕩、思想的動蕩敢於思考、勇於發表自己的言論。陀思妥耶夫斯基筆下的人物都具有這種特點，他們都是「思想者」。即使是在斯大林時代，對思想的嚴密監控也不能從根子上挖掉知識分子獨立思考的頭腦。就以巴赫金為例，作為一個知識分子，他所生活的時代並不比丁子恒好多少，他被過捕、流過放，他也曾隱忍，也曾被迫修改過自己的作品，但是，即便如此，他還是在這一過程中堅持住了自己的思想，堅持住了獨立的思考。他寫作，但並不求發表。他也能用那套流行語彙進行寫作，但他能在這種包裝下將自己的獨立思想體現出來。他的「文字的沉默」並不能代表他思想的沉默。也正是因為如此，巴赫金才能在思想鬆動、解凍的時代，獲得重新被發現的機會。從這個意義上講，巴赫金說的話是千真萬確的：「對複調小說最適宜的土壤，恰恰就在俄國」。[4] (p24)

雖然方方的《烏泥湖年譜》所寫的只是「科技知識分子」，它與「人文知識分子」還存在許多差異，但是，從總體上，方方的「潛對話」是基於她對中國幾千年人文傳統薰陶下的以「士」為代表的知識分子的文化性格的把握。小說開頭部分所寫的由蘇非聰所轉述的羅隆基的關於中國知識分子性格的判

斷是相當重要的，亦可以說是對丁子恒這一批知識分子文化性格的歷史性溯源。

　　「中國的士對政治亦有他積極的一面，比方說，『以天下爲己任』、『天下興亡，匹夫有責』等等。士從來都不是甘心寂寞、不問世事的人，就看他的上司怎麼能夠發揮他積極的一面爲國家服務。中國舊社會的士有這樣一套傳統觀念：『以國士待我者，我必以國士報之；以眾人待我者，我必眾人報之』。合則『士爲知己者死』，不合則『士可殺不中辱』。幾千年封建社會的統治者對這類自高自大的士，都有一套領導藝術，就是所謂『禮賢下士』、『三顧茅廬』等等。舊中國的士，願做脫穎而出的毛遂者少，願做隴中待訪的諸葛亮者多。若得三顧茅廬，必肯鞠躬盡瘁。」

　　兩相對照，不難發現，中俄知識分子在文化性格上的迴然不同。思想背景上，陀思妥耶夫斯基創作複調小說時的俄羅斯還是一個思想多元化的時代，各種社會思潮公開的進行對話甚至辯論。而丁子恒所處的時代則是一個思想一體化的時代，這種一體化居然達到這樣的地步，許多人因爲一不留神或被挖掘出了什麼微言大義而蒙冤受辱。在精神分野上，陀思妥耶夫斯基筆下的人物在思想上是平等的，正是基於此，才能構成「彼／此」（自我／他人）之間兩個思想主體的平等對話。而丁子恒們則在一種極不平等的情勢下接受他人的思想批判。最後，在信仰的力量上，俄國知識分子大多都有強烈的宗教意識，這種信仰的力量可以使人超越現世的種種苦難，而丁子恒們則更多的是表現出一種世俗情懷，在這種心理下，個人的安危、家人的幸福構成他們心目中一份沉重的責任。正是因爲如此，「忍辱負重」可以說是對以丁子恒爲代表的知識分子形象的最好概括。在這種心理下，外在言行的「逆來順受」、「溫和主義」就不難理解了。對現實的不滿、對眞理的思考如何在這種情勢下擁有自己的一份天空呢？退回內心，便是唯一的選擇。與俄國知識分子重「彼／此」之別相應，中國的知識分子更注重「內／外」之別，前者正是產生陀思妥耶夫斯基「複調小說」的基礎，而後者，則是造成方方式的「潛對話」的文化根源。

　　「你說是被殺偉大，還是含辛茹苦，忍辱負重偉大？你很難判斷。」[1]這也正是特定時代知識分子「潛對話」之所以綿延不絕的原因。

第二節　改革的辨證法：以熊召正《張居正》爲對象

熊召政的《張居正》使我們有可能借助於一個虛構性的文本來思考關於「改革」的話題。對於改革家的張居正而言，何以「成於改革，毀於改革」？對於由張居正所推動的這場改革運動來說，又何以「成於張居正，毀於張居正」？這裡是否包含著千百年來困擾中國「改革」的死結？本文認爲，《張居正》揭示了張居正改革最終未能完成制度性的設計，使體制有一種自我適應和調整的能力；而僅僅依賴於體制內個人的良知與威權，則難免失敗的命運。

一、熊召政的「改革」意識

熊召政的《張居正》使我們有可能借助於一個虛構性的文本來思考關於「改革」的話題。這種可能性在於：熊召政對於歷史的再現不是局泥於所謂正史的史實和既定的歷史觀的，他有著強烈的現實關照。而「改革」作爲一種現代性話語，是相對於「革命」和「保守」而言的，換言之，是介於激進的制度變革（革命）和僵化的體制守成（保守）之間的一種社會現實。它最根本的特點就是在維護現有的國家制度的前提下由這一制度中的統治者（或階層）進行體制性的調整。也正是出於這一對「改革」特點的基本理解，我們將發生在明萬曆年間由張居正發起的「整頓吏治、調整財政、整肅文化」的運動稱之爲「改革」。

正如熊召政早年曾以《舉起森林般的手，制止！》那種具有極強的社會參與性和政治抒情性的詩篇而聞名一樣，當作者在創作《張居正》時，他對於「改革」的反思性也非常的強烈。他認爲，「作爲一名改革家，張居正是中國歷史上卓有成效的一個，可是作爲一個人，他卻是一個失敗者。」〔註2〕這裡雖然說的是對於張居正個人的評價，但是，這裡同樣包含了許多繁繞於熊召政心中的複雜情感和思想：對於改革家的張居正而言，何以「成於改革，毀於改革」？對於由張居正所推動的這場改革運動來說，又何以「成於張居正，毀於張居正」？這裡是否包含著千百年來困擾中國「改革」的死結？

也許有人會說，原因其實很簡單，張居正的改革目標是「興利除弊」，是尋求體制內的自我完善，而非脫胎換骨。因此，他的改革不可能觸及封建專制主義制度本身，而只能在這一制度內做局部的調整。不過，在這一簡單的

〔註2〕 周百義、熊召政：《關於歷史小說〈張居正〉的對話》，《出版科學》2002年2期。

判斷背後同樣包含著複雜的問題：如果說是對現有制度的顛覆的話，那就不叫「改革」而叫「革命」了，以今人的眼光來苛求於古人，是否太不現實？既或是在歷史教科書上被大書特書的「農民革命戰爭」，除了暴力之外，又有多少制度上的建設性意義——「革命意義」？我覺得，我們沒有必要去指責張居正的歷史局限性。即使今天的我們，面對積弊日深的社會現實時，又有多大的勇氣來個翻天覆地地社會革命呢？更何況，現時代的改革是一種全球化時代的改革，一種世界多元結構下的改革，改革在目標設定上既有歷史的橫座標又有世界的縱座標的參照。換言之，具有多種實現的可能性，而在張居正生活的明代，只有千百年來「亙古未變」的孔孟之道、只有即便改朝換代也是換湯不換藥的帝王制度。

二、《張居正》的改革敘述

因此問題只能轉向另一個方向，張居正所面對的明王朝之「弊」哪些屬於體制上的原因，哪些屬於制度性的缺陷？屬於體制性的原因可以通過制度內的體制性修補來完成；而制度性的缺陷則只能通過加強制度建設來進行約束，不可能獲得根本改變，這就將問題指向了張居正改革的效度與限度的問題，而這可能正是導致改革走向其反面的重要原因。

在小說的第一卷中，張居正榮登首輔之前曾與何心隱有過一番對未來改革的總體設計。當時何心隱給他定下的是「進賢用賢消除朋黨政治」、「多用循吏，少用清流」和「清巨室，利庶民」三件事。儘管最初張居正對「清巨室，利庶民」的建議多少有些保留，但是從以後他採取的「一條鞭法」等改革措施來看，其實正是對這一改革思路的貫徹。正因為如此，我們看到，在政治上，張居正「首先是整飭吏治，裁汰冗員。再就是讓六科監督六部，內閣稽查六科。如此考核制度的建立，使內閣真正成為了權力中樞，首輔也就能理直氣壯地擔負起替皇上總攬朝局調理陰陽的責任」；經濟上，「茲後，從萬曆二年開始，首輔又整頓驛遞、稅關、鹽政、漕政與馬政，一直到子粒田徵稅，事無鉅細一一釐清。將過去許多不合理的制度一一改正，幾年下來，國家財政已是根本好轉。」隨後，實施「一條鞭法」完成中國財稅體制上的重大變革。但是，張居正的改革力度遠遠超出了何心隱對之的期待——在何心隱看來，「他滿腦子的改革舉措，只為一個字：錢！只要他為太倉裏多弄一兩銀子，他什麼都幹得出來。……但是他對讀書人太苛刻，對士林中人，以

極盡羞辱爲能事，這一點，是可忍孰不可忍。……他爲了固守首輔威權，不惜與天底下所有的讀書人爲敵。」甚至走到了何心隱所期待的反面：在取得吏治和財政上的勝利之後，張居正將改革的目標指向了文化——關書院、停講學，連何心隱本人也只落得冤死獄中的下場。事情的結局還遠不止這些，儘管張居正在世時威權達於人臣之極，但是死後不久，即被抄家幾近於鞭屍，禍及子孫；自己十年的心血也因一己之生死而付諸東流。

　　熊召政如此安排情節結構是頗有意味的：作爲改革方案制定中的「志同道合」者，張居正爲何會與何心隱「分道揚鑣」呢？作爲改革方略的實施者，張居正又爲何會得到「生前顯耀，死後寂寞」的悲慘結局呢？

　　我認爲，熊召政塑造的張居正與何心隱兩個形象及其關係可以稱之爲張居正改革的「元話語」層次，即在「關於改革的話語」層面上何心隱的理想務虛與張居正的現實務實間存在的距離。何心隱所希望的是政治上絕無朋黨之爭、官吏廉潔奉公、經濟上國庫充足、人民安居樂業、文化自由開放的盛世美景。但是在張居正那裡，「他雖然痛恨朋黨，私下裏又不得不承認，如此體制之下，沒有朋黨必然一事無成」，因此「多年來他也用心結綱同志，培植勢力」。對於宦官馮保，他也「只能施以羈縻之法，一方面籠絡他，另一方面，還得牽制他。」在官吏的任用上，一方面他能夠破格提拔像金學曾似的「秉公爲國，不徇私情」的循吏，但另一方面又不得不爲了政治上的妥協而挖空心思薦拔貪官。經濟，張居正的財政政策以充實國庫存爲原則，一方面清巨室，但另一方面卻並沒有眞正的還利於民。思想文化上，張居正不僅嚴格貫徹「多用循吏，少用清流」的政策，而且對清流之冥頑不化不知變通者施以重典，「奪情風波」即是突出的一例；更有甚者，當看到官員中的清流傳統與民間的講學風氣同聲相和的時候，張居正感到了極大的威脅：「嘉靖以來，講學之風盛於宇內，如果只是切磋學問探求道術，倒也不是什麼壞事。但如今各地書院之講壇，幾乎變成了政訐政局抨擊朝廷的陣地，這不僅僅是誤人子弟，更是對朝局造成極大的危害。……書院爲何能夠如雨後春筍般興起，說穿了，就是當道政要的支持。講學之風，在官場也很興盛，一些官員對朝廷推行的各種改革心存不滿，自己不敢站出來反對，便借助何心隱羅近溪之流的勢力，來與朝廷對抗。講學講學，醉翁之意不在酒啊！」停講學、關書院也便在情理之中了。

　　但是，我們要注意的是，何心隱如何由一個改革的「謀士」轉變爲改革

的「阻力」，或者說走向了改革的反面？這是「改革的元話語」層次上的一個癥結。其實正在於這「少用清流」的方針之中。按何心隱的說法：「清流者，是指那些遇事不講變通，一味尋章摘句的雕蟲式人物，這些人講求操守，敢與官場惡人抗抵，這是好的一面。但他們好名而無實，缺乏慷慨任事的英雄俠氣」。當何心隱不滿於張居正的改革「缺的就是畫骨之功。……已深深讓我失望」的時候，當他認為張居正「為了固守首輔威權，不惜與天底下所有的讀書人為敵」的時候，當他醉心於講學聽眾甚眾的時候，不正是落到了他自己所定義的「清流」的陷阱嗎？當改革沿著自己理想的方向發展的時候，清流可以成為改革的吹鼓手；但當改革出現自己難以容忍的阻礙或困境之時，清流又馬上可以轉變為「持不同政見者」。雖然孰是孰非可眾說紛紜，但自己走向了改革的反面，卻已成為不爭的事實。

三、改革的辨證法

　　具體到改革的實踐層面，張居正的改革可謂荊棘叢叢、險象環生。從表面上看，張居正改革時面臨的明王朝的「國朝家底，積貧積弱幾近崩潰」，因而，張居正開出的藥方是：「國家興亡，重在吏治；朝廷盛衰，功在財政。」但問題不像做數學題那樣簡單。當具體到改革方案以及改革實踐時，這些所面臨的問題都轉變成為各種關係的人事糾葛。也就是說，從實踐的角度上說，改革就意味著各種現實性的利益關係的重新調整。在利益關係面前，任何的書生意氣都是難以成事的。正因為如此，熊召政將筆墨的重心放到了張居正為完成改革大業、穩固改革成果而於各種利益關係、權力關係間曲盡其巧、費勁周旋上面。在小說中，熊召政有意將張居正置於這種複雜的關係網中來塑造其形象——上有從隆慶到萬曆二帝，兼以很有主見的李太后以及宦官馮保所構成的內宮；中有從高拱到張四維，以至於內閣六部各等官員；下有從邵大俠之類的江湖人物、何心隱似的學界名流到無可禪師之類的「世外高人」，至於販夫走卒更是自不待言。各個階層有著各自不同的利益需求，即使同一階層之內也會出現截然不同的利益指向。而張居正的改革措施均會涉及到各類利益關係的重新調整，可謂牽一髮而動全身。

　　但這種體制內的調整是有限度的：其限度包含著兩方面的內容：其一、支撐現有體制的利益集團的利益不能受到損害；其二、改革派自身作為一個利益集團其利益不能受到損害。前者涉及到改革／革命的根本性問題或曰原

則之爭；後者則意味著在改革話語體系內，「改革派」自身也是一個利益集團，它往往依靠其對改革過程中決策及實施過程中權力的掌握而形成一種特權集團，從而有意無意地游離於改革的目標指向之外。但是在張居正的改革中，我們發現，無論在吏治、財政還是文化上，都因這種對於極限的挑戰而最終功敗垂成。

　　比如說吏治。吏治之所以被張居正確定爲拉開改革序幕的第一戰，原因正在於吏治直接決定了對改革方案的支持與施行，是爲一切改革順利實施的前提。因此，隨著搬掉高拱這個老對手，並逐個將高拱的門生親信一一剷除，張居正在整個官府樹立了絕對的權威。如「考成法」，「爲了解決積弊多年的文恬武嬉政務懈怠現象，他首創『考成法』約束官員。……究其因，是官員們害怕在『考功簿』上記下穢行劣蹟，斷了晉升之路。」可以說，考功簿成了各級官員的緊箍咒，並使得「京城十八衙門中，張居正眞個一呼百應，指手向左沒有一個官員敢向右看一眼，其威權比素以鐵腕著稱的高拱，不知又高出了多少。」但是，吏治的革新只是從工作效率和對政令的執行上獲得了改觀，而其最根本的吏治問題並沒有解決：其一、朋黨政治的弊病沒法根除，雖然張居正爲其定下了「用術存正氣，結黨不營私」的原則，但最終仍然只是由張黨替代高黨而已。即便是曾與其「同生死共命運」爲其衝鋒陷陣者，只要以後出現政見合，亦難有見容之地。在對「一條鞭法」執行中清丈田畝有功者的表彰上，去掉宋儀望和楊本庵兩個重要的大臣便是例證。其二、對於政治清廉的執著與朋黨政治相牴觸時，對前者的堅持又反過來動搖了自己的根基。在處理遼東總兵李成梁和戎政總督張學顏串通李如松殺降冒功的醜聞過程中，儘管張居正有「對於能臣幹吏和胸富韜略的專才，不但要大膽使用，而且要善於保護」的主張，但是仍然以收回封賞爲罰，因其所受牽連者無不是與張居正一同開創萬曆盛世的干將能臣。其三、吏治僅僅是中國封建政治的一個方面，與之相對的還面對著另一個特權階級及其組織形式——內宮。內宮不僅是皇室利益的集中體現，更是一個超越政府、凌駕於法律的特權階級。用小說中馮保的話說：「內閣是首腦機關。可是不要忘了，這個機關仍是爲皇上辦事兒。你在外爲皇上辦事兒，我在內爲皇上辦事兒，區別僅在於此。」爲了鞏固自己的地位，身爲臣子，首先要做的一點就是取信於君。誠如小說中高拱所言：「皇上十八歲時封了裕王，我就是他的老師，君臣間的情分，自不是一般人能夠窺測揣度得到的。但皇上那天極門金臺一怒，居然

也罵了老夫一句『不是忠臣』的話，這就叫天意難測。」因此，為了獲得隆慶皇帝的信任，在懲治妖道問題上，「高拱內心贊同張居正的看法，但出於政治需要，卻違心答道：『臣認為老道言之有理，試試但也無妨。』」使隆慶皇帝投以信任的一瞥。正因為如此，為了取得皇上的信任，在首輔之爭中，張居正才不惜與馮保聯手，互通信息；在榮登首輔之後，為了迎合小皇上，張居正以風葫蘆取信於萬曆和李太后。「以往他只知道李太后是一個端莊賢淑虔敬事佛拘法守禮課子甚嚴的女人，方才的這番話卻讓他暗暗吃驚，原來在這位年輕太后美麗的外表之下，竟然藏了如此之深的城府和卓然獨立的主見。他頓時意識到，今天坐在這雲臺內的三個人，實際上都是他的主人。尤其是這位李太后，更是他主人中的主人！自己要想一展宏圖，實現富國強兵的理想，首先就得把這三個人服侍好。」而在改革過程中，張居正也深刻地意識到，「他什麼都可以碰，惟一不能碰的是皇權；他什麼都可以更改，惟一不能更改的是皇室的利益。這樣一來，他的富國強兵的願望就不得不大打折扣。但他不肯接受這一現實，仍試圖在夾縫中實現理想。」儘管張居正以「做人與做事，以做事第一」為原則，抱著「慨然委蛇，至於別個怎麼看我，知我罪我，在所不計」的態度，試圖以一己之力蕩滌污濁扭轉乾坤，夾縫中實現理想，但在這最後的改革限度面前，張居正除了妥協別無他法。但是反過來，雖然張居正身為萬曆之師，為保大明江山也算鞠躬盡瘁，功不可沒，但面對張居正將逝，萬曆皇帝居然有幾分幸災樂禍，充分暴露出其「對張居正的感情非常微妙：既敬重又憎恨，既依賴又忌憚。敬重的是張居正作為顧命大臣，十年來把個混亂潰敗的朝政治理得井井有條，憎恨的是張居正對他要求太嚴，特別是萬曆六年的那道《罪己詔》，讓他臉面丟盡；依賴的是張居正作為他的師相，十年來事無鉅細一一施教於他，而且替他排除所有的艱難險阻，具有化腐朽為神奇的移山心力；忌憚的是張居正獨攬朝綱功高蓋主，如今天下官員，都議論他這位太平天子，之所以能夠端居廊廟四海威服，就因為靠著張居正這位鐵面宰相……」。高拱所說的「天意難測」也轉過來落到了張居正的頭上。以至於張居正死後，萬曆皇帝以張居正教其的「當一代明主，切不可有婦人之仁！」一語而對張居正及其家人施以毒手。這又不能不說同樣是張居正改革所重下的惡果——任何改革都是各種利益關係的重新調整，但是如果一旦觸及到特權階級及其利益集團的根本利益的時候，這場改革也就到了它的大限，其走向反面遭到失敗便是必然的了。

此外，還有一個問題特別值得注意：張居正改革與中國其他中國古代改革一樣，往往是由某個人或者以某個人而代表的集團來推動和實施的。因此，改革領袖的個人魅力——「卡里斯瑪」，成爲主導改革進程最重要的砝碼。所謂「卡里斯瑪」，是德國社會學家韋伯所創的一個術語，他以之來指稱那些在社會各行各業中具有原創性、富於神聖感召力的人物的特殊品質。他在探討現代西方合法性統治權威的形成時，區別了三種合法性統治類型：一種是法理型，即依靠法律正當性與價值合理性行使統治；一種是傳統型，即依靠習慣的正當性行使統治；三是卡里斯瑪型，即依靠情感的正當性行使統治。即便是馬克思，他也曾說過，「每一個社會時代都需要有自己的偉大人物，如果沒有這樣的人物，它就要創造出這樣的人物來。」可見，領袖權威對於時代的重要性。作爲發生在萬曆年間的這場改革運動，張居正無疑是這場改革運動的領袖、首領、總設計師和堅決的執行者。他以其克己奉公博學多才贏得同僚和皇帝的信任，又因其卓越的政治智慧遊刃於各種權力關係之間。但是，依靠個人魅力維繫的改革也是有問題的。這使得改革有著弦繫於一身的危險：一方面，作爲改革領袖自身的操守成爲抵抗反革命派的重要屏障。一旦自身言行不愼，便有獲罪的可能。十餘年間，張居正雖貴爲首輔，但是舉止言行仍然處處小心。如爲了侍好幼君萬曆，張居正「不得不嘔心瀝血曲盡其巧」；「身居高位，如履薄冰，夾起尾巴做人尚心存惕懼，哪裏還敢張揚！」另一方面，一旦改革領袖稍有差錯或有變故，就面臨著改革前功盡棄的危險。張居正去逝之後，不僅自己被剝奪了一切封贈，還差一點被鞭屍，而且更爲重要的是，由張居正一手推動的改革大業也同時付諸東流。

改革最終未能完成制度性的設計，使體制有一種自我適應和調整的能力；而僅僅依賴於體制內個人的良知與威權，則難免失敗的命運。我想，這不僅僅是我個人對於張居正改革的反思，同時也是一切想要讓改革在中國獲得成功者必須思考的問題。

第三節　撐巴式幽默：民間社會生活視野下的劉震雲創作

在中國當代作家中，劉震雲的創作與民間社會生活的關係十分密切。他的一系列小說都以河南新鄉延津作爲背景，並賦予其民間詼諧文化的鮮明特

色。從《我叫劉躍進》開始,這種「劉氏幽默」便有一種更新的名稱:「河南式幽默」,而這種幽默與其他幽默不同之處在於「擰巴」。本文從民間社會生活中十分重要的詼諧文化的角度分析了劉震雲幽默風格的演變及其轉型,指出「擰巴」貫穿了劉震雲的整個創作史,並在《一句頂一萬句》等小說中達到頂峰。本文還從「敘的擰巴」和「話的擰巴」兩個角度分析了劉震雲「擰巴式幽默」的敘事特徵。

在中國當代作家中,劉震雲的創作與民間社會生活的關係十分密切。他的一系列小說都以河南新鄉延津作為背景,並賦予其民間詼諧文化的鮮明特色。熟悉劉震雲的人都知道,劉震雲是河南省新鄉延津縣人。正如莫言總喜歡將自己小說的人物、故事放在高密東北鄉一樣,劉震雲的大量小說也是以河南、新鄉、延津為背景的。如標誌著劉震雲正式「登上」文壇並引起關注的《塔鋪》,就是延津下的一個鄉,劉震雲本人就曾在塔鋪中學任過教。《新兵連》中的那一連的新兵也都是從河南延津拉來的,取材於劉震雲自己當兵的經歷。從《單位》開始,劉震雲曾一度將「官人系列」和「單位系列」的故事搬到了北京。但是從《手機》開始,劉震雲開始自覺地強化人物的河南屬性,如《溫故一九四二》中的河南人群像、《手機》中的嚴守一、《我叫劉躍進》中的劉躍進,等,「故鄉系列」也是一樣,《故鄉麵和花朵》第四卷就是講的河南延津縣王樓鄉老莊村在 1969 年的人和事,《故鄉相處流傳》雖然寫的是對三國故事的戲仿,但小說一開頭也是「一到延津,曹丞相右腳第三到第四腳趾之間的腳氣便發作了」。《故鄉天花黃花》寫的也是抗日戰爭、土改直到文革歷史中河南的人和事。近年來,劉震雲的「一字系列」,《一腔廢話》、《一句頂一萬句》也都離不開河南、延津。用劉震雲自己的話說:「我除了在北京寫作,還是回河南延津比較多。來往比較多的,還是俺村那些人。剃頭的、殺豬的、賣豆腐的,當廚子的、在戲班子裏敲梆子的、出門打工在建築工地爬架子的、在洗澡堂子當服務生的⋯⋯比這些更重要的是,有時我聽舅舅表哥一席話,勝在北京讀十年書。」〔註3〕此語略有誇張,但用來強調「河南性」(其實更具體的是新鄉延津)之於劉震雲寫作的重要性,還是可以的。

讀過劉震雲的小說的人也都有一種共同的感受,無論是日常生活的瑣

〔註3〕 張體義:《劉震雲:〈一句頂一萬句〉是我寫得最好的書》,《大河報》2009 年 3 月 16 日。

屑、無奈，還是大災大難的悲苦、淒慘，抑或重大歷史的壯觀、激蕩，但一旦訴諸於劉震雲的筆端，又都無時不透露出一種幽默、詼諧，讓人時不時產生忍俊不禁的喜感。最初評論界將之命名爲「劉氏幽默」，但從《我叫劉躍進》開始，這種「劉氏幽默」便有一種更新的名稱：「河南式幽默」。劉震雲也開始自覺地以「河南人的形象大使」自居，用「幽默」來重寫河南人的文化性格，並認爲「河南人骨子裏有一種幽默」。〔註4〕那麼，劉震雲小說中的「河南式幽默」有哪些特點呢？我們從劉震雲自己津津樂道的「擰巴」開始談起。

一、擰巴：河南式幽默的自覺

從「劉氏幽默」到「河南式幽默」，劉震雲的寫作期間經歷了兩次重要的轉換，或者說「自覺」。第一次是發生在《溫故一九四二》，在這本小說的寫作中，劉震雲第一次實現了「河南式幽默」的自覺，認爲「這本書是喜劇，不是悲劇。它最大的震撼不是三百萬人死了，而是三百萬人死後我們對事件的態度。我們河南人在臨死時總會爲世界留下最後的幽默。」〔註5〕在這本書中，劉震雲開始自覺將此前具有個性色彩的幽默、反諷敘事方式賦予群體性的河南式幽默特點，並且將這種幽默感定性爲面對悲劇時的人生態度。第二次是發生在《我叫劉躍進》的寫作中，劉震雲明確將這種河南式幽默概括爲「擰巴」，並在後來的《一句頂一萬句》中將這種「擰巴」的河南式幽默發揮到了極致。

不過，要想眞正理清「擰巴」的語義及其與河南方言的關係，還不是特別容易的事情。在中國許多方言中都有「擰」這個詞。在中原方言中，其主要的意思有如下幾種：1）形容詞：「不服勸導；倔強」；2）動詞：「轉動」，如「把身子擰過去。」3）動詞：扭傷。「脖子睡擰了。」4）動詞：用腳跟走路，如「走到路上一擰擰，一擰擰。」5）動詞：纏。如「這小孩兒眞擰人。」〔註6〕在《關東方言詞彙》中有「擰巴」這個詞，包含兩個意思：1）用手擰東西，如「張嫂的紡織技術很熟練，說話工夫就擰巴出一個筐來。」2）不舒展；不舒服。如「這件衣裳做的有毛病，穿到身上擰擰巴巴的。」〔註7〕但在

〔註4〕　《劉震雲：河南人骨子裏有一種幽默》，新浪讀書，http://book.sina.com.cn/author/ authorbook/2009-04-03/1756253501_4.shtml。
〔註5〕　田小滿：《劉震雲：何以解憂，唯有寫作》，《北京晨報》2007年11月18日。
〔註6〕　許寶華、宮田一郎主編：《漢語方言大詞典》，中華書局1999年版，3284頁。
〔註7〕　王長元、王博：《關東方言詞彙》，吉林教育出版社1991年版，第316頁。

《漢語方言大詞典》中，卻沒有「擰巴」一詞，可見「擰巴」這個詞要麼是晚近的產物；要麼還只是個別方言中使用率並不太高的詞彙。

但是新世紀以來，「擰巴」卻日趨流行，甚至達到了婦孺皆知的地步。何以如此？有篇網文認爲，「『擰巴』一詞因兩位作家發揚光大，一個是王朔，名言是『見過擰巴的，沒見過這麼擰巴的』；另一個是劉震雲，名言是『生活擰巴了我』」。〔註8〕

在《漢語新詞新語年編2003～2005》一書中，「擰巴」正式位列其中，被解釋成「愛鑽牛角尖、不通暢的意思。」在對其的解釋中，有一個細節值得注意：「它和作家王朔一篇回憶梁左的文章有關。碰到腦子一根筋、愛鑽牛角尖的人你可以大聲地說：你可眞是擰巴呀！擰是一種情緒，也是一種姿態，它甚至可以成爲一種理想——如果你願意讓自己活得不輕鬆而又有點小深度的話。」〔註9〕不過，這裡的解釋並不太準確。其一，王朔的《回憶梁左》一文發表於2001年11月2日的《北京青年報》，要早於本書所收錄的2003～2005年。其二，王朔在這篇文章中用「擰巴」對梁左的描述其意思並非「一根筋、愛鑽牛角尖」。王朔在寫梁左的睡眠規律時，寫道：

「梁左十分羨慕我的睡眠，他的睡眠是運動的，每天往後推兩個小時，從黑夜推到白天，再一步步推回來。最擰巴的時間是晚飯當口，掙扎著吃幾口就要回家眯一覺，醒來總是深夜，群眾反映他經常一個人後半夜去各種酒吧獨逛。爲了擰巴回來，他一直吃安眠藥，時而奏效時而起反作用。」〔註10〕

這裡「擰巴」的意思與「擰」字差不多，都是「彆扭」、「扭轉」之類的意思。在《我把青春獻給你》中，馮小剛也對「擰巴」作了解釋：「擰巴：彆扭、偏執，並且一根筋，勸不回來，貶義的與眾不同。」〔註11〕那麼，王朔的「擰巴」是否與劉震雲的「擰巴」是一回事呢？在就《我叫劉躍進》一書出版接受記者採訪時，劉震雲闡述了他的「擰巴」觀：

「『擰巴』這個詞不是從我這裡來的，我也是在生活中學的。它的近義詞是『彆扭』。所有的人和事都彆扭著。更大的彆扭是，所有人對這個『彆扭』

〔註8〕 《「生活擰巴了我」：盤點中國人最常見的十大「擰巴」心態》，http://news.skykiwi.com/world/dl/zh/2010-11-12/111757.shtml。

〔註9〕 宋子然、楊小平主編：《漢語新詞新語年編（2003～2005）》，四川出版集團・巴蜀書社2006年版，第219頁。

〔註10〕 王朔：《回憶梁左》，《中國青年報》2001年11月2日。

〔註11〕 馮小剛：《我把青春獻給你》，長江文藝出版社2003年版，第171頁。

無能爲力，大家還得按照這種『彆扭』走。這樣的結果是，走起路來不可能
不走形，所有的細節和骨節點會出許多笑話，一個嚴肅和莊嚴的事情，結果
變成了一齣喜劇。一天十件事，有八件事擰巴著。它對我的偉大影響是，不
單要寫這樣一篇作品，還改變了我的整體寫作觀，即爲什麼要寫作。許多作
者都說，他們寫作，是因爲生活感動了他，或憤怒了他，他有話要說。這是
人和生活的直接關係。過去我也這麼做過，但我現在與他們不同，我要寫作，
是因爲生活的理兒擰巴了我，我試圖通過寫作，把骨頭縫裏散發出的擰巴給
擰巴回來。是人和理之間的關係。這樣做不單是爲了寫作，也是爲了我自己。
整天被世界擰巴著，不找個途徑校正一下，恐怕離憂鬱症就不遠了。或者叫
一種心理治療。當然，我擰巴回來的道理，是不是另一種擰巴，那是另外一
回事了。我想說的第二層意思是，這種擰巴不但存在於今天，也存在於過去；
不但存在於中華民族，也通行於全人類。在人類的歷史上，悲劇頻仍；但所
有的悲劇都經不起推敲，悲劇之中，一地喜劇。原來我們一直生活在喜劇時
代。但我說的喜劇，不是事件的可笑，而是一件莊嚴的家具，內部楔和榫的
不對接，家具的表面，又油光水滑。」〔註12〕

　　從這段陳述中，我們可以發現，劉震雲理解的「擰巴」從語義來說基本
與王朔所說的「擰巴」一致，所不同的是，劉震雲進一步將這種意義放大了：
不僅僅指人和事的「擰巴」，更重要的是「生活」和「世界」與個人的關係；
不僅指一時一地的「擰巴」，更重要的是古今中外、整個中國、整個世界都普
遍存在著「擰巴」；這種「擰巴」在作品中也不僅僅表現在人物、故事、情節
之中，更重要的成爲一種寫作方式，成爲一種小說的敘述方式、結構方式，
乃至一種文學觀。由此看來，劉震雲才眞正將「擰巴」上升到了普遍規律、
普遍意義和價值的高度進行了表現，也由此，「擰巴」成爲劉震雲對民間詼諧
文化的一大貢獻。

二、劉震雲小說寫作的「擰巴」史

　　《我叫劉躍進》之所以被劉震雲稱爲「擰巴的小說」，就在於劉震雲用「擰
巴」的敘述方式講述了一個「整個世界都擰巴」了的故事。
　　小說講述了一個工地廚子劉躍進丟包、找包，撿包，被人找（追討），進

〔註12〕孫冉爲：《劉震雲說〈劉躍進〉：面對世界　這回我以胖瘦論》，http://ent.sina.
　　　　com.cn/m/c/2007-11-05/10251777865.shtml。

而與一樁正在偵破的腐敗大案相聯繫的故事。但是，這丟包、找包的背後卻隱藏著眾多不可告人的秘密，正是這秘密的掩與揭，成為讓整個世界都「擰巴」的根源所在。（情節不贅述，詳見下表）

事情（本事）	秘密（事之擰巴）	人物關係（人之擰巴）	插曲（人與事的複雜化，情節之「擰巴」）
劉躍進丟包、找包	六萬元欠條	劉躍進與妻子、李更生、劉鵬舉的關係	兒子劉鵬舉偷走了劉躍進撿的包；又去綁架勒索李更生。
劉躍進撿包、被人找	U 盤	嚴格、老邢、老藺、賈主任等的關係	老邢偵破賈主任要案

　　劉躍進在沒發生丟包事件之前就是一個（讓人覺得）「擰巴」的人：作為一名農民工，在工地也只是個廚子。但正是這麼一個小人物卻並不值得讀者和他人為其底層身份而同情，因為他總是充分利用「職務之便」，佔單位的小便宜；更讓人惱火的是，劉躍進對這些額外財富的佔有並不是通過明偷獲得，而是通過買菜拿回扣的方式進行，正因為如此，眾人皆知劉躍進貪了大夥的小便宜，卻拿不出任何證據來，這種眾人明知其是賊卻無法捉的困境正顯示出了凝結在劉躍進身上的「擰巴」特性，而在這種「擰巴」的背後，顯示的卻是劉躍進與他人之間充滿不信任的彆扭的人際關係。這種彆扭的人際關係不只是在劉躍進身上有所體現，在其他人身上也是如此。小說寫到「大東亞房地產開發總公司」總經理嚴格時，也有專門的一段描述：「嚴格富了之後，也有許多煩惱。這煩惱跟窮富沒關係，跟身邊的人有關係。四十歲之後，嚴格發現中國有兩大變化，一，人越吃越胖；二，心眼越來越小。按說體胖應該心寬，不，胖了之後，心眼倒更小了。心眼小沒啥，還認死理，人越來越軸了。他伺候的是一幫軸人。別人軸沒啥，身邊的朋友軸沒啥，老婆也越吃越胖，心眼越來越小，人越來越軸，就讓嚴格頭疼。」與劉躍進相比，嚴格最大的區別不在於一是總經理，一是工地小廚子；也不在於一個是百萬富翁，一個是一貧如洗。最大的區別在於嚴格有知識、有文化，對自己的境遇有自我反思的能力。與劉躍進一樣，嚴格的人際關係也處於彼此信任、不滿意、感覺不舒服的狀態之中，嚴格的概括是「越吃越胖，心眼越來越小，人越來越軸」，身體之胖與心眼之小所形成的對比正是身心二分與對立的問題：身體之胖是物質豐裕的表現，而心眼之小則是精神貧困的表徵。

　　以《我叫劉躍進》爲標誌，劉震雲的這種以「擰巴」爲特點的所謂「劉氏幽默」、「河南式幽默」基本上定型的。不過，這種「擰巴式幽默」並非始自《我叫劉躍進》，從劉震雲的《塔鋪》開始，其實已在不少作品中暗含了「擰巴」的因子，只不過當時的劉震雲對之並不自覺，讀者也並沒有因此有強烈的感受。

　　《塔鋪》中有不少「擰巴」的事情，如小說一開頭，即是寫我從部隊復員回家，但「擰巴」的是，我在部隊四年，即沒入黨，也沒提幹，算是白混了；而家裏呢？也沒啥變化。小說寫我參加高考復讀的故事，雖然歷盡辛苦，考上了，但自己心愛的女朋友卻嫁作他人婦，也是讓人「擰巴」的事情。但是，《塔鋪》之「擰巴」並沒有帶來幽默感，而是一種澀澀的酸楚，其原因正在於，劉震雲並沒有將「擰巴」裏所包含的各種悖反、錯位因素予以放大。到了《新兵連》，小說中的人物開始變得好笑了：無論是「元首」還是「老肥」，從人物的外形到行動，從性格到語言，均具有了喜感。小說的情節也開始變得滑稽：小說一開頭即是寫新兵連的第一頓飯——吃羊排骨。特別寫到大家一方面覺得這肉燉得有味兒，一方面卻捨不得吃完，人人盤底還留著兩塊骨頭，因爲大家覺得現在身份不同了，不能顯得太下作。這個細節所引起的幽默被當時的評論家認爲是「死要面子」，是對農民傳統文化心理之狹隘、自私、愚昧的批判與同情，因而是「含淚的嘲笑」〔註13〕。而構成小說情節核心的，則是這批新兵在部隊中「爭骨幹」過程中的勾心鬥角，如打小報告、拍領導馬屁、搞小陰謀等，以及在此過程中演出的一場滑稽戲。不過，小說之幽默可笑並不是始終如一的，到了最後，李上進不僅被批倒批臭，而且還被判刑；王滴進了軍部，任務卻是照顧癱瘓在床的軍長他爹；「老肥」則自殺而死。面對著新兵連的弟兄一個個不幸的命運，小說結尾的基調也變得不再幽默。

　　到了「單位系列」，劉震雲的小說開始從「含淚的嘲笑」變成「諷刺地嘲笑」了。小說中所描寫的無論是各種部長、局長、處長這些「官人」，還是類似小林這些的「小公務員」，身處權力運作機制之下的各種心靈的扭曲成爲劉震雲嘲諷的對象。而其表現，就是身處「單位」環境中人與人關係的「擰巴」：任何人都處於一種小心翼翼地設防自保、千方百計地勾心鬥角的狀態。經過《手機》再到《我叫劉躍進》，再到「一字系列」的《一腔廢話》和《一句頂

〔註13〕鄭吉：《含淚的嘲笑——談〈新兵連〉對農民傳統文化心理的批判》，《作品與爭鳴》1988 年 11 期。

一萬句》，劉震雲的「擰巴式敘述」運用得越來越自覺，也越來越成熟。

那麼，緊接著的一個問題就出現了，既然在劉震雲的小說中從一開始就具有了「擰巴」的特點，那麼，為什麼有的「擰巴式敘述」能夠讓人發笑，而另一些則讓人難受呢？這還得回到《我叫劉躍進》中來，在描寫嚴格的那段話中，還有後半段至關重要的敘述：

「……由老婆說開去，嚴格感歎：中國人，怎麼那麼不懂幽默呢？過去認為幽默是說話的事，後來才知道是人種的事。幽默和不幽默的人，是兩種動物。擰巴還在於，人不幽默，做出的事幽默。

劉震雲的幽默觀通過嚴格的體悟顯現出來——這種思考完全可以說就是劉震雲借人物之口對幽默的形成機制的探討，並有助於我們展開對「劉氏幽默」、「河南式幽默」的理性思考。首先，小說中人物嚴格認為，中國人不懂幽默。所謂「不懂幽默」並非中國人不知幽默為何物，也不是指中國人不會開玩笑、說笑話，而是指中國人做事頂針，斤斤計較，因而所謂不懂幽默指的便是中國人的一種現實而功利的人生態度。不過，這裡的「中國人」其實只是泛指、虛指，「中國人不懂幽默」也並非一種理性判斷，在此更多的還只是一種情感態度——小說中的描寫是「由老婆說開去，嚴格感歎：中國人，怎麼那麼不懂幽默呢？」這裡包含的內涵很豐富：其一，這是嚴格從對老婆的感歎而推衍至中國人，因此這一判斷並不嚴謹；其二，在「中國人……不懂幽默」之間，還有非常重要的「怎麼那麼」的修飾語，顯示這一語句所具有的情緒性，並非一種理性分析；其三，事事計較是導致不懂幽默的重要原因。其次，儘管中國人現實而功利，但也不乏幽默的表現，用嚴格的話說，「擰巴還在於，人不幽默，做出的事幽默」。所謂「人不幽默」有兩個意思：一是產生幽默性的主體不懂幽默——即「不會說話」；二是產生幽默性的主體主觀上並不追求幽默——即「事事計較」（沒有幽默所必備的智力上的自我欣賞、能力上的超強自信、機智聰慧的語言能力，等等）。但是，「做出的事幽默」，這同樣包含兩層意思：一是「無心插柳」的幽默；二是接受者認為其幽默可樂。這種幽默機制，被形容為「擰巴」。由此不難看出，劉震雲的「劉氏幽默」、「河南式幽默」的形成機制便是這種「擰巴」——不在於小說中所寫人物本人是否具有幽默的氣質，而在於這種「擰巴」，讓讀者產生幽默可樂的感覺。第三，這種幽默是有限度的，這種限度除了此前的所謂「不懂幽默」，太過現實功利外，更重要的是，劉震雲發現，中國人「不敢幽默」了。小說描寫嚴

格的困境：「人說他幽默。他漸漸也不幽默了。不幽默並不是幽默不好，而是因爲幽默，嚴格吃過不少虧。」正是這種對吃虧上當的警惕構成對「擰巴式幽默」的消解機制。小說寫到「四十歲之後，嚴格發現自己最大的變化是，四十歲之前，自己愛說笑話；過了四十歲，開始不苟言笑。久而久之，對玩笑有一種後天的反感。」這不能不說是生活對個人的壓抑（擰巴）所致。

因此，劉震雲在《我叫劉躍進》中所表現的「擰巴式幽默」的特點在於：1) 擰巴本身是個人在社會生活中的負面狀態，因此，擰巴式幽默絕非天然的、純粹的智力上的優越和情緒上的放鬆，擰巴式幽默的基礎是生活的壓抑和彆扭；2) 擰巴之所以具備了幽默的特點，還在於擰巴所包含的悖反、錯位以及所形成的可笑因素；3) 擰巴畢竟是一種不正常、讓人不舒服的狀態，因此，任何處於擰巴狀態中的個人都有著強烈地克服擰巴的願望，因此，擰巴式幽默並不是一種積極的、可不斷放大的狀態，而是一種消極的、不斷被消解的因素。

三、「擰巴式幽默」的敘事特徵

如前所述，劉震雲小說中的「擰巴」首先是小說中人與事的擰巴，這些都屬於小說「所敘之事」的部分，那麼，在「事之所敘」的層面上，是否也具有「擰巴式幽默」的特點呢？從事的擰巴到敘的擰巴到話的擰巴，劉震雲爲我們建構了一整套「擰巴式幽默」的敘述方式。

1. 敘的擰巴：繞——轉折

從「單位系列」開始，劉震雲的小說中出現了在《我叫劉躍進》之後被廣泛使用的「擰巴式敘述」。在《官人》的開頭：

「二樓的廁所壞了。有人不自覺，壞了還繼續用，弄得下水道反湧，屎尿湧了一地。天氣太熱，一天之後，屎尿就變成了一群蠕動的蛆蟲。有人親眼看見了一個大尾巴蛆，正在往廁所對面的會議室爬。本來二樓的廁所是不會壞的。一樓可以壞，三樓可以壞，四樓五樓、六樓七樓八樓都可以壞，但二樓不能壞。因爲在二樓辦公的都是領導。負責打掃樓道和環境衛生的，是單位從外邊雇的幾個臨時工。爲首的是一個說話大舌頭、臉上有條刀疤的老頭。」

「二樓的廁所壞了。」這種中性的陳述短句成爲標準的劉氏小說開頭句式，並在此後的小說中反覆出現。這類陳述句又可細分爲兩種類型：一種是

日常生活的情境再現，如《一地雞毛》中「小林家一斤豆腐變餿了。」《官場》的開頭：「縣委書記到省城開會，就象生產小隊長進了縣城，沒人管沒人問。」這種情境看似日常，卻並不普通。如《官人》中的廁所問題：1）廁所壞了，卻沒人修，大家還繼續用，這就極不正常。弄得下水道反湧，蛆蟲亂爬；2）廁所壞了，壞的卻是二樓的，這也很不正常。其他樓層的廁所都可以壞，唯獨二樓的，不應該壞，爲什麼？因爲二樓辦公的都是領導。而現在領導樓層的廁所壞了，而且沒人修，這個性質可就嚴重的。3）廁所的乾淨與否與清洗廁所的清潔工的盡責與否關係密切，於是引出說話大舌頭的刀疤臉老頭的一整套「廁所政治學」：「他打掃衛生有個分別：樓層不一樣，衛生搞得也不一樣，於是弄得上下都滿意。」4）但是，在如此精通「廁所政治」的老頭的服務下，二樓的廁所居然壞了，問題不出在這掃廁所的老頭身上，而是單位自身出了毛病。於是，劉震雲便從這二樓廁所壞了開始，引發出整個單位因可能的人事變動而引發的單位人際關係的微妙而重要的變化。

另一種是對主人公身份的陳述。如《手機》的開頭：「鎮上看電話的老牛，1968 年和嚴守一他爹一塊賣過蔥。」《我叫劉躍進》的開頭：「在工地，大家都知道，劉躍進是個賊。」和《一句頂一萬句》的開頭：「楊百順他爹是個賣豆腐的。」這種描述比第一種的情境更客觀、更中性、更日常，但同樣也並不普通。如此前所分析的《我叫劉躍進》對「這賊無法捉」的「擰巴」描寫即此。在《一句頂一萬句》中也是如此：

「楊百順他爹是個賣豆腐的。別人叫他賣豆腐的老楊。老楊除了賣豆腐，入夏還賣涼粉。賣豆腐的老楊，和馬家莊趕大車的老馬是好朋友。兩人**本不該**成爲朋友，因老馬常常欺負老楊。欺負老楊並不是打過老楊或罵過老楊，或在錢財上佔過老楊的便宜，**而是**從心底裏看不起老楊。看不起一個人可以不與他來往，**但**老馬說起笑話，又離不開老楊。老楊對人說起朋友，第一個說起的是馬家莊趕大車的老馬；老馬背後說起朋友，一次**也沒**提到過楊家莊賣豆腐也賣涼粉的老楊。**但**外人並不知其中的底細，大家都以爲他倆是好朋友。」

由賣豆腐的老楊，引出他與趕大車的老馬的關係：他倆是好朋友；卻本不該成爲朋友，因爲老馬常欺負老楊；欺負老楊的本質其實是心底裏看不起老楊；老馬看不起老楊，卻又離不開老楊；但兩人對彼此的態度也不一樣，老楊實誠，視老馬爲朋友；老馬卻狡猾，從不提老楊是朋友；但外人都以爲

他倆是朋友。這種曲裏拐彎的關係，也由此成爲劉震雲彆扭繞彎式的「擰巴式敘述」的典型代表。

　　無論是哪種敘述方式，其他特點都是一樣的：在貌似簡單得不能再簡單的陳述背後，包含著複雜得不能再複雜的內在矛盾。在正常的狀態中有悖反的一面；在理所當然的表象下，有不足爲外人道的隱情；更重要的，這種悖反不僅僅是內外兩個層面的，而是三個、四個甚至更多的層面，各個層面之間互爲悖反，相互拆解，從而繞得人暈頭轉向。下面以圖表形式將這種悖反關係明晰化：

	第一層	第二層	第三層	第四層	第五層	第六層
《官人》	二樓的廁所壞了	壞了還繼續用，下水道反湧，蛆蟲滿地。	本來二樓的廁所是不會壞，也不該壞的。因爲在二樓辦公的都是領導。	老頭很實幹，心眼也不傻，他打掃衛生有個分別。	這反湧並不是打掃廁所的老頭不盡心，而是單位自身出了毛病	
《一句頂一萬句》	楊百順他爹是個賣豆腐的。他和馬家莊趕大車的老馬是好朋友。	不該成爲朋友，因老馬常常欺負老楊。	老馬從心底裏看不起老楊。	老馬說起笑話，又離不開老楊。	老楊認老馬是朋友；老馬卻不認老楊是朋友。	外人不知底細，以爲倆人是朋友。

　　它們中的每一個層面均構成了對前一個層面的悖反，以至於劉震雲的敘述話語處於使勁的「纏繞」之中——不僅僅是話繞，而且還有理繞，表面在文本之中的，則是一串串糾纏不清的車軲轆話。這種充滿悖反關係的敘述，在語法上有一個典型的標誌，即是以「但是」、「然後」、「卻」等爲代表的轉折性詞語在劉震雲小說中頻繁出現，每一次轉折，都意味著一次悖反，都意味著一次「擰巴」。

2. 話的擰巴：從「廢話」到「一句頂一萬句」

　　到了《一腔廢話》，劉震雲開始拋開對「擰巴之事」和「擰巴之人」的關注，而將重心集中到了「擰巴之話」上，目前已推出的「一字系列」（《一腔廢話》和《一句頂一萬句》）已開始初步展現劉震雲對這個問題的思考。

　　劉震雲認為，「《一腔廢話》對這種語言有很多模倣。它寫的是舌頭的故事，是廢話的資源再生和垃圾處理。在我們的生活裏有 95%說的是廢話，車軲轆話，人們每天浸泡在廢話裏。但從另一方面講廢話是支撐我們生活特別重要的力量。」〔註14〕《一腔廢話》就是對「廢話」的重新思考。「腔」在漢語中有兩個意思：一是指人、動物、器皿的中空部分，如「滿腔熱血」；二是指說話的聲音、語調，如「裝腔作勢」。「一腔廢話」中的「腔」，大體包含了這兩層含義：既指小說中人物進了水晶宮之後，廢話滿腔，也指小說中的人物因為水晶宮的出現而變了「腔調」。廢話，顧名思義就是多餘的、無意義的話。本來是貶義詞，但是在劉震雲這裡，開始被賦予新的意義。廢話在日常生活中是普遍存在的現象，按劉震雲的說法，生活中 95%以上的都是廢話。廢話的基本語言特徵就是無意義的重複和纏繞，即「車軲轆話」。如前所述，劉震雲在小說敘述語言之「繞」是力圖充分揭示「擰巴之事」和「擰巴之人」背後的這個「理」，《一腔廢話》中的「擰巴之人」的廢話（車軲轆話）也同樣具有這個特點：即希望通過綿綿不絕的廢話來理清各自所處在環境、遭際及關係，換句話說，是希望用廢話（車軲轆話）來認識自身、認識世界並且賦予自己和這個世界以意義和價值。從這個意義上說，《一腔廢話》中的廢話便具有了劉震雲所說的「支撐我們生活特別重要的力量」的意義了。

　　以《一腔廢話》的第一章為例，第一章寫老馬進到水晶宮之後所發生的變化。老馬本來是一個過分認真和多愁善感的鞋匠，但被屠戶老杜叫到水晶宮之後發生了很大的變化：年輕了十歲，尚未娶親，成了一個懷才不遇的知識分子。他所住的五十街西里也整個發生了變化：知識、素養和地位增長了十倍；所有人的職業也都進行了調換；所有的人在思想和行動上都大幅增長。但是，這些看上去「好的」變化卻讓老馬心神不寧，因為儘管老馬仍叫老馬、老杜仍是老杜，但在水晶宮裏，「所有人都說起了別人的話」。在老杜的指引下，老馬開始思考「這個世界發生了什麼」的問題，或者更具體一點說，在水晶宮裏，把自己變成一個好於目前的自己的他人，這件事情究竟好不好？在老杜手持的遙控器的控制下，老馬開始重新返回歷史，回憶人生，終於領悟到過去被壓抑和隱藏的心理痼疾：

　　　　「眾人的遭遇他沒有想起，倒喚起他個人的些許辛酸。不管是調換還是

〔註14〕 《劉震雲的「一腔廢話」》，中國新聞網「華聲視點」，http://www.chinanews.com/shidian/2002-01-01/txt/11.htm。

沒調換，不管日子有多長或是多短，它都像千年的歷史一樣多有遺憾。不改變還好一些，一改變心中倒增添許多煩惱。不改變我的心還在沉默，一改變心裏竟開發得滔滔不絕——但高山流水，知音難覓，心裏滔滔不絕，但就是找不到說話的人、場合、氣氛，提起這些話頭的契機、縫隙和渠道。過去是一個沉默和忠厚的鞋匠，可以把心裏的話留到心裏；現在滔滔不絕又找不到傾訴的機會，我只好不分場合地順嘴胡說。但越是這樣心底越在發黴——與其讓心的底部這麼長期地爛下去，還不如傻了和瘋了呢。」

　　過去的沉默，並非無話可說，而是知音難覓；現在的廢話，也並非真心傾訴，而是順嘴胡說。無論是沉默還是廢話，均非出自於心口合一和心心相通。「（廢）話之擰巴」也由此可見一斑。

　　在《一腔廢話》中，「（廢）話之擰巴」還只是人物進了水晶宮之後所發生變化的表象，從更深的層面上說，劉震雲是想通過這「擰巴的（廢）話」來探討當今世界的變化（瘋和傻）。在第一章老馬的故事中，老馬最初還對老杜保持著警惕（怕中了他的圈套），因此，面對老杜提出的「這世界發生了什麼」的問題茫然無知，回答老杜提出的「我是問他們傻還是他們瘋呢？」的問題時被老杜逼到死角：時刻警惕著不中老杜的圈套，卻一而再再而三地掉進陷阱；本以為「眾人皆瘋傻，唯獨我清醒」，卻最終發現自己確實有些瘋有些傻，更重要的是，「與其一人清醒，還不如變傻和變瘋呢。」而一旦認識到自己的瘋傻之後，便不再有包袱，相反變得更加清醒了，相反讓老杜刮目相看：「想不到你小子瘋傻之後，果然不是過去的老馬——過去我就知道你是一個沉默不語和多愁善感的鞋匠，什麼時候變得這麼伶牙俐口和鐵嘴鋼牙了？——看來你真是傻得和餓得不輕。」到了老蔣時代，老馬被老蔣「忽悠著」去和孟姜女一起去找眾人瘋傻的原因，但老馬卻留了個心眼，與孟姜女設法擺脫老蔣的控制。老馬還對水晶宮所發生的一切開始有了更清醒的認識：他不僅意識到了口與心的關係，更重要的是認識到了心與魂的關係：

　　「既然不是因為心，那就一定是因為魂。心是客觀——心是肉長的，魂才是主觀呀，五十街西里運轉的速度加快了，一個世紀越轉越快，人更渴望由自己變成別人——也就是棄我，就好像剛才我渴望變化一樣；可在自己變成別人的過程中，大家我沒棄好，魂卻順著自己和別人的縫隙飛走了，溜走了，像一股煙一樣飄散了。剩下的是什麼呢？自己不是自己別人不是別人，你不是你我不是我，非驢非馬和不上不下——魂都沒有了，魂在夢中飛走了，

人還怎麼活呢？除了瘋傻，就是瘋傻？」

此後的老馮、女主持人、老太太、白骨精、木頭等等的故事則進一步圍繞瘋與傻的主題展開，而在這個對瘋傻主題的探討中，充斥其間的，則是更多的廢話（車轱轆話）。

到了《一句頂一萬句》，劉震雲則把對「話之撂巴」推向了更高的層面，探討了更多的撂巴之話的形態與可能性：小韓的「演講」、楊百利的「噴空」、羅長禮的「喊喪」、縣官老史和蘇小寶的「手談」以及吳摩西、章楚紅、牛愛國、曹青娥等人對「最後一句話」的尋找，都顯示出劉震雲對「話」的癡迷。

新上任的縣長小韓是個「話嘮」，生來愛說話，小嘴不停，來到延津之後，卻對當地的民眾頗為失望，因為延津的民眾聽得懂話，卻聽不懂他說的意思。為此，他下決心辦新學，不僅改學制，而且還想改官制。沒成想，他辛辛苦苦辦的「延津新學」卻敗在了他的這張嘴上。正好這年秋天，河南的省長老費來延津巡視，老費是福建人，由於他爹打小是個啞巴，老費也養成了說話少的習慣。於是，省長老費與縣長小韓之間在說話的問題上形成了鮮明的對立：老費認為世上有用的話，一天不超過十句；而小韓則是「一腔廢話」，綿綿不絕。

小韓因嘴惹禍，楊百利卻因上了半年的「延津新學」，結識了一位玩伴牛國興，並引發出兩個對「噴空」的深厚興致。按劉震雲在小說中的描寫，「所謂『噴空』，是一句延津話，就是有影的事，沒影的事，一個人無意中提起一個話頭，另一個人接上去，你一言我一語，把整個事情搭起來。有時『噴』得好，不知道事情會發展到哪裏去。這個『噴空』和小韓的演講不同，小韓的演講都是些大而無當的空話和廢話，而『噴空』有具體的人和事，連在一起是一個生動的故事。」不過，兩人好「噴」，卻因「噴」而誤事，兩個在鐵匠鋪裏幹活，結果鐵不好好打，爐也不好好燒；後來，因替牛國興傳遞情書，楊百利辦砸了，從此彼此心裏有了隔閡，徹底不在一起「噴空」了。失去了牛國興，楊百利沒了「噴空」的對象，只好「腦子裏整天烏雲翻滾，嘴上卻沒個卸處，乾打雷下不了雨」，後來又碰上個老萬，又有了新的對象。不過，也並非「噴空」也並非能很容易地找到對手的，受不了的人認為楊百利「噴」得「張致」（按劉震雲的說法，「所謂『張致』，是句延津話，就是張過了極致，有些大發。」）

　　羅長禮的「喊喪」也被劉震雲描寫得神氣活現:「羅長禮喊喪如虎嘯山林,有威嚴,有氣派,有章法」,會喊喪的羅長禮在楊摩西眼裏就是一個能支撐大場面的人,有呼風喚雨的能力。更絕的是,小說的主人公楊百順一路改名(從「楊百順」改成「楊摩西」,又改為「吳摩西」),改到後來,在火車上回答一人的提問時,楊百順長歎一聲,「你就叫我羅長禮吧!」

　　話到極處便是「無言」,「無言」並非「無話可講」,而是不用話來講。在《一句頂一萬句》中,劉震雲創造了一種獨特的「手談」形式(類似於聾啞人的「手語」),卻是縣長老史與男旦蘇小寶之間的交流方式,談到深處,甚至兩人大放悲聲。但是,當老史卸下縣長的職位,也便失去了「手談」的興致。

　　由此不難看出,劉震雲在《一句頂一萬句》中充分發揮了「話」的想像力,創造了多種聞所未聞的話語方式。而這些全新的話語方式都具有一個共同的特點:「擰巴」:小韓因話多而被貶;楊百利好「噴空」卻找不到對手(被不識貨的人認為「張致」);羅長禮的「喊喪」雖名聲遠揚,卻不能成為謀身之道;老史的「手談」居然與權力(縣長)有著密切關聯。劉震雲的「擰巴式幽默」通過文學想像和藝術創造的方式為中國的民間詼諧文化增添了新的光彩——在劉震雲這裡,幽默與諷刺、幽默與心酸、幽默與痛苦、幽默與悲劇都以一種奇怪的方式「擰巴」在了一起。

第四節　《北京折疊》的善治寓言和郝景芳的烏托邦想像

　　郝景芳的《北京折疊》繼劉慈欣的《三體》之後,再次代表中國作家獲得科幻文學界的最高獎「雨果獎」。這一事件也再次激發了評論界對中國科幻文學的關注和熱情。不過,與對劉慈欣《三體》的歡呼聲相比,現有的評論在是否將郝景芳的《北京折疊》視為科幻文學這一問題上卻頗為猶豫,因為「太現實、不科幻」成為眾多讀者的第一直感,人們更多關注的是其批判現實的一面,而對於其可能的烏托邦想像的維度感到頗為棘手。有鑒於此,我們需要重新理解《北京折疊》所描繪出來的「未來／現實」,並重新思考其「現實批判」與「未來想像」之間的關係。

一、《北京折疊》描繪了一幅怎樣的「未來／現實」？

《北京折疊》想像的究竟是「未來北京」，還是只是披著未來外衣的「現實北京」？這是一個非常讓人糾結的問題。〔註15〕在正面回答這一問題之前，首先需要思考的，是《北京折疊》究竟描繪出來了怎樣的「未來／現實」？我們可以從城與人以及人與人兩方面來分析。

其一是城與人的關係。

小說最具科幻色彩的描寫應該就是北京折疊的過程了。郝景芳分別從北京城外的貨車司機的視角和身處折疊裂縫中「偷渡」中的老刀的眼光來展現北京折疊的過程。從外部來看，北京折疊的過程就像一個巨大的魔方，翻轉、重組，小說用「卑微的僕人」和「蘇醒的獸類」的比喻將北京這座城市進行人格化的描寫。而從內部來看，北京折疊的裂縫強調的則是對個體的擠壓以及對其生存環境的撕裂。無論從哪方面來看，北京折疊的過程，都可以被稱爲小說中最具想像力的「科幻奇觀」。

但是這一奇觀性的場景並未帶來震驚性的體驗。相反，小說反反覆覆強調的，是這一奇觀場景的日常性。在北京城外高速公路上的貨車司機眼裏，折疊北京（小說的英文版選取的是處於進行時狀態的「Folding Beijing」）既沒有那麼驚悚恐怖，又沒有那麼新奇怪異，司機們是「在困倦與飢餓中欣賞這一幅無窮循環的城市戲劇。」對於像老刀、彭蠡那樣的第三空間的人來說，北京折疊意味著必須在轉換前最後一分鐘鑽進膠囊進入昏睡的狀態。而對於第二空間的人來說，折疊轉換的啓動也並非令人恐懼的危險來臨，而是「街上撤退時的優雅」：「從公寓樓的窗口望下去，一切都帶著令人羨慕的秩序感。九點十五分開始，街上一間間賣衣服的小店開始關燈，聚餐之後的團體面色紅潤，相互告別。年輕男女在出租車外親吻。然後所有人回樓，世界蟄伏。」換言之，折疊北京並不像科幻小說通常所試圖顯現的奇觀場景以及城市作爲人的異己力量的壓迫感。它就像太陽東升西落、四季春暖花開一樣，呈現的是一種日常性的自然狀態。北京折疊其實就是日常生活邏輯本身。

其二是人與人的關係。

誠如馬克思所言，「人的本質不是單個人所固有的抽象物，在其現實性

〔註15〕《雨果獎頒錯了？〈北京折疊〉是一部關於不平等的現實主義小說》，南都觀察，http://www.wtoutiao.com/p/26eQrIE.html。

上，它是一切社會關係的總和」〔註16〕。當小說開篇即寫出的從垃圾站回到家的渾身髒兮兮的老刀形象時，所有讀者都會在第一時間做出判斷：這裡描寫的是一個處於社會底層的人物。隨之而來的，便是從經典馬克思主義直到晚近的文化研究的「底層理論」各種相關理論資源的引入，進而在「底層敘事」的前提下展開對小說文本的解讀。但是，小說究竟在何種意義上對老刀進行的「底層」定位？

　　「底層」的概念來源於葛蘭西。在《獄中札記》中，葛蘭西用「底層階級」（Subaltern Class）描述意大利南部尚不具備階級意識的農民。〔註17〕而到了印度的古哈、查特吉等人的《底層研究》（又譯為《庶民研究》）那裡，「底層」開始「階級」脫鉤，用這一單詞「指稱南亞社會中被宰制的或處於從屬地位的下層，不論是以階級、種姓、年齡、性別和職位的意義表現的，還是以任何其他方式來表現的」。〔註18〕這一概念進入中國學術語境之後，「底層」更多被闡釋為「被壓抑的階層」（南帆語）〔註19〕、「斷裂的社會」中的下層即「窮人」（蔡翔語）〔註20〕等。很顯然，《北京折疊》的三個空間的設計就來自這一「底層社會」的理論模型，而老刀就是在這個斷裂的社會中被壓抑到沒有絲毫反抗意識和能力的底層。從「底層」概念的演變可以發現，經典馬克思主義基於生產力與生產關係而建構起來的階級理論不再能有效分析進入後工業消費社會的社會關係的現實。在《北京折疊》中，身處第三空間的主體不是從事工業和農業生產的工人或農民，而是從事垃圾處理的服務人員（雖然中國也將他們稱為「環衛工人」），而高居第一空間的城市治理者是由行政（白髮老人）、金融（依言）和管理（吳聞）精英組成。他們與第三空間的垃圾工之間並沒有非常緊密的基於生產力與生產關係的社會關係紐帶。也正因為如此，整個小說所呈現的人與人之間的社會關係，更準確地說是一個基於社會分工的階層區隔：擁有行政資源和經濟資源的人位於社會的上層，靠出賣體力和低技術含量人員則處於底層。

〔註16〕　〔德〕馬克思：《馬克思恩格斯選集》第1卷，人民出版社1995年版，第56頁。

〔註17〕　〔意〕葛蘭西：《獄中札記》，曹雷雨等譯，中國社會科學出版社2000年版，第21頁。

〔註18〕　轉引自陳燕谷：《印度的庶民研究》，《天涯》2005年6期。

〔註19〕　南帆等：《底層經驗的文學表述如何可能？》，《上海文學》2005年11期。

〔註20〕　蔡翔：《底層》，《天涯》2004年2期。

　　不過，如果說社會階層與三層空間處於絕對一一對應、彼此隔絕的狀態的話，那就錯了。在第一空間中，還有著為第一空間的人提供低端服務的來自第三空間的老葛們；在第二空間中，還有著為了獲得進入第一空間的資格而準備先到第三空間積累管理經驗的張顯。很顯然，這三個空間之間的社會階層具有某種混雜性和流動性的特點。

　　但是現在的問題是，這種「混雜性」和「流動性」究竟有多強？首先，三個空間與三個階層的對應關係仍然是居於絕對支配性地位的；三個空間的設計初衷也正是對三個階層擁有資源的固化方式。其次，儘管第一個空間中都會有不同空間裏的人「雜居」，但另外兩個空間裏的人處於絕對少數，因此在任何一個空間裏，始終存在的都是該空間中佔支配性地位的階層的生活方式的總和，不可能具有多元多樣的可能；第三，流動性的凝滯成為折疊北京最重要的社會特徵。「凝滯」是相對於「流動」而言的概念。在鮑曼的《流動的現代性》中，「流動」的英語其實是「liquid」，直譯應該是「液化」，意味著馬克思在《共產黨宣言》中所說的「一切穩固的東西都煙消雲散，一切神聖的東西都將被褻瀆」，在現代性面前，所有的傳統不是徹底消失，而是其整體性瓦解變成了碎片、匯入了現代性的大潮之中處於不穩固、不定形、不確定的狀態。在《北京折疊》中，三個空間的城市結構設計正是這種流動性被耗散之後重新固化的表徵，或者說，走到了現代性的反面。〔註21〕

二、《北京折疊》中的治理術

　　《北京折疊》中社會關係的確立採取的是「去階級化」的視角，關注的是基於社會分工而形成的階層區隔的現實。階層與階級的區別在於，階級形成的基礎是生產力和生產關係，只有盧卡奇之後的西方馬克思主義，才又增加了「階級意識」的概念；而階層的形成一方面包含著階級形成的各種要素，另一方面更強調非階級屬性的日常生活方式甚至趣味的趨同。階級強調的是對立，是統治與被統治的關係，而階層關注的是差異、區隔，這一差異和區隔既包括向下和向下的方向，也包含平行對等的狀態。因此，階級對立才需要鬥爭、才會引發革命、希望改變統治與被統治的關係而創造「新世界」；而階層區隔則強調的是流動，希望通過治理而形成「共同體」。也正因為如此，有評論指出，「北京折疊，消費苦難的科幻正在告別革命」，甚至說郝景芳「太

〔註21〕參見曾軍《美學的凝滯，或凝滯性美學》，《探索與爭鳴》2013 年 12 期。

保守」。〔註22〕進而，理解《北京折疊》的路徑應該是「治理」而非「統治」，我們需要關心的，是《北京折疊》的治理術。

在《安全、領土與人口》中，福柯強調了「治理術」的三層含義：（1）「由制度、程序、分析、反思以及使得這種特殊然而複雜的權力形式得以實施的計算和手法組成的總體，其目標是人口，其主要知識形式是政治經濟學，其根本的技術工具是安全配置」；（2）「在很長一段時期，整個西方存在一種趨勢，比起所有其他權力形式（主權、紀律等）來說，這種可稱為『治理』的權力形式日益佔據了突出的地位，這種趨勢，一方面導致了一系列治理特有的機器的形成，另一方面則導致了一整套知識的發展。」（3）「『治理術』這個詞還指這樣一個過程，或者說這個過程的結果，通過這一過程，中世紀的司法國家在 15、16 世紀轉變為行政國家，而現在逐漸『治理化』了。」〔註23〕為此，福柯從西方文明史的發展過程中，梳理出人牧領制度到國家君權再到機構治理的治理術演變過程，關注到從靈魂的牧師神學到對人的政治治理再到對社會的安全配置的知識範型的轉變。圍繞福柯的「治理術」，為我們提供了思考「治理」的幾個基本要點：（1）治理是法律等強制統治手段之外的「計算」和「手法」；（2）治理處理的不是領土、主權，而是「人和事」；（3）「治理就是對事情的正確處理」，因此，治理是有價值向度的，即「善治」。而要展開對《北京折疊》的治理分析，離不開幾個基本問題：治理主體是誰？治理機制是怎樣的？我們該如何判斷治理的性質？

在當前「治理」概念使用過於泛化的今天，似乎什麼都可以成為「治理」，治理主體似乎既可以是特定的人，也可以是特定的機構，甚至諸如城市本身作為治理主體。

治理者往往會被等同於最高權力機構或擁有至高權力者。《北京折疊》中出現的最高治理者應該就是那個白髮老人。他無疑具有無上的權威，即使是在第一空間的五百萬人之中，這位白髮老人也是如眾星捧月一般，被奉如神明；他還能輕易地否決吳聞提出的改進治理技術的建議，甚至擁有延遲啟動折疊程序的核心權力——這一細節設計參照了美國總統擁有啟動核彈程序的

〔註22〕幗巾巾：「北京折疊，消費苦難的科幻正在告別革命」，http://chuansong.me/n/575275451954。

〔註23〕〔法〕福柯：《安全、領土與人口》，錢翰、陳曉徑譯，上海人民出版社 2012 年版，第 91 頁。

機制。但是，即使是這位白髮老人，他也屬於折疊北京中的市民，參與整個北京折疊的生命循環。從這個意義上講，白髮老人也屬於整個治理體制之中的人。白髮老人擁有延遲折疊開關時間的能力，但他也不可能為所欲為。北京折疊的自動化要求反過來對北京折疊整套安全配置的設計者本身帶來巨大約束——這一矛盾也正是科幻文學一直在處理的問題：技術雖然是人類發明的，但技術進步的邏輯是個人所無法控制的；正如機器人雖然是人發明的，但機器人最終將獲得智慧上的自主性，在擺脫人類控制的同時反過來成為對人的行為的約束和控制。北京折疊雖然只是一個城市治理的空間隱喻，但其運行邏輯卻如技術與人的關係一樣充滿著悖論。還有一個細節特別值得重視：在小說中，所有的人物都有自己的姓名，唯獨這位白髮老人，採用的是無名者的形象方式。很顯然，在第一空間中，在吳聞、秘書以及依言那裡，這位白髮老人的名字肯定是熟知的，因此，在平時的交往中沒必要「直呼其名」，但對於老刀而言，白髮老人經常在電視上出現，但他從來不去關心他是誰。老刀對最高治理者的陌生（不在意）只有一種可能的解釋方式：老刀覺得這個人與自己的生活毫無關係。如果確是這種情況，則說明北京折疊的治理機制的「自動化」已經運行得非常有效了。白髮老人超越了封建專制國家的君主和民主共和制的總統——兩者中都強調最高治理者的名正言順和在場感——被置於治理機制前景的，只有「機構／機器」本身。

除了白髮老人，類似吳聞這類的管理精英、依言那樣的金融人才其實也是參與折疊北京的治理者的角色。吳聞已經拿出了自動化垃圾處理技術的方案，而這套方案如果推行將直接導致第三空間兩千萬垃圾工人的下崗，可見這一治理術會產生多大的社會影響。秦天的同學張顯願意到第三空間去做管理人從而獲得管理經驗；秩序局的條子顯然也是維持三個空間秩序的治理機器。即使是老刀，雖然身處底層，但他從事的仍然是城市治理中不可缺少的環節——垃圾處理。從這個意義上說，幾乎所有的折疊北京的居民，一方面身處被治理的位置，同時又從事著不同層面城市治理的工作。這種「治理者／被治理者」兼備的特點正是對當下城市社會治理的形象表達。

如果說上述治理主體的分析還主要停留在人與人的社會關係的層面的話，那麼，從小說最大的隱喻——「北京折疊」（即「折疊北京」）——的角度來看，還存在著一個更高的層面的治理關係：城市對人的治理。儘管這座折疊北京是由治理者精心設計並由像老刀父親那樣的外來民工所建造的，但

整個北京折疊的機制卻並非導向「人爲性」，而是「自動化」。如前所述，北京折疊的全過程儘管具有某種不可思異的奇觀性，但小說卻從各個方面在強化這一折疊過程的日常性。如果去掉「北京折疊」這一奇觀想像，將之轉換爲太陽東升西落，月有陰晴圓缺，我們會發現北京折疊過程相對於絕大多數的北京市民（除了特殊狀態下的白髮老人及其秘書外）而言已經進入絕對的自然狀態。雖然人人皆知其是爲人建構的，但人人都遵守這一約定俗成的規則。這一城市治理的自動化設計，也成爲福柯所分析的「全景敞視監獄」的最佳印證：「這是一種重要的機制，因爲它使權力自動化和非個性化，權力不再體現在某個人身上，而是體現在對於肉體、表面、光線、目光的某種統一分配上，體現在一種安排上。這種安排的內在機制能夠產生制約每個人的關係。」福柯更進一步的將這種自動化、非個性化的制約命名爲「無面孔的目光」。〔註24〕

三、善治寓言與郝景芳的烏托邦想像

　　正如眾多評論者和閱讀者所感受到的那樣，《北京折疊》所呈現的並非一個好的人類理想社會的圖景，而更像是對當下社會階層區隔日深的社會現實的隱喻式再現。但是，這一判斷的依據是什麼？

　　小說預設的故事發生的時間正是折疊北京被建造完成五十週年的時刻。這一時刻究竟是指向過去，還是指向未來？小說沒有提供一個相對明確的時間標尺，比如說公元 3000 年之類。那我們只能通過小說中提供的一些細節還推測性地進行歷史時刻的定位。首先，小說沒有特別明確的「公元紀年」的時間標識，但有基於格林威治標準時間的「幾點幾分」的時間意識。因此，大體可以判斷，小說所描寫的應該是人類社會進入現代社會以來的故事。其次，從小說描寫的生活場景來看，垃圾處理方式仍停留在人工處理階段，髒亂差、生活環境的惡劣以及步行街喧鬧鄙俗的場景只能讓讀者將之對應到現代化初期的社會現實——這些場景的描寫可以在 19 世紀批判現實主義的眾多經典作品中找到，也很容易讓人聯想到中國進入現代化進程的初期的城市景觀和社會現實；等老刀到了第二空間，便出現了高樓、步行街、霓虹燈、寬敞的學生宿舍等等；而第一空間給予老刀的第一印象則是更加空曠開闊的街

〔註24〕〔法〕福柯：《監禁與懲罰》，劉北成、楊遠嬰譯，生活・讀書・新知三聯書店 2012 年版，第 222 頁。

道、花園和洋房，折射出來的是歐美發達國家式莊園小鎮的鏡像。這三個城市空間的想像對應於現代社會以來城市化進程的三個完全不同的歷史階段，但郝景芳將它們進行空間化的並置性處理意味著強調對於中國城市發展存在著嚴重的不均衡不平等現象。再次，在小說中，還有一個極為重要的時間標識，就是「五十週年慶」。也就是說，小說故事所發生的時間被限定在了折疊北京建成之後的第五十年年頭。因此，這裡就出現了一個「折疊前的北京」與「折疊後的北京」的歷史性區分。再加上老刀的父親就是折疊北京的建造者，而這批建造者其實是為了建設折疊北京而來的移民工人（小說中並沒有特別標明他們是否是農民工，但這一點並不太重要）。因此老刀屬於「外來務工二代」。從小說中這些時間細節的顯示來看，我們只能做出一個基本的判斷：郝景芳是以「科幻」之名，將「北京折疊」的未來場景與「現代化初期的鄙俗生活」進行了拼接式處理。

因此，這一時間揭示出的小說意義的指向不是指向未來，而是指向過去和現在，是為了在一個已經處於折疊北京半個世紀——相當於人的大半生——老刀即出生在折疊北京建成之後，而秦天、依言、糖糖等更是折疊北京後出生的。即使是像老刀那樣還多少有一點點折疊北京建成之前的「記憶」的話，那麼，對於秦天們而言，折疊北京的生活環境及其社會結構則處於先在的、「從來如此」的狀態。因此，反思折疊北京，也便具有了兩種截然不同的視角：一種是內在性視角：從身處在折疊北京之中的人的角度來看這一套治理機制是否有效、是否「正確」；另一種則是外位性視角：將折疊北京視為一個獨立完整自運行的治理裝置，判斷其是否符合人性、符合人類文明的理想。

從內在性視角來看，折疊北京中的各個社會階層的人都在不同程度上對其所處的治理環境並不太滿意：老刀過著日復一日的垃圾工生活，即便沒有另外兩個空間的生活對比，老刀「也知道自己的日子有多操蛋」，除了工作的髒、累之外，最重要的是生活沒有改善的一點希望。於是他把希望寄託到想讓糖糖受到更好的教育上來。張顯雖然初出茅廬，但對折疊北京的現行體制也心存不滿，並有一整套的改革方案：「現在政府太混沌了，做事太慢，僵化，體系也改不動。……等我將來有了機會，我就推快速工作作風改革。幹得不行就滾蛋。……選拔也要放開，也向第三空間放開。」吳聞身居高位，致力於讓這個折疊體制運行得更加有效，因此，他的方案是用更自動化的技術來替代人工。在他的方案被白髮老人否決後，只能露出「迷惑、懊惱而又順從

的神情」；依言對自己的婚姻並不滿意，但又不願意放棄；即使是白髮老人，也有疲憊，緊張的時刻。但是，這些不滿是否構成了他們對折疊北京這一整個治理體制的不滿呢？答案顯然是否定的。（1）各就各位。即社會各階層對自己所處的社會地位是基本認同的，即使是身處底層的老刀，也對自己做垃圾工的命運是認同的：他父親是外來務工參與折疊北京的建造者，建成之後被千挑成選才獲得這份工作。「他從來沒去過其他地方，也沒想過要去其他地方」，也「不嫌棄自己的工作」。很顯然，底層對自己生活狀態的認同（不管是積極的認同還是無奈的認同）是構成折疊北京社會結構穩定的重要基礎。（2）流動機制。必要的階層的向上流動是維持社會結構穩定有效的重要保障。因爲只有在這一「向上流動」的過程中，才能激發低一個社會階層的人的奮鬥動力，才能夠爲高一個社會階層的人輸送新鮮血液。向上的流動不僅能夠吸納來自低一社會階層的精英，而且還有助於形成以上一社會階層爲主體的支配性的意識形態。小說關注到了社會階層之間的流動機制，如接受更好的教育、到更艱苦的地方獲得基層鍛鍊以及入伍參軍轉業等。（3）價值共識。社會穩定與階層固化還有一個重要的因素就是不同的社會階層之間形成了價值共識，這是共同體形成的重要前提。雖然老刀考了三年大學都沒考上，不得不接受子承父業做垃圾工的命運，但是在他的價值觀念裏，通過接受更好的教育仍然是獲得階層地位提升的重要途徑。在這方面，身處第二空間的秦天、張顯等人也都是同樣的看法。無論身處哪個社會階層，正在從事哪種職業，《北京折疊》中的各色人等無一例外表現出了對本職工作的愛崗敬業，這也是頗爲有意思的一個現象。通過自己的勤奮工作，獲得在這個社會中的生活資源和生存權利，成爲小說透露出來的價值共識的另一個重要特點。從這個角度來看，《北京折疊》確乎不是一個宣揚對立、矛盾、衝突與革命的激進文本，而是一個主張認同、共識、和解與妥協的保守姿態。

從外位性視角來看，折疊北京的整個治理機制毫無疑問是建立在基於社會資源分配不均衡、社會關係不平等的基礎之上的。郝景芳自己的初衷也是寫一篇關於「不平等的小說」；她甚至想寫一本《不平等的歷史》，因爲「到目前爲止，對不平等的宣戰還未曾取得眞正的勝利」。〔註25〕因此，如果完全站在折疊北京之外，採取客觀冷靜的批判立場來分析，《北京折疊》正是這樣

〔註25〕郝景芳：「我想寫一本《不平等的歷史》」，http://blog.sina.com.cn/s/blog_645ddec 80102w8qp.html。

一篇對不平等現象進行深刻揭露和鞭撻的批判現實主義作品。

　　一方面，折疊北京的建設規劃本身就是一個基於社會階層差異的不平等原則建造起來的。小說用精確的數字寫出了少數的人佔有更多的時間、空間及其社會資源的現實。500 萬人，24 小時，一半的城市空間；2500 萬人，17 個小時以及 5000 萬人，7 個小時，一共 7500 萬人分享另一半的城市空間的 24 小時。這一空間結構構成了兩個二元的社會結構：第一個二元結構是由第一空間與第二、三空間構成的折疊北京的正反兩面，暗示處於第一空間的社會階層的人居於城市資源和權力分配的絕對優勢地位，而第二、三空間中的社會階層則是處於相對弱勢的位置。第二個二元結構是在折疊北京的另一面，在第二空間和第三空間之間所形成的內部的二元結構。如果說第一個二元結構屬於絕對的不平等的話，那麼第二個二元結構則屬於相對的不平等：從性質上講，第二空間和第三空間同處於第一空間的另一面，因此以這兩個空間為主體的社會階層都屬於「被統治」地位；但是第二空間在人均資源分配比上又處於第三空間的絕對優勢的位置：時間、空間以及現代化工作學習和生活環境，等等。

　　另一方面，「中間階層」作為流動（即向上流動）、緩衝（即緩和矛盾）和再生（即城市發展和社會進化）的平衡機製成為郝景芳反思「為什麼不平等的歷史如此漫長」的重要維度。三個空間的「時空分配／社會結構」的設計顯示出第二空間的「中間階層」的地位變得非常重要。第三空間與第二空間處於同一折疊城市的平面（即第一空間的反面），而且距離並不太遠。第三空間的人能夠通過接受好的教育而獲得進入第三空間的機會。而在第二空間的人同樣可以通過接受更高等的教育以及重要部門的實習從而獲得晉升第一空間，並成為第一空間社會階層的機會。第三空間的人也可以通過入伍轉業而獲得在第一空間謀職工作的可能，但所從事的工作只能是第一空間中的低級的服務行業，其所屬的階層也是無法改變的（如老葛他們也能算在第一空間裏工作的「高級藍領」）。因此，通過「中間階層」向上流動是突破現有不平等關係的重要機制。正是因為有這種向上流動的可能性，使得第三空間的底層在不平等的社會現實面前首先想到的是通過接受好的教育（如糖糖）、通過為社會做更好的服務（如老葛）獲得合法上升的通道；如果這兩條路都走不通，那也就只好認命（如老刀考了三年大學而未果，便只能接受從事垃圾工的現實）。因此，這一流動機制恰恰是維持這一不平等機制的最重要的保

障，它能夠有效緩解不平等的社會現實所帶來的底層不滿——不是不給你們發展機會，是因爲你們達不到條件。同時，由於第二空間的人普遍地接受了高等教育，且在更高層次的部門有過實習之類的工作經驗，他們也比老刀們能夠更理性、更深刻地分析和看待他們所處的社會現實。也正因爲如此，老刀對社會的不滿只能罵兩句「操蛋」，而張顯的不滿則能夠轉化爲改革的理想和抱負。而張顯的方案並不是徹底改變這一不平等的基礎（即部分評論者所說的「革命」），而是幫助折疊北京運行更加有效。

很顯然，從內在性視角來看，折疊北京雖不如意，但還得接受，屬於有缺陷的善治；而從外位性視角來看，折疊北京則屬於雖然運行有效，但根基錯誤，是有效的惡治。對於身處折疊北京之內的老刀們的怒其不爭，只有從外位性視角才能獲得。

剩下來的最後一個問題可能更爲麻煩：如果說《北京折疊》的本質其實是包含著諸多現實社會因素的善治寓言，是以「想像未來」的方式來「批判現實」的話，那麼，郝景芳眞正的烏托邦想像究竟是怎樣的？在小說中，眞正構成折疊北京最大威脅的不是社會階層的區隔和流動性的凝滯，而是科學技術的進步。當吳聞拿出自動化垃圾處理方案徵求白髮老人的意見時，白髮老人的表情非常複雜，並堅決做出了禁止推廣的決定。這一技術顯然不是第一次出現，而且也絕對不會是最後一次被提出。老刀可以忍受髒亂差的環境，以及一天只有 7 個小時的生活，也可以接受自己底層的命運，但當自動垃圾處理技術有可能替代他們時，老刀感受到了眞正的威脅。由此可以看出，「人工處理垃圾」才是維持折疊北京運行五十年的最爲重要的安全配置。而一旦這一配置被置換，將會眞正導致三個空間格局的失衡。

因此，如果說郝景芳有相對明確的烏托邦想像的話，其思想的核心仍然是圍繞科技進步來展開的：一方面，她意識到隨著科學技術的發展，技術對人的控制將是全面、系統，並覆蓋「全人類」的（而不只是針對某個特定階級的）；但另一方面，科技進步的不可逆（只能延遲）決定了科技的發展最終會打破折疊北京經過精心計算和設計的相對平衡，並促成折疊北京的瓦解。同時，她還認識到「人類中的精英」（社會上層）在未來「城市治理」中的支配性作用：一方面，知識精英是折疊北京的頂層設計者、實際操控者，也是延遲科技進步、維持現有平衡的穩定者；但另一方面，這批知識精英並沒有眞正反思折疊北京所賴以成立的不平等根源，因而只能維持這一機制並讓這

套機制運行得更好，而不是尋找徹底顛覆、變革，建立新的基於平等原則的新體制。也正因爲這樣，郝景芳的立場顯得保守而非激進：她承認社會分層和區隔，但不強調階級統治與對抗；她強調價值共識和認同，但更鼓勵勤奮努力和高雅。在《北京折疊》中，郝景芳似乎看不出來老刀式的底層和秦天式的中層擁有「革命」的內在動力，但這並不意味著「正在告別革命」。革命作爲改造社會的手段其實並非被完全放棄，但《北京折疊》的價值在於，它並沒有爲了某種烏托邦的實現而刻意製造革命。眞正的革命就在將來，正如科技進步的趨勢只能延緩但不可阻擋一樣。

第五節　美學的凝滯或凝滯性美學

從時代的精神狀況角度來把握新世紀以來文藝的變遷，意味著超越具體的個別的文藝現象，而從現時代（在此意指中國的「新世紀」）的「支配性」或「主導」性文化和美學風格的角度予以把握。它所提出的問題是，新世紀以來文藝是否發生了「變化」？如果發生了變化，發生了哪些變化？這一變化的主導性的審美趨向是什麼？

如果把新世紀放在中國改革開放三十年的總體性文化語境中，並將之與八十年代、九十年代並置，作爲第三個階段來看待的話，我們會發現一個頗有有趣的現象：八十年代的文藝活動是以「思潮」形式呈現在我們的記憶之中的，從傷痕、反思到知青、改革、文化尋根，直到先鋒文學，並以此爲線索，貫穿著若干重大文化主題的探討：啓蒙與思想解放、傳統文化與現代化、……；九十年代的文藝活動是以批評家的「新－」、「後－」命名來把握的，從八十年代末期開始的「新寫實主義」，到「新歷史主義」、「新市民文學」、「新現實主義」（現實主義衝擊波）、「後新時期」、「後現代主義」……與之相關的文化主題包括人文精神與市場經濟、城市化進程與市民社會、女性主義與性別寫作、私人化寫作，等。而到了新世紀，除了一場未得到最後確認的「新世紀文學」的命名，以及相關的「新媒介文學（藝術）」的指稱之外，十餘年來並沒有一種美學命名形成眞正的共識，甚至學術界都喪失了總體性把握的動力和命名的能力。透過這一現象，正好充分反映了改革開放新時期以來時代精神狀況的某種變遷的軌跡：八十年代是「問題與主義」的時代，既是激烈交鋒，也是思想創造的時代；九十年代是「命名與指稱」的時代，一

方面是命名之多超越了任何時代，另一方面則明顯表現出疲憊與無能：「新
－」、「後－」的前綴式命名方式，正是一種創造力枯竭的表徵；而新世紀，
似乎再度陷入某種「無以名狀」的氛圍之中，這是文藝創作的疲軟，乏善可
陳？還是理論批評的無能，集體失語？這是否意味著，儘管我們的文學藝術
仍在「發展」——嚴格意義上說是「生產」（即按照特定的需要創作出來提供
大眾消費的文藝作品，也不乏值得回味的經典之作），但是從審美觀念、態度
及其風格這一維度來考查，似乎整個新世紀的文藝都「凝固」了、「停滯」了。

從字面意義來看，「凝滯」並非一個新詞，古代漢語中其實是一個常用詞，
如《楚辭·漁父》中「漁父曰：『聖人不凝滯於物，而能與世推移。』」唐代
劉知幾的《史通·論贊》中也有：「夫論者所以辯疑惑，釋凝滯。」其意主要
包含拘泥、黏滯、停止流動、遭遇困阻、面臨聚結等。我用「凝滯」來描述
新世紀以來的文藝狀況，主要想同時包含兩方面的含義：

一方面，意指新世紀以來文藝創作和理論批評創造性的總體性匱乏，可
以用「美學的凝滯」來概括。在此，「凝滯」並非指新世紀以來沒有出現一些
優秀的文藝創作和理論批評，也並非否認新世紀以來文藝所面臨的新的問題
——如以新媒介技術爲代表的視覺文化時代的來臨以及由此而引發的文藝創
作格局的總體性調整、伴隨著文化創意產業興起而重振雄風的影視藝術和動
漫遊戲、在「理論之後」的語境下文藝理論批評領域所展開的一系列努力（審
美性救贖、文化性越界、政治性復活、經濟性強化），等等。我想用來描述以
下文藝現象：

表現之一，「純文學」、「雅藝術」的「自閉」或「堅守」。正如喬納森·
卡勒所說的，「現代西方關於文學是富於想像的作品這個理解可以追溯到 18
世紀末德國浪漫主義理論家那裡」一樣，〔註26〕「純文學」觀念的形成本身
就是一個「現代性事件」；「藝術」（Fine Art）雖然古老，但在 19 世紀中期開
始，隨著照相術、錄像技術的發展，整個藝術觀念遭遇到「現代主義」的徹
底改造，不僅誕生了以基於工業革命的視覺技術的藝術化（即本雅明所說的
「攝影作爲藝術」和「作爲藝術的電影」〔參見《機械複製時代的藝術作品》〕），
更重要的是逼迫「藝術」（Fine Art）作出適應性調整。因此，19 世紀中後期
的「藝術」觀念，即現代主義藝術觀；而基於古希臘以來形成並在德國古典

〔註26〕 〔美〕喬納森·卡勒：《當代學術入門：文學理論》，李平譯，遼寧教育出版
社、牛津大學出版社 1998 年版，第 22 頁。

美學那裡定型的「美學」，則只是作爲一種藝術創作和理論思考的資源而存在。中國當代的「純文學」、「雅藝術」觀念的變遷則更爲複雜，先後經歷了「五四新文化運動」的洗禮和「延安文藝」的改造，並在新中國的社會主義革命和建設期間賦予其「嚴肅文學（藝術）」崇高使命；改革開放新時期中，伴隨著撥亂反正和思想解放的運動，作家藝術家又肩負起啓蒙主義、人道主義、現代性的價值理想。所有這些觀念體系，在 90 年代市場經濟的大潮、大眾文化的衝擊下，「嚴肅文藝」（即純文學、雅藝術）被迫作出「後撤性調整」。如王安憶在應對 80 後作家咄咄逼人的物欲化寫作時，也不得不以「你們也別想改變我，我也不會去改變你們。」來尋求一種「唯我獨清」、「獨善其身」式的自保。在面對《小時代》時，王安憶有意隱藏了自己的價值判斷，而將權力移交給了歷史：「過於物質化，從來都是藝術的天敵。而當下，像《小時代》這樣的文學作品中體現的這種以物判人的觀念，變成了如此被高度關注、吸引人高度熱情的對象。我想，這個確實有點奇怪。而這個奇怪現象，可能會被將來的文學史注意到。」〔註 27〕此外，大學文學教育所傳遞的文學理想與大眾文學閱讀的欣賞尺度之間的距離問題等也體現出「純文學」、「雅藝術」在現時代所面臨的窘境。

　　表現之二，理論批評對「網絡文學」之類新媒體文學的解釋性乏力。所謂「新媒體文學」就是指基於電子媒體和網絡媒體而誕生的新的文學品種和文學活動（寫作方式、傳播方式、閱讀方式）。「新媒體文學」對重新定義文學提出了挑戰。在由印刷時代而形成的文學觀念中，「語言是文學的媒介」是文學區別於美術、音樂、舞蹈、電影等其他藝術門類的重要標準，但是新媒體本身並沒有直接取代「語言是文學的媒介」的位置，所改變的只是語言存在方式的變化，正因爲如此，在許多對新媒體文學，尤其是網絡文學，的分析中，一種具有代表性的看法是：其一，新媒體本身並沒有改變「文學是語言的藝術」的基本屬性，因此，新媒體的出現如同此前語言的存在方式——口頭的、書面的等——之後，出現的新的語言載體；其二，因此，新媒體文學自身並不具有文學類型的獨立性，它對文學所產生的影響主要集中在對文學活動上，這些屬於文學的外部研究。但是在我看來，其一，新媒體的出現改變了語言的存在方式，豐富了語言的表達力和想像力，新媒體自身所具有

〔註27〕趙大偉：《王安憶：物質化一直是寫作的天敵》，《南方都市報》2013 年 7 月 19 日。

的技術特點對語言的運用產生重大影響，這些因素雖然沒有完全改變「文學是語言的藝術」的屬性，但是已使之形成了有別於基於口傳時代、印刷時代而形成的文學類型和文學觀念。由新媒體而催生出來的已經逐漸成熟的網絡文學和剛剛興起尚未定型的手機文學等，遠遠不是所謂「新瓶裝舊酒」的問題，而是賦予了文學更新的內涵。其二，文學活動方式的變化會帶來文學場域內部權力關係的調整，會對文學生產機制產生重大變化。〔註 28〕但是，當前對新媒體文學的相關討論，除了南京大學的趙憲章和中南大學歐陽友權的團隊對這些問題集中展開過研究之外，尚沒有引起更多文藝學美學研究者的關注。前者側重於「文學與圖像」的關係，展開文學藝術史的歷史性考查；後者則更多借鑒文化（創意）產業角度，展開現狀描述、數據統計、態勢分析等，學術界還沒有找到一個可以直接將之引入文學研究學術領域中的恰當方法。

　　表現之三，也是最重要的，是「藝術終結之後」，中國「當代藝術」觀念的滯後。「藝術終結之後」形成了「當代藝術」的觀念，但中國的文藝總體上沒有實現「當代藝術」的轉型，還停留在「藝術終結」之前的現代主義藝術觀念時期，甚至十九世紀現實主義藝術觀念仍具有極強的支配性。「當代藝術」已是一種全新的藝術類型，最典型的代表是以裝置化、互動沉浸式、「非物質性」的數字技術、超越感官的「神經交感技術」等作為自己的手段的新媒體藝術，與已成傳統的文學、美術、電影、電視等截然不同。新媒體藝術有諸多「歷史性形態」（或歷史新媒體藝術），如錄像藝術、數碼藝術、遙在藝術，等，它們或多或少與傳統藝術類型保持著某種關聯，但在藝術觀念上已有根本差異。這種狹義的「當代藝術」及其所承載的全新的藝術觀念，直到現在，都還沒有被當代中國藝術家所接受。即使是當代中國一批自稱是「新媒體藝術家」所創作的作品，都還只是部分地、細節性的引入新媒體技術因素。中國的新媒體藝術家「當代藝術」觀念的滯後以及新媒體技術的落後，加之以對技術更多只是從工具論意義上的應用，還缺乏對新媒體技術之於藝術表現的本體性思考，更沒有真正去思考新媒體作為全新的「技術」所能夠帶給「藝術」的從「觀念」到「手法」的所有可能性。因此，中國的「當代藝術」，也呈現出明顯的滯後性。影視藝術也一直試圖搭上當代藝術的班車，如前些年

〔註 28〕相關討論可參見拙文：《有限包容及其問題——「新世紀文學」視野中的「新媒體文學」》，《文藝爭鳴》2011 年 2 期。

的數字技術，目前比較熱鬧的 3D 電影，以及 4D 技術的奇觀性展示等。但是如果認真辨析，我們不難發現，這裡變化的不是藝術，而只是呈現藝術的方式。藝術（觀念）本身凝固了，停滯了。

另一方面，「凝滯」更是對這一段時期美學主導風格的概括，這可能是更為切題的一種思考，姑且可以用「凝滯性美學」來命名。「凝滯」是相對於「進步」、「變化」、「流動」而言的，如果說，後者曾一度是文藝現代性追求的目標的話，那麼，「凝滯」則是對新世紀以來出現的藝術現代性（包括後現代性）精神耗散趨向的一種概括。我想藉此表達的是，現代性曾經是一百多年來文學藝術創造的不懈的衝動，而今可能正在已消逝。一百五十年前，工業革命所帶來的由科學技術所引導的社會現代化進程、以波德萊爾為代表的視「現代性就是過渡、短暫、偶然，就是藝術的一半，另一半是永恒和不變。」的審美現代性反思，〔註 29〕以及由達爾文、馬克思為代表的以「進化論」、「發展論」為代表的哲學社會科學的學術現代性思潮，共同推進了現代性美學（包括後現代性美學）一百多年的世界性擴散。雖然這種以變化、改變、變動為基本特徵，並被賦予進化、進步、發展的價值取向的現代性美學至今仍然是新世紀文藝創作的主體部分，但近些年來，越來越多的溢出現代性美學框架，甚至與現代性美學趣味形成尖銳對立的美學觀念和審美風格開始形成，並獲得很大的發展。本文所謂「凝滯性美學」即是指新世紀文藝中出現了溢出現代性美學的某些因素，或者說有可能，這些因素正在走向了現代性美學的反面。

表現之一，時間的停滯帶來了敘事性藝術的新變。現代性的時間觀念是「線性的進步」，所謂「永恒與瞬間」都是在這個意義上發揮作用的；後現代性的時間觀念則是「時間性的終結」，即詹明信所言的「一切終止於身體和此刻。值得尋找的只是一個強化的現在，它的前後時刻都不再存在。」〔註 30〕但新世紀以來，以「穿越架空文學」為代表的網絡文學試圖重新確立一種看似「錯亂」的時間觀念：不再有過去、現在和未來的截然區分；三者可以自由穿越；這裡的時間既非線性的，亦非循環的；既非現代主義式的斷裂，也非後現代主義式的只有現時。所有的時間相對於其所穿越的時間而言，都進

〔註29〕 〔法〕波德萊爾：《波德萊爾美學論文選》，郭宏安譯，人民文學出版社 1987年版，第 485 頁。
〔註30〕 〔美〕詹明信：《奇異性美學》，《文藝理論研究》2013 年 1 期。

入巴赫金在「時空體」理論中所提出的「超時間空白」：無論這段時間具體有多長（或一瞬間，或三五百年），時間對人物的「成長」、性格的「轉變」、情節的「進展」並沒有多大作用。因此，在穿越架空小說中，時間看似在「流動」，甚至像「漩渦」，但其「時間性」幾乎爲零，不具有任何意義。同時，網絡小說所具有的超大規模容量——一部標準的網絡小說因其採取網絡連載的形式，爲適應讀者每天閱讀的時間和賺取相應的稿酬，往往以動輒兩三百萬字的規模呈現，大大超出以紙質小說爲閱讀方式的「純文學」的容忍度。這裡包含著一系列時間性關係的倒轉：創作時間（碼字）無限逼近閱讀時間（瀏覽）極大地破壞了藝術所應有的必要的節制；藝術時間無限制地「拉長」削弱了藝術整體性的地位，現時的、即時的審美（創作和閱讀）行爲無法構成從日常生活情境中「抽身」、「區隔」或「解放」出來的力量，相反，整個審美活動被肢解、分化甚至完全融入到日常生活之中。

　　表現之二，空間的凝縮與移置。詹明信在《奇異性美學》中將後現代性命名爲「空間對時間的壓制」、哈維在《後現代性狀況》中使用的「時空壓縮」、曼紐爾·卡斯特爾在《網絡社會的興起》一書中提出的「流動空間」和「地方空間」以及索亞的「第三空間」，都試圖描繪一種傳統空間關係的解構。但所有這些不能很好地解釋或套用到新世紀中國的文藝創作中：「歷史性」仍是重要的主題，但同時被歸爲一種「地方性經驗」（如王安憶的《長恨歌》和《天香》）。在這裡，一方面是歷史被高度地方化了，完成成爲一種「地方志」，從而消解了歷史的整體性（世界史、全球史）；另一方面則是地方被高度地歷史化了，地方性經驗被時間定格在某一特殊的歷史時期，凝固成標本，被體驗爲風格。《長恨歌》第一章所採用的「綜合性敘述」方法，用一個敘述講述多次發生的事情，《天香》中隨處可見地對民間風俗、日常生活細節的知識化堆砌，所帶來的正是這種「敘述的凝滯」。「烏托邦」仍是新世紀文藝創作的動力，但同時具有的多種時空的向度（如閻連科的《受活》中向後看的「天堂日子」和向前看的「社會主義」同時成爲其烏托邦敘述的指向，並相互拆解）。在藝術創作中，「在地性」（Site-specific）也成爲藝術家抵抗全球化、多元化的一種手段。如中國美術學院院長許江，就引用霍米·巴巴對於「在地性」的批判（「在地性」就是「價值的區域性、美感的獨特性、觀眾或原住民的自發性、激情的原發的力量」等。認爲，中國藝術家對「在地性」的認識與後殖民主義的「在地性」不太一樣，「作爲『在地者』的文化立場，我們強調本

土的文化重建。『本土重建』既不是狹隘的地域觀念，也不是權宜的時間觀念，它的文化立場源於本土的生存經驗，思考的是在急驟變遷時代中的文化個性的營造和堅守。」因此，中國藝術家確立的使命應該不是「漂泊者、浪子」，而是「在地者」、「守夜人」。〔註31〕

　　表現之三，風格的固化。風格曾是一個作家、一個流派或者一批作品藝術獨創性的標誌；形成具有可識別性的風格，也是一個藝術家所追求的目標。不過，進入文化工業時代，風格化成為標準化、統一化的同義語，意味著藝術家個性的喪失。所有這些，在霍克海默、阿多諾的《文化工業：作為大眾欺騙的啓蒙》中得到了充分的論證，並成為「為市場的藝術」（通俗文化、文藝商品）與「為藝術的藝術」（嚴肅文學或純文學、雅藝術）的分水嶺。作為一種抵抗性的姿態，「非風格化」、「反風格化」、「無風格化」一度成為十九世紀末二十世紀初現代主義藝術尋求藝術觀念和表達方式突破的方式。但是，這種特立獨行的先鋒姿態很快陷入嚴峻的創新悖論：一方面是前無古人的豪邁，另一方面卻是後無來者的寂寥。現代主義藝術諸流派因拒絕重複、反對模倣而迅速成為「歷史先鋒派」：不僅因其創新而與傳統斷裂，而且因其拒絕複製而無法形成新的傳統。正是對這一創新悖論的克服，後現代主義藝術才將「戲仿」作為克服「影響的焦慮」的法寶。但是，新世紀的文藝創作所出現的風格的固化與之還有明顯的差別：其一是文化工業的邏輯在新世紀得到飛速發展，原因就在於文化創意產業從學界的呼喚到政府的推動，並最終成為國務院第十一個產業振興計劃，曾經一度為生計發愁的文化產業部門開始「不差錢」了，風格化、類型化的文化產品的生產成為這一時期文化生產的基本特色；其二是藝術觀念不再成為推動藝術創新的動力，科技作為藝術的媒介和呈現方式，成為藝術變遷的根源。技術進步的邏輯對藝術創新邏輯的簡單替代成為現時代文藝評價的一種標準。但進步的是技術，而非藝術。

　　也許，上述許多文藝現象有的還只是個案，或只體現在某個具體的藝術部門之中，還不能說已具有了某種普遍性：「美學的凝滯」還受到「時代和技術的發展」的遮蔽；「凝滯性美學」還被裹挾在看似變幻莫測、變動不拘、彌漫流動的現代性美學中若隱若現。但這些現象和問題才是最值得我們密切關注的。因為新世紀中國文藝的未來，就在這些細節中萌動、生長。

〔註31〕許江：《評點霍米·巴巴：兼與四海為家者說「在地性」》，《書城》2011 年 4 期。

後 記

　　這本書算是對自己這十多年來開展從中國當代文學的角度展開視覺文化和城市文化研究的一次小小的總結。

　　還記著 2003 年 6 月，自己懷著惴惴的心情來到中國人民大學參加博士後面試，隨後與金元浦老師有一次長談。他希望我暫時把自己已經做得很順手的巴赫金研究放一放，重新選擇一片待開墾的處女地。我理解他的建議，是希望我的研究視野不要自我局限。一個剛步入學術大門的青年學者應該勇於涉足更多的學術領域，保持一種敏銳好奇、開放包容的心態。於是，在眾多的文化研究領域的選項中，我選中了視覺文化。隨後的研究開展得也相當順利，在兩年時間裏，我完成了博士後報告《觀看的文化分析》的寫作，還與金老師一起主編了「視覺文化研究叢書」，並在 2008 年由山東文藝出版社正式出版。2005 年，我調到上海大學，連續兩年時間應邀給影視學院影視藝術系同學開設美學原理這門課。在教學過程中，我有意識地將影視藝術方面的現象和問題引入課堂，也再一次強化了我對已成大眾文化消費主體的影視藝術的關注，並進一步刺激我對視覺文化基本問題的研究。再後來，曲春景老師邀請我參加她的影視創作與批評研究中心的活動，每年一次的學術研討逼迫我不斷追蹤影視文化現象、思考視覺文化問題。我對視覺文化的研究，還受到南京大學趙憲章和周憲老師的影響。周憲老師是國內倡導並推動視覺文化研究的重要學者，他的一系列文章提出了眾多命題，如「奇觀電影」、「圖文之戰」等，都引發了我持續的思考；趙憲章老師則倡導「圖文關係」，運用符號學和形式分析重建文學和圖像之間的關係，他在「圖文關係」的理論化和歷史化兩條道路上邁進。每每聽他充滿激情的談話，我都會受到激勵和鼓

舞。此外還有這些年致力於視覺文化研究的肖偉勝，他先後從現象學和語言學角度重新理解視覺文化，也給予我很多啓示。2011 年，我獲批藝術學理論專業的博士生導師資格，並在 2013 年招生了第一位藝術學理論的博士生段似膺。在系統反思中國的視覺文化研究現狀的基礎上，我做出了一個重大決定：不再泛泛地討論視覺「文化」，而是回歸視覺「藝術」。新媒體藝術理論成爲未來一個時期新的研究領域和發展方向。

　　我自己的城市文化研究起步於 2005 年。這一年上海師範大學都市文化研究中心的楊劍龍老師邀請我參加學術研討會，於是就有了第一篇相關主題的文章，討論「海派」與「韓流」，並且從此一發而不可收。2016 年，我們幾個中文系青年教師跟隨王曉明老師到韓國木浦大學開會，會議的主題也是上海的城市文化，爲此我撰寫了一篇近三萬字的文章討論 20 世紀 90 年代以來的上海城市空間意識的變遷。隨後每年都會收到好幾個與城市文化、上海文化相關主題的研討會的邀請，還有一些刊物也主動約稿。其中比較重要的幾個事情有：其一，劉士林老師邀請我參加「都市文化原理」課題組，我撰寫的是其中的「都市文化生產主體論」部分。我還參編了他主編的《中國都市化進程報告》，撰寫了有關城市公共文化服務的部分。其二，金元浦老師在 2008 年承擔了國家社科重大項目「我國中心城市文化創意產業與軟實力競爭」，並邀請我承擔其子課題「上海文化創意產業調查報告」的研究，這就一下子把我帶進了文化創意產業的研究領域。在我撰寫完 20 多萬字的調研報告之後，我對上海文化開始有了全新的理解。其三，我隨後又陸續承擔了上海大學「085」項目中「社會文化地理」的部分研究、「上海作爲方法」的部分研究以及「小城鎮意識與新世紀文學」項目，還在因緣巧合中承接了「陸家嘴公共空間開發與管理」的橫向項目。我的「上海文化」從此不再只是觀念、精神和意識層面的感悟，開始更多的「接地氣」，面對鮮活的經驗本身了。其四，來自東莞理工學院黃忠順、田根勝老師的邀請也構成了我這些年密切關注城市文化的動力。他們從 2006 年開始主辦了一份學術輯刊《城市文化評論》，逐漸形成文學、史學、社會學、民俗學等跨學科的研究格局。我先後應邀給他們做了三輯的特約主編，組織和策劃了若干有點意思的選題。這一機緣，還逆向影響到我的教學。2012 年，我在研究生課堂上組織「《天香》與上海文化」的討論，並挑選出優秀的文章編成一組發表；2013 年，在孫曉忠老師的帶領下，我們文藝學研究生同學開展「50 年代文化改造」的集體研討，其中

有部分與城市文化改造的文章也結集在《城市文化評論》上刊出。

　　還需要說明一下的是，本書中的所有文章都已正式發表過。它們分別是：

　　1、《面對形成中的支配性文化及其生產方式——「理論之後」的當代中國文化批評》(《文藝理論研究》2012 年 1 期；人大複印資料《文化研究》2012 年 8 期轉載。)

　　2、《傳媒時代的學術生產：「讀圖時代」批判》(《探索與爭鳴》2008 年 3 期〔第一作者〕，《高校文科學術文摘》2008 年 3 期；人大複印資料《新聞傳播》2008 年 7 期轉載。)

　　3、《視覺化：重新理解視覺文化》(《社會科學》2009 年 8 期。)

　　4、《中國都市文化研究：範式及其問題》(《人文雜誌》2006 年 3 期，人大複印資料《文化研究》2006 年 11 期轉載，《中國社會科學文摘》2006 年 4 期摘要。)

　　5、《觀看上海的方式》(《人文雜誌》2009 年 3 期。)

　　6、《有限包容及其問題——「新世紀文學」視野中的「新媒體文學」》(《文藝爭鳴》2011 年 2 期。《外國文學研究》〔韓〕2011 年 2 輯譯為韓文發表。)

　　7、《大眾影評的崛起及其問題》(《上海大學學報》2008 年 3 期；人大複印資料《影視藝術》2008 年 4 期轉載。)

　　8、《「思想者」的文化旅行及其意義——關於城市雕塑與公共空間的一點思考》，《上海市社會科學界第五屆學術年會文集（2007 年度）（青年學者文集)》。

　　9、《視覺文化與觀看的政治學》(《文藝理論研究》2007 年 1 期；人大複印資料《文化研究》2007 年 10 期轉載；《高等學校文科學術文摘》2007 年 2 期轉載。)

　　10、《文化研究視野中的「海派」與「韓流」》，《粵海風》2006 年 1 期。

　　11、《地方性的生產——〈繁花〉的上海敘述》(《華中師範大學學報》2014 年 6 期；人大複印資料《中國現當代文學》2015 年 2 期轉載。《中國現代文學研究》〔韓〕2015 年 1 期譯為韓文發表。)

　　12、《地鐵空間：一種深度美學的重塑》(《城市中國》2011 年 044 期。)

　　13、《市民化進程與城市文化傳承》(《學術界》2007 年 4 期。)

　　14、《方方小說中的潛對話現象——兼論中國何以出不了複調小說》(《湖南文理學院學報》2005 年 3 期。)

15、《〈張居正〉：改革的辨證法》（《長江大學學報》2005 年 2 期。）

16、《擰巴式幽默——民間社會生活視野下的劉震雲創作》（《中國現代文學研究叢刊》2012 年 10 期。）

17、《美學的凝滯或凝滯性美學》（《探索與爭鳴》2013 年 12 期；人大複印資料《美學》2014 年 2 期轉載。）

18、《〈北京折疊〉的善治寓言和郝景芳的烏托邦想像》，《創作與評論》2016 年 24 期。

正是這些學術期刊編輯們的鼓勵和鞭策，使我這一「城視時代」的學術研究能夠保持長達十多年的時間。本書中的絕大多數文章都是獨著，也有部分篇什是合作完成的。如第一章第二節「讀圖時代」批判是與陳瑜合寫的；此外，還有一些尚未收錄本書的城市文化研究的文章中還有幾篇是與我的研究生楊燈、李敏等合寫的。儘管人文學術強調的是個人獨創，但在面對現實文化問題的調研和分析過程中，合作和協同也是必不可少的。有時候，對同一問題的交鋒和碰撞其實也是一種具體集體性的學術生產方式。

最終促成我將這十多年在視覺文化和城市文化研究上的成果編輯成書的，是忻平老師和王光東老師的鼓勵。2012 年，由我們文藝學教研室集體完成的《上海作為方法——探索一種「反思性上海學」的可能性》便是在忻老師主持的「轉型期中國（上海）文化生態研究叢書」中獲得支持出版的。「社會文化轉型」這一大的問題意識，正是我這些視覺文化、城市文化研究的基本動力。在本書編輯過程中，豐簫老師總是不失時機地詢問「書稿怎麼樣了？」沒有這一小小壓力，這本書稿的定稿估計還會拖延一段時間。此外，我還要感謝我的學生張雲雲。正是她極為耐心且仔細的編校，將原本零散的單篇論文集結成了一本像樣的書稿。最後還要感謝李怡老師。正是他的熱情相邀，使這本小書獲得了能夠在海外出版的機會。

本書也是國家社科基金重大項目「20 世紀西方文論中的中國問題」（項目編號：16ZDA194）的階段性成果。

曾軍

2017 年 10 月 1 日